Tina Sieweke
Joline. Wie auch immer die Würfel fallen

Tina Sieweke

Joline

Wie auch immer die Würfel fallen

ROMAN

DIE BIBLIOGRAFISCHE INFORMATION DER DEUTSCHEN BIBLIOTHEK
Die Deutsche Bibliothek verzeichnet diese Publikation in der
Deutschen Nationalbibliografie; detaillierte bibliografische Daten
sind im Internet über www.d-nb.de abrufbar.

Einbandgestaltung unter Verwendung einer Abbildung von
© Андрей Важенин, Fotolia
© karandaev, Fotolia (Ausschnitt)
Herstellung und Verlag: BoD- Books on Demand, Norderstedt
© 2018 Tina Sieweke
ISBN 978-3-7528-7757-1

Dieser Roman ist die Fortsetzung von Joline's fantastischer Reise ›Nichts ist, wie es scheint‹. Es geht wieder einmal durch die Zeit und durch ihr Leben. Alle Charaktere sind frei erfunden. Namensgleichheiten, Geschichtsabläufe, Clanhistorie oder Ortsangaben sind willkürlich und rein zufällig.

Prolog

Highlands 1740

John Campbell war übel. Nun stand er vor seiner Hochzeit mit Evelyn und musste zusehen, dass sie ihm einen Sohn schenkte. Doch diese Frau, die noch ein Mädchen war und noch dazu verzogen und hochnäsig, würde es ihm schwer machen. Er schätzte die Chancen, dass er von selber bereit war, seine Pflicht als Deckhengst zu erledigen, als echte Herausforderung ein. Er liebte sie nicht. Er mochte sie nicht einmal. Gut, sie sah ganz hübsch aus, aber er wollte sie nicht. Ihm wurde tatsächlich übel bei dem Gedanken, diese Dame zu besteigen. Er würde sich mit viel Whisky dieser Sache stellen müssen.

Das war niemals nötig bei Sheena, die er kennen gelernt hatte, nachdem sie gerade ihren Mann, er berichtigte sich, *ungeliebten* Mann, verloren hatte. Sie war nicht prüde und konnte sich mit ihm an allen körperlichen Wonnen erfreuen. Dennoch war sie kein leichtes Mädchen. Sie hatte viel erlebt, trotz ihrer jungen Jahre. Sie verbrachten eine schöne Zeit, doch endete sie prompt, als Sheena auf die Burg von Arran und ihrer Schwester Lilleas MacDonald bestellt wurde. Er wusste damals nicht, dass er ihr vorher seine Frucht eingepflanzt hatte, als sie ging. Allerdings, gestand er sich ein, fiel ihm diese Trennung schwer und er stürzte sich gleich in neue Abenteuer, nur um sie zu vergessen.

Zu ekeln brauchte er sich auch bei Alicia nicht. Er hatte ihr ihre Jungfräulichkeit genommen. Er dachte sogar, dass er sie lieben würde. Auf jeden Fall hätte er sie geheiratet. Das allerdings wollte sein Vater nicht. Er wollte die Allianz mit Evelyn's Familie. So war Alicia unwiederbringlich für ihn verloren. Denn auch sie war einem anderen versprochen. Sie musste diesen geldgierigen und bornierten Keith heiraten. Doch schon im Vorfeld wurde klar, dass sie schwanger war. Dieser Liebelei würde also ein Kind entspringen und er hatte vor, diesen Bastard-Sohn, so es einer würde, mit viel Geld auszulösen. Diesen Sohn zumindest wollte er aufwachsen sehen. Nur um ein Kind zu haben, das mit einer geliebten Frau gezeugt worden war.

Fast ein Jahr später

John Campbell las den Brief zweimal. Er konnte nicht glauben, dass er in einem Jahr zwei Söhne gezeugt hatte, wobei ihm keiner der beiden je als Nachfolger dienen konnte. Den einen hatte er jedoch bald bei sich. William. Nur noch ein paar Wochen und der kleine Willie würde zu ihm gebracht werden.

Nun hob er das Papier noch einmal an und begann erneut zu lesen. Ein drittes Mal las er also und schüttelte wieder fassungslos sein Haupt.

Sheena war tot. Sie hatte diese Zeilen geschrieben, als sie schon dahinsiechte. Die letzten Zeilen und ihr letzter Wunsch. Von ihrem und seinem Sohn sollte und musste er Abstand nehmen. Das tat ihm im Herzen weh, aber den Jungen von den MacDonalds zu fordern, würde einer Kriegserklärung gleichkommen, das hatte Sheena wohl richtig erfasst.

Liebster John,
es wird nicht mehr lange dauern und ich werde in die Schattenwelt entschwinden. Du warst mein neuer Anfang und nun zugleich auch mein Ende.

Versteh mich bitte nicht falsch. Ich gebe dir mit keinem Wort die Schuld. Du warst meine einzige Liebe. Meinen Mann hatte man mir aufgezwungen, aber dich hatte ich erwählt und du hast mir gut getan. Ich fühlte mich das erste Mal im Leben begehrt und geliebt. Doch dieser Liebe ist ein Sohn entsprungen. Alistair. Er ist ein ganz entzückender kleiner Bursche und trägt eine Liebesträne. Genau wie du.

Ich wollte, dass du weißt, dass da ein Sohn von dir ist. Aber ich bitte dich auch inständig, dass du dieses Kind bei meiner Schwester aufwachsen lässt. Er ist hier geboren und wird ein MacDonald sein. Wenn es die Zeiten irgendwann erlauben, überlasse ich es dir, wie du weiter verfährst. Aber solange sich die beiden Clans nicht verstehen, beherzige meinen Wunsch. Niemand weiß es, außer mir und nun auch dir. Bitte bewahre unser Geheimnis. Ich habe nichts dagegen, wenn du ihn dir ansiehst oder ihn kennen lernst. Aber behalte die Wahrheit in deinem Herzen, solange du kannst und musst, und sei diskret.

Ich trauere nicht um mich. Ich trauere um die Zeit, die ich nicht mit meinem Kind verbringen kann. Nur zu gerne hätte ich dieses Kind der Liebe aufwachsen sehen. Neugierig hätte ich darauf gewartet, wie er als erwachsener Mann ausgesehen hätte. Wird er wohl auch so ein stattlicher, gutaussehender Mann wie du? Ich trauere um die Chance, zu erfahren, ob ihr euch jemals als die, die ihr seid, gegenüberstehen werdet.

Du und mein Sohn, ihr seid mein Ende, doch ich denke in Liebe an euch beide. Mein Herz nimmt euch mit in die Anderwelt.

Deine, dich für immer liebende Sheena

Traurig sank die Hand, die den Brief hielt, in seinen Schoß, sein Blick folgte noch trauriger, und dann fiel das Blatt Papier achtlos auf den Boden.

Kenmore Highlands 1746

»Duncan, du holst das Mädchen«, befahl John seinem Cousin und gleichzeitig treuesten Freund. Der Ton war unmissverständlich.

»Wann? Jetzt? Die Sassanachs sind immer noch wie blutrünstige Hunde unterwegs«, versuchte Duncan, der nicht ganz so viel Verständnis für diese extreme Liebe zu dem Bastard-Zweig seines Cousins aufbrachte, entgegenzusetzen. Andererseits war die Intervention so dermaßen halbherzig vorgebracht, weil er schon immer spürte, dass seinem Chief dieser eine Sohn wichtiger war als seine legitimen Söhne. Bei Alexander konnte er es sogar verstehen. Den mochte selbst er nicht besonders. Aber er kränkelte und so Gott wollte, würde ihm dieser Mann als Chief erspart bleiben.

»Genau darum! Wenn dem Kind etwas zustößt, könnte ich es mir nicht verzeihen. Reite heute noch los und hol sie«, drehte er sich weg und wollte zurück in sein Arbeitszimmer. Doch überlegte er es sich anders und erweiterte seinen Befehl:

»Bring die andere Frau auch mit und auch William's Sohn Jamie! Hast du verstanden?«

Duncan verbeugte sich vor dem Earl und traf Vorkehrungen für seine Mission. Er wählte drei seiner besten Kämpen aus und ging in die Küche, um Vorräte für die Reise packen zu lassen. Dann ging er zu den Ställen und suchte die ausdauerndsten Pferde aus. Und das erforderte reichlich Kenntnis. Der Pferdestall von John Campbell war auserlesen und umfangreich. Sogar König Georg II. würde neidisch bei dieser Auswahl.

Eine Stunde später war er unterwegs zum Loch Bruicheach, zu William Keith's Tochter Joline und der zweiten Frau Anna mit Sohn Jamie.

Finley's Fluch

1

Highlands bei Inverness 2017

Kyla stöhnte laut und schlug das Buch mit Wucht zu, sodass Finley auf die genervte junge Frau blickte.

Er saß ebenfalls mit einem Buch in seinem Ohrensessel und las, wobei er Kyla's lautes Vorlesen mehr als Hintergrundmusik über sich hatte ergehen lassen.

»Was hast du bloß, Mädchen? Es hörte sich doch alles schon viel flüssiger an als sonst«, versuchte er ihren Unmut zu beschwichtigen, denn tatsächlich hatte er keinen großen Unterschied zu gestern ausgemacht. Doch Kyla brauchte mentale Unterstützung. Sie hatte einfach zu wenig Geduld. Egal, ob mit sich oder anderen. Der Faden riss immer viel zu schnell.

»Das ist gelogen!«, tadelte sie ihn brummig, weil sie wusste, dass Finley ihr Mut machen wollte.

»Naye, Lassie, das ist es nicht ganz. Es ist nur so, dass man deine Lustlosigkeit hört. Das muss sich ändern. Denn wenn du Marven und mir helfen willst, musst du all das lernen, was wir für dich ausgewählt haben, einschließlich Gälisch«, erklärte er sachlich.

»Ich habe Hunger«, stand sie auf und ging in Richtung Küche.

Natürlich, dachte Finley. *Das kennen wir ja.* Er wunderte sich allein darüber, dass Kyla kein Gramm zunahm. Sie hätte ein ganzes Schwein auf Toast verspeisen können und niemand würde es ihr ansehen. Nun ja, augenscheinlich verzehrten ihre Nerven anständig Kalorien. Anders konnte er sich das nicht erklären. Doch seitdem er mit ihr nach Inverness gezogen war, hatte er die Möglichkeit, immer wieder einen Joker zu ziehen und das unternehmungslustige Mädchen zu ködern. Also legte er sein Buch auf den Beistelltisch und erhob sich mühsam aus seinem Sessel. Er war steif an diesem Tag. Sein Alter machte ihm zu schaffen und Kyla tat das ihre dazu, dass er sich manchmal ausgelaugt fühlte. Als er endlich stand, trottete er ebenfalls in die Küche und blieb erstaunt im Türrahmen stehen. Eine geschäftige Kyla war dabei, Kartoffelpuffer herzustellen, und summte vor sich hin.

Als sie ihn entdeckte, lächelte sie ihn gewinnend an und bat ihn, sich auf die Küchenbank zu setzen.

»Du kannst mir die Zutaten auf Gälisch beibringen, wenn du möchtest«, schlug sie ihm euphorisch vor und hielt ihm eine Kartoffel entgegen, um das erste Lernwort in Empfang zu nehmen.

Finley zuckte unmerklich zusammen, denn er hatte jetzt schon so eine Ahnung, dass diese Lehrstunde in ein Desaster münden würde.

»*Bhuntàta* heißt Kartoffel«, sagte er vor und sie wiederholte es recht gut.

»*Uighean* sind Eier«, nannte er das nächste Wort und so ging es, bis der Kartoffelteig fertig war.

»Du machst das recht gut. Jetzt sag noch einmal alles auf, was im Teig verschwunden ist. Es langt ja nicht, sie nachzuplappern. Man muss sie sich dann auch merken, aye«, bat er sie.

Kyla war nicht dumm. Sie lernte die Sprache schnell sprechen und hatte auch bald heraus, wie man Sätze bildete, gar ganze Unterhaltungen auf Gälisch führte. Nur mit dem Schreiben und Lesen hatte sie arge Schwierigkeiten. Finley verstand das sogar. Gälische Wörter wurden ab und an schon extrem sonderbar geschrieben und hörten sich noch viel sonderbarer an, wenn man sie dann aussprach. Aber es nützte nichts. Da musste Kyla durch. Das war eminent wichtig. Obwohl sie das nicht einsah.

Später saß er wieder in seinem geliebten Sessel. Heute hatte er nicht mit ihr in die Stadt gehen müssen. Sie war nach den zugegebenermaßen leckeren Kartoffelpuffern allein ein wenig spazieren gegangen.

Er dachte darüber nach, ob er ihr sagen sollte, wofür sie sich so schinden musste, doch er war mit Marven übereingekommen, dass das noch Zeit hätte.

Schwer ausatmend, rief er sich den Wochentag ins Gedächtnis und machte innerlich vier Kreuze. Übermorgen würde Marven das anstrengende Wesen übernehmen und er konnte sich ausruhen. Das freute ihn. Sein Blick fokussierte sich, wurde trüb und wanderte in eine andere Welt.

Er sah die alte Frau auf dem Jahrmarkt. So viele Falten entstellten ihr Gesicht, dass man nicht einmal ahnen konnte, wie sie ausgesehen hatte, als sie noch jung war. Als sie ihn entdeckte, gab sie ihm mit ihrem krummen Zeigefinger ein Zeichen, dass er zu ihr kommen sollte. Ungewiss, ob er gemeint war, sah er sich um. Doch er stand allein in der Richtung, wohin die alte Vettel sah. Als er näher kam, konnte er das Blitzen in ihren grauen, klaren Augen sehen. Eine Klarheit, die er sich bis heute nicht erklären konnte. Die Augen passten so gar nicht in dieses alte Antlitz. Aber heute war ihm dennoch klar, dass dieses Weib keine einfache alte Frau war. Sie war ... ja, was war sie? Eine Fee? Eine Druidin?

»Du hast eine Aufgabe zu erfüllen, Söhnchen«, eröffnete sie ihm auf Gälisch.

Unsicher deutete er mit seinem Zeigefinger auf seine Brust, als wollte er fragen, ob sie tatsächlich ihn meinte.

»Ja, ich meine dich, Finley«, antwortete sie auf seine ungestellte Frage.

Konnte sie hellsehen? Nein, entschied er, da ihm klar war, dass seine Geste eine eindeutige Frage gestellt hatte.

»Mütterchen, woher weißt du meinen Namen? Ich glaube nicht, dass wir uns jemals getroffen haben, aye?«

»Naye, da magst du recht haben, aber ich bin auch nur ein Mittler. Ich soll dir sagen, was du zu tun hast, mehr nicht«, stellte sie emotionslos fest.

Finley sah sie neugierig an. Wieder staunte er über ihre klare Iris, die die Farbe von trübem Winterwetter in den Highlands hatte. Dennoch war dieses Grau lebendig.

»Setz dich zu mir, Lad. Es wird ein bisschen dauern, bis ich dir alles erzählt habe, und die Kundschaft an meinem Stand ist rar. So werden wir ungestört sein«, tippte sie auf die Bank neben sich und gebot ihm, dort Platz zu nehmen.

»Du weißt um deine Familiengeschichte, nehme ich an?«, fragte sie ihn, als er saß und sie erwartungsvoll ansah. Sie erwartete keine Antwort, sondern begann mit ihrer Nachricht.

»Joline wird demnächst ihr drittes Kind bekommen. Sie und ihre Familie sind in großer Gefahr.

Ich kann nicht sagen, wann das Unheil über sie kommt, da mir der Widersacher noch nicht erschienen ist, aber es ist besser, wenn du ihr Kind holst, bevor es an die alte Zeit gewöhnt ist.«

Finley keuchte. Ungläubig sah er in das runzelige Gesicht.

»Ich soll ihr das Kind, das sie erwartet, wegnehmen. Sie sind nicht bei Trost, gute Frau«, erhob er sich und wollte davoneilen.

»Diah, Finley«, stoppte sie ihn und befahl ihm, sich schleunigst wieder zu setzen.

»Warum soll ich ihr Kind holen? Sie hat noch zwei weitere. Was ist mit den anderen Kindern? Sind die nicht auch in Gefahr?«, fragte er ungehalten.

»Natürlich sind sie das, Dummkopf. Aber das dritte Kind wird ihr Beschützer sein. Er wird sie nicht kennen, er wird sie nicht vermissen und er wird alles wissen, um sie vielleicht retten zu können. Alles, meine ich damit«, klärte sie ihn auf.

»Sein Name wird Marven Finley John sein. Ihn wirst du mit in diese Zeit bringen und der Dinge harren, bis er gebraucht wird, aye. Ihn wirst du ausbilden lassen, in allen Kampftechniken. Alt und neu. Gälisch, Französisch, Deutsch, Latein. Das wird sehr wichtig für seinen Erfolg sein. Hörst du, Finley«, vergewisserte sie sich, ob er begriffen hatte, was sie von ihm verlangte.

Nickend sah er sie an, doch sie sah nur Unverständnis.

»Finley, Marven ist der Einzige, der seine Mutter und seine Familie einst retten kann. Er ist im Moment ein Gefäß, das du holen wirst, um ihm das Können für seine Mission einzutrichten. So schwer es dir auch fallen wird, genauso wie Joline oder Robert oder

Al. Du musst es tun!

Benutze dafür diesen Becher«, damit hielt sie ihm einen ledernen Becher entgegen.

»Wofür soll der gut sein?«, fragte er und erklärte weiter: »Wir haben den Becher, mit dem Jo gereist ist, gut versteckt. Den kann ich nutzen«, schob er ihre dargereichte Gabe zurück.

»Kannst du nicht! Ich habe auch keine Lust, dir alles hundertmal zu erklären. Nimm diesen und lass ihn erst fallen, wenn du bereit bist. Dieser Becher ist nur für deine genaue Hin- und Rückreise bestimmt und wird niemanden sonst transportieren«, stellte sie genervt fest.

»Aber wenn er niemanden sonst transportiert, wie soll ich dann den Jungen mit herbringen, gute Frau?«, atmete er auf und wollte ein weiteres Mal aufstehen, um dieser Charade ein Ende zu machen.

Die alte Frau ergriff blitzschnell seinen Arm. Also blieb er sitzen.

»Aber was ist mit Jo? Wird sie mich kennen? Du weißt, dass sie schon einmal hier war und mich gesehen hat. Sie hat auch Marven gesehen. Sie hatte aber gar keine Ahnung, dass er in Wirklichkeit ihr eigener Sohn ist. Wie kann das alles wahr sein?«, schüttelte er den Kopf, als könne er sich damit dieser Aufgabe entledigen.

»Sie wird es nicht wissen, weil sie Marven noch nicht geboren hat. Folglich konnte sie nicht wissen, dass er ihr Sohn ist. Aber wenn du ihr eröffnet hast, was du von ihr willst, dann wird sie es wissen. Und ebenfalls, dass sie ihn wiedersehen wird. Dich wird sie auch wiedererkennen, obgleich du noch viel jünger bist, wenn du in der Vergangenheit ankommst. Aber du bist ihrem Mann sehr ähnlich. Sie wird dich erkennen, da sei ganz sicher«, antwortete sie eindringlich. Nach einer kurzen Pause fuhr sie fort:

»Du wirst ihn mit hierher bringen können. Er muss eng, Haut-an-Haut an deinen Leib gebunden werden. Du wirst dich auf den Rücken legen, das Kind auf deine Brust geschnallt, und den Becher kippen. Tu es nicht, auf gar keinen Fall, im Stehen, damit du nicht auf ihn fallen kannst. Die Zeiten weiß der Becher. Du musst es nur tun, Finley. Und zwar bald!«

»Wann?«

»Morgen!«

»Das geht nicht«, wollte Finley einwenden, doch die grauen Augen durchdrangen ihn wie ein Schwert, das man in weiche Butter sticht.

»Morgen, Finley. Dich wird es sonst niemals auf der Erde geben. Es muss sein. Du wirst einige Zeit bei Joline bleiben und hast die Möglichkeit, es ihr und den anderen schonend beizubringen. Dann wirst du wiederkommen und deine Aufgabe hier erledigen«, damit schickte sie ihn fort und wandte sich ab.

Finley war einige Meter gegangen, den Becher in der Hand, der ihm Angst einjagte, den er aber genau deshalb wie ein rohes Ei transportierte. Als er sich noch einmal umsah, war sie verschwunden. Der ganze Stand war verschwunden.

Er sah auf den Becher, der so real war wie sein Herzschlag, der enorm gegen seine Rippen hämmerte.

Wie auch immer, er hatte Joline erlebt und er wusste, dass es nun um seine Existenz ging. So tat er am folgenden Tag, was getan werden musste.

»Diah, Teufel noch mal, Finley, wach doch auf«, rüttelte ihn eine aufgebrachte Kyla.

»Was ist denn, Lassie? Warum schüttelst du mich, als würdest du Wäsche zum Aufhängen ausschlagen?«, stöhnte er.

»Ich versuche schon seit zehn gequälten Minuten ein Lebenszeichen von dir zu bekommen. Es hätte nicht mehr viel gefehlt und ich hätte Marven oder die Ambulanz angerufen«, fuchtelte sie aufgeregt mit ihren Armen umher. Ihre geröteten Wangen verrieten ihren Stress.

»Reg dich nicht auf, Mädchen. Ein alter Mann braucht mal seine Ruhe, was ist schon dabei?«, wollte er sie mit seiner ruhigen Stimme beschwichtigen.

»Gerade darum, alter Mann. Da kann doch alles Mögliche passieren. Du kannst mich hier nicht einfach allein lassen, klar?«, schnauzte sie ihn an.

»Das will doch auch gar keiner, Kyla«, wurde sein Tonfall nun auch gereizter. Kyla konnte einen wirklich außerordentlich

17

unter Druck setzen und im Geiste verglich er sie gerade mit der alten Frau, die ihn auch einst derart gestresst hatte. Jedoch hatte er seine Reise von damals nicht einen Tag lang bereut. Er liebte Marven wie seinen eigenen Sohn und er und Hamish hatten geschafft, was diese Zauberfrau verlangt hatte. Nun spürte er, dass seine Zeit sich neigte, und hoffte inständig, dass sie Kyla vorbereiten konnten auf das, was kommen sollte und kommen würde. Ein kleiner Anflug von schlechtem Gewissen nagte an ihm. Kyla schien zu spüren, dass sich was verändern würde. Dass er daran nichts würde machen können, würde sie wohl nicht akzeptieren. Stures Frauenzimmer.

»Gut«, drehte sie sich schwungvoll um und stakste bockig in Richtung Küche.

»Möchtest du einen Tee?«, fragte sie, kurz bevor sie verschwand, und wartete nicht einmal auf Antwort.

Finley knibbelte mit den Augen. Er würde einiges mit Marven klären müssen. Dringend!

2

Es war Freitagnachmittag und Finley saß wieder in seinem geliebten Sessel, während er sich anhörte, wie sich Kyla beim Vorlesen quälte. Doch so langsam hatte sie den Dreh raus und es war nicht mehr ganz so nervtötend, ihr zuhören zu müssen. Als sich jedoch ein Schlüssel mit einem Klackgeräusch in der Eingangstür bemerkbar machte, sprang sie von ihrer Leseübung auf wie von der Tarantel gestochen. Sie eilte aus der Tür und fiel Marven freudestrahlend im Flur um den Hals. Finley hörte einen überraschten Ausruf und dann ein fröhliches Gemurmel, das näher kam. Marven löste sich von Kyla und begrüßte seinen Grandpa mit einer Umarmung und einem Kuss auf die Stirn.

»Schön, dass du da bist, Junge«, freute sich der alte Mann und entspannte sich ein wenig ob der lang ersehnten Entlastung.

»Na, freust du dich auf das Training?«, drehte sich Marven zu Kyla um, die ihn ansah, als hätte er ihr gesagt, dass ein Freier zu erwarten sei.

Bei ihrem Gesichtsausdruck wandte er sich sofort wieder Finley zu.

»Hast du ihr nichts gesagt?«, fragte er ungläubig.

»Ach, Junge. Das habe ich völlig vergessen. Wir waren so sehr mit Lesen und Gälisch beschäftigt, dass ich darüber hinweg gekommen bin. Tut mir leid«, klärte Finley auf und hörte sich müde an. Marven hatte ein brillantes Gespür für seinen Großvater und sah ihn einen Moment lang prüfend an.

»Geht es dir nicht gut, Grandpa?«, wollte er wissen.

»Alles gut, Laddie. Ich bin vielleicht ein wenig müde«, antwortete Finley ehrlich.

Marven nickte verhalten.

»Ein wenig müde, hä?«, quäkte nun Kyla aus dem Hintergrund.

»Vorgestern war er so abwesend in seinem Stuhl, dass ich ihn kaum wachrütteln konnte. Beinahe hätte ich dich schon angerufen«, petzte sie nun von Finley's kleiner Auszeit.

»So, und kann mich jetzt mal irgendeiner aufklären, was für ein Training ihr mir jetzt wieder aufbrummen wollt?«, setzte sie unnachgiebig nach.

Marven sah in alter Manier von einem zum anderen und entschied sich, erst einmal Kyla mit einer Antwort zu versorgen, damit er sie für einen kurzen Moment loswerden konnte, um sich mit Finley zu unterhalten.

»Ich dachte, es würde dir vielleicht Spaß machen, Bogenschießen zu lernen. So, wie Jo es dir beschrieben hatte. Mit einem alten Jagdbogen, aye«, hob er seine sonore Stimme etwas an, damit es in Kyla's Ohren enthusiastisch klang, wobei er sich sicher war, dass allein Jo's Erwähnung seine Wirkung nicht verfehlen würde.

»Oh, meinst du, ich könnte das wirklich lernen?«, fragte sie überflüssigerweise und Marven konnte heraushören, dass er richtig vermutet hatte.

»Ich denke schon. Du kannst ganz gut mit dem Messer umgehen und bist treffsicher. Dann wirst du auch den Bogen bald beherrschen, Lassie«, machte er ihr Mut und fand das nicht einmal geschönt. Er traute es ihr auf jeden Fall zu.

»Gut, was muss ich anziehen und wann geht es los?«, erkundigte sie sich und scherte sich keinen Deut darum, dass Marven scheinbar noch ein Wort mit seinem Großvater wechseln wollte.

»Etwas Sportliches, worin du dich uneingeschränkt bewegen kannst, aye. Und so in einer halben Stunde fahren wir, okay«, ließ er sie wissen und sie war damit zufrieden und dampfte ab auf ihr Zimmer, um sich fertig zu machen.

»Ach, Kyla. Binde dein Haar zusammen oder steck es hoch. Es darf nicht im Weg sein, hast du verstanden?«, war er ihr bis zur Treppe nachgelaufen und hörte eine gedämpfte Bejahung aus ihrem Zimmer. Dann ging er in Gedanken zurück zu Finley. Er sah ihn an und brauchte keine Frage mehr zu stellen.

»Wir müssen reden, Junge. Bald!«, ließ ihn sein Großvater wissen.

»Bald?«, kam es fast nur geflüstert an Finley's Ohren und sein Blick wurde traurig.

»Bald, Junge. Du weißt, ich bin kein Hellseher, aber ich glaube, ich brauche auch gar keiner zu sein. Es ist nur ein Gefühl, aber ich denke, mein Lebensfaden endet bald«, sagte er so sachlich, dass es Marven fast erschreckte. Natürlich, sein Großvater war alt. Aber er war noch nicht bereit, ihn gehen zu lassen. Er schluckte und schluckte noch mal. Doch dieser Schmerz, den er plötzlich empfand, den konnte er nicht einfach hinunterschlucken. Der zog ihm das Herz zusammen.

»Marven, bereite das Mädchen vor, aye. So gut du kannst. Wir reden später … Noch bin ich hier«, forderte er seinen Enkel auf, seine Gedanken nicht trübsinnig werden zu lassen. Da hörten sie schon den Wirbelwind die Treppe hinunterlaufen und drehten ihre Gesichter erwartungsvoll zur Tür.

Da stand sie, die kleine Diana. Enge, grüne Leggins, darüber ein weites, grün-weiß-gestreiftes Shirt, das ihren kleinen, knackigen Po verbarg und mit einem Knoten an der Seite seine Weite einbüßte. Die Haare wie gefordert zu einem hohen Zopf zusammengebunden und an mehreren Stellen mit Haargummis gebändigt, so als hinge ihr ein endloses, rotes Bonbon am Kopf. Sie drehte sich einmal um ihre eigene Achse und fragte: »Gut so?«

»Perfekt, Schwesterherz«, antwortete Marven und ging auf sie zu, ohne dass er mitbekam, wie Finley beim Wort »Schwesterherz« merklich zusammenzuckte.

Er hörte noch, wie er Kyla auf dem Flur gut zuredete, und der Anflug von schlechtem Gewissen, den er vormals schon gehabt hatte, weitete sich angesichts seiner bevorstehenden Offenbarung zu einem innerlichen Sturm aus. Unbehagen kroch durch seinen Magen, verschaffte ihm Übelkeit und rammte sich in seinen Kopf. Er fühlte sich schlecht und doch sagte er sich, dass alles gut werden würde. So wie die Frau gesagt hatte.

3

Marven war in Edinburgh aufgewachsen, hatte dort die Schulen besucht und seine Ausbildung gemacht. Der Einzige, außer Hamish, der ihn während der vielen Jahre dort begleitet hatte, war Caelan Spencer. Caelan war aus einem Heim, so glaubte er zumindest, von reichen Leuten adoptiert worden. Er war so ein süßer, kleiner Fratz, wie seine Adoptivmutter Loren immer hervorkehrte. Diese Leute nun boten ihm alles, was man sich nur wünschen konnte. So wurde aus dem armen Waisenjunge ein einigermaßen verwöhnter Neureichenspross. Allerdings sorgten Loren und Connor Spencer, durch einen mehr oder weniger aufgezwungenen Aufenthalt bei Verwandten auf dem Land, zwischendurch immer wieder, für dessen Erdung. Auf dem Hof der Familie Spencer bei Kirkhill durfte Caelan die Abgeschiedenheit und Einfachheit des Seins genießen, wenn er abzuheben drohte. Dafür hatten seine Eltern ein ganz feines Gespür entwickelt.

Marven's und Caelan's Wege hatten sich nur in der Zeit von Cal's Studium zum Bauingenieur getrennt. Doch der Sport hatte die beiden stets zusammengeführt. Beide machten Kampfsport und liebten alle alten Sportarten, wie Reiten, Schwertkampf und

Bogenschießen. Sie genossen die Freizeiten mit den Mittelaltertruppen. Das waren stets spannende Wochenenden, in denen sie lernten, wie man ohne die neumodischen Helferchen in der Welt zurechtkam. Hamish und Finley unterstützten Marven in den diesbezüglichen Interessen. Sie hatten schließlich die Aufgabe übernommen, ihren Ziehsohn auf seine Zeit in der Vergangenheit bestmöglich vorzubereiten. Einen jungen Mann bei solchen Dingen bei der Stange zu halten war nicht immer einfach. So freuten sich die beiden, dass auch Marven's Freund Caelan sich dieser nicht alltäglichen Dinge öffnete und mit Interesse teilnahm. Sogar Gälisch lernten sie zusammen und nutzten ihr Wissen aus, sobald sie sich gegenüber anderen im Geheimen unterhalten wollten. Die wenigsten konnten die alte Sprache. Das brachte den beiden immer wieder Vorteile.

Das Beste war, dass sich die beiden aufeinander verlassen konnten. Sie waren wie Brüder und das hätte man ihnen wohl auch abgenommen, wären sie nicht so unterschiedlich gewesen. Beide waren nett anzusehen. Durch ihren Sport waren sie gestählt und hatte Figuren wie Unterhosen-Modelle von Calvin Klein. Marven war ein wenig höher gewachsen und hatte die etwas dunkleren Haare. Caelan war der Lebemann. Er nahm das Leben leicht und machte sich um nichts einen Kopf, während Marven alles hinterfragte und sich nicht so hemmungs- und verantwortungslos gab. Caelan fiel so einiges zu, wofür Marven manchmal hart arbeiten musste, aber beide kannten keinen Neid. Sie teilten alles, sogar die Mädchen, wobei Marven sie anschleppte und Caelan sie abschleppte. Zumindest die oberflächlichen von ihnen. Allerdings waren beide jungen Männer überhaupt nicht daran interessiert, eine feste Beziehung mit einer Frau einzugehen. Sie waren sich selbst genug und hatte ihren Spaß an ihren kleinen Abenteuern.

Nachdem Connor und Loren bei einem Flugzeugabsturz ums Leben gekommen waren, verlor Cal ein wenig die Bodenhaftung und war ziemlich durcheinander. Nun hatte er Geld und Haus und was weiß der Geier, aber nichts davon interessierte ihn noch. Außer Marven und Trish, seine Cousine, hatte niemand mehr Zugang. Marven hatte ihn schon immer akzeptiert, wie Caelan nun einmal war, aber nun brauchte sein Freund dringend jemanden, der ihn in eine Richtung lenkte, in der der Junge auch glücklich leben konnte.

Er fand es sogar gut, als Caelan dann seinen Job bei einer gutsituierten Baugesellschaft hinwarf. Weil er sich mit seinem kleinen Adventure-Spielplatz bei Kirkhill selbstständig machte, wurde sein Freund damit wieder lebensbejahender. Zwar trafen sich die beiden höchstens noch an den Wochenenden, aber das war immer sehr erquicklich. Marven blieb in Edinburgh bei der Polizei und verbrachte einige Wochenenden auch bei Finley am Loch Alish. Trotzdem trübte das in keiner Weise die Freundschaft der beiden Jungen. Marven lernte Trish Spencer kennen und obwohl er sich nicht schnell einschüchtern ließ, hatte diese Frau ihren ganz speziellen Eindruck hinterlassen. Sie war jedoch Cal's Cousine und daher gab es hin und wieder Berührungspunkte. Ungern zwar, aber es ließ sich nicht vermeiden. Hin und wieder kam Caelan auch in die Stadt und die beiden machten dort alles unsicher. So war nun auch Cal die erste Wahl, wenn es darum ging, Kyla auf den Stand 1747 zu bringen. Nicht nur, weil er in allen Kampftechniken gut ausgebildet war, sondern auch, weil er sich mit der schottischen Geschichte, die sie ja gemeinsam in den Mittelaltervereinen gelernt hatten, ganz gut auskannte. Da er keine Zeit hatte, blieb nur Cal, jemand anderes fiel Marven nicht ein.

4

Marven lenkte seinen Wagen von Inverness in Richtung Beauly und dann nach Kirkhill.

Etwas abgelegen kamen sie dann an ein Club-Gelände mit dem einladenden Schild »Boots N Paddels«. Marven parkte seinen Rover und sie stiegen aus.

»Du kannst dich ein wenig umsehen, ich suche Caelan. Das wird dein Lehrer sein, okay«, dabei zeigte er in die Richtung, wo die Schießbahnen waren. Kyla nickte ihm zu und ging neugierig in die gewiesene Area. Staunend stand sie am Absperrzaun und sah den anderen zu, die anscheinend keine blutigen Anfänger mehr waren. Sie nutzten allesamt Hightech-Bogen und trafen sicher ihre Ziele. Diese wurden in unglaublicher Entfernung als bunte Tafel mit Kreisen sichtbar, als sie den Pfeilen der Schützen mit den Blicken folgte. Ihr wurden die Knie weich und am liebsten wäre sie wieder zum Auto gelaufen und hätte sich wie ein Mäuschen versteckt. Aber gerade, als dieser Gedanke sich manifestieren und sie ihn in die Tat umsetzen wollte, hörte sie die Stimme von Marven. Er war schon so nah, dass sie sich feige vorkam. Marven sprach mit einem anderen Mann, der ihr dann tatsächlich als Caelan vorgestellt wurde. Dieser erkundigte sich nach ihren Vorkenntnissen, um mit ihr ins Gespräch zu kommen und um sie einschätzen zu können.

»Oh, danke, Caelan. Und nein, wie mein Bruder bestimmt erwähnt hat, bin ich ein absoluter Anfänger. Ich weiß leider gar nichts vom Bogenschießen«, gab sie zu und sah Marven verdrießlich an.

»Macht nix, Lassie«, heiterte Caelan sie auf.

»Hier geht keiner weg, der es nicht tatsächlich gelernt hat. Du wirst sehen«, klopfte er Kyla leicht auf die Schulter und winkte sie mit sich.

»Marven möchte, dass du die alte Schule lernst. Heißt Jagd- und Kriegsbogen. Wir suchen dir jetzt erst einmal die passenden Größen heraus, aye«, klärte der lässig gekleidete Mann mit seiner roten Mütze, die sein scheinbar langes Haar darunter verbarg, über die Vorgänge auf. Marven folgte den beiden, wobei Caelan ihn darauf aufmerksam machte, nicht zu stören, und er wisse ja, wo er selber üben könne. Marven, der Caelan schon jahrelang kannte und wusste, was für ein Schwerenöter er war, rollte die Augen und ließ die beiden in die Waffenkammer verschwinden. Natürlich nicht, ohne Caelan ausdrücklich zu warnen, dass er es deutlich mit ihm zu tun bekommen würde, sollte er sich an seiner Schwester vergreifen.

Kyla fand den Mann nett und ließ sich ausführlich von ihm

beraten. Er legte ihr einen Lederschutz am Handgelenk an und drückte ihr den ausgewählten Jagdbogen in die Hand.

»So, Mädchen, dann komm mal mit. Wir üben jetzt erst mal trocken, ohne Ziel. Du lernst anlegen und schießen, alles klar?«, winkte er ihr wieder nur zu, um sie aufzufordern, ihm zu folgen.

Blöder Marven, dachte sie. *Der Typ bemerkt mich gar nicht, weil er mehr Angst vor Marven hat als Lust*, mir das Bogenschießen beizubringen.

Doch als er sich hinter sie stellte und ihr die richtige Haltung beibrachte, was nicht ohne die eine oder andere Berührung abging, wurde ihr mulmig. Berührt werden, dachte sie plötzlich, wollte sie nun auch wieder nicht. Also sah sie sich nach ihrem Bruder um.

»Kyla, zappel nicht so herum, konzentrier dich auf deine Haltung, aye. Ich tu dir schon nichts«, fuhr Caelan sie an, als er wirklich genug von ihrem Geziere hatte.

Nach einer Stunde hatte sie es endlich begriffen. Sie konnte den ersten Pfeil abschießen, der sich zu ihrem größten Bedauern, kaum dass er in der Luft war, schon wieder gen Boden neigte. Zickig drehte sie sich zu Caelan um:

»Diesen Mist lerne ich nie, verdammt«, dabei trampelte sie wie ein Trotzkopf auf dem Gras herum.

»Naye, ich glaube auch nicht. Da kann man wohl nichts machen. Einem dickköpfigen Kind kann man nichts beibringen«, sah er sie eindringlich an, nicht ohne eine unverhohlene Geringschätzung im Blick.

Kyla gaffte ihn mit herunterfallender Kinnlade an. Dann blitzten ihre grünen Augen, als würden sie Funken schlagen.

»Hoffentlich bezahlt Marven kein Geld für diesen Unfug hier«, machte sie sich gerade und legte so viel Aufsässigkeit in ihren Ton, wie sie konnte.

»Natürlich tut er das. Ich muss allerdings den Stundenlohn für dich überdenken, weil du als Auszubildende gar nicht gehst«, erwiderte er hart.

Kyla schnappte nach Luft. Dann drückte sie ihrem Lehrer den Bogen in die Hand und machte sich wutentbrannt auf den

Weg zum Auto. Auf dem Schotterparkplatz entfernte sie den Lederschutz von ihrem Handgelenk und warf ihn achtlos weg.

Marven hatte das Schauspiel beobachtet und beneidete Caelan nicht. Im Gegenteil tat ihm sein Freund leid. Aber scheinbar hatte er sich nicht von der Circe, die seine Schwester heraushängen lassen konnte, unterkriegen lassen.

»Na, war es schlimm?«, fragte er, als er seinen Freund erreichte, der immer noch dieser aufgebrachten Furie hinterherblickte.

»Schlimmer! Wie kommst du nur darauf, dass dieses Mädchen jemals die Geduld aufbringen würde, um hiermit umgehen zu können?«, sah er Marven mit zehn Fragezeichen über seiner roten Mütze an und hielt ihm den kleinen Jagdbogen entgegen.

»Warte es ab. Sie ist zwar manchmal wie ein Kleinkind, aber wenn der Cent gefallen ist, dann entwickelt sie Ehrgeiz ohne Ende. By the way, Caelan, weißt du, wo sie reiten lernen kann?«

Ungläubig starrte Caelan nun Marven an.

Sie machten sich auf den Weg zur Waffenkammer, um die Bögen wieder unterzubringen.

»Hast du sonst keine Probleme, Mann? Die bringt es fertig und setzt sich verkehrt herum aufs Pferd, nur weil sie meint, das müsste so sein«, schüttelte er sein Haupt und zerrte seine Mütze vom Kopf, die nun sein gewelltes, blondes Langhaar frei ließ. Noch einmal schüttelte er seine Haare aus und grinste Marven schelmisch an.

»Ja, in der Tat. Ich habe da jemanden für dich. Versuch dein Glück doch mal bei Trish«, ein raues Lachen folgte und dann bückte er sich und suchte den Lederschutz auf, den Kyla einfach fortgeworfen hatte.

»Trish Spencer? Bist du irre? Die macht in fünf Minuten Hackfleisch aus ihr«, wollte Marven sich fast über den Vorschlag seines Freundes aufregen, als ihm plötzlich diese Idee doch gar nicht so dumm vorkam.

»Gib mir die Nummer, Kumpel«, bat er Caelan.

Nun war es an diesem, Marven ungläubig anzusehen. Trish Spencer war dreißig Jahre alt und nicht eben hübsch. Sie hatte nur ihre Pferde im Kopf und ehrlich gesagt war sie ihnen vom

Gesicht her sehr ähnlich. Das Einzige, was man Gutes über dieses Mannweib sagen konnte, war: Sie war zu allem fähig. Sie konnte reiten wie ein Kerl. Vermutlich hatte ihr Arsch eine echte Lederhaut, schoss es Caelan durchs Gehirn und er grinste bei der Vorstellung. Sie konnte Bogenschießen, mit dem Gewehr umgehen und hatte vor nichts und niemandem Angst. Er wartete noch auf den Tag, an dem sie eine ordentliche Kneipenschlägerei anfing.

»Okay, du musst es ja wissen, Marv. Aber Trish hat kein Telefon, du musst schon zu ihr fahren«, klärte Cal seinen Freund auf.

Als Marven am Auto ankam und seine schwer angesäuerte Schwester entdeckte, die sich die Haargummis herausgezogen hatte und ihr langes, rotes Haar nun lose trug, schwante ihm Ärger.

Wie eine hochexplosive Ladung Dynamit stieg sie ein und man spürte förmlich, wie sie einen totalen Ausbruch zu verhindern suchte, aber dann platzte es aus ihr heraus.

»Das war die blödeste Idee, die du jemals hattest«, giftete sie. »Ich komme mir so erniedrigt vor und so vorgeführt. Dieser arrogante Bastard hat mich dermaßen beleidigt, das kannst du dir nicht vorstellen«, ratterten Kyla's Tiraden in Marven's linkes Ohr, um aus dem rechten ohne Aufenthalt wieder zu entweichen. Bis kurz hinter der Abzweigung nach Beauly ließ er es sich gefallen, aber dann sagte sie etwas, das ihn auf hundertachtzig brachte. Er bremste, fuhr links heran, damit der Verkehr weiterfließen konnte, und drehte ihr langsam seinen Kopf zu.

»Was willst du hören, Kyla?«, wurde sein Ton fast drohend und kündigte Gewitter an; also hörte sie auf zu schnattern und sah ihn ebenfalls frontal an.

»Caelan hat völlig recht, einem zweijährigen Trotzkind kann man nichts beibringen. Du bist so eine verzogene Göre, dass ich nicht übel Lust hätte, dich übers Knie zu legen. Es kann nicht sein, dass du Grandpa strapazierst, dass der Schwächeanfälle bekommt. Es kann nicht sein, dass du meine Freunde, die sich bereit erklärt haben, dir etwas beizubringen, was es eigentlich gar nicht mehr gibt, beleidigst. Es kann weiterhin nicht sein, dass du mir mit deiner Aufsässigkeit und Zickigkeit dankst. Jo hatte recht. Du bist nicht bereit, weder hier noch dort, dein Ego hintan zu stellen und für das Gemeinwohl aller zu geben, was du kannst. Denk mal drüber nach«, wendete er sein Gesicht wieder in Fahrtrichtung und zündete den Motor.

Er hatte den Unglauben in Kyla's Miene gesehen und auch, wie sich ihr Mund öffnete und sie aussah wie ein an Land geworfener Fisch, der um Atem rang.

Dann sah sie für den Rest der Fahrt aus dem Seitenfenster und war verstummt.

Zu Haus angekommen drängelte sie sich an der Eingangstür an ihm vorbei. Erwartungsgemäß machte sie einen Abstecher in die Küche, wo sie sich mit Toastbrot, Käse und Schinken eindeckte und anschließend auf ihr Zimmer verschwand.

Marven hatte im Schatten des Flures verharrt und sich dieser Szenerie hingegeben. Es tat ihm leid, dass er ihr die Meinung so direkt sagen musste, aber nun war es gesagt. Alles, was ihn an ihrem Egoismus störte. Fünfzehn Jahre hin oder her. Das war mit Sicherheit ein Alter, in dem man langsam Vernunft annehmen konnte. Er atmete schwer ein und entließ die Luft mit einem lauten Zischen. Dann sah er zur Wohnzimmertür, spürte die Anspannung, die ihn gerade verlassen hatte, wieder ansteigen und ging zu Finley.

5

»Ah, da bist du ja endlich. Wie war es?«, erkundigte sich Finley nach dem Nachmittag, obwohl er seinem Enkel schon von Ferne ansehen konnte, dass es wenig amüsant gewesen sein musste.

»Sagen wir es mal so, Grandpa …«, wollte er gerade eine Erklärung abgeben, als dieser seine Hand erhob und sie wieder fallen ließ.

»Mach dir nichts draus, Junge. Sie kommt schon noch zur Vernunft. Ich muss euch beiden etwas erzählen, was ich nicht mit ins Grab nehmen darf.«

»Was redest du da, Großvater? Was soll das mit dem Sterben? Du kannst jetzt nicht sterben. Ich brauche dich doch«, kniete Marven vor Finley und flehte ihn an, bei ihm zu bleiben. Dabei wusste er genau, dass Finley ein Alter erreicht hatte, wo man damit rechnen musste, Abschied zu nehmen. Doch es traf ihn mit aller Härte. Er hatte doch gerade erst, so kam es ihm zumindest vor, seinen Vater verloren.

Aber die Wahrheit, die er nun zu hören bekam, traf ihn um ein Vielfaches mehr. Er hatte das Gefühl, der Boden würde sich öffnen und ihn verschlucken:

Finley erzählte von der alten Frau, die ihn damit beauftragt hatte, Marven in diese Zeit zu holen, ihn zu bewahren, zu beschützen, ausbilden zu lassen und eines Tages zu Joline zurückzuschicken, weil er ihr dritter Sohn und Beschützer sei.

»Du, mein lieber Junge, bist nicht der Sohn von Hamish. Du bist nicht mein Enkel. So gern ich dir etwas anderes sagen würde, doch du bist in Wirklichkeit mein Urahn. Du bist der, der deine wirkliche Familie bewahrt, sodass ich das Licht der Welt überhaupt erblickt habe«, endete er seine Geschichte.

»Aber wieso hat sie mich weggegeben und wieso hat sie mich nicht erkannt, als sie hier in dieser Zeit war, Grandpa? Wieso?«, drängt er Finley zu antworten.

»Marven, sie hat mir damals vertraut, als ich dich holte. Glaub nicht, dass es ihr leicht gefallen ist. Als sie hier war, war sie mit ihrem ersten Kind schwanger und hatte dich doch noch gar nicht. Sie stellte deshalb damals auch keine Verbindung her, die sie auch nur ahnen ließ, dass du ihr Sohn sein könntest. Trotzdem hat sie oft in deiner Umarmung verharrt und obwohl sie sich schämte, sich darin wohlzufühlen, empfand sie eine ganz andere Bindung als zu ihrem geliebten Robert, deinem Vater. Mich erkannte sie als den, den sie in dieser Zeit als Ur-Ur-Ur...-Enkel kennen gelernt hatte. Und dabei ist es ja auch geblieben. Bis heute, denn nun steht alles wieder in Frage … Du kannst es drehen und wenden, wie du willst. Die Würfel sind lange schon gefallen und unsere Lebensfäden gewoben. Darauf haben wir keinen Einfluss. Es tut mir leid, aber es war wohl so vorherbestimmt, Marven«, atmete er schwer ob der Last der Wahrheit, deren Offenbarung ihn eigentlich hätte erleichtern müssen.

»Aber erst als ich ihr und ihrer Familie von der ganzen Geschichte erzählte, gab sie dich her und wusste, dass sie dich wiedersieht. Dass du ein stattlicher Mann werden würdest und gut aufgehoben warst. Sie war so hin- und hergerissen und traurig. Sie würde verpassen, dich aufwachsen zu sehen. Ihre Augen waren nicht mehr klar, sondern verwässert. Sie sahen aus wie bernsteinfarbener Whisky. Hätte sie nur den Hauch einer Alternative gehabt, glaub mir, sie hätte dich niemals hergegeben. Nur weil sie einen Teil von deiner Bestimmung kannte …«, versuchte Finley zu erklären, brach aber ab. Marven hatte verstanden. Beiden standen die Tränen in den Augen.

»Sie hat bitterlich geweint, als ich mit dir ging. Doch glaub mir, sie gab dich aus Liebe her, nicht weil sie dich nicht wollte, mein Junge.«

»Und … wieso steht alles wieder in Frage?«

»Weil alles von vorne beginnt, Marven. Du bist es, der den letzten Würfel in der Hand hat … Nun, heute ist es für mich nicht mehr so schlimm. Ich war auf der Welt und werde sie demnächst als alter Mann verlassen und diese Blutlinie endet hier … Doch wir haben das Schicksal schon einmal geändert. Scheinbar muss es nun wieder berichtigt werden.

Ich habe doch keine Ahnung … aber das ist nun deine Aufgabe, Marven. Du musst zurück und deine Familie retten. Wenn du Glück hast, triffst du die alte Frau auf dem kommenden Jahrmarkt und sie wird dich anweisen, wenn nicht …«, brach ihm die Stimme und Marven schaute angstvoll zu ihm hoch.

»Was, wenn nicht? Wo soll ich sie denn finden, wie soll ich in die passende Zeit kommen? Ach Finley, was ist das für ein Wahnsinn«, fluchte er leise vor sich hin. Dann rauschte der nächste Gedanke durch sein Hirn und zerstörte nahezu jeden Funken Mut.

»Was ist mit Kyla? Was soll ich mit ihr anfangen? Sie ist nicht meine Schwester. Wer ist sie denn nun?«, blickte er Finley nun in das fahle Gesicht. Nein, er sah nicht gut aus. Er sah gar nicht gut aus. Doch er antwortete noch.

»Sie ist Jo's Tante, wie immer. Sie ist nicht mit dir verwandt, jedenfalls nicht blutsverwandt. Sie ist mit Amber in einer geschwisterlichen Beziehung aufgewachsen. Jedenfalls so was in der Art. Aber sie ist auf keinen Fall deine Schwester. Nein, das ist sie nicht. Aber scheinbar seid ihr irgendwie miteinander verbunden. Nimm sie mit, Marven. Nimm sie mit«, forderte Finley.

»Dann ist Helen auch nicht meine Mutter und sie hatte keinen Sohn?«, fragte er müde und sah Finley in seine blauen Augen, die mehr und mehr zu verblassen schienen.

»Naye, Marven. Sie ist nicht deine Mutter. Wahr ist allerdings, dass sie vergewaltigt worden ist und einen Sohn gebar. Der wurde zur Adoption frei gegeben und ich habe keine Ahnung, wo er abgeblieben ist. Allerdings …«, unterbrach er sich.

»Was allerdings?«, hakte Marven nach.

»Geh zu Helen und frag sie. Möglicherweise hat sie einen hellen Moment und kann sich erinnern«, riet Finley. »Helen hatte Amber als Tochter, Kyla ist die Tochter ihres Mannes, der in Glasgow verunglückt ist«, fügte er noch müde hinzu. »Nun geh und hol das Mädchen, damit sie alles von mir hört. Ich denke, nach eurem heutigen Disput wird sie dir nicht glauben. Hol sie bitte, Marven.«

Hellhörig geworden, da sich Finley's Forderung so dringlich anhörte, stand er auf und ging zu Kyla. Er klopfte an und öffnete die Tür ihres Zimmers. Kyla saß am Fenster und blickte düster in die Welt.

»Kyla, Finley möchte dir etwas sagen und du beeilst dich besser, ich glaube, es geht zu Ende«, hörte sie Marven und ihr Zorn, den sie noch auf ihn hatte, verrauchte sofort. Sie sprang auf, rannte die Treppe runter und eilte zu Finley. Sie warf sich vor ihm auf die Knie und legte ihre Hände behutsam auf seine Oberschenkel. Ihr Blick ruhte ängstlich auf seinem Gesicht und stotternd bat sie darum, dass er bei ihnen bleiben sollte. Doch Finley schüttelte nur müde sein Haupt und sagte, was er so dringend sagen wollte.

Als er geendet, sie über alles aufgeklärt und ihr das Versprechen abgenommen hatte, sich in ihr Schicksal zu fügen und zu tun, was dafür nötig war, schloss er für immer seine Augen.

Wie im Nebel standen sie und Marven da und mussten ihn gehen lassen, ihren eigenen Ängsten und Flüchen überlassen, die nun auf sie beide warteten.

Kyla war die Erste, die wieder sprach.

»Was sollen wir denn jetzt tun?«, wandte sie sich an Marven, der nun nicht mehr ihr Bruder war. Kurz hielt sie inne. Er war ihr Großneffe. Irgendwie, oder?

»Ich weiß nicht. Ich muss zurück zu Jo. Ich muss zu meiner Mutter«, sagte er entschlossen.

»Nimm mich mit!«, forderte sie ihn auf.

»Naye. Nach heute gibt es diese Option nicht mehr. Ich brauche keinen Ballast bei dieser Mission. Ich brauche Hilfe, auf die ich mich blind verlassen kann«, beschied er und es hörte sich absolut endgültig an. Aber Kyla wäre nicht Kyla, wenn sie es nicht wenigstens versuchen würde, seine Meinung zu ändern.

»Marven. Bitte! Finley hat es gesagt! Nimm mich mit. Ich werde alles tun, was du willst. Ich werde lernen, was nötig ist. Aber bitte nimm mich mit«, verdrückte sie sich ihre Tränen und kämpfte gegen ihre brechende Stimme an.

»Alles?«, fragte Marven nach einer Weile, als sich die ultimative Lösung, Trish Spencer, wie ein Licht am Ende des Tunnels in den Vordergrund seiner Gedanken spielte. Nun gut, wenn sie die überstehen würde, dann vielleicht. Selbst Caelan würde dann seinen Hut, er korrigierte sich, seine rote Mütze, vor Kyla ziehen.

»Ja, alles. Egal, was du von mir verlangst. Ich werde gehorchen«, gab sie sich hoffnungsfroh.

»Freu dich nicht zu früh, Kyla. Ich glaube nicht, dass wir viel Zeit haben. Deine Ausbildung wird ein Crash-Kurs in der Sparte ›Wie-überlebe-ich-im-18.Jahrhundert-und-rette-meine-Familie‹, aye.«

Kyla nickte. Marven war sich nicht sicher, ob sie das Ausmaß völlig verstanden hatte, daher klärte er sie unverblümt auf, was sie zu erwarten hatte, sollte sie versagen.

»Falls du es nicht schaffst, bleibst du hier. Du hast Geld. Du kannst dir eine Zugehfrau leisten, dieses Haus wird dir bleiben, genauso wie das Cottage am Loch Alish. Hast du verstanden?«

»Ja, Marven. Ich habe alles verstanden. Ich werde dich nicht enttäuschen und ganz bestimmt nicht Joline!«, stellte sie fest – und hier gab es auch keinen Raum mehr für Fragen oder Zweifel.

6

Marven und Kyla konnten gar nicht richtig sehen, was um sie herum geschah. Ihre Augen waren tränenverschleiert und Kyla zumindest spürte, wie sich ihr Tränenrinnsale über die Wangen schlängelten. Automatisch gaben sie jedem die Hand, der sie seinerseits bot, um sein Beileid auszudrücken. Finley hatte aber auch reichlich Bekannte angehäuft, dachte Marven genervt.

Er hätte gern im Stillen getrauert, aber das war nicht möglich. Nun standen sie da. Vor ihnen klaffte eine grün ausgeschlagene Wunde im Erdreich, in die man vor einigen Minuten den schweren Eichensarg, in dem Finley nun lag, hinabgelassen hatte. Das typische graue Wetter passte perfekt zum Anlass und zur Stimmung, die er empfand. Auch Kyla ging es richtig schlecht und ein wenig Mitleid konnte er schon aufbringen. Sie würde nun schwere Prüfungen vor sich haben. Nach dem Leichenschmaus, wenn endlich wieder Ruhe einkehren würde, müsste er wohl mal mit ihr reden.

Sie verließen den Friedhof nach allen anderen und beide dachten das Gleiche. Die einen Gräber, an denen sie vorbeikamen, waren gepflegte, kleine Vorgärten des Jenseits. Die anderen waren vergessene Relikte. Von Efeu überwucherte oder von Algen befallene Steintafeln wiesen darauf hin, dass da jemand beerdigt war, aber niemand scherte sich darum. *Genauso wird es bei Finley aussehen. In ein oder zwei oder wer weiß wie vielen Jahren.* Kyla schaute zu Marven hoch und sah den gleichen Schrecken in seinen blauen Augen wie den, den sie bei diesen Gedanken empfand. Scham überfiel sie, aber sie konnten ihrem Schicksal nicht ausweichen und Marven schon gleich gar nicht.

Kyla hatte sich selbst übertroffen, und ehrlich gesagt hätte Marven ihr die Organisation der Feier und die Herstellung der Snacks gar nicht zugetraut. Er zog innerlich den Hut und sah sie umherwuseln und sich um die Gäste kümmern, als hätte sie nie etwas anderes gemacht. Sie lächelte hier und da, aber er sah ihr an, dass sie sich dazu quälte. Finley war ihr ein Zuhause geworden und er ging ihr genauso schwer ab wie ihm selbst. Bald waren alle bewirtet und angetrunken genug, um sich zu verabschieden. Endlich kehrte Ruhe ein und er half schweigend bei den Aufräumarbeiten.

»So! Hier wäre nun alles wieder in Ordnung«, beschied Kyla nach getaner Arbeit, wobei sie zugeben musste, dass sie die Geschäftigkeit absolut erholsam von ihrer Trauer, die sie fest im Griff hielt, abgelenkt hatte. Sie sah Marven an und bemerkte, wie dieser noch einmal alle Ecken überprüfte.

»Ja, sieht so aus, Lassie. Ich danke dir«, gab er kleinlaut von sich.

»Wofür?«, fragte sie und sprach traurig weiter: »Das war auch ich Finley schuldig. Er hat sich um mich gekümmert. Er hat sein Haus in Knockan und meins verkauft und ist mit mir hierher gezogen, damit niemand eine Spur aufnehmen konnte. Er war für mich da ... Das war wohl das Wenigste, was ich noch für ihn tun konnte, aye.«

Marven nickte ihr zu. Nach einer Weile, die sie sich schweigend gegenüberstanden, als würden sie sich und ihre Kräfte messen, setzte sie hinzu:

»Dir, Marven, danke ich auch. Du hast dafür gesorgt, dass meine Peiniger der gerechten Strafe zugeführt wurden. Du hast mir die schlimmsten Menschen vom Hals geschafft und ich habe es wohl auch dir zu verdanken, dass mir das Gericht keine Verhandlungen mit diesen schrecklichen Leuten zugemutet hat. Ich bin froh darüber. Danke, Marven«, schloss sie.

»Du bist minderjährig. Darum hat dich das Gericht geschont. Das war gar nicht mein Verdienst«, räumte er ein, damit ihr Dank nicht für etwas galt, das er sich nicht tatsächlich verdient hätte.

»Nun, wie dem auch sei. Es gibt nur noch uns zwei«, sagte sie mit einem klaren Blick aus ihren teichgrünen Augen, wobei die moosgrünen Flecken zu leuchten schienen.

»Wie wird es jetzt weiter gehen?«

Marven konnte nicht anders. So hatte er das Mädchen kennen gelernt. Eine Sache war erledigt und ihr Blick ging schonungslos in die Zukunft. Er musste lächeln, auch wenn ihm nicht danach zumute war. Er musste einfach.

»Komm mit«, wendete er seinen Kopf und bedeutete ihr, ihm in die Küche zu folgen. Er wies ihr einen Platz auf der Küchenbank zu und setzte sich auf den Stuhl ihr gegenüber. Dann räusperte er sich und begann:

»Nun, es gibt da eine Frau, die dir vermutlich alles beibringen kann, was du demnächst benötigst, wenn wir zu Joline reisen«, eröffnete er.

»Prima, wann fange ich an?«, unterbrach sie ihn erwartungsfroh.

»Bald! Was ich dir aber sagen muss: Diese Frau ist keine Frau im eigentlichen Sinne. Sie könnte gut als Kerl durchgehen. Sie wird dich schinden, sie wird dich erniedrigen, sie wird sich nicht von deinen Tränen abhalten lassen, ihr Tempo oder ihre Maßnahmen zu ändern. Du musst allein dafür sorgen, dass du lernst und überlebst, Kyla«, sah er seiner sehr blass gewordenen Ex-Schwester ins Gesicht.

»Oh«, keuchte sie. »Werde ich danach all das können, was Jo kann?«

»Wenn du dich quälst, deinen Egoismus besiegst und nicht die kleine, verzogene Göre heraushängen lässt«, nickte er abschätzig und ergänzte, um sie zu motivieren:

»Dann wirst du reiten können, als wärst du auf einem Pferd geboren. Dann wirst du mit Pfeil und Bogen umgehen können, als hättest du nie etwas anderes getan, und vermutlich, wie ich Trish so kenne, bringt sie dir sogar das Schießen mit einem Gewehr bei.«

»Gut«, sagte sie nun mutig. »Wann ist denn bald?«

»Ich muss erst mit ihr reden, ob sie es macht. Aber wenn, dann kann es täglich so weit sein«, klärte er sie ehrlich auf.

»Okay … Ähm, was wird inzwischen deine Aufgabe sein, Marven?«, wollte sie wissen und sah ihn an, als wenn sie ihrerseits nun die gleiche Qual von ihm forderte. Er sah es in ihren Augen und dämmte daher sofort ihre Aufsässigkeit mit erhobenem Zeigefinger:

»Fräulein! Ich kann auf dich verzichten, kapier das. Du willst mit, aye. Also miss uns nicht mit gleichem Maß. Allerdings hat mir Finley so einiges aufgetragen, was ich zu erledigen habe. Dabei ist meine Kündigung bei der Polizei und die Auflösung meiner Wohnung noch das kleinste Übel«, ließ er im Raum stehen und stand auf. Er verließ die Küche und ging ins Wohnzimmer um sich einen Whisky zu holen. Den brauchte er jetzt. Einen trank er an Ort und Stelle, ohne Genuss. Den zweiten goss er in den Stamper und blieb einen Moment stehen, sah aus dem Fenster des unbeleuchteten Raumes auf die Straße. Eigentlich sah er nichts, denn seine Augen waren tränenverschleiert. Er kämpfte dagegen an und machte sich zurück auf den Weg zur Küche.

Kyla dachte, er würde sie einfach so beschimpft zurücklassen. Sie fühlte sich getadelt, was sie war. Sie fühlte sich geschlagen, was sie eindeutig nicht war. Also stand sie auf, machte sich am Kühlschrank zu schaffen und beschloss, dass etwas zu Essen helfen würde. Wie immer.

Als Marven in die Küche kam, blieb er gebannt im Türrahmen stehen. Dann schüttelte er verzagt den Kopf und setzte sich wieder auf seinen Platz.

Entwicklungen

1

Marven nahm sich Urlaub, der ihm ohne Weiteres gewährt wurde, da er seinen Trauerfall aufarbeiten wollte und sein beziehungsweise Kyla's Leben neu organisieren musste. Für das Mädchen hatte sein Chef sofort Verständnis, obwohl er nicht wirklich auf Marven verzichten konnte.

»Ich brauche dich bald wieder, Marv«, verabschiedete er seinen besten Fahnder mit einem Ton, der Dringlichkeit ausdrückte.

Marven nickte und verschwand aus dem Präsidium, ohne sich noch einmal umzudrehen.

Dann ging er in seine Wohnung und packte seine Siebensachen. Möbel brauchte er nicht abzubauen, da er sein Refugium möbliert bezogen hatte. Er kündigte persönlich bei Mrs. Lomen. Legte ihr die Miete für zwei weitere Monate auf den Tisch, drückte sie und machte sich wieder auf den Weg nach Inverness. Dort verfasste er seine endgültige Kündigung und brachte sie zu Caelan.

»Bitte bring den Brief erst zur Post, wenn ich es dir sage, aye«, gebot er seinem engsten Freund, der ihn fragend ansah.

»Was ist das?«

»Das ist meine fristlose Kündigung«, antwortete Marven wahrheitsgemäß.

»Bist du verrückt? Du kannst doch wegen dieser Xanthippe, die deine Schwester ist, jetzt nicht deinen gutbezahlten Job hinschmeißen«, schüttelte er seine blonde Mähne und sah aus, als hätte er ein viel zu heißes Eisen in der Hand und nicht einen stinknormalen Brief.

»Caelan, tu es einfach. Ich werde es dir noch erklären ... hoffe ich. Aber falls ich nicht mehr dazu komme: Mach es für mich. Versprich es mir«, nahm er seinen Freund bei den Schultern und sah ihn eindringlich an.

»Okay«, kam es mit einigen Fragezeichen, aber auch mit einem entschiedenen Einverständnis an sein Ohr.

»Ich muss jetzt zu Trish«, verabschiedete sich Marven eilig von seinem Freund und haderte mit sich selbst, dass er ihn nicht weiter aufklären konnte. Er drehte sich um und ging schnellen Schrittes zu seinem Rover. Doch noch bevor er in sein Auto stieg, fiel ihm sein Bogen ein. Er war extra für ihn angefertigt und sein Eigentum, das hier in der Waffenkammer hing.

»Ähm … Caelan«, rief er seinem Freund hinterher, der sich auf den Weg ins Büro machte und sich nun umdrehte.

»Hast du was vergessen, Marv?«

Marven eilte über den geschotterten Parkplatz zurück und bat Caelan um den Bogen und um den Bogen, den er für Kyla ausgesucht hatte. Als er ihn sich ansah, fragte er nur:

»Wird sie damit umgehen können?«

»Ich denke schon, warum?«, wollte Caelan wissen.

Marven jedoch zog nur seinen Zweitschlüssel für den Rover aus der Hosentasche, drückte ihn Caelan in die Hand und sagte:

»Später, Caelan. Ich hoffe, wir sprechen uns noch. Aber den hier auf alle Fälle. Als Bezahlung für Kyla's Bogen und für alles andere, okay? Frag jetzt nicht weiter.«

Damit ließ er einen nun wirklich völlig irritierten Caelan stehen, eilte zu seinem Gefährt und verließ den Parkplatz mit einer aufspritzenden Fontäne kleiner Steine.

Trish Spencer war genauso groß wie er selbst und hatte ein Kreuz, das niemals einer Frau gehören sollte. Ihr roter Pferdeschwanz lag ungepflegt zwischen ihren Schultern und ihr »lederbewehrter« Hintern, wie Caelan zu scherzen pflegte, begrüßte ihn.

»Hi, Trish«, sprach Marven sie vorsichtig von hinten an, da er nicht wollte, dass sie schreckhaft den Hinterlauf eines ihrer Pferde losließ und einen Tritt riskierte. Doch Trish ließ nicht los und reagierte auch nicht schreckhaft. Sie reagierte mit einem saftigen Fluch. Normal für diese Frau. Das hätte er sich denken können. Nett sein war hier völlig fehl am Platz.

»Diah, siehst du nicht, dass ich zu tun habe? Hau ab und stör mich nicht, Sherif«, schmetterte sie ihm entgegen. Vorsichtig ließ sie den Hinterlauf des Braunen sinken und richtete sich bedrohlich auf.

»Was willst du hier? Brauchst du mal wieder eine Blöde, die einen Besoffenen aus dem Moor rettet, Marven?«, ätzte sie und sein Name fühlte sich an, als sollte er ihn wie ein geworfenes Messer in die Brust treffen.

»Nein, Trish«, riss er sich zusammen, denn er brauchte diesen Berserker mit Titten so dringend wie Essen und Trinken.

»Ich brauche dich für eine andere Sache, die nur du erledigen kannst«, versuchte er es also so manipulativ, wie es ihm möglich war. Dabei gab er sich alle Mühe, eine standhafte Geste an den Tag zu legen. Caelan wäre dieser lebendig gewordenen Bedrohung wohl mit fliegenden Fahnen ausgewichen und hätte Reißaus genommen, grinste er in sich hinein.

»Vergiss es und sieh zu, dass du Land gewinnst. Ich habe keine Zeit für Spielchen, das siehst du jawohl«, dabei zeigte sie mit ausgestrecktem Arm über ihr Land und meinte damit tatsächlich die harte Arbeit, die es ihr täglich abverlangte.

»Das ist kein Spielchen, Trish. Worum ich dich bitten möchte, ist todernst und mehr als dringlich. Oder glaubst du wirklich, ich hätte mich zu dir gewagt und eine Kugel im Allerwertesten riskiert?«, versuchte es Marven nun mit Trish's eigener Kompromisslosigkeit.

»Was willst du von mir, Cowboy?«, musterte sie ihn, wobei ihre Augen zu Schlitzen wurden.

»Ich will, dass du aus einem verzogenen, aufsässigen Mädchen eine echte schottische Kampfsau machst, die überall überleben würde«, eröffnete er Trish in der einzigen Sprache, die dieses Mannweib anscheinend verstand.

»Vergiss es«, drehte sie sich wieder zu ihrem Braunen und redete ihm gut zu, weil sie seinen Hinterlauf weiter behandeln wollte. *Mit ihren Tieren scheint sie tatsächlich liebevoll umgehen zu können*, dachte Marven und probierte es noch einmal.

»Hast du von dem Sexualfall in Knockan gehört, Trish?«, fragte er in der Hoffnung, sie wenigstens neugierig machen zu können.

»Aye, wer hat das nicht. Diese Amber hätte dem Fletscher die Eier abschneiden sollen, will ich meinen.«

»Amber ist tot. Die Einzige, die übrig ist, ist ihre Schwester Kyla.«

»Ist das die Zurückgebliebene, die sie früh aus der Schule genommen haben?«, hatte er jetzt wohl doch ihre Aufmerksamkeit.

»Naye, sie ist nicht zurückgeblieben, sie wurde aus der Schule genommen, damit sie als Neunjährige nicht herumplappert, dass ihre Mutter Helen und Amber als Huren verkauft wurden. Das gleiche Schicksal hat sie dann auch ereilt, als sie alt genug war«, klärte Marven sie bitter auf.

»Aha?«, richtete sich Trish wieder zur Gänze auf und sah ihn durchdringend an. »Und die soll ich nun abhärten und zu einer Kämpferin ausbilden? Was kann sie denn schon?«

»Nicht viel«, gab Marven mit einem Schulterzucken zu. »Sie kann ganz passabel mit dem Messer umgehen, kann aber nicht Bogenschießen oder reiten und ist dringend an das Leben der Schotten im 18. Jahrhundert anzupassen«, schaute er zu ihr auf und blieb standhaft in seinem Blick.

»Was heißt das?«

»Na, keine Annehmlichkeiten wie heiße Dusche oder Herd. Eben *back to the roots*, wie es so schön heißt.«

»Warum?«

Als Marven versuchte herumzudrucksen, machte Trish augenblicklich kehrt und er hatte nur noch eine Option: Er musste ihr alles erzählen.

»So! Jetzt weißt du alles. Machst du es oder machst du es nicht? Und wenn nicht, dann würde ich dir vorschlagen, dass du mit niemandem sprichst, aye«, baute er sich nun drohend vor Trish auf und forderte eine ultimative Antwort.

»Gut, bring sie in zwei Tagen«, beschied sie ihm und wollte

nun wieder zu ihrer Arbeit zurück, doch dann hatte sie noch eine letzte Frage: »Wie viel Zeit habe ich?«

Marven zuckte mit den Schultern. Er wusste es ja selber nicht und konnte ihr daher auch nur allzu vage antworten:

»Vielleicht sechs oder acht Wochen. Ich hoffe es jedenfalls … aber ich weiß es selber nicht.«

»Gut, bring sie her. Wir werden sehen.«

Damit war das Gespräch beendet und Trish ging zu dem Braunen, Marven zu seinem Rover und fuhr nach Inverness.

Dort wurde er schon sehnsüchtig von einer hilfsbereiten und sich sorgenden Kyla erwartet.

2

Gemeinsam schafften Kyla und Marven die Kartons, die er im Auto hatte, ins Haus. Er stapelte sie in seinem Zimmer und würde später durchsehen, was er davon behalten wollte.

Erschlagen von dem anstrengenden Tag ließ er sich auf die Küchenbank fallen. Seit Joline war die Küche zu seinem Lieblingsraum geworden, obwohl es im Grunde der Raum war, den Kyla immer bevorzugte. Aber es war Joline, die diesen Raum zu einem wirklichen Besprechungszimmer und Treffpunkt gemacht hatte. Seine Gedanken schweiften zurück und er konnte sie förmlich fühlen, wie sie einige Male in seine Umarmung geflohen war. Es war so ein schönes Gefühl gewesen, sie halten zu dürfen. Gut, er dachte damals, sie wäre seine Nichte.

Also alles andere als eine Liebende. Aber auf ihre Weise, hatte sie eine Liebe in diese Umarmung gelegt, ein so tiefes Vertrauen, dass ihm nun klar wurde, was vielleicht Mutterliebe war. Ohne es zu wissen oder gar zu ahnen, hatte sie ihm vermittelt, dass es ein Band zwischen ihnen gab. Ein unzertrennliches Band. Und nun, nun würde er sie bald wieder sehen und sein Herz hüpfte bei dem Gedanken, sie wieder zu umarmen. Diesmal als Mutter. Er hatte eine Mutter. Irgendwie machte ihn das glücklich, auch wenn es für ihn hier nur Trauer und Vorbereitung gab.

Vorbereitung, ja. Er konnte im Grunde nur alles auf den D-Day vorbereiten. Nichts anderes. Warten und bereit sein. Und Joline folgen, wie es seine Bestimmung zu sein schien. Da fiel ihm ihre Kette ein. *Follow me – vade mecum.*

Wie wahr, war sein nächster Gedanke.

Marven stand auf, ging ins Wohnzimmer und holte sich einen Whisky. Den hatte er sich redlich verdient und wollte ihn nicht einfach hinunterstürzen wie am vergangenen Abend. Er wollte ihn genießen.

Kyla gab sich wirklich Mühe, ihn nicht aus seinen Überlegungen zu holen, wofür er sehr dankbar war, und deckte leise und sehr unauffällig den Tisch.

Sie aßen den leckeren, nein köstlichen Auflauf, welchen sie kredenzte. Ihm flogen massenhaft fragende Blicke entgegen, aber in dem Moment registrierte er sie noch nicht. Doch dann richtete er seinen Blick auf das Mädchen, wobei er ihr direkt ansah, wie sie ›Endlich‹ dachte.

Also eröffnete Marven ihr, was er alles erreicht hatte, nachdem er die lange aufgeschobenen Fragezeichen, die über Kyla's Kopf schwebten und ihm aus ihren extrem gesprenkelten Augen entgegenblitzten, endlich wahrgenommen hatte.

Er erzählte alles, von seiner Wohnungsauflösung, von seiner Kündigung, die er Caelan zum späteren Versand gegeben hatte, und von Trish. Dabei ließ er nicht aus, dieses »überirdische Wesen« deutlich zu beschreiben und Kyla schon einmal zu warnen, dass Trish sie mit den Händen erwürgen würde, wenn sie sich nicht fügte.

Kyla war blass geworden, begann jedoch mit keiner Silbe zu mosern. Langsam ging Marven auf, dass dieses zarte Mädchen tatsächlich so mutig war, sich ihren eigenen Dämonen zu stellen. Hoffentlich würde das so bleiben. Wäre er ein gottesfürchtiger Mensch, dachte er, würde er vor dem Zubettgehen heute deshalb beten.

»Morgen fahren wir in die Stadt. Ich kenne da einen Laden, da müssen wir uns mit einigen Klamotten eindecken, aye?« Er plante und hatte Kyla schon gar nicht mehr auf dem Zettel, sodass er darauf nicht wirklich eine Antwort haben musste.

»Gern. Was brauchen wir denn?«, wollte Kyla erwartungsgemäß wissen, sodass ihm aufging, dass sie doch noch anwesend war und teilhaben wollte.

»Anziehsachen, die in die Zeit passen. Wir können nicht ins 18. Jahrhundert spazieren und Bluejeans und T-Shirts tragen, das weißt du doch. Außerdem solltest du dich bei Trish schon mit solchen Kleidungsstücken anfreunden, dann fällt dir das später nicht so schwer, Mädchen«, schlug er vor.

»Da hast du wohl recht. Das machen wir so. Dann kann ich alles andere ja schon einmotten, oder?«, fragte sie beiläufig und Marven wurde hellhörig, da ihm sonderbarerweise nicht ein Wort des Trotzes zu Ohren kam.

»Stimmt irgendwas nicht?«, fragte er sicherheitshalber nach, weil ihm Böses schwante.

»Naye, Marven. Wir haben scheinbar eine Bestimmung, das heißt, du hast eine«, berichtigte sie. »Doch ich möchte hier nicht allein bleiben und ich werde mich fügen und du wirst hoffentlich irgendwann stolz auf mich sein. Du hast mir den Kopf vor ein paar Tagen ordentlich gewaschen und ich sehe ein, dass ich mich nicht auf anderen ausruhen darf. Ich will! Verstehst du!«, durchdrang ihn ihr Blick aus ihren nun vollends moosgrünen Katzenaugen. Sie war eindeutig sicher, gestand er sich ein und akzeptierte mit einem Kopfnicken.

»Na dann, Großtante«, grinste er sie an und es war das erste Mal seit Tagen, dass er wieder seine makellosen Zähne entblößte.

Das ließ Kyla hoffen. Sie legte ihre Hand auf seine und er verstand, dass sie damit einen Pakt geschlossen hatten.

3

Marven konnte nicht richtig schlafen. Er döste immer wieder ein und schrak dann hoch, weil er eine Idee oder einen Gedanken hatte. Wie in einem schlechten Traum sah er ständig Bilder, die ihm etwas sagen sollten. Nur was? Stöhnend quälte er sich aus seinem Bett, setzte sich an seinen kleinen Schreibtisch und nahm einen blanken Zettel.

To-do-Liste, kritzelte er als Überschrift. Dann sann er darüber nach, was Finley ihm alles geraten hatte.

Helen fragen, Jahrmarkt, Kyla mitnehmen

Darüber dachte er länger nach. Für Kyla's Ausbildung in Sachen Crash-Kurs 18. Jahrhundert war gesorgt, aber sollte er sie vielleicht auch zu dieser alten Zauberfrau mitnehmen? Vielleicht! Vier Ohren hörten mehr als zwei und so verhielt es sich auch mit dem Sehen. Kyla, wenn auch jung und unerfahren, hatte dennoch ein sehr gutes Gespür für Menschen. Außerdem würden sie so erfahren, was die alte Vettel von der Idee ihrer Mitreise hielt. Hoffentlich trafen sie sie überhaupt an. Der Jahrmarkt war in vier Wochen. Er musste Trish morgen sagen, dass er Kyla für diesen Tag brauchte und die Ausbildung einen Tag unterbrochen werden musste.

Er saß noch eine Weile so herum und starrte Löcher in die Luft, doch dann holte ihn die Müdigkeit ein. Marven blickte auf seine abgelegte Armbanduhr und stöhnte. Schon vier. Sogleich krabbelte er zurück unter seine mittlerweile erkaltete Bettdecke. Wenigstens fiel er in einen tiefen, traum- und gedankenlosen Schlaf.

Kyla war des Nachts zum Klo gewesen und hatte spät um drei noch Licht unter Marven's Tür her scheinen sehen. Nachdem sie ihre Morgentoilette erledigt hatte, ging sie summend nach unten und wollte ihr letztes schönes Frühstück zubereiten. Sie gab sich viel Mühe und schonte die Vorräte nicht. Marven würde einkaufen müssen, grinste sie in sich hinein.

Auch wenn er am liebsten liegen geblieben wäre, lockte ihn der Duft von gebratenem Bacon, Eiern und … Er konnte nicht genau sagen, was ihm noch in die Nase strömte, aber es war köstlich und er schlug die Bettdecke zurück. Schnell rasierte er sich, putzte die Zähne noch unter der Dusche und zog eilig T-Shirt und Boxershorts an. Sein Magen diktierte das Tempo und

44

sein Verstand hatte Pause.

Gerade als Kyla aus der Küche kam und ihn wecken wollte, bog er zur Tür hinein und sie krachten zusammen.

»Aua, Marven. Du bist hart wie Beton«, beschwerte sie sich und prüfte ihre Kauwerkzeuge. Sie meinte sich auf die Zunge gebissen zu haben und schon war da dieser eindeutig metallische Geschmack.

»Da is ni witzg«, schob sie hinterher, als hätte sie einen ausgestopften Socken im Mund.

Marven zog eine Braue nach oben und tat ansonsten, als hätte er nichts von der Karambolage gemerkt.

»Sprich deutlich, Mädchen. Leider kann auch ich nicht durch Mauern sehen. Es tut mir leid, wenn du dir wehgetan hast …«, schnupperte er in die Küche und ignorierte den Anflug von Gewitterwolken in Kyla's Gesicht.

»Das riecht himmlisch«, sah er zu ihr herunter und lächelte sie erwartungsvoll an. Dabei wies er ihr mit dem Kopf den Weg und ging voraus zu seinem Platz.

»Danke, ich hoffe, dass ich an alles gedacht habe. Das ist ja unser letztes gemeinsames Frühstück und ich dachte, wir könnten uns mal was gönnen, aye?«

»Das sieht alles ausgezeichnet aus«, sah er auf dem Tisch herum und schnupperte hierhin und dorthin und dann hatte er es.

»Blackpudding?«, überrascht schaute er Kyla an und ihm knurrte laut der Magen.

»Aye«, ihr Lächeln war eine strahlende Perlenkette, die in einem herzförmigen Bett aus rotem Samt lag.

Marven schüttelte kurz sein Haupt, um dieses poetische Bild aus seinem Hirn zu bekommen. Dann sah er sie an und wurde von ihren grünen Augen angefunkelt. Eindeutig Schlafmangel, rauschte es nur durch seinen Kopf. Aus seinem Mund rauschte fast gleichzeitig und ohne nachzudenken ein ungläubiges »Woher weißt du?«.

»Super, dann freust du dich wirklich? Von Finley natürlich«, klatschte sie fröhlich in die Hände und begann ihm seinen Teller mit der gebratenen Spezialität voll zu laden.

»Stopp, Lass«, mahnte er sie und klärte sie auf, dass Black-pudding zwar zu seinen Leibgerichten gehörte, aber dennoch nur in Maßen genossen etwas Besonderes bliebe. Das leuchtete sogar Kyla ein und sie begannen zu schlemmen. Am Ende saßen sie mit nahezu platzenden Bäuchen da und grienten sich an wie zwei satte Garfields.

»Danke«, sagt Marven und stand auf, um mit dem Aufräu-men der Tafel zu beginnen.

»Lass mal, ich mach das. Zieh du dich an, wir wollen doch gleich los, oder?«, unterbrach sie ihn und sein Tun und wurde ihrerseits aktiv.

»Okay. Dann bis gleich«, schob er sich an ihr vorbei und ging mit einem eigenartigen Gefühl in sein Zimmer. Himmel, was geschah mit ihm? Dieses Mädchen forderte ihm nun wirklich alles ab. Konnte es denn plötzlich sein … NEIN, verwarf er den Gedanken und sah zu, dass er in die Puschen kam.

In Inverness stellten sie den Rover auf einem Langzeitpark-platz ab und gingen in die Maintown. Dort fanden sie einen La-den, der einiges an traditioneller Kleidung zu bieten hatte. Stie-fel, Röcke, Blusen im alten Stil, Capes und Lederhosen. Marven verzichtete auf Plaids und Karos, da er wusste, dass sie eine ganze Weile in den Highlands verboten waren. Ein kleines Vermögen wechselte am Ende der Einkaufstour den Besitzer und die bei-den zukünftigen Zeitreisenden schleppten ihre schweren Trage-taschen zum Auto.

»Sollen wir noch einen Burger essen?«, schlug Marven vor, damit Kyla nicht wieder die Küche unsicher machte.

»Oh, gern. Cool. Dann ist das wohl meine Henkersmahlzeit, oder?«, nahm sie den Vorschlag mit Galgenhumor.

»Kann man so sehen«, grinste Marven von der Seite und war fasziniert von ihrem feinen Profil. Sein schlechtes Gewissen wuchs ins Unermessliche. Wenn er sie morgen bei der pferdege-sichtigen Trish ablieferte, konnte es eigentlich nur eine geben, die diese Erziehungsmaßnahme überlebte. Sein Herz zog sich zusammen und am liebsten hätte er sie vor dieser Berserkerin beschützt. Aber es gab keine andere Möglichkeit. Er würde täglich für sie beten, schwor er sich und speicherte ihr liebes, zartes Gesicht für alle Zeiten ab.

Spät abends hatten sie dann endlich all ihre neuen Dinge verstaut und Kyla machte sich daran, zu packen. Unschlüssig stand sie da und wusste nicht, was sie gebrauchen könnte.

»Marven?«, rief sie, genervt von sich selbst, über den Flur. »Was werde ich bei Trish wohl am besten gebrauchen können?«

»Nimm die Lederhose und einige Shirts, aye. Du gehst nicht zur Modenschau und alles muss super bequem sein und haltbar. Sie wird weder dich noch deine Klamotten schonen, Kyla«, antwortete er durch seine geschlossene Tür. Er wollte ihre klagenden Blicke jetzt nicht sehen. Ihm ging es ohnehin schon schlecht genug, weil er ihr das antun musste.

4

Trish stand wartend vor ihrem Cottage und tippte ungeduldig mit dem rechten Fuß auf den festgetretenen Lehmboden. Marven, der das genervte Gehabe aus seinem Auto schon sah, hätte am liebsten eine Vollbremsung gemacht und wäre mitsamt seiner kleinen Kyla wieder abgerauscht. Kyla's Gesicht, das plötzlich den Teint einer Toten hatte, erschreckte ihn zusätzlich. Doch hier musste er nun völlig souverän sein, sonst würde Kyla sterben, noch bevor er das Grundstück verlassen hatte. Innerlich lachte er sich aus, dass er dermaßen viel Angst vor Trish Spencer entwickeln konnte. Doch es war ja keine Angst um seinetwillen.

»Hi Trish«, sagte er schon beim Aussteigen und ging zum Kofferraum, um Kyla's Tasche herauszuholen. Diese hatte sich mit dem Mut der Verzweiflung nun auch schon aus dem Rover gequält und ging langsam auf Trish zu. Marven stockte der Atem. Das war unfassbar. David gegen Goliath. Ihm standen Schweißperlen auf der Stirn. Doch dann geschah etwas, das er niemals geglaubt hätte, wäre er nicht persönlich Zeuge der Szene geworden.

Kyla's Schritte wurden energischer und ihr Rücken gerade.

Sie ging auf direktem Weg zu Trish und streckte ihr die Hand entgegen.

»Hallo Trish, ich bin Kyla. Wie Marven …«, dabei drehte sie sich um und wies mit ihrem Arm unbestimmt hinter sich, ohne den Blick von Trish zu nehmen, und vervollständigte klar und deutlich: »… dir bestimmt schon erklärt hat, bin ich ein hundertprozentiges Greenhorn. Da er mir versichert hat, dass nur du in der Lage wärst, eine Amazone aus mir zu machen, die vor 250 Jahren hätte leben können, stelle ich mich deinem Können zur Verfügung. Schone mich nicht, aber bring mich bitte auch nicht um, aye«, schloss sie und hoffte die westernaffine Trish richtig eingeschätzt zu haben.

Marven hätte am liebsten laut losgelacht, als er das erstaunte Gesicht von Kyla's Lehrerin sah. Trish war das erste Mal im Leben sprachlos, was sich mit offenem Mund und erstauntem Blick äußerte. Als sie sich gefangen hatte, trampelte sie an Kyla vorbei zu Marven, nahm ihm brüsk die Tasche ab und bellte:

»Hau ab, Marven, wir kommen schon klar.«

Kyla winkte ihm schüchtern und formte ein stummes »Bis bald« mit ihrem zuckersüßen Herzmund.

Nun blieb ihm nichts anderes übrig und so stieg er ein, wendete sein Gefährt und ließ Kyla schweren Herzens in der Vorhölle. Er fühle sich mordsmäßig schlecht und brauchte dringend jemanden zum Reden. Also gab er seiner Sprachsteuerung den Befehl »Anrufen«.

»Marv. Mit dir hatte ich frühestens in einem Jahr gerechnet, so wie du abgehauen bist. Was geht, Alter?«, hörte sich Caelan ziemlich kurzum an.

»Ich muss mit dir reden, hast du Zeit? Dann komme ich gleich rum«, antwortete Marven und hoffte inständig, dass ihn der scheinbar verärgerte Freund nicht abwies.

»Klar, komm her. Du weißt ja, wo du mich findest«, sagte Caelan und legte auf.

Marven fiel ein Stein vom Herzen. Er hätte seinen alten Kumpel gleich aufklären sollen, das wäre ehrlicher gewesen. Nur konnte er das vor einigen Tagen noch nicht. Er hatte sich ja selbst noch gar nicht mit seiner Situation abgefunden. Nun aber war er entschlossen; und wenn er ehrlich zu sich selbst war, freute er sich sogar. Er freute sich wie wahnsinnig auf Joline, seine Mutter. Wie sie wohl jetzt aussah? Würde er sie wiedererkennen? Wären ihm die anderen wohlgesonnen? Er trug eine Schwingung in seinem Körper, die ohnegleichen und völlig neu war. Als er den Parkplatz vom »Boots N Paddels« erreichte, wurde er bereits von Caelan erwartet.

»Hi Marv, du siehst irgendwie … scheiße aus«, begrüßte ihn sein Freund.

»Oh, tut mir leid. Eigentlich dachte ich, dass ich den Zustand seit fünf Minuten verlassen hätte«, antwortete Marven schlagfertig und dachte in der Tat gerade, dass es so wäre.

»Nee, Mann, hast du jemanden umgebracht, oder was … Komm erst mal einen starken Kaffee trinken, aye«, hakte Caelan nach und legte ihm einen Arm um die Schulter, um ihn zum Bürohaus zu dirigieren.

»So kann man das auch nennen, Cal. Ich habe Kyla gerade bei Trish abgesetzt.« Damit hatte er den immer coolen Caelan aus der Fassung gebracht. Der blieb abrupt stehen und sah Marven ungläubig an.

»Das hast du nicht gemacht, oder?«, hörte sich seine Stimme dramatisch ängstlich an.

»Doch, und ich fühle mich, als hätte ich sie eigenhändig erwürgt«, gab Marven zu.

»Komm mit. Wir tun einen kräftigen Schluck Whisky in den Kaffee und dann rede, Mann«, zog er seinen Freund hinter sich her und drückte ihn im Büro in einen der Wartesessel.

Caelan war sein einziger richtiger Freund und er hatte es verdient, Bescheid zu wissen. Deshalb erzählte Marven die ganze tragische Geschichte, ohne zu beschönigen und ohne etwas auszulassen.

»So, jetzt weißt du alles. Zumindest das, was ich selber weiß«, endete er und schaute in ein verwirrtes Gesicht, das noch verwirrter aussah, weil Caelan seine Mütze vom Kopf gezogen hatte und sein Blondhaar nun in alle Richtungen abstand. Außer einem gestöhnten »Ähm« kam erst mal nichts Brauchbares aus ihm heraus. Er drehte sich in seinem Sessel um, scannte Decke und Wände des Raumes und fragte dann:

»Ist hier irgendwo eine Kamera? Verarschst du mich, Marv?«

»Sehe ich so aus, Cal?«, hörte sich Marven niedergeschmettert genug an, um Caelan wieder auf Normal-Null zu bringen.

»Okay, jetzt verstehe ich, dass du das Mädchen vorbereiten musst. Glaub mir, die ist stur wie ein alter Esel, daran wird Trish sich arg gewöhnen müssen«, versuchte Cal seinen Freund aufzuheitern.

»Caelan, sie ist fünfzehn-und-ein-bisschen. Meinst du wirklich, dass sie Trish jemals gewachsen sein kann?«, zweifelte Marven erneut seine eigene, wie er neuerdings fand, fiese Entscheidung an.

»Da ist doch noch was! Raus damit, Kumpel«, nötigte Caelan seinen Freund, nun vollends die Karten auf den Tisch zu legen.

»Das behältst du aber für dich, Cal. Schwör es mir!«

»Klar, Mann. Ehrenwort! Aber ich kann es dir auch so schon sagen, Alter. Du verliebst dich gerade in deine ›Großtante‹, oder was war sie noch mal?«, witzelte Caelan.

»Sie ist nicht blutsverwandt. Das macht einen Unterschied, oder?«, versuchte Marven wenigstens etwas Boden gutzumachen, denn ihm wurde mit jedem Moment klarer, dass Caelan die Wahrheit sagte.

»Aye. Das macht es. Verstehen kann ich dich auch. Sie ist ein ganz hübsches Ding. Aber sie wird dir mit ihrem Gezeter irgendwann gehörig auf den Wecker gehen, Marv … Es sei denn, Trish kriegt sie hin«, räumte Cal ein. »Ach übrigens, morgen gehst du ja wohl wieder arbeiten. Dann würde ich vorschlagen, du gibst den Brief selber ab, aye«, stand er auf, verschwand in einem Nebenzimmer und holte das Kündigungsschreiben.

»Aye, du hast recht. Ich danke dir für dein Ohr. Morgen früh fahre ich nach Edinburgh, suche mir ein *Bed & Breakfast* und fühle Helen Keith auf den Zahn«, beschloss er, dankte für den Kaffee und wollte sich gerade auf den Weg zum Parkplatz machen, als sein Freund ihn am Arm festhielt.

»Ich komme auch mit. Einen weiteren Bogen wirst du brauchen können und einen Freund sowieso«, ließ Caelan seinen besten Kumpel wissen.

»Wie soll das gehen? Vergiss es, Cal … Ich habe noch nicht einmal eine Ahnung, ob Kyla mitreisen kann«, lehnte Marven den Vorschlag dankend ab und ließ ihn stehen.

»Was soll ich hier ohne dich? Sag mir Bescheid, wenn du es weißt, Alter. Ich will mit!«, rief Caelan ihm nach und war sich sicher, dass er gehört worden war.

Marven fuhr nach Hause. Er ging geradeaus durch ins Wohnzimmer, ließ sich in den Sessel neben dem Beistelltisch mit dem Whisky fallen und nahm sich einen Doppelten.

Mit jedem Schlückchen beruhigte sich sein Herz mehr. Sein Verstand verlangsamte sich und damit auch die Gedanken, die ihn wie ein Orkan traktiert hatten. Er kehrte in sich und ruhte dort. Dann entstand ein Film vor seinem inneren Auge. Und gespannt sah er zu, wie sich drei Menschen in einer wunderbaren Landschaft auf den Weg machten, einige Abenteuer zu bestehen.

Quid pro quo

1

Kyla sah den Rover in einer Staubwolke verschwinden und Trish auf sich zustampfen wie eine Dampfmaschine. Dem Bild fehlte allein, dass sie aus den Nasenlöchern qualmte. So jedenfalls stellte sie sich insgeheim einen Minotaurus vor und sie hatte definitiv eine Ähnlichkeit mit ihm, wenn der denn ein Pferd gewesen wäre. Na ja, sie würde hier nur lernen müssen, was Jo schon konnte. Das wäre ja wohl gelacht und so schlimm war die erste Begegnung ja nicht.

Marven hatte sie ja vorgewarnt. Diese Frau war keine Frau, sondern eine Barbarin aus längst vergangenen Wikingerzeiten.

Im guten Glauben, ihre neue Erzieherin würde ihr nun ihr Zimmer im Cottage zeigen, Küche und Bad erklären, drehte sich Kyla in Richtung Koben und wollte los, als sie die Tasche, die Trish eben noch Marven abgenommen hatte, hart auf den Boden hinter sich fallen hörte.

»Wo willst du hin?«, bellte die eiserne Lady hinter ihr her.

Kyla drehte sich um, wies jedoch mit ihrem Arm noch in Richtung Haus.

»Ich dachte …«, weiter kam sie nicht.

»Du sollst nicht denken, du sollst warten, hören und tun, kapiert!«, wurde sie harsch angefahren.

»Gut«, antwortete Kyla mit kleinlautem Ton, während ihr Innerstes zur Revolte blies.

»Komm mit«, wies Trish sie an und deutete kopfnickend auf die Tasche, die sie keinesfalls für das Mädel tragen würde, und ihre Geste wurde von ihrem Lehrling prompt verstanden. Kyla fasste in die Schlaufen und ärgerte sich maßlos über sich selbst, dass sie zu schwer gepackt hatte.

Dennoch folgte sie ihrer Ausbilderin mit dem gewichtigen Gepäck in Richtung Stallungen.

Am Eingang zur Boxengasse blieb Trish stehen und zeigte den langen, dunklen Gang entlang.

»Die letzte ist deine.«

Ungläubig starrte Kyla dieses Weib an.

»Das kann nicht dein Ernst sein, naye!«

»Die Kuschelzeit ist für dich vor fünf Minuten zuende gegangen. Wir machen jetzt eine Überlebenskünstlerin aus dir. Bring die Sachen da hinten hin und dann komm zurück. Deine Schlafstatt kannst du später richten. Ich zeige dir dann den Hof, Abort und wo du dich waschen kannst«, erhielt Kyla ihre ersten Anweisungen. Doch irgendwie schienen sie nicht so richtig in ihrer Befehlszentrale anzukommen, denn sie bewegte sich nicht.

»Mach schon, oder meinst du, ich habe ewig Zeit?«, wurde sie ermahnt, also tat sie, wie ihr befohlen wurde.

Zurück am Stalleingang wollte sie anfangen klarzustellen, dass dieser Zustand ja wohl mehr als menschenunwürdig sei, doch dazu kam es nicht. Denn Trish hatte eine sagenhafte Beobachtungsgabe und sah Kyla förmlich an, dass die gleich zu mosern anfangen würde. Diesen Zahn wollte sie ihr mal sofort von Anfang an ziehen. Marven wollte zwar keine Bestie zurück, aber er sollte eine brauchbare Gefährtin für die gefährliche Vergangenheit bekommen. Leicht schüttelte sie den Kopf. Wie der Mann auf *Kampfsau* kam, würde ihr bei dem schmächtigen Gegenüber für immer und ewig ein Rätsel bleiben.

»Du kannst dir deine Beschwerden sparen. Es wird gemacht, was ich sage, es wird geschlafen, wenn ich es sage, es wird gegessen, wenn ich es sage, und es wird früh aufgestanden. Das allerdings muss ich nicht sagen. Das macht der da«, und Kyla's Blick folgte dem in einem Viertelkreis gedrehten Kopf von Trish.

Dort stolzierte ein überproportionaler Italiener in einer Truppe Hennen herum, als wäre er König Ludwig der 14. von Frankreich. Die Erklärung, was dieser blöde Hahn mit ihrer Ausbildung zu tun hatte, folgte prompt.

»Wenn ›Karl der Große‹ das erste Mal kräht, stehst du auf.

Beim zweiten Mal bist du am Bach und am Abort fertig und beim dritten Krähen gibt es was zu essen. Danach nichts mehr, hast du verstanden?«

Kyla nickte und machte in der Tat ein Gesicht, als wäre sie nicht richtig im Kopf. Wie in Trance lief sie dieser Riesin hinterher, die ihr die erwähnten Gegebenheiten zeigte. Dann lichtete sich der Nebel und sie kam zu sich.

»Das ist ja alles schön und gut. Aber das kann nicht der Deal sein. Ich bin doch nicht irgendein Rindvieh, das man in den Stall sperrt, zum Saufen an den Bach bringt und zum Sch… in ein so ekeliges Verlies, wie das da …«, dabei zeigte sie angewidert auf das Plumpsklo.

So, damit hatte sie dann auch gleich die erste Machtprobe mit ihrer Herrin und Meisterin heraufbeschworen. Trish's Augen wollten sich bedenklich nach vorne wölben.

»Ich rufe Marven an, dass er dich abholt. Du bist nicht geeignet«, zischte die Titanin und baute sich vor dem Winzling Kyla auf. In der Tat sah sie nun sehr bedrohlich aus. Sie drehte sich schwungvoll um und machte sich schnellen Schrittes in Richtung Cottage auf den Weg. Was Kyla nicht wissen konnte, war, dass Trish gar kein Telefon hatte. Doch schon allein die bevorstehende Erniedrigung, vor Marven versagt zu haben und ihm so gegenübertreten zu müssen, reichte aus, um sie genügend einzuschüchtern. Schnell lief sie hinter Trish her und entschuldigte sich.

»Es tut mir leid, bitte nicht. Bitte ruf ihn nicht an. Ich habe versprochen, dass ich mich füge. Bitte ruf ihn nicht an. Ich werde gehorchen. Bitte«, sprang sie an Trish hoch wie ein junger Jagdhund, der sich auf einen Spaziergang freute, dabei hätte sie heulen können wie ein getretener Köter.

»Hmpf«, vernahm sie und konnte gerade noch in ihrer Bewegung stoppen, als Trish eine Vollbremsung hinlegte.

»Ich will nix mehr von dir hören, is' das klar, Fräulein? Kein Murren, kein Knurren. Nur ein ›Ja Trish!‹, kapiert?«, forderte sie und es gab keinen anderen Ausweg für Kyla, als laut zu sagen:

»Ja, Trish! Ja, Trish! Ja, Trish!«

»Verarsch mich gefälligst nicht, du Krümel«, wieherte sie Kyla entgegen, weil sie sich vereimert vorkam.

»Ja, Trish, ich meine, nein, Trish, ich verarsche dich nicht«, hörte Kyla sich laut sagen, wie ein Soldat, der den Befehl des Vorgesetzten zu wiederholen und auszuführen hatte. Sie hatte fast das Gefühl, als hätte sie auch dessen Haltung angenommen, denn als es gesagt war, entspannten sich ihre Schultern ein wenig.

»Gut. Dann komm was essen. Ich will dir den Tagesablauf erklären, aye«, hörte sich Trish das erste Mal an diesem Tag wie ein Mensch mit Gefühl an.

2

Alles in diesem heruntergekommenen Cottage war alt. Kyla fühlte sich um ein Jahr zurückversetzt. Finley's Koben war ebenfalls alt, aber der große Unterschied zu diesem hier war, dass er gepflegt und gehegt daherkam.

Hier war alles verwohnt, und ganz ehrlich, Trish schien von Ordnung nicht ganz so viel zu halten. In der Spüle häufte sich Geschirr, überall lagen Tücher und Klamotten herum. An den Fenstern hingen Netze, die Insekten draußen halten sollten, die aber arge Risse aufwiesen oder schadhaft in ihren Befestigungen waren. Sie konnten allein der Verdunklung des Raumes an sich dienlich sein, aber Fliegen, Mücken und alles Mögliche würden sich durch die Lücken zwängen können.

»Soll ich hier mal ein bisschen Klarschiff machen?«, bot Kyla an, die eine andere Lebensart bevorzugte als diesen Ölstall.

»Rühr nix an, klar? Ich will das genau so, wie es ist«, blaffte Trish zurück, obgleich eine nette Ablehnung auch gereicht hätte. Kyla dachte sich ihren Teil.

»Setz dich da hin«, wies sie ihr einen Stuhl zu, der frei geräumt werden musste. Da stand Kyla nun mit diesen undefinierbaren Stuhl-Belagerungsgegenständen in der Hand und schaute sich nach einem alternativen Ablageplatz um. Allerdings wurde ihr alles brüsk aus den Fingern gerissen und in hohem Bogen in die Ecke geworfen. Schnell setzte sie sich hin, auch um zu verhindern, dass sie als Nächstes entsorgt würde.

Sollte sie diese Frau überleben, schwor sie sich, dann könnte Marven sein blaues Wunder erleben.

Eine Schale wurde in ihr Blickfeld gerückt und mit einem Ächzen setzte sich Trish mit einer weiteren, viel größeren an den Tisch. Das war irgendein Eintopf, aber Kyla wagte nicht zu fragen. Auch erstarb ihr die Erkundigung nach einem Löffel auf den Lippen, als sie sah, das Trish die Schale an ihren Mund hob und schlürfte.

Marven, ich töte dich, änderte sie abrupt ihre Meinung.

Das schien nicht nur die direkte Abstammung von unkultivierten Wikingern zu sein, das war die Vorstufe, entschied sich Kyla und ihr wurde schlecht.

»Iss! Mehr gibt es nicht. Wir müssen noch einiges erledigen, wenn ich mir Zeit für dich nehmen muss. Je schneller die Arbeit ansonsten getan ist, Kindchen, je mehr Zeit bleibt dir für die Ausbildung, kapische?«

Gehörte es zur Ausbildung, im Stall zu schlafen und zu leben wie ein Steinzeitmensch?, fragte sich Kyla. Doch es nützte alles nichts, jetzt musste sie dadurch, bevor diese Petze sich bei Marven ausheulte und ihr Leben mit einem Streich zunichtemachte.

Kyla hob die Schale an die Lippen und versuchte nicht zu riechen, damit sie dieses Zeug heruntergewürgt bekam. Geschmacklich war es dann allerdings ganz annehmbar. Dennoch wollte sie gar nicht hinterfragen, was da alles in ihrem Schlund verschwand.

»Also, deine Aufgabe ist es, die Tiere zu füttern. Ich zeige dir gleich, wo du alles findest. Mach dir die Tiere zum Freund, dann tun sie dir nix, aber komm dem Hahn nicht zu nahe, sonst sind deine grünen Augen Geschichte«, sah Trish sie eindringlich an und Kyla verstand die Warnung auch als solche.

»Die Pferde sind in den Boxen angebunden, die schiebst du einfach ein wenig an die Seite und bringst Heu und Hafer in die Tröge. Stellst du fest, dass irgendwas nicht in Ordnung ist, sagst du es mir sofort!«, stellte sie unmissverständlich fest. Kyla nickte eifrig, was blieb ihr übrig? Sie sollte ja nicht denken, was ihr sehr, sehr schwerfiel.

»Was is? Bist du fertig?«, zeigte Trish auf die Schale und weiter auf die Spüle, wohin die beiden leeren Geschirrteile zu stellen seien, wobei sie das ihre herüberreichte. Kyla beeilte sich, den Stapel um zwei Teile anwachsen zu lassen, und zuckte verständnislos mit den Schultern. Was für ein ekeliger Dreck.

»Dann komm mit, so kann ich mal gucken, welches Pferd für dich geeignet ist«, forderte Trish Kyla auf, ihr zu folgen, was sie im Laufschritt tat. Das war das erste Mal an diesem Tag, dass ihr das überhaupt auffiel. Die Frau hatte einen Schritt am Leib, dem sie nur mit einem Joggingtrab folgen konnte. Dabei nur diese mickrige Mahlzeit. Angst nahm Gestalt an. Wenn sie nicht ohnehin hier getötet wurde, dann würde sie vermutlich verhungern. Aber weiteren Trübsal konnte sie nicht blasen, da sie sich schon die verschiedenen Futtermengen und -Sorten merken musste, die ihr Trish gerade erklärte.

»Begriffen?«, fragte diese dann, als wäre jedes Wort, das nett sein könnte, eines zu viel.

Sie nahm eine halbe Schaufel aus dem Körnersack und warf es den Hühnern in weitem Bogen hin, die wie gestochen auf das Futter lostoben.

»Hast du gesehen, wie man das macht? Morgen nach dem Frühmahl gibst du ihnen eine ganze Schaufel! Abends eine halbe, wie ich eben, klar?«, ließ sie den Befehl so stehen und wandte sich dem Pferdestall zu.

»Ich habe acht Pferde hier und zwei Stuten auf der Weide, da oben.« Sie zeigte vage in Richtung Norden.

»Die eine Stute wird bald fohlen. Wir müssen morgen, spätesten übermorgen nach ihr sehen«, schwafelte sie weiter von ihren Pferden. Kyla hörte kaum noch zu, weil sie die Himmelsrichtungen erforschte. Doch die Sonne schien nicht. Trotzdem fragte sie sich:

War das Norden? Inzwischen waren sie im Stall angekommen, als Trish schon mit dem ersten Gaul sprach.

»Na, Handsome, wie geht es dir heute? Mach mal etwas Platz, alter Junge«, quetschte sie sich an dem Pferdeleib vorbei und sah in den Futtertrog.

»Das hast du fein aufgefressen«, tätschelte sie seinen Hals und ließ ihre Hand auf dem Rückweg von der Kruppe aus über seinen Rücken fahren. Ein liebevoller Klaps auf den Hintern beendete diese erste Überprüfung. Kyla staunte nicht schlecht. Wenigstens einige Wesen auf dieser Erde konnten diese Frau zu einer liebevollen Geste bringen. Dieses bemerkenswerte Schauspiel wiederholte sich bei jeder Box mit anderem Wortlaut und anderem Namen, aber immer hingebungsvoll.

»Hast du gesehen, wie man in die Boxen geht? Eigentlich kann da nix passieren. Der Ton macht die Musik«, klärte sie Kyla auf, die mit Ehrfurcht auf die großen Hinterteile schielte.

»Merk dir die Namen und sprich mit ihnen. Wie gesagt, mach dir die Tiere zum Freund. Das ist der Trick. Pferde sind sehr sensibel und man kann es sich schnell mit ihnen verscherzen«, hielt sie einen kleinen Vortrag in Pferdepsychologie, sodass Kyla, die ohnehin keinen Schimmer hatte, nur übrig blieb, wieder einmal glaubhaft zu nicken.

»Und … welches soll nun für mich sein? Die sehen alle schrecklich groß aus. Hast du kein Pony?«, fragte sie ängstlich.

»Marven möchte eine jagende Diana, keine Weicheiprinzessin, Mädchen«, lachte Trish kehlig auf.

»Der alte Handsome genießt sein Gnadenbrot und ist steinalt für ein Pferd, mit dem könntest du nicht mal mehr 'nen Igel jagen«, freute sie sich über ihren eigenen Witz.

Dann nahm sie jedoch Maß, schaute Kyla an, schaute ihre Reittiere an und schien abzuschätzen. Kyla sah einen Anflug von Zufriedenheit über das Pferdegesicht ihrer Lehrerin huschen, kurz bevor die sich umdrehte und wieder in einer Box verschwand. Sie redete stetig auf das Tier ein, als sie dieses im Rückwärtsgang aus der engen, mit Holz beplankten Stallung dirigierte.

»Wir versuchen es mal mit Kashmir, aye«, beschloss sie, führte das große, braune Pferd nun ganz aus dem Stall und band es an einer eisernen Halterung an.

»Komm«, winkte sie Kyla zu sich. »Ich halte dir die Hände wie einen Steigbügel, du trittst mit dem linken Fuß hinein, greifst mit beiden Händen in das Ende der Mähne an der Kruppe, hievst dich hoch, lässt das rechte Bein über den Rücken gleiten und bleibst mit deinem Hintern auf dem Pferderücken sitzen. Verstanden?«, versicherte sie sich, dass Kyla der Ablauf klar war.

Sie wollte gerade in den provisorischen Steigbügel aus Trish's Händen steigen, als ihr diese die Hände wegzog.

»Was habe ich dir gesagt?«, giftete Trish. Kyla, die sich keiner Schuld bewusst war, starrte sie entgeistert an.

»Rede mit ihm, verdammt noch mal. Du willst auf seinen Rücken und er soll dich durch die Gegend schleppen. Wäre es andersherum, würdest du wohl zumindest gern gefragt werden, naye?«

Also straffte Kyla sich und schien um einen Zentimeter gewachsen. Sie ging um Trish herum und sprach mit dem Wallach, dem sie nun die Blesse streicheln wollte, als sie brüsk von ihrer Lehrerin aufgehalten wurde.

»Was machst du da, Dummkopf? Stell dich nie vor ein Pferd, immer nur zur Seite des Kopfes. Wenn es steigt oder losläuft, bist du Matsch«, schüttelte sie verständnislos das Haupt.

So tat Kyla wie angeraten, redete freundlich mit dem Braunen, fuhr mit ihrer Hand über sein Fell am Hals, griff zur Kruppe, die sie kaum erreichte, und dann trat Trish wieder näher heran, machte den Steigbügel und ließ Kyla hineintreten. Kyla war einfach zu klein. Sie versuchte sich hinaufzuziehen, aber der Gaul bewegte sich verärgert, und weil es Trish zu bunt wurde, gab sie ein wenig Hilfe. Doch hatte sie nicht mit diesem Leichtgewicht gerechnet und Kyla's Körper erfuhr einen ordentlich kräftigen Schwung, sodass sie den vorgeschriebenen Bewegungsablauf nicht hinbekam und ohne Aufenthalt, auf der anderen Seite des Wallachs hart auf den Boden aufschlug. Zuerst blieb ihr die Luft weg, das war wohl der Schreck. Dann spürte sie erst den Schmerz in ihrem Becken. Aber sie fühlte sich nicht ernsthaft verletzt. Tränen schossen ihr in die Augen. Es waren jedoch eher Wut und Peinlichkeit, die sich feucht Bahn brachen. Hätte sie Trish in dem Moment sehen können, in dem diese Kraftprotzin sie über das Pferd katapultiert hatte, wären ihr allerdings vor Lachen Tränen aufgestiegen. Trish's Augen waren groß wie Klodeckel geworden und die Kinnlade vor lauter Angst um das Mädchen fast bis auf die Brust gefallen. Nun, Kyla hatte es nicht gesehen. Deshalb verspürte sie eher Niedergeschlagenheit, denn Belustigung.

Trish kam um das Pferd herum, das sich wieder beruhigt hatte, und hielt ihr die Hand entgegen. Kyla unterdrückte ihren Schmerz, ergriff diese rissige, starke Pranke und ließ sich hochziehen.

»Tut mir leid, Kyla. Das war wohl etwas viel Schwung, hmm?«, entschuldigte sich Trish und Kyla dachte, sich verhört zu haben. Erstens eine Entschuldigung und zweitens ihr Name. Vielleicht würde sie sich ja doch noch zu einem Menschen entwickeln. Kyla rang sich ein schiefes Grinsen ab und gab sich tapfer.

»Noch mal?«, fragte sie mutig, weil sie sich auf keinen Fall jetzt eine Blöße geben wollte.

»Naye, ich glaube, wir nehmen doch besser Nell. Die ist nicht ganz so groß und bei deinem Gewicht sicher auch nicht überfordert, wenn sie galoppieren soll«, entschied Trish.

»Soll ich sie aus der Box holen?«, erkundigte sich Kyla und verfluchte sich im gleichen Moment, weil sie ihre Klappe nicht einfach gehalten hatte. Innerlich hoffte sie nun, das Trish es verneinen würde, weil sie es ihr einfach nicht zutraute. Aber die nickte nur, machte Kashmir los und führte ihn wieder zurück.

»Weißt du noch, welche Box?«

»Naye, nicht wirklich.«

»Die neben deiner. Vergiss nicht, rede mit ihr. Sie heißt Nell, alles klar?«, hörte Kyla Trish, die mit Kashmir in seiner Box verschwunden war, um ihn festzumachen.

Adrenalingeschwängert wagte sich Kyla zu Nell und machte sie los. Unter ständigem Gerede brachte sie das Pferd im Rückwärtsgang aus der Box und führte sie den Gang entlang nach draußen, wo sie die Stute festband, wie sie es bei Trish gesehen hatte. Dann ging sie wieder an das Kopfende, vermied aber einen frontalen Standort, streichelte das Tier wie vorher Kashmir und wartete auf Trish.

Diese kam Sekunden später und bedeutete Kyla, dass sie die Prozedur jetzt noch einmal versuchen sollte. Also stieg Kyla wieder in den Steigbügel aus Menschenhand, griff wie angeraten in die Kruppenmähne und zog sich hoch. Diesmal hatte Trish ihre Kraft im Griff und Kyla sah das erste Mal im Leben die Welt von einem Pferderücken aus.

»Gut. Jetzt halt dich in der Mähne fest, aber tu ihr nicht weh, hörst du? Ich mache sie los und führe dich ein wenig rum, damit du dich an die Bewegung gewöhnst, aye.«

Ängstlich blickte Kyla zu Trish hinunter und sah eine vage Verwandtschaft mit Nell. Schnell nickte sie dem Pferdegesicht zu und blickte geradeaus, damit sie nicht laut zu lachen begann. Sie biss sich auf die Lippen und schon ging ein schaukelndes Pferd im Schritt auf dem Hof spazieren. Und ehrlich gesagt fühlte es sich gar nicht so übel an.

»Na, was sagst du? Ist sie für dich in Ordnung? Sitzt du gut oder ist sie zu breit? Du musst deine Beine an ihren Leib pressen, um dich oben zu halten ... Geht das so?«, plapperte Trish in einem fort und Kyla wusste nicht recht, ob die Sorge tatsächlich ihr oder eher dem Pferd galt.

»Alles gut«, antwortete sie deshalb nur und hoffte, dass Trish nicht ... doch sie tat es.

»Beine andrücken, gut festhalten!«, kam auch schon der neue Befehl und sie ließ Nell antraben. Im Gegensatz zum Schritt war das ein Gerüttel und Geschüttel, aber Kyla blieb oben. Ohne Sattel, Zaumzeug und Steigbügel. Dann folgte die letzte Steigerung, natürlich wieder mit dem »Beine-andrücken-festhalten!«-Befehl, und Kyla hatte Probleme, nicht an einer Seite herunterzurutschen.

»Halt dich versetzt in der Mähne fest und beug deinen Oberkörper etwas nach vorne über ihren Hals. Das ist für euch beide leichter«, riet Trish und Kyla tat lieber, was Trish empfohlen hatte. Es funktionierte.

»Brr«, bremste Trish die Stute herunter und diese kam so abrupt zum Stehen, dass Kyla beinahe nach vorne abgestiegen wäre, hätten sich ihre Hände nicht wie automatisch in die Mähne gekrallt. Ein Fingernagel riss ein. Das würde echt unschön aussehen, dachte Kyla grimmig und machte sich Luft:

»Geht das vielleicht auch mit Ansage, hä? Beinahe hätte ich schon wieder unten gelegen, Mann!«, konnte sie sich ihre Beschwerde wirklich nicht verkneifen und erntete dafür einen finsteren Blick von Trish.

»Steig ab, bring Nell in den Stall und dann kannst du die Pferde noch füttern. Die kriegen morgens und abends das Gleiche«, nahm Trish's Stimme wieder den kalten Ton an, den sie zu Anfang draufhatte. Kyla hatte geglaubt, dass sie dieses Stadium hinter sich hatten, aber dem war wohl nicht so.

»Wenn du mit den Pferden fertig bist, kannst du deine Schlafstatt richten. Wo du dich waschen und erleichtern kannst, weißt du ja. Bis morgen«, drehte sich das Monstrum um, und so sah Kyla ihrer Gastwirtin sprachlos hinterher. Diese ging zielstrebig zum Haus und verschwand.

3

Es war noch dämmrig draußen, als Kyla vor den Stall trat, nachdem sie die Pferde versorgt hatte. *Eigentlich viel zu früh zum Schlafengehen*, dachte sie. Ihr provisorisches Bett war gerichtet und nun war sie froh, dass Marven ihr noch ein altes Plaid von Finley mitgegeben hatte. Das, zumindest hoffte sie, würde das stechende Stroh davon abhalten, sie in der Nacht zu sehr zu piksen. Kyla atmete schwer ein und mit dem Mut der Verzweiflung laut wieder aus, bevor sie sich zum Bach begab, der für einige Zeit ihr Bad sein würde. Vorher besuchte sie diesen unseligen Abort, der ihr den Schweiß auf die Stirn trieb. Da war es am Loch Alish direkt luxuriös, haderte sie mit sich. Der Gestank unter diesem Holzloch war erbärmlich, aber noch schrecklicher waren die Fliegen, die diesen Ort in Horden bevorzugten und unter ihr summten. Unruhig machte sie ihr Geschäft, jederzeit mit einer Berührung dieser Biester an ihren nun ungeschützten Regionen rechnend.

Neben ihr lag zerrissenes Zeitungspapier und nicht das gewohnte vierlagige Toilettenpapier mit den gelben Blümchen. Sie verdrehte die Augen und hielt den Atem an. Benutzte das Wischmaterial, was da war, und eilte zum Bach. Unschlüssig stand sie da, sah in das beschaulich fließende Gewässer und entschied, dass sie eine Komplettwäsche brauchte. Schnell entledigte sie sich ihrer Kleidung und starkste in den Wasserlauf. Ihre Füße trafen auf weichen, schlickigen Grund, aber die Tiefe dieses Gewässers drohte zum Problem zu werden. Es reichte ihr gerade mal bis zum Knie und dann war es auch noch mehr als erfrischend kühl. Es kostete Kyla enorme Überwindung, aber sie setzte sich, brachte ihren schlanken Körper in Liegeposition und tauchte einmal mit dem Kopf unter. Das musste reichen. Eilig sah sie zu, dass sie wieder an Land kam, trocknete sich ab und wand das Handtuch um ihr Haar, damit sie sich mit einem langen T-Shirt bekleiden konnte, ohne dass ihr nasses Langhaar es einnässte. Auf dem Rückweg rubbelte sie ihre kupferfarbene Lockenpracht trocken, so gut es ging. Ein letzter Blick zum Cottage. Eine letzte stille Frage, warum sie hier im Stall schlafen musste, und auch sie verschwand in ihrer Box.

Aus reichlich Stroh und mit dem festen Karostoff hatte sich Kyla ein kleines Nest gebaut und kuschelte sich ein. Doch die Pferde schnaubten ab und an, dann hörte sie es hier und da rascheln und ihre Angst vor Mäusen oder gar Ratten hielt sie wach. Genervt drehte sie sich auf die andere Seite und spürte einen stechenden Schmerz. Der Sturz hatte zumindest einen fetten Bluterguss zur Folge, schätzte sie grimmig und drehte sich wieder um. Irgendwann musste ihr Geist beschlossen haben, dass sie Schlaf brauchte, und sie tauchte in eine kurze Körperlosigkeit ein.

Zähneklappernd erwachte sie jedoch in tiefster Nacht wieder. Sie fror erbärmlich. Tastete in der stockdunklen Umgebung nach ihrer Tasche und suchte ein Paar dicke Socken und ihr Cape. Mit der weiteren Kleidung gerüstet, versuchte sie es dann noch einmal. Bald schlief sie ein und träumte:

Marven und sie galoppierten wie wild durch die Landschaft. Dreck spritzte scheinbar direkt aus den Hufen der Pferde. Seine und ihre eigenen Haare flogen wie Fahnen hinter ihnen her. Das Ganze hatte eine gewisse Anspannung, als ob sie eiligst ein Ziel erreichen mussten. Dennoch fing sie immer wieder Marven's anerkennenden Blick auf, wenn er sich zu ihr umsah, ob sie auch folgen konnte. Doch dieser Blick hatte mehr. Es war eindeutig mehr als Stolz oder Freude darüber, dass sie anscheinend tatsächlich reiten konnte. Es hatte etwas Tiefes, etwas Loderndes, vielleicht etwas Liebendes. Konnte das sein? Bildete sie sich das ein?

Plötzlich bogen sie ab und hielten. Es war ein kleiner Ort. Was wollten sie hier? Da winkte ihnen jemand. Ein Mann mit einer roten Mütze. Caelan!

Kyla erwachte prompt und setzte sich auf. Keuchend verdrehte sie die Augen. Caelan. Warum war der in ihrem Traum? Das war ein Albtraum gewesen, der sentimental begonnen hatte. Sicher, so musste es sein. Sie hatte das Schlimmste verhindert, indem sie wach geworden war. Genau so war es, redete sie sich ein. Caelan! Sie fand ihn absolut … Sie fand keine Worte und schüttelte verdrossen den Kopf.

Die Wärme, die sie bei den Bildern mit Marven empfunden hatte, war zumindest bei Caelan's Auftauchen sofort erkaltet. Dafür hasste sie den Kerl in diesem Moment. Wie gern würde sie in diesem Augenblick in Marven's Umarmung Trost finden! Doch andererseits hatte er ja für diese Misere, in der sie sich derzeit befand, gesorgt. Na ja, bedingt. Es war notwendig, wenn sie ihm in die Vergangenheit folgen wollte. Das hatte sie gerade heute mit den Reitversuchen gesehen. Damals würde es halt noch keine Autos geben. Doch die Nächte in einem Stall fast draußen zu verbringen, im Bach baden und … Sie ließ ihren

Oberkörper wieder nach hinten fallen und lag flach, den Blick zum unsichtbaren Stalldach gerichtet, weil immer noch tiefstes Dunkel herrschte, und stöhnte.

Wie spät war es nur? Konnte sie bald aufstehen? Sie schloss die Augen noch einmal. *Nur für einen kurzen Moment*, dachte sie, bevor sie endlich friedlich einschlief.

Gefühlt kam es ihr tatsächlich nur wie ein Einnicken vor, denn verdrießlich schlug sie das Plaid von sich, als »Karl-der-Große« den Tag einläutete … sie korrigierte sich: einkrähte.

»Eines Tages brate ich dich am Spieß, du Mistvieh«, versprach sie flüsternd diesem hochmütigen Quälgeist in glänzenden, bunten Federn.

Kyla, die nicht gerne aufstand, wusste aber vom gestrigen Tage, dass in jedem Fall Eile geboten war, wenn sie etwas zu essen haben wollte. Und sie wollte. Ihr Magen revoltierte bereits laut.

»Karl-der-Große, wenn ich das schon höre, Trish hat wirklich einen an der Waffel«, murmelte sie vor sich hin, als sie auf den Bach zustapfte. Schnell noch aufs Klo und dann Essen fassen.

Sie beeilte sich und stand endlich vorm Cottage. Die Tür war noch geschlossen, also klopfte sie wohl besser an, bevor ihr die Streitaxt ihrer Wirtin ins Gesicht flog. Nichts.

»Trish?«, rief sie, als sie das nächste Mal anklopfte. Nichts.

Nach dem dritten Versuch traute sich Kyla, die Klinke in die Hand zu nehmen, und schob die Tür ein wenig auf, um sich ein weiteres Mal bemerkbar zu machen.

Mit allem Wagemut, den sie aufbringen konnte, begab sie sich in die Höhle der ansässigen Löwin. Sie suchte vorsichtig mit den Augen das Terrain ab und wagte leicht gebückt Schritt um Schritt. Sie hörte das Stöhnen, bevor sie den lang hingeschlagenen Körper der Wikingerfrau entdeckte. Trish lag auf dem Rücken in der Küche. Kyla verdrehte die Augen und dachte nur, dass diese Titanin wahrscheinlich noch auf ihrem eigenen Öl ausgeglitten war. Da sich ihre Vermutung, bei näherem Hinsehen, mit einer Blutlache unter dem gerupften Pferdeschwanz als richtig erwies, eilte sie zu ihr und kniete sich neben sie.

»Was ist passiert, Trish? Kannst du mich hören?«, rüttelte sie zaghaft an dem riesigen Frauenkörper, der allerdings hart wie Stein zu sein schien.

»Ausgerutscht. Hingeschlagen. Kopfschmerzen«, stöhnte Trish im Stakkato.

»Okay, lass mich sehen. Ich drehe deinen Kopf jetzt etwas zur Seite, aye. Du hast wohl heftig geblutet«, redete Kyla auf sie ein und war froh, dass Trish nicht wie in einem Horrorfilm ihren Arm ausfuhr, um sie mit ihrer Pranke zu erwürgen. Sie dachte nur daran, wie sie mit den Tieren sprechen sollte. *Mach dir die Tiere zum Freund*, hatte Trish selbst gesagt. Vielleicht half das ja auch bei dieser Bärin.

Kyla schaute sich genau an, was im Argen war, und keuchte.

»Was«, wollte Trish nun wissen.

»Du hast eine klaffende Wunde am Hinterkopf. Mehr kann ich dazu nicht sagen. Das sollte sich ein Arzt ansehen. Ich würde sagen, das muss genäht werden«, erklärte Kyla und fragte nach dem Telefon.

»Naye. Kein Arzt. Näh es, klar?!«

Kyla schluckte hart. Da war wieder die alte Trish. Aber sie bekam Angst vor dem, was diese Frau von ihr verlangte. Gut, sie hatte bei Joline gesehen, wie es ging, aber nun dasselbe zu tun, das war ein Unterschied. Gedanken wie *abhauen*, sich erbrechen und unglaubliche Heulkrämpfe wechselten sich ab wie ein kneippsches Wechselbad.

»Naye, das hab ich noch nie …«

»Mach es einfach, Mädchen. Das kann ja wohl nicht so schwer sein, oder?«, wurde Trish trotz ihrer Benommenheit nun ärgerlich.

»Ich wüsste gar nicht, wo ich in diesem Durcheinander Nadel, Faden, Jod oder Whisky finden sollte«, versuchte sich Kyla aus der Affäre zu ziehen. Doch Trish kannte sich in ihrem geordneten Chaos bravourös aus. Sie half Kyla mit genauen Beschreibungen, all das geforderte Material zusammenzutragen.

Kyla's Mut sank mehr und mehr, doch scheinbar waren sämtliche Auswege verbaut. Stöhnend ergab sie sich ihrem Schicksal:

»Also gut, Trish. Ich werde dir die Haare lösen und weg-schneiden, was weg muss, okay? Keine Angst, du hast genug, um die geschorene Stelle später zu verdecken«, klärte Kyla ihre Patientin nun auf, doch die fragte brüsk:

»Glaubst du wirklich, dass mich das auch nur ansatzweise interessiert? Hier auf dem Hof sieht doch eh keiner, wie ich die Haare trage. Schneid sie meinetwegen ganz ab.«

Darüber musste Kyla einen Augenblick nachdenken. Welche Frisur würde diesem nicht gerade hübschen Gesicht wohl stehen?

»Wir könnten dir einen kinnlangen Bob schneiden, dein Haar ist dicht und du hast grobe Locken, das sähe bestimmt …« Eine rissige Pranke griff Kyla wie eine Zange um den Arm und zog ihren Oberkörper näher zu sich.

»Quatsch mich jetzt nicht voll, Kyla. Näh diesen verdamm-ten Schädel wieder zu!«

»Okay«, hatte auch sie nun verstanden, dass es anfing, un-gemütlich zu werden. Sie stand auf, maß einen Faden ab und legte ihn in Whisky ein, wie Jo es damals gemacht hatte. Die Flasche reichte sie Trish mit der Aufforderung, sich ordentlich zu betrinken. Dann machte sie Wasser heiß, damit sie die Wun-de säubern konnte, und bat um die etwaige Beschreibung, wo sie eine Schere finden könnte und, ach ja, Verbandszeug für spä-ter. Als alles vorbereitet war und die Patientin einigermaßen se-diert schien, drehte sie Trish auf den Bauch. Das Bewegen dieses monströsen Körpers war schon eine Herausforderung für sich. Ein letztes Stoßgebet – »Joline, hilf« – und sie entfernte den Pferdeschwanz, rasierte die Haare um die Platzwunde und säu-berte sie. Dann holte sie sich alle Utensilien heran, damit sie in Griffnähe waren, setzte sich auf den Fußboden, hob Trish's Kopf in ihren Schoß und begann.

Trish stöhnte bei dem ersten Stich und Kyla keuchte vor Schreck auf. Doch als Trish nicht bösartig um sich schlug, machte sie weiter. So schlimm war es gar nicht, wenn man sich vorstellte, ein Blümchen auf ein Taschentuch zu sticken. Nach zehn Stichen sah sie sich ihr Werk zufrieden an. Tupfte die Wun-

67

de mit Whisky und später mit einem sauberen Tuch trocken, goss ein wenig von dem flüssigen Jod über die frische Naht und deckte sie mit der bereit gelegten Mullkompresse ab. Dann legte sie einen Verband an. *Fertig*, dachte sie erleichtert. Doch von leicht konnte hier überhaupt nicht die Rede sein. Sie hatte sich vorsichtig der Last des Kopfes entledigt, aber der zentnerschwere Leib lag noch immer auf dem Küchenboden. Es musste dringend ein wenig Platz geschaffen werden und so schob sie die betrunkene Trish beiseite, so gut sie konnte. Die Werkbank ihres Großvaters, die sie mit Joline weggeschoben hatte, kam ihr in den Sinn. Das war ähnlich anstrengend gewesen und sie wünschte sich, sie hätte nun auch die Hilfe ihrer Nichte. Doch eigentlich war sie mehr wie eine Schwester gewesen. In der Erinnerung schwelgend, lächelte sie vor sich hin.

Ihr Magen grummelte ganz fürchterlich und holte sie in die Wirklichkeit zurück. Sie musste jetzt irgendwas Essbares finden. Sie stand also auf und öffnete den Kühlschrank. Chaos! Genau wie in diesem ganzen verdammten Haus! Wutentbrannt knallte sie den Schrank wieder zu und stampfte nach alter Kyla-Sitte mit dem Fuß auf wie ein Trotzkind. Als sie sich selbst dabei erwischte, schämte sie sich und dachte an Marven, der ihr diese kindische Macke noch vor Kurzem heftigst vorgeworfen hatte.

»Kyla, du musst dich schleunigst ändern und erwachsen werden«, schwor sie sich laut und ihr war völlig egal, ob Trish da lag oder nicht.

Kyla machte sich daran, diese Küche wieder in einen brauchbaren Zustand zu versetzen. Auch auf die Gefahr hin, dass Trish sie dafür vierteilen könnte, wollte sie dann wenigstens in Würde abtreten und nicht in diesem Dreck. Alles war gespült, weggeräumt und dann nahm sie sich mit Muße vor, den Kühlschrank zu reinigen und neu zu sortieren. Zwischendurch verschwand ein Ende Wurst, ein Stück Käse und ein Knust Brot in ihrem Mund. Endlich war alles schön und übersichtlich und schon entstand eine Idee, was es zu essen geben könnte, in Kyla's Kopf. Später.

Kyla machte sich auf den Weg und suchte Trish's Schlafzimmer. Es war Gott sei Dank nur den Flur herunter, und als sie die Tür öffnete, schlug sie die Hand vor den Mund. Na bravo. Da konnte sie doch wohl keine Verletzte unterbringen. Diese Aufräumerei schien kein Ende zu nehmen. Was war bloß mit dieser Frau los?, fragte sie sich unentwegt.

Auch das war irgendwann getan und ein frisches Laken samt Bettwäsche zierte nun Trish's Bett.

Zurück in der Küche, sah sie nach der Verletzten. Die rührte sich nicht. Aber sie atmete und das war Kyla fürs Erste völlig genug. Summend suchte sie sich nun zusammen, was sie verkochen wollte. *Eier ... ich brauche Eier*, stoppte ein erschreckender Gedanke ihre Planung. Sie hatte die Tiere vergessen. Alles blieb stehen und liegen, wo es war, Trish eingeschlossen, und sie eilte nach draußen. *Die Hühner ... naye, die kriegen später was*, dachte sie ein wenig berechnend. *Wenn ihr hinter dem Futter herjagt, kann ich wenigstens die Eier stehlen*, dachte sie sehr praktisch.

Also brachte sie den acht Pferden ihr Fressen, die schon sehnsüchtig warteten. Dann endlich verstreute sie das Körnerfutter für die Hühner fernab von den Legestätten und machte sich auf die Sammeltour, sobald diese gefräßigen Nichtflieger dem Fressen hinterherstoben und der böse Hahn aus dem Weg war. Ein Körbchen, das einladend in der Ecke stand, diente als Transportgefäß.

»So, jetzt aber«, kam sie hoffnungsfroh in die Küche. Ihr Magen schien vor Vorfreude zu jubeln, endlich in Ruhe versorgt zu werden, doch die Rechnung hatte er ohne Trish gemacht.

»Lass das«, stellte Kyla schnell den Korb mit den Eiern auf den Tisch und eilte zu der verletzten Riesin, die verzweifelt versuchte, auf alle Viere zu kommen, und dabei ihren Kopf als fünftes Bein benutzte. Der Verband saß schon völlig schief und Kyla musste das sofort wieder richten.

»Aufst... Bett ge...«, murmelte die betrunkene Trish.

Kyla überlegte, ob sie es wagen konnte, ihr beim Aufstehen zu helfen und sie aufrecht in ihr Schlafzimmer zu bringen. Lieber wäre ihr, Trish würde wirklich auf allen Vieren dorthin kriechen, aber was, wenn sie nach vornüber fiele? Dann gäbe es auch die deutlich zu großen Zähne nicht mehr. Nein. Sie wollte es versuchen. Sie half Trish auf die Beine. Diese taumelte, schief wie eine im Orkan stehende Birke, obwohl sie eher die Statur einer Eiche hatte. Doch sie pendelte sich ein. Als sie einigermaßen stabil stand, wagte es Kyla, sie die ersten Schritte machen zu lassen. Es war zwar ein unbeholfener Gang, aber sie kamen leidlich voran. Als die beiden jedoch durch die Schlafzimmertür mussten, wurde Kyla fast am Türrahmen zerquetscht. Froh, diesen Transport dennoch überlebt zu haben, zog sie Trish bis auf die Unterwäsche aus. Diese Frau war mit harten Muskeln bepackt wie ein Kerl. Fast so definiert wie Marven, den sie des Öfteren schon leicht bekleidet gesehen hatte. Alles an dieser Naturgewalt war fest und unnachgiebig wie ein Stück Holz. Hart, aber warm, wenn man es anfasste. Kyla war beeindruckt.

Sie brachte Trish schnaufend in Seitenlage, damit die Naht geschont wurde, deckte ihre Patientin zu und wünschte ihr einen erholsamen Schlaf. Ein letzter Blick und mit einem Lächeln auf dem Gesicht verließ sie den Raum. Diese Nacht würde sie hier in der Küche wachen und ab und an nach Trish sehen. Diese Nacht musste sie nicht zähneklappernd im Stall schlafen, das schwor sie sich.

Noch einmal machte sie ihren Fütterungs-Rundgang, sah sich auf dem Hof um, ob alles in Ordnung war, holte ihr Cape aus ihrer Schlafbox im Stall und legte sich auf die Küchenbank. Völlig geschafft von den Anstrengungen des Tages, schlief Kyla beinahe sofort ein.

4

Marven's forschender Blick tauchte in ihre Seele ein. In seinen azurblauen Augen lag eine Wärme, die in ihr selber ein Feuer zu entzünden vermochte. Das ließ ihr augenblicklich das Herz schmelzen. Warum sah er sie nur so dermaßen intensiv an? Noch in dieses Blau versunken, bemerkte sie gar nicht, wie sein Gesicht näher kam, sich zu ihr senkte und ihr einen schüchternen, leichten Kuss schenkte.

Nicht mehr als eine flüchtige Berührung, aber mit großer Wirkung. Der plötzliche Wunsch nach Nähe, nach Umarmung, nach einem weiteren Kuss wurde übermächtig.

Als Kyla sich auf der schmalen Bank wohlig ausdehnen wollte, auf der sie die Nacht verbracht hatte, fiel sie urplötzlich scheinbar ins Bodenlose. Krachend kam sie auf dem Küchenboden auf und ihr entwich automatisch ein Fluch ob des abrupten Endes eines wunderschönen Traumes.

»Daingead! Was …?«, schlug sie die Augen auf und bemerkte erst jetzt, das sie von ihrer provisorischen Schlafstatt gefallen war.

Mit einem bedauernden Seufzer klärte sich ihr verwirrter Geist. Hatte sie tatsächlich wieder von Marven geträumt und davon, dass er sie küsste? Kyla schüttelte den Kopf, um das Unerklärliche zu verdrängen und in die Wirklichkeit zurückzukommen.

Es dämmerte bereits und so krabbelte sie aus ihrer eingezwängten Lage zwischen Bank und Tisch heraus und brachte sich in die Senkrechte. Sie fühlte sich ein wenig steif und dehnte sich, weil es hier und da zwickte. Kein Wunder, stellte sie mit einem letzten argwöhnischen Blick auf die harte Schlafunterlage fest und machte sich auf den Weg zu Trish.

»Hi, Trish«, sprach sie ihre Patientin beim Öffnen der Tür bereits leise an, um die erste Reaktion, sollte sie unerwartet brüsk ausfallen, mit sicherem Abstand abzuwarten. Doch das folgende Stöhnen, als Trish versuchte ihren Kopf in Bauchlage anzuheben, um den Eindringling anzusehen, ließ Kyla ihre Vorsicht verlieren. Sie trat näher, nur um zu hören:

»Hau ab, Mädchen. Mir brummt der Schädel.«

»Ja, das wundert mich nicht. Der Sturz war bestimmt übel und der Whisky hat für den Rest gesorgt, denke ich«, wagte sich Kyla so weit vor, dass sie den Verband wenigstens wieder richten konnte.

»Lass mich in Ruhe«, wollte Trish den Eindringling nun mit einem abwehrenden Arm auf Abstand halten, aber Kyla ließ sich von der schwachen Geste nicht verscheuchen.

»Ich will wenigstens nach der Wunde sehen, aye. Dann verschwinde ich und füttere die Tiere.«

Sie setzte sich direkt neben Trish aufs Bett und nestelte an dem Verband herum, legte die Naht frei und versorgte sie neu. Diesmal träufelte sie das Jod auf eine frische Kompresse und legte sie auf die Naht, mit der sie äußerst zufrieden war. Trish kommentierte die Aktion mit keinem Laut, aber Kyla hatte gesehen, wie sich die Kiefermuskulatur ihrer Patientin deutlich angespannt hatte, als sie die alte, leicht verklebte Mullkompresse von der Wunde löste. Als Kyla den Verband wieder um Trish's Kopf gewickelt hatte, kam Leben in den Koloss, den sie gerade pflegte.

»Es reicht! Geh und kümmere dich um die Tiere, sie brauchen dringend Futter und prüf die automatischen Tränken. Manchmal funktionieren sie nicht.«

»Mach ich, keine Sorge. Ruh dich aus, aye.« Kyla räumte zusammen, was in den Müll konnte, und ließ ihre Patientin wissen, dass sie später mit einer kleinen Mahlzeit wiederkäme.

»Geh einfach«, krächzte eine müde Trish.

Bevor Kyla sich an die eigene Versorgung begab, die nicht mehr lange auf sich warten lassen durfte, weil ihr Magen lauthals knurrte, machte sie sich also daran, die Hühner zu füttern, den Pferden Heu und Hafer zu bringen und die Tränken zu kontrollieren. Alles ging und zufrieden lief sie über den Hof zurück, um endlich selbst etwas zu essen. Da fiel ihr siedend heiß ein, dass Trish von der fohlenden Stute gesprochen hatte. Darum würde sie nachher fragen müssen. Ein letzter Blick über das Terrain und sie machte sich in der Küche zu schaffen. Für sich und Trish bereitete sie Porridge und Rührei mit einem Stück Brot. Auf der vergeblichen Suche nach einem Tablett, das sie für den Transport der Speisen benötigt hätte, fand sie nur ein übergroßes Schneidebrett. *Improvisation ist alles*, entschied sie praktisch und machte sich gesättigt wieder auf den Weg zum Krankenzimmer.

Trish hatte sich bereits ihre alten Anziehsachen übergezogen.

Doch nun saß sie gebeugt auf der Bettkante und hielt sich ihren Kopf. Er lag in den zu einer Schale geformten Händen, die Ellbogen hatte Trish auf die Oberschenkel gestützt.

»Oh«, entfuhr es Kyla, als sie die Tür öffnete und den Raum mit ihrem provisorischen Tablett enterte.

»Was willst du schon wieder, Nervensäge? Ich komme gleich«, ließ Trish sie ziemlich unfreundlich wissen, wobei sie sich keinen Zentimeter rührte.

»Das reicht …« Kyla biss sich auf die Zunge, um ihrem Unmut über dieses undankbare Benehmen nicht in lauten, aufgeregten Kommentaren Luft zu machen. Sie drehte sich auf den Hacken um und verließ fluchtartig das Zimmer. Einfach, weil es zu ihrem eigenen Schutz jetzt besser war.

Das Brett mit den Speisen hätte sie am liebsten in hohem Bogen in die Küche geworfen, doch dafür hatte sie sich zu viel liebevolle Mühe gegeben. Also stellte sie es auf den Küchentisch und ging vor die Tür. Sie brauchte dringend frische Luft und atmete tief ein.

Mit einem Stöhnen stand Trish auf, die sich vorsichtig über den Verband fuhr und einen piksenden Schmerz ausmachte, der dumpf ausklang. Ihr Haar war ab und das Zimmer in Ordnung gebracht. Im Innersten fand sie das alles eigentlich gut, aber es war ihr auch extrem peinlich. Kyla hatte bereits am zweiten Tag all ihre Schwächen entdeckt. Sie war zu einem halben Messie mutiert. Aber das lag einfach daran, dass die Arbeit auf dem Hof ihr keine Zeit mehr ließ, um auch das Haus in Ordnung zu halten. Abends fiel sie total erschöpft ins Bett und hatte keine Energie mehr für den Haushalt. Wie sollte sie weiterhin die Amazone mit null Fehlern geben, wenn sie jetzt als Versagerin dastand! Nun hatte sie sie auch noch schroff angefahren, obwohl Kyla es gut gemeint und sich bestimmt viel Mühe gegeben hatte. Trish fluchte leise und hoffte, dass sie das mit Würde und ohne Gesichtsverlust aus der Welt schaffen konnte. Außerdem würde sie sich bedanken müssen. Das Mädchen hatte scheinbar ganze Arbeit geleistet, um ihre Verletzung zu behandeln. Außer

Wundschmerz und nervendes Kopfweh konnte sie keine Einschränkungen feststellen.

Sie wählte zuerst eine schnelle Gangart, um in die Küche zu gelangen, stellte aber fest, dass es langsamer um vieles erträglicher war, und änderte die Geschwindigkeit. Bereits auf dem Flur sah es sehr ordentlich aus, doch die Küche verlangte ihr einen erstaunten Blick und einen anerkennenden Pfiff durch ihre zu großen Schneidezähne ab.

Obwohl sie Kyla noch vor einem Tag verboten hatte, Hand an ihr Haus zu legen, war sie nun positiv überrascht. Das Mädchen hatte Ordnungssinn und außerdem eine Menge Mut, sich ihrer Ansage zu widersetzen. Sollte sie das ahnden oder sollte sie es dankend annehmen?

Trish entschied sich für die zweite Option, als ihr Blick am Küchentisch hängen blieb.

Einladend stand das Frühstück noch dort. Es sah gut aus und war nett hergerichtet. Obwohl bereits erkaltet, verschlang Trish alles und fühlte sich schon viel besser. Sie würde wohl mit Kyla ein grundsätzliches Gespräch führen müssen, wenn die beiden mit einem ordentlichen Ergebnis aus ihrer Lehrer-Azubi-Geschichte hervorgehen wollten.

Trish hatte sehr wohl registriert, dass Kyla vor ein paar Minuten unter Volldampf war und beinahe einen Streit angezettelt hätte. Wäre ihr die Angst vor Entlassung nicht in die Quere gekommen, die sie vor Marven hätte als Versager dastehen lassen, gäbe es wohl jetzt Krieg.

Trish war die Hausherrin und sie war die Ältere, das war ihr vollkommen klar. Sie wäre nun diejenige, die alles ins Lot bringen musste.

Nun, seit den letzten acht Jahren hatte sie auf niemanden mehr eingehen müssen. Es brauchte eine halbe Stunde und ein tiefes Stöhnen, bis sie sich aufraffen konnte, die Vernünftige zu sein. Sie erhob sich vorsichtig und machte sich auf den Weg nach draußen. Doch Kyla war nicht zu sehen. Besorgt, aber dennoch im Schongang sah sie in der Box nach, ob Kyla vielleicht schon Reißaus genommen hatte, aber ihre Sachen waren alle noch da. Sie hatte also nicht kopflos diesen Ort des Wahnsinns verlassen, grinste Trish vor sich hin. Auf dem Rückweg durch die Boxengasse tätschelte sie acht Pferdehintern mit Ansprache und trat ins Freie. Ihr noch etwas verhangener Blick richtete sich auf die Anhöhe im Norden. Sie dachte gerade an die Stute, nach der sie dringend sehen musste. Aber was sie dann sah, war ein rennendes Mädchen, das aus genau aus der Richtung Weide zum Hof zurückgesprintet kam. Trish's Grinsen, das bis zu diesem Zeitpunkt nicht aus ihrem Pferdegesicht gewichen war, verschwand und wurde durch einen beinahe schon ängstlichen Ausdruck ersetzt.

Mittlerweile hatte Kyla den Hof erreicht und Trish gesehen, die zugegebenermaßen auch schwer zu übersehen war. Hochrot und nach Luft schnappend bremste sie ihren Lauf vor Trish ab, beugte sich vor und stützte sich mit den Händen auf den Knien ab. Ihr Herz hämmerte in der Brust und dennoch versuchte sie in Sprachfetzen herauszubringen, was sie in dieser ungesunden Eile von ihrem Kopf-freimach-Spaziergang zurückgetrieben hatte.

»Stute – Fohlen – liegt. Schreit fast«, betete sie, nach jedem der Schlagworte schwer atmend, herunter.

Trish hatte verstanden und achtete nicht mehr auf ihre eigene Befindlichkeit. Die Sorge um ihr Tier wischte jeden Schmerz in einem Moment fort.

»Schnell, nimm Nell. Ich nehme Fly. Wir müssen Bella helfen«, raffte sie einige Hilfsmittel zusammen, die bei der Geburt gebraucht werden könnten, und machte sich daran, Fly aus der Box zu holen. Kyla wartete schon mit Nell vor dem Stall, aber sie stand noch neben dem Pferd, als Trish sich schon auf den Rücken ihres schwarzen Hengstes schwang.

»Mach schon, Lass«, kam es ungeduldig aus Pferderücken-höhe. Doch dann wurde Trish das Problem klar. Sie rollte mit den Augen, rutschte wieder vom Pferd, half Kyla aufsteigen und beeilte sich, wieder auf Fly's Rücken zu kommen. Sie behielt Nell's Zügel in der Hand und zog.

»Halt dich in der Mähne fest, Beine gut andrücken«, rief sie

Kyla noch zu, damit diese nicht abstürzte, und brachte das Fly-Nell-Gespann auf Tempo.

Es dauerte nicht lange und sie erreichten die Koppel mit den Stuten. Bella lag tatsächlich am Boden und gab ein schrilles Wehklagen von sich. Trish sprang förmlich von Fly herunter und kniete augenblicklich neben der Gebärenden. Sie fühlte den schwangeren Leib ab und sah ihre Scheckenstute traurig an. Beruhigend sprach sie auf das Tier ein. Doch der Schmerz, den das Tier erleiden musste, war fast mehr, als sie ertragen konnte. Noch eine Schwäche, die Kyla nun zu sehen bekommen würde, dachte sie.

Doch Kyla war selber so geschockt, dass sie die Tränen in Trish's Augen gar nicht wahrnahm. Trish sah kurz zur Seite, unterdrückte ihre aufkommenden Gefühle und visierte Kyla an.

»Hör mir jetzt gut zu! Du reitest zurück, holst mein Gewehr und kommst so schnell als möglich zurück.«

Kyla keuchte, wurde blass wie der Tod und blickte mit einer Miene, die einem Heulkrampfgesicht nahekam, auf Trish herunter.

»Du willst sie doch nicht etwa …«, begann sie, doch Trish unterbrach sie, als sie bemerkte, dass das Mädchen ihren Befehl falsch interpretiert hatte. Sie stöhnte und erklärte:

»Naye, ich bringe Bella nicht um. Aber ich muss sie betäuben. Die Schmerzen, die ich ihr gleich zufügen muss, würde sie nicht aushalten. Im Sattelraum ist ein Spint, in dem findest du das Betäubungsgewehr. Im Regalteil daneben steht eine Pappschachtel, darin sind Betäubungspfeile. In dem Kasten daneben sind andere Spritzen, davon nimmst du zwei, aye. Hol die Sachen. Hol sie schnell … bitte.«

Kyla, die noch nie ohne Begleitung geritten war, stand vor einem Problem. Wie sollte sie Nell klarmachen, sich wieder zu drehen und, noch schlimmer, ihr zu gehorchen?

»Arbeite mit deinen Schenkeln und zeig dem Pferd, dass du der Chef bist. Dein Wille wird dir helfen, Kyla. Wenn du auf dem Hof bist, nutz den Brunnenring zum Aufsteigen. Alles andere bring ich dir später bei. Nun mach schon«, hörte sie die

Dringlichkeit, mit der Trish sie aufforderte, das für sie Unmögliche möglich zu machen.

Nell war Gott sei Dank nicht so ein Dickkopf und fügte sich. Zwar hatte Kyla nicht den Mut, sich im Galopp auf den Weg zu machen, aber immerhin versuchte sie das Pferd im Trab zurück auf den Hof zu lenken. Es klappte, und ihr Zutrauen, dass sie Trish und Bella helfen konnte, wuchs. Schnell suchte sie zusammen, was sie beschaffen sollte. Nachdem der übermütige Versuch, sich ohne Hilfe auf den Rücken des Reittieres zu schwingen, scheiterte, führte sie Nell zum Brunnen. Fluchend und schwer beleidigt ob ihrer eigenen Unfähigkeit nahm sie also den Brunnenrand als Leiter in Kauf und machte sich auf den Rückweg.

Sie fand Trish am Hinterteil der Stute. Ein Arm steckte bis zur Schulter in dem Pferd und die andere Hand hielt den Schweif auf Abstand. Mit einer Mischung aus Ekel und Erstaunen ließ Kyla sich vom Pferd herab und trat an die absurde Szene heran.

»Was machst du da?«, fragte sie dennoch neugierig.

»Das Fohlen lässt sich einfach nicht drehen«, antwortete Trish frustriert. Sie zog ihren Arm aus der Stute, der nun mit einer schmierigen Menage aus Blut und Exkrementen überzogen war. Trish hatte ihr Hemd ausgezogen und wischte den Arm damit ab. Dann stand sie auf und forderte das Betäubungsgewehr und den Pfeil. Kyla gab ihr das Gewünschte und harrte der Dinge, die nun folgten.

An ihrem zweiten Tag hatte Kyla nun leidlich gelernt, allein zu reiten. Sie lernte, wie eine Stute gerettet wurde, jedoch ein Fohlen sterben musste und tot geboren wurde. Doch das Wichtigste, was sie lernte, war, dass Trish nicht umsonst so war, wie sie war. Sie musste hart sein, um im Notfall zu tun, was nötig war, und um Leben zu schützen. Ihr wurde klar, dass Trish gelernt hatte, Opfer zu bringen, auch wenn es schwerfiele. Wenn Entscheidungen getroffen werden mussten, die über Leben und Tod richteten, hatten ihre eigenen Empfindungen in den Hintergrund zu treten.

Kyla spürte, dass Trish im Stillen trauerte, als sie den Kopf ihrer Stute streichelte und geduldig wartete, dass das Tier wieder zu sich kam. Das tote Fohlen hatte sie mit ihrem besudelten Hemd abgedeckt, doch verstohlen glitt immer mal wieder ein Blick zu dem Kadaver. Es wäre ein hübsches Füllen geworden. Der Weißanteil in seinem Fell war kleiner als bei seiner Mutter und der kleine Hengst sah wirklich niedlich aus, als Bella ihn endlich nicht mehr im Leib hatte.

Endlich ließ die Betäubung nach und Bella hob den Kopf, erst träge und dann mit Schwung.

Trish suchte das Weite, damit sie nicht unter den Pferdekörper geriet, wenn Bella aufstand. Sie hatte Kyla erklärt, dass, wenn das Pferd wieder aufstehe, alles gut würde. Wenn sie jedoch liegen bliebe, dann … Aber als sie die Koppel verließen, stand Bella wieder und schnupperte an ihrem toten Fohlen. Trish erklärte Kyla, dass sie Abschied nehmen und so auch die Seele des Pferdes heilen würde.

Das abendliche Mahl verlief still und Kyla verzog sich nach dem Aufräumen der Küche nach draußen.

»Bis morgen, Trish«, verabschiedete sie sich von der in sich gekehrten Frau.

Die Hühner bekamen ihr Futter und frisches Wasser, die Pferde wurden gefüttert, die Tränken geprüft. Sie funktionierten nicht, sodass Kyla mit den Augen rollte und dachte: *Auch das noch*. Sie holte Eimer um Eimer aus dem Brunnen und wartete jeweils geduldig, bis Nell, Fly, Goliath, Kashmir, Handsome und … sie musste überlegen, ach ja, Lucie, Bee und Hendrix genügend gesoffen hatten. Sie würde Trish morgen darüber informieren, dass man nach der Automatik oder Steuerung, oder wie auch immer diese verfluchten Tränken betrieben wurden, sehen musste. Müde und in Gedanken verschwand sie in ihre Box im Stall ohne Bad im Bach und schlief sofort ein.

5

»Karl-der-Große« weckte Kyla unerbittlich mit seinem ersten

78

Krähen, doch sie hatte eigenartigerweise keine Probleme mehr mit dem Aufstehen. Eilig ging sie zum Abort, danach zum Bach, und auch wenn die Zeit knapp war, entschied sie, einmal bis zum Hals einzutauchen. Sie fühlte sich einfach schmutzig. Gerade als sie wieder aus dem Bach stieg, krähte der verfluchte Hahn zum zweiten Mal. Also warf sie sich nur ihr altes Hemd wieder über, das ihr bis zu den Knien reichte, und eilte zum Cottage. Trish hatte das Frühmahl bereitet und saß bereits am Tisch.

»Hi Trish!« Kyla zwängte sich mit einem fast schlechten Gewissen in die Küchenbank.

»Tut mir leid«, wollte sie sich entschuldigen, dass sie spät dran war, traute sich aber nicht, Trish dabei anzusehen.

»Kein Problem, ist ja noch früh genug«, bekam sie zu hören und traute ihren Ohren kaum. So sah sie auf und blickte in das Gesicht ihres Gegenübers.

»Übrigens, danke für deine Pflege, Hilfe und für das …«, Trish wies mit ihren Armen auf die ordentliche Küche und lächelte sogar. Kyla war mehr als überrascht und so wuchsen ihre grünen Augen auf Tellergröße an.

»Sieh mich nicht an, als hätte ich nicht alle Latten am Zaun, Kyla. Ich weiß deinen Einsatz und deine Hilfe schon zu schätzen. Ich bin es nur nicht gewohnt …«, kam Trish ins Stocken.

Der Anfang war gemacht und die beiden entschieden, ihre Zwangsgemeinschaft noch einmal von vorn zu beginnen.

Sie sprachen sich aus und die eine nahm die Kritik der anderen auf, sodass eine Zeit des gegenseitigen Lernens begann. Die verrohte Trish nahm den Rat des Mädchens an, sich auch eine weibliche Seite zu gönnen und an ihrem Ausdruck zu arbeiten. Außerdem brachte sie Trish dazu, darüber nachzudenken, dass seelische Verhärtung vielleicht tatsächlich einem Mann gegenüber völlig unattraktiv wirken könnte.

»Männer wollen beschützen und gebraucht werden. Wenn du denen noch was vormachen kannst, bekommen die doch direkt Angst vor dir und hauen ab«, hatte ihr Kyla gesagt.

Je mehr sie darüber nachdachte, desto mehr gab sie dem unerfahrenen Ding recht. Sie hatte bereits mehr als zehn Männer verscheucht, die sie trotz ihres Aussehens als Partnerin in Betracht gezogen hatten.

»Du hast einen tollen Körper, Trish. Nutz das, und wenn ich dir noch einen Rat geben darf: Wenn du lachst, lass nicht deine komplette Zahnleiste an die frische Luft. Lach dezenter, dann siehst du nicht aus wie ein wiehendes Pferd.«

Das war direkt, aber auch überaus mutig. Dieser Zwerg traute sich was. Mit dem Arsch riss Kyla das wohlwollende Kompliment, dass Trish einen guten Körper hatte, um, indem sie das Pferdegesicht angesprochen hatte. Allerdings hatte Trish sich auch schon im Spiegel gesehen und wusste genau, wovon das Mädchen sprach.

Kyla bekam ihrerseits aber auch ihre Macken vorgehalten. Trish klärte sie auf, warum sie ihr Quartier im Stall und nur Bach und Plumpsklo zur Verfügung hatte. Sie würde in der Vergangenheit besser an diese Unbequemlichkeiten gewöhnt sein. Außerdem musste sie geduldiger und gelassener werden, damit sie keine Panikentscheidungen träfe, wenn es darauf ankäme.

»Angst und Entscheidungen passen nicht gut zusammen«, hatte Trish ihr erklärt. »Du darfst ruhig Angst haben, solange sie dir eine sensible Antenne für Gefahr verschafft, Mädchen. Du darfst aber nicht panisch werden. Strategisch und geduldig musst du der Gefahr begegnen, Kyla. Sieh es wie eine Art Schachspiel, aye.«

Den Rat wollte Kyla in jedem Fall beherzigen. Es machte durchaus Sinn, wenn ein Plan hinter allem steckte.

»Aber wenn man schnell entscheiden muss? Was macht man dann?«

»Ist doch klar, Krümel. Tu einfach. Wenn es ein Fehler war, wird sich das herausstellen, aber oft ist der Bauch kein schlechter Berater. Risiko!«, zog Trish die Schultern hoch und griente sie an.

Den Tag verbrachten sie damit, Goliath anzuspannen, das tote Fohlen von der Weide zu holen und zum Nachbarhof zu bringen. Seamus verarbeitete tote Tiere zu Hundefutter.

»Nimm die Zügel! Wenn du rechts ziehst, wird Goliath nach

rechts gehen, wenn links, dann links, aye«, wies Trish Kyla an, als sie oben auf dem Bock saßen.

Also lernte sie an ihrem dritten Tag, wie man einen Pferdewagen lenkte.

Außerdem konnten sie auf dem Market, den ein anderer Nachbarhof betrieb, Lebensmittel kaufen. Kyla wählte einiges aus, das Trish im Traum nicht eingefallen wäre. Diese bestellte ihren üblichen Einkauf, und als alles auf dem Wagen verstaut war, machten sie sich auf den Rückweg.

Kyla half die Tränke zu reparieren, fütterte wie immer die Tiere und begab sich mit Trish's Erlaubnis in die Küche, um das Essen zuzubereiten. Trish hatte absolut nichts dagegen, wenn mal etwas anderes als Brot und Suppe auf dem Tisch stand.

Summend wirkte sie also endlich wieder in ihrem Element. Obwohl sie sich an die magere Kost bei Trish schon fast gewöhnt hatte, lief ihr das Wasser im Mund zusammen. Heute würde die neue Freundschaft gefeiert werden, dachte sie freudig.

»Daingead!«, fluchte sie nur, als sie bemerkte, dass der Eierkorb leer war. Sie wusch sich die Hände und machte sich auf den Weg zu den Legekästen. Leider vergaß sie in der Eile für Ablenkung zu sorgen und bemerkte nicht, dass »Karl-der-Große« ihren Übergriff nicht dulden wollte und zum Angriff überging. Gerade hob er ab und wollte seinen messerscharfen Sporn in den Nacken des knienden Mädchens rammen, als er noch in der Luft tödlich getroffen wurde.

Kyla, noch in der Hocke sitzend, sah sich erst verblüfft um, als sie seinen dumpfen Aufprall hinter sich hörte.

»Was?«, fuhr sie herum und entdeckte den toten Hahn ganz dicht bei sich. Ein Messer ragte aus seinem Rücken. Ungläubig sah sie auf Trish im Hintergrund, die langsam näher kam.

»Ich habe doch gesagt, dass du dich vorsehen musst. Der Mistkerl ist gefährlich«, hörte sie Trish's Missmut ganz deutlich ob des Verlustes ihres Hühnervorstands.

»Es tut mir leid, aber danke … Du hast mir wohl gerade das Leben gerettet, oder?«, gab Kyla kleinlaut und mit schuldbewusster Miene von sich.

»Möglich! Zumindest hätte er dich schwer verletzt und glaub mir … Ich bin nicht so gut in Handarbeit. Die Narben hätten scheußlich auf dir ausgesehen«, hatte sich Trish mit dem Tod des Hahnes schneller als erwartet abgefunden.

Sie bückte sich, zog das Messer aus dem Leichnam und schnitt ihm den Kopf ab, damit er ausbluten konnte. Dann umfasste sie ihn an den Beinen und hängte ihn daran auf.

Kyla war blass geworden; obwohl sie die Blutarie am Vortag fast vergessen hatte, machte ihr die erneute rote Sauerei zu schaffen.

»Wenn es nicht mehr tropft, kannst du ihn ausnehmen und rupfen. Das wird dann wohl ein unerwarteter Braten«, drehte sich Trish um und ging zum Bach, um sich zu waschen.

Kyla stand mit wackeligen Beinen auf und eilte ins Haus zurück. Die angekündigte Aufgabe würde sie auf deutlich später verschieben. Sie brauchte etwas zu essen. Probleme ließen sich bei Kyla prima mit Essen egalisieren. *Das war schon immer so*, dachte sie dennoch beklommen. Sie fühlte sich gerade gar nicht so wohl in ihrer Haut, immerhin hatte sie dem Hahn vor zwei Tagen versprochen, dass er am Spieß enden würde. Dass dieses Schicksal nun zutraf, machte ihr zu schaffen. Aber kaum sah sie, wobei sie in ihrer Koch-Vorbereitung unterbrochen worden war, war sie wieder in ihrem Element und verdrängte, was da kommen sollte.

Eine Weile später hatte sie Kartoffelstampf, Erbsen und gebratene Fleischklopse fertig und machte sich auf den Weg, Trish zum Essen zu rufen. Die allerdings saß direkt vor der Tür auf den Stufen und starrte auf den in einiger Entfernung hängenden Kadaver ihres Italieners.

Kyla folgte ihrem Blick, bevor sie sie ansprach, und schluckte schwer. Sie würde sich vermutlich übergeben, wenn sie dem toten Tier zu Leibe rücken sollte. Schade um das leckere Mahl, das in der Küche wartete.

»Trish, wir können essen, wenn du magst«, sprach sie Trish vorsichtig an.

»Komme«, antwortet diese wider Erwarten rasch. Kyla hatte

sie in Gedanken versunken vermutet, aber Trish war wohl tatsächlich an täglichen Kummer gewohnt, sodass sie niemandem lange hinterhertrauerte.

Das ungleiche Paar ließ sich das Mahl schmecken und vollkommen gesättigt lehnten sie nun an den Rückenlehnen ihrer Sitzmöbel.

»Ich weiß nicht, wie man das macht«, stellte Kyla fest.

»Was macht?«

»Na, den Vogel ausnehmen und rupfen«, erklärte Kyla ihr Problem.

»Wenn du glaubst, dass ich dir das abnehme, dann irrst du, Kyla«, nahm Trish dem Mädchen die Hoffnung, dass dieser Kelch an ihr vorüberging. Sie erklärte in allen Einzelheiten, wie Kyla vorzugehen hatte, und stand auf.

»Ich mache hier Ordnung, du draußen!«

Bekümmert machte sich Kyla Wasser heiß und verließ dann das Haus. Es blieb ihr nichts anderes übrig, als die kommende Schweinerei zu erledigen. Mit Todesverachtung und mürrischem Gesicht nahm sie die Herausforderung an. Anschließend übergab sie sich am Misthaufen und eilte zum Bach.

6

Aus dem Hahn wurde aufgrund seines fortgeschrittenen Hühneralters ein »Cook-à-Leekie«. Der schmackhafte Eintopf aus Lauch und Hühnerfleisch reichte drei Tage, sodass sich die Mädels auf Kyla's weitere Ausbildung konzentrieren konnten. Bogenschießen lerne Kyla schnell. Ganz im Gegensatz zu Caelan legte Trish von Anfang an Wert auf Körperspannung und die richtige Haltung, bevor sie Kyla den ersten Schuss erlaubte. Auch wenn Kyla die mühseligen Trockenübungen auf die Nerven gingen, rief sie sich ständig selbst zur Ordnung und lernte Geduld mit sich zu haben. Trish hatte sie ohnehin. Stoisch observierte sie den Fortgang von Kyla's Können. Dann stellte sie eine Zieltafel auf und bot Kyla an, es zu versuchen.

»Konzentrier dich auf deinen Körper, visier das Ziel in Ruhe an und wenn du dir sicher bist, achte auf deine Atmung. Du wirst sehen, es klappt«, machte Trish ihr Mut.

»Die Schnelligkeit kommt mit stetiger Übung«, schob sie nach, da sie wusste, dass es Kyla nicht so mit Abwarten und Teetrinken hatte.

Das Reiten wurde besser. Mit und ohne Sattel war sie zwei Wochen später schon recht sicher. Den Aufschwung aus dem Stand übten sie, bis Kyla vor Kraftlosigkeit nicht mehr auf ihren schlanken Beinen stehen konnte, aber sie überwand ihre eigene Frustration und schaffte auch das eines Tages.

Das Schießen mit dem Gewehr warf sie um zwei Tage zurück. Obwohl Trish sie vor dem Rückschlag des Gewehrkolbens gewarnt hatte, endete die erste Einheit mit einer demolierten Schulter. Quark brachte Kühlung und nach drei Tagen wurde der massive Bluterguss heller und sah aus wie das Gemälde »Seerosenteich« von Monet. Der Schmerz ließ nach und Kyla übte wieder mit dem Bogen. Gewehrschießen wollte sie nicht mehr unbedingt können.

»Was meinst du, können wir noch einen draufsetzen, Zwerg?«, fragte Trish eines Abends beim Essen.

»Wie drau setzn unn worf?«, erkundigte sich Kyla mit vollem Mund.

Trish sah sie entgeistert an. Das hatte sie bei ihrem ach so kultivierten Gast noch nicht erlebt. Bisher war Kyla immer darauf bedacht gewesen, eine vorbildhafte Dame zu geben. Sie hatte Trish sogar einige heftige Ausdrücke abgewöhnt. Dieser Ausrutscher machte ihr Kyla plötzlich sehr sympathisch. Perfektion war halt nicht menschlich, schmunzelte sie und eröffnete Kyla, dass Bogenschießen auch vom Pferd ausginge und außerdem noch einige grundsätzlich Kenntnisse und Erfahrungen in die Ausbildung mit einzufließen hätten. Ein Biwak und eine Jagd würden wohl eine geeignete Übung sein. Zwar zweifelte Kyla immer noch ein wenig an sich, wenn es neue Aufgaben zu bewältigen gab, allerdings war sie auch vom Ehrgeiz gepackt.

»Gut, bin dabei«, antwortete sie also nach der heruntergeschluckten Mahlzeit klar und deutlich.

»Abgemacht. Übermorgen also.«

»Wieso erst übermorgen, Trish? Wir können …«, wollte sie widersprechen, doch der Blick ihres Gegenübers stellte klar, dass hier keine Diskussion erwünscht war.

»Morgen muss ich Caelan Bescheid sagen, dass er zum Aufpassen herkommen muss, klar!«

Kyla dachte sich verhört zu haben.

»Caelan? Was soll der denn hier?«

»Wenn ich mal was vorhabe, passt mein Cousin Caelan auf. Ist doch nicht so schwer zu erraten, oder? Ich kann die Tiere doch nicht sich selbst überlassen«, bellte Trish, weil ihr die Fragerei nun langsam auf die Nerven ging. Sie mochte das Mädchen und insgeheim bewunderte sie sogar, dass dieser Dreikäsehoch kämpfte bis zum Umfallen, um Marven's Ansprüchen zu genügen. Aber dennoch war sie ab und an schwer zu ertragen, weil sie ständig um Aufklärung bat und nichts einfach hinnahm.

Bei dem vorangestellten Wort *Cousin* verschluckte sich Kyla arg. Sie hustete, würgte und rang nach Atem, dass ihr die Tränen in die Augen traten. Sie hätte gern noch etwas nachgefragt, aber ihre Stimmbänder verabreichten ihr eine ungewollte Redepause.

Trish, die erst sehr besorgt geschaut hatte, nahm diesen Umstand gern in Kauf. Sehr ungern hätte sie sich im Notfall den Krümel gegriffen, Kopf-nach-unten in den Klammergriff genommen und den Rücken geklopft, damit die Blockade der Atemwege aufgehoben wurde. Nun, es war nicht nötig. Die Kleine bekam ihre Atmung zusehends in den Griff, nur Gott sei Dank die Stimme nicht. Ruhe. Seit Langem gab es erholsame Stille … außer der Laute, die Trish schon immer vernommen hatte.

Kyla verschwand alsbald in ihrer Unterkunft und legte sich schlafen.

Haut spürte Haut. Es war nicht wirklich unangenehm. Warm, mit einem unendlich süßen Prickeln, das sich von ihrer Brust bis hinunter zu ihrem Unterleib ausbreitete. Wohlig und mit dem unbändi-

gen Wunsch, dass auch Marven dieses herrliche Beisammensein als etwas Schönes und Bemerkenswertes empfand, kuschelte sie sich an ihn. Doch das Bild wurde größer, als ob jemand den Weitwinkelmodus einer Kamera einstellte. Plötzlich tauchte hinter Marven ein weiterer nackter Körper auf. Caelan.

Kyla erwachte von ihrem eigenen erstickten Schrei. Sie setzte sich auf, zog einige Strohhalme aus ihrem Haar und vermisste Marven körperlich. Sie hatte ihn schon lange nicht gesehen, aber nahezu jede Nacht war er zu ihr gekommen und sie waren sich nicht als Bruder und Schwester begegnet. Je weiter sich die Zuneigung, die sie ohnehin für Marven hegte, in eine andere Richtung entwickelte, je mehr verstand sie, was Jo mit einem liebenden Mann gemeint hatte. Nun war sie ratlos. Sie wusste, dass sie den Mann vermisste, schmerzhaft vermisste. Sie ahnte, dass sie auch mehr von ihm wollen würde, als nur umarmt zu werden, aber sie war sich auch im Klaren darüber, dass das eine sehr einseitige Geschichte war. Nicht ein einziges Mal hatte Marven sich ihr gegenüber benommen wie in ihren Träumen. Wahrscheinlicher war, dass ihre eigene Fantasie ihr vorgaukelte, dass mehr daraus werden könnte. Angst hatte sie schon. Bisher war alles, was mit Männern zu tun gehabt hatte, mit Schmerz verbunden gewesen. Aber sie vertraute Marven. Sie vertraute ihm voll und ganz und es begann eine ganz andere Saite in ihr zu klingen. Vielleicht hatte Joline recht. Sie würde auch jemanden finden, den sie lieben würde. Wahrscheinlich hatte sie das schon. Mit dieser Erkenntnis konnte sie leben, dachte sie und schlief wieder friedlich ein.

Am nächsten Morgen trug Trish Kyla einige Vorbereitungswege auf. Zuerst sollte sie Goliath anspannen und die Einkäufe erledigen. Eine Liste bekam sie in die Hand gedrückt und ein Blick darauf verriet, dass Trish auch keine besonders schöne Handschrift hatte. Lesen konnte sie allerdings nahezu alles.

»Was soll das denn heißen?«, wies Kyla auf ein Wort, mit dem sie so gar nichts anfangen konnte.

»Das ist Gälisch und bedeutet Feueranzünder (uralte Ausführung)«, frag danach, aber ich glaube, Gordy wird wissen, was ich meine«, antwortete sie, doch vorsichtshalber fragte Trish nach, ob die anderen Dinge klar seien.

Kyla nickte und nahm den Rest ihrer Aufgaben in Empfang. Wenn sie den Einkauf erledigt und alles verräumt hätte, sollte sie die Dinge, die auf der Liste in der Küche ständen, für ihren Ausflug packen und dann könne sie noch Bogenschießen üben.

Trish wandte sich ab und ging auf den Platz neben der Sattelkammer. Dort entfernte sie eine Plane, die Staub aufwirbelnd zur Seite flog. Es erschien ein sehr eigenartiges, dreirädriges Gefährt. Die Farbe konnte Grau oder Taubenblau sein. Kyla staunte Bauklötze. So etwas Sonderbares hatte sie noch nicht gesehen.

»Ein Piaggio. Schau nicht wie ein dummes Moorhuhn!«

»Kann man damit fahren?«, fragte Kyla ungläubig und trat näher.

»Sonst würde ich wohl ein Pferd nehmen, denkst du nicht? Aber ja, das ist ein kleines italienisches Transportfahrzeug. Die Gassen dort sind zum Teil viel zu eng für große Autos und so lieben die Italiener diese Dinger«, erklärte Trish ihren kleinen Liebling, der allerdings nur selten genutzt wurde.

Kyla nickte verstehend, hatte allerdings keine Lust mehr auf Vorträge bezüglich dieses scheinbar sehr wertgeschätzten Automobils. Sie hatte wohl gesehen, wie Trish's Hand liebevoll über die schmutzige Karosserie geglitten war, während sie erzählte, was das für ein Ding war. Allerdings bezweifelte sie, dass die Riesin in diesen Winzling passte. Doch das war nun nicht ihr Problem. Also machte sie sich schnell auf den Weg in den Stall und holte Goliath, um ihn vor den Wagen zu spannen. Obwohl dieses monströse Kaltblut ihre Füße würde zermalmen können, war es vorsichtig und achtete sehr genau darauf, wohin es trat. Goliath war weiß und hatte schwarze Tupfen wie ein Dalmatiner. Seine langen Wimpern waren ebenfalls weiß und seine Nüstern rosa-grau. Knappstrupper hatte Trish sie aufgeklärt.

Während Kyla den Pferdewagen in die eine Richtung lenkte, fuhr Trish mit ihrem quäkenden Dreirad über die Auffahrt vom Hof.

Kyla nahm den gleichen Weg, den sie mit Trish gefahren war, als sie das Fohlen zum Abdecker gebracht hatten. Sie kannte ja auch keinen anderen. An der Koppel hielt sie an und rief nach Bella. Die gefleckte Stute kam angetrabt und Kyla war froh, dass sie Trish von der guten Genesung würde berichten können. Sie redete Bella gut zu und streichelte über ihre weiße Blesse auf der Stirn. Dann stieg sie wieder auf den Wagen und gab Goliath einen leichten Hinweis mit der Gerte, dass es weitergehen konnte. So zuckelte das Gefährt gemächlich zum Market von Gordy. Zufrieden mit der gelungenen Einkaufsfahrt ging es zurück zu Trish's Hof und die übrigen Aufgaben wurden im Nu erfüllt. Kyla wunderte sich zwar über einige Dinge, die Trish auf das Biwak mitnehmen wollte, zweifelte jedoch mit keinem Gedanken an, dass die Frau ihre Gründe haben würde. Dann nahm sie beschwingt ihren Bogen und übte sich in Schnelligkeit. Trish hatte ihr erst gestern einen Köcher überlassen, der nun in ihrem Rücken hing. Der Griff über die Schulter ging geschmeidig vonstatten und Kyla stellte mit Entzücken fest, dass sich so etwas wie eine Automatik entwickelte. Der Köcher war leer und alle Pfeile hatten ihr Ziel erreicht. Nicht alle punktgenau, aber immerhin nicht daneben. Das war zumindest ein Erfolg und zauberte ein Lächeln auf Kyla's Gesicht.

Neue Erkenntnisse

1

Marven war mit einer Reisetasche nach Edinburgh gefahren und hatte ein kleines, preiswertes B & B gefunden. Das Zimmer war klein, aber es sollte genügen. Lange würde er es nicht brauchen. Vier Wochen bis zum Jahrmarkt und dann würde man sehen. Nun saß er auf seinem Bett, dem einzig möglichen Sitzmöbel, und schaute auf sein Handy. Ach, könnte er Kyla nur schreiben, aber die hatte ihr Handy nicht mit bei Trish. Dort gab es eh kein Netz. Doch in diesem Moment hätte er alles dafür gegeben, sich bei ihr entschuldigen zu können. Hoffentlich konnte sie ihm jemals verzeihen, dass er ihr diesen schweren Weg zugemutet hatte. Diese zarte, kleine Person sah damals so winzig aus, als sie Trish gegenübergestanden hatte. Doch war sie dieser Berserkerin mutig gegenübergetreten. Dennoch war das nur der Anfang. Wie es ihr wohl inzwischen ergangen war?

Das Gespräch mit Caelan hatte ihm bestätigt, was er sich schon selbst seit Tagen wankelmütig eingestanden und wieder dementiert hatte. Seine Sorgen um das Mädchen, das erst seine Schwester war und nun seine nicht blutsverwandte Großtante, aber das auch nur, weil sie mit Amber als Adoptivschwester aufgewachsen war, wuchs stetig. Doch gerade wegen Amber hatte er sie überhaupt erst kennen gelernt. Das war Fügung, oder? War es sein Schicksal, sich in dieses zierliche Püppchen mit den Haaren auf den Zähnen zu verlieben?

Eigentlich war sie dann aber doch nur irgendein Mädchen, oder? Wenn er es sich richtig schön reden wollte, könnte er auch sagen, dass sie zufällig zur falschen Zeit am falschen Ort gewesen war. Nämlich in den Fängen von Helen Keith und Gordon Fletscher.

Er verlor sich fast in Selbstvorwürfen. Hätte er den Fall doch nur schneller gelöst, dann wären Kyla die Vergewaltigungen durch diese geilen Schweine, die es vorzogen, Kinder zu besteigen, erspart geblieben.

Wie würde sie nun seine eigenen Gefühle ihr gegenüber verstehen? Er würde sich ihr unmöglich offenbaren können. Sie müsste es doch naturgemäß als ekelerregend empfinden.

Ratlos machte er sich auf seinem Bett lang und verschränkte die Arme hinter seinem Kopf, als könnte ihm die Dachschräge, die er nun anstarrte, Aufschluss geben. Er grübelte und grübelte. Wann war er eigentlich tatsächlich geboren? Er ruckte auf, eilte zu seiner Reisetasche und zog die Hochzeitsbibel von Joline heraus, setzte sich wieder auf das Bett und blätterte. Da stand es. 20.03.1750! *Oh mein Gott. Ich bin 267 Jahre alt.*

Sein Pass wies ebenfalls den 20. März als Datum aus, allerdings war 1992 die Jahresangabe. Er würde bald fünfundzwanzig und Kyla sechzehn. Das war der ungefähre Altersunterschied seiner Eltern Robert und Joline. Vielleicht … doch er verwarf den Gedanken. Es durfte nicht sein, oder?

Dann fiel ihm ein, dass er mit dieser miesen Frau »Helen«, Kyla's Adoptivmutter, reden musste. Zuerst hatte man ihn glauben lassen, dass sie seine eigene Mutter sei. Doch war er nun froh, nahezu selig, dass sich das als unwahr herausgestellt hatte. Seine Mutter war Joline und das machte ihn mehr als glücklich. Doch was würde die nun sagen, wenn er sich in Kyla verlieben würde?, kamen seine Gedanken immer wieder an dem gleichen Punkt an, den er doch nun gerade vermeiden wollte. Ach, es war alles so unsagbar schwierig. Schwermütig und müde dämmerte er weg.

Kyla zog sich aus und stieg splitternackt in einen Bach. Vorsichtig, mit Bedacht und Skrupeln ob der Kälte und des ungewohnten Untergrundes, bewegte sie sich vorwärts. Setzte sich und ließ sich rücklings in das kühlte Nass sinken, sodass ihr Gesicht umspült wurde und ihre kupfernen, endlos langen Haare aussahen, als würden sie von der Strömung fortgetragen. Ihre festen Brüste ragten wie kleine

Vanilleeisberge aus dem Wasser, garniert mit kleinen, harten Knospen, die von einem karamellfarbenen Hof umgeben waren. Dann kam plötzlich wieder Bewegung in das Mädchen und schnell stieg sie an Land. Sie hatte einen perfekten Rücken, der in dem kleinen, knackigen Hintern endete, den er bereits in engen Jeans gesehen hatte. Aber nicht nackt wie jetzt. An ihrer schmalen Rückseite klebte nun klatschnasses Haar. Ein leichtes Zittern ihres Körpers war zu sehen, als sie sich abtrocknete. Dann wand sie das Handtuch um den Kopf und stülpte sich ein knielanges Hemd über. Mit den Händen das Haar trocken knetend verschwand sie im Stall.

Marven, der gern noch mehr von dieser kleinen Sirene gesehen hätte, obwohl er schon geahnt hatte, dass sie auch ohne Kleidung wunderschön anzusehen wäre, erwachte prompt.

Er war hart geworden, aber das legte sich augenblicklich, als er es merkte und sich unsagbar dafür schämte.

Warum ging sie in einen Stall? Was war da los? Hin- und hergerissen, ob er noch einmal nach Kirkhill fahren sollte, um nachzusehen, was da mit Kyla passierte, schaute er auf die Uhr. Zu spät. Es war schon weit nach zehn Uhr abends und in wenigen Stunden musste er ins Präsidium. Caelan, schoss es ihm durch den Kopf. Wenigstens den konnte er doch noch anrufen, besann sich dann aber anders. Sein Freund machte sich ohnehin schon lustig über ihn. Außerdem, es war doch nur ein Traum, beschwichtigte er sich selbst und sank wieder zurück auf sein Kissen. *Bleib aus meinen Träumen heraus Kyla, bitte!* Er schluckte und versuchte wieder zu schlafen.

Am Morgen fand er seinen Chef in dessen Büro und meldete sich zurück.

»Gut, dass du da bist, MacDonald. Auf deinem Tisch liegt eine Menge unerledigtes Berichtszeug. Das möchte ich bis heute Abend abgehakt haben, aye.«

Marven rollte mit den Augen, das war nun eine Arbeit, die er überhaupt nicht mochte, und außerdem hatte er vor, in die Psychiatrie zu fahren, um mit Helen zu sprechen. Irgendwas stank doch gewaltig zum Himmel. Einiges in der ganzen Geschichte machte überhaupt keinen Sinn.

»Alles klar. Heute Abend ist alles auf deinem Schreibtisch, Chef«, murmelte er ohne Begeisterung und setzte sich an seinen Platz.

Er schaffte es tatsächlich erst um kurz nach fünf, seine Berichte komplett zu übergeben, war jedoch froh, dass diese Arbeit nicht mehr im Weg stand.

»Chef, ich würde gern noch einmal mit Helen Keith sprechen. Ich glaube, da stimmt was nicht«, sprach er John Kincaid an, als er seine Stapel Papiere auf dessen Tisch ablegte.

»Naye. Der Fall ist erledigt. Die Gerichtsverhandlungen passee. Wir haben neue Aufgaben«, schmetterte sein Chef seinen Wunsch ab.

Zwei Wochen waren nun vergangen und die anderen Aufgaben, die ihm sein Chef gegeben hatte, nahezu erledigt, sodass er einen weiteren Anlauf nahm und um die Erlaubnis bat, Helen Keith befragen zu dürfen. Doch auch seine zweite Anfrage wurde verdrießlich von Kincaid verneint. Marven hatte bisher gar nichts von Finley's Vorschlägen abgearbeitet und es wurde endlich Zeit. Zeit wurde nun zu dem einzigen Problem, denn die lief unweigerlich für ihn ab. *Shit*, dachte er.

Marven drehte sich schließlich mit einem Feierabendgruß um und verließ ärgerlich das Präsidium. Er hasste es, wenn er Anweisungen zuwider handeln musste, aber dieser Fall war nicht nur seine erfolgreiche Arbeit gewesen. Er betraf ihn darüber hinaus auch noch sehr persönlich. Seine Kündigung lag in seinem Zimmer und er grinste dreckig. Wenn er rausgeworfen werden sollte, müsste er die nicht mehr abgeben, außerdem wäre er wohl sowieso nicht mehr lange genug da, um die Konsequenzen zu spüren zu bekommen.

Das Irrenhaus lag etwas außerhalb von Edinburgh und Marven beschloss noch etwas zu essen, bevor er hinfahren würde. Also zwang er sich eine einsame Mahlzeit in einem kleinen Bistro am Grassmarket rein, weil sein Magen bedeutsam knurrte und ihm langsam übel wurde. Ob die Übelkeit von seiner Essensabstinenz über den Tag oder von der zukünftigen Begegnung mit Helen Keith herrührte, vermochte er nicht einmal zu sagen. Es war sechs Uhr durch, als er sich durch den Feierabendverkehr zu seinem Ziel quälte.

»Hallo Clyde, wie geht's?«, sprach er den Pfleger an der Information an, den er mit Sicherheit überreden konnte, zu Helen vorgelassen zu werden.

»Oh, Marven«, sah Clyde von seiner Spätschichtbeschäftigung auf. Vor ihm lag ein neuer *Playboy*. »Du bist spät dran, oder?«

»Kannst du laut sagen«, antwortete Marven flapsig, obwohl ihm klar war, dass Clyde vielleicht faul, aber nicht dumm war.

»Ich muss zu Helen Keith«, schob er dann dringlich hinterher.

»Naye, Marv. Das läuft heute nicht mehr. Tut mir leid.«

»Wieso nicht?«, hakte Marven nun doch überrascht nach, da es sonst nie Probleme mit diesem Pfleger gegeben hatte.

»Mann, die ist voll der Junkie. Ab sechs, halb sieben ist die voll zugedröhnt mit Schlaftabletten. Sonst hältst du die Alte nicht aus.«

»Wie meinst du das, Clyde?«

»Marven, wenn du diese Frau bei Verstand erleben willst, musst du morgens sehr früh hier sein. Dann vielleicht, wenn du Glück hast. Ansonsten randaliert sie, wenn es dämmert, und dann bekommt sie was, damit sie uns nicht den letzten Nerv raubt«, zuckte Clyde mit den Schultern und grinste blöd.

»Morgen früh, sagst du?«, Marven erkundigte sich noch nach dem Diensthabenden und hob seine Hand zum Gruß, um zu gehen.

Dieser Tag schien verloren. Nichts, was er sich vorgenommen hatte, war erledigt.

»Von dem Mädchen erwartest du den höchsten Einsatz und selbst kommst du gar nicht klar«, fluchte er vor sich hin, als er zu seinem Rover ging. Doch es half nun alles nichts. Wenn er so früh wieder hier sein musste, dann würde er jetzt schnurstracks in seine Pension fahren und schlafen. Anstrengend genug war der Tag schließlich, dachte er. Kaum hatte er sich ausgezogen, gewaschen und lag flach, glitt er schon ins Land der Träume.

Kyla saß allein auf einem Pferd und ritt über eine Wiese. Sie war nicht besonders schnell unterwegs, aber in ihrem offensichtlich angespannten Gesicht sah man ein wenig Stolz. Sie war nun auf Trish's Hof und rutschte vom Pferderücken. Dann verschwand sie wieder irgendwo im Stall. Was machte sie da bloß immer? Als sie wiederkam, was gefühlt nur einige Sekunden gedauert hatte, trug sie ein Gewehr mit sich. Wollte sie Trish umbringen? Krampfhaft versuchte sie nun, sich auf das wartende Pferd zu schwingen. Diese kleine Katze schaffte es nicht, obwohl sie sich bis zum Umfallen bemühte. Ihr Gesicht war schon ganz gerötet und man konnte sie fluchen sehen. Als alles nichts half, führte sie das Pferd an den Brunnen, stieg auf die Ummauerung und saß auf. Sie wendete das Reittier und machte sich in die Richtung auf, woher sie gekommen war. Das Gewehr hing über ihrem Rücken und das Tempo zog leicht an, bis sie plötzlich verschwunden war.

Marven saß wieder einmal aufrecht im Bett. Diese Lass raubte ihm nicht nur den Schlaf, sondern auch seinen letzten Nerv. Langsam aber sicher wurde ihm klar, dass sie auch sein Herz raubte. Das musste er doch auf jeden Fall verhindern, oder? Immerhin würden sich vielleicht in Kürze ihre Lebenswege trennen. Ehrlich gesagt fiel ihm die Trennung ohnehin schwer, auch wenn er sich auf Joline und seinen Vater freute. Doch wollte er es sich auch nicht noch schmerzhafter machen, als es sowieso schon würde.

Er fragte sich, was dieses Gewehr bedeuten sollte. Er fragte sich, ob er diese Träume überhaupt ernst nehmen sollte, und außerdem fragte er sich, ob er so langsam verrückt wurde. Stöhnend ließ er sich wieder auf sein zerknuddeltes Kissen fallen und hoffte auf einen traumlosen Schlaf. Wenigstens noch zwei Stunden, bis er sich auf den Weg zur Psychiatrie machen musste.

Der Wecker klingelte unerbittlich und nach seiner eigenen Ermahnung stand Marven auf und ging duschen. Etwas erfrischter, machte er sich schließlich auf den Weg.

Clyde wollte gerade Feierabend machen, ließ ihn aber noch rein und verwies ihn an Betty, die Helen betreute. Dabei zwinkerte er wissend, als Marven die Augen rollte.

»Ich konnte die ganze Nacht nicht zur Ruhe kommen, Clyde«, witzelte er und wünschte dem Wärter einen guten Tagesschlaf.

Marven kannte Betty. Die hochgewachsene Frau machte ihm immer schöne Augen, wenn er sich in diesem Irrenhaus blicken ließ. Sie bildete sich wohl ein, dass er sie nett fand und vielleicht irgendwann zu einem Kaffee einladen würde. Nun gut, Betty war nett. Das war aber schon alles. Nie im Leben könnte er sich was anderes mit der brünetten Pflegerin vorstellen, als Worte wie *Guten Tag* und *Schönen Weg* zu wechseln. Trotzdem hatte er jetzt keine Wahl. Er musste unbedingt zu Helen und der Weg ging nur über Betty. Auf der Rückfahrt hatte er eine Schachtel Pralinen besorgt, um sie um den Finger zu wickeln.

Betty begrüßte ihn auf der Station und ihre Wangen röteten sich, als Marven ihr die Nascherei überreichte. Mit einem Zwinkern wünschte er ihr eine süße Ablenkung von nervtötenden Irren und bat sie, ihn zu Helen zu bringen. Was sie natürlich umgehend tat. *Frauen können manchmal so schwanzgesteuert sein*, dachte er, als er der Pflegerin schnellen Schrittes den Gang herunter folgte.

Sie öffnete eine Tür mit einem der Schlüssel an ihrem dicken Schlüsselbund, an dem sie schon die ganze Zeit herumgenestelt hatte. Kurz sah sie in den Raum und befand alles für okay, sodass sie Marven vorbeiwinkte und ging. Die Tür ging zu und der Schlüssel drehte sich im Schloss.

Helen saß auf einem Stuhl am Fenster und stierte in die Ferne. Marven bezweifelte, dass sie irgendetwas sah. Ihr Blick war einfach zu starr.

»Helen?«, fragte er vorsichtig.

Ihr Kopf drehte sich in seine Richtung und mit keiner einzigen Zuckung sah man, dass sie ihn zur Kenntnis genommen hatte. Dennoch sprach sie ihn an:

»Mr. MacDonald. Noch Fragen?«

»In der Tat. Ich habe mir so meine Gedanken gemacht und frage mich, wieso Sie bei Gericht nicht ausgesagt haben«, stellte er klar, was ihn umtrieb.

Nun drehte sie sich vollends um, sodass Marven sie frontal vor sich hatte. Es war das viel ältere Gesicht von Joline, aber immer noch gepflegt und schön. Die Augen glichen denen seiner Mutter, nur waren diese nicht in einem dunklen Ton umrahmt. Dieses Bernstein harmonierte mit dem gesträhnten Blond. Ihre langen Haare waren zu einem dicken Zopf zusammengenommen. Auf eine Weise sah Helen so entspannt aus, dass er Angst hatte, dass sie noch unter Drogen stand. Doch sie war klar. Äußerst klar.

»Marven, richtig?«, fragte sie überflüssigerweise, denn Marven wusste genau, dass Helen wusste, wer er war, dennoch nickte er.

»Was hätte ich sagen sollen? Etwa, dass ich mich von meinem Sohn habe erpressen lassen, auf den Strich zu gehen? Dass ich nicht stark genug war und meine Töchter ebenfalls geopfert habe? Sagen Sie mir … Was hätte ich sagen sollen? Glauben Sie nicht, dass ich mir selbst Vorwürfe genug mache, dass meine eigenen Fehler für das alles verantwortlich waren?«

Marven dachte erst, sich verhört zu haben, und ihm fiel unweigerlich die Kinnlade herunter. Als er den Mund wieder geschlossen hatte und sich sicher war, dass seine Schaltung funktioniert hatte, fragte er dennoch nach:

»Ihr Sohn? Sie meinen, Gordon Fletscher ist Ihr Sohn?«

Helen nickte traurig.

»Ja. Er ist ein Vergewaltigungskind und ich gab ihn sofort nach der Geburt fort. Doch eines Tages stand er vor mir. Ungepflegt in einer seltsamen Tracht, als käme er von einer Militärparade. Stinkend und schmutzig … Er machte mir die größten Vorwürfe. Ich sah seinen Hass und hatte Angst vor ihm. Aus gutem Grund. Er drohte meine Amber zu vergewaltigen. Um sie zu schützen, machte ich ihm den Vorschlag, gutzumachen, was ich an ihm verbrochen hatte«, sah sie zu Marven auf und hatte

Tränen in den Augen.

»Wie konnten Sie sich so sicher sein, dass Gordon Ihr Sohn war? Sie haben ihn doch noch nie vorher gesehen, oder?«, hakte Marven nach, weil ihm völlig unklar war, wie sie diesen widerlichen Bastard als ihren Sohn hatte erkennen oder akzeptieren können.

»Er … er hatte Beweise«, sagte Helen und raufte sich die Haare.

»Was für Beweise?«

»Nun, er wusste um mich so viel. Er wusste auch, wer sein Vater war … Und diese Augen, diese hässlichen Schweinsaugen habe ich nur einmal in meinem Leben bei einem anderen Mann gesehen«, keuchte Helen und erschauderte für einen kurzen Moment so angewidert, dass Marven glaubte, sie hätte sich an ihre Vergewaltigung durch diesen unbekannten Mann erinnert.

»Aber der Gordon, den wir festgenommen haben, sieht viel zu alt aus. Wenn er Ihr Sohn wäre, dann wäre er vielleicht zwanzig. Dieser Gordon sieht aus, als wäre er vierzig. Wie erklären Sie sich das denn?«, wollte Marven wissen, da er der Sache nicht traute. Überhaupt nicht traute, weil es auch keinen Sinn machte. War der Mann vielleicht der Vergewaltiger von Helen und sie raffte das nicht?

Wenn sie da im Hirn zumachte, konnte er das Rätsel vorerst nicht lösen, also nahm er das Gesagte erst mal so hin.

»Aber Sie haben mit Gordon so zusammengelebt, als wären Sie ein Paar, Helen«, ging Marven weiter in sie. Er konnte nicht leugnen, dass er etwas empfand, da Helen ihm jahrelang als seine eigene Mutter vorgaukelt worden war. Aber was, konnte er nicht benennen. Vielleicht wollte sich fast ein wenig Mitleid bei ihm einschleichen, doch das zerbarst in tausend Teile, als Helen sich grademachte und nun mit funkelnden Augen vor ihm saß, als wäre sie stolz auf das, was sie nun von sich gab.

»Ja, das gehörte zu unserem Plan. Keiner sollte wissen, dass er mein Sohn ist. Er wollte das nicht.«

Warum nicht?

In Sekundenschnelle sackte sie dann wieder zusammen und

Marven sah förmlich, wie sie mit ihrem Innersten stritt. War sie wirklich nicht ganz dicht? Sie gehörte mit ihren schizophrenen Eigenheiten wirklich zu Recht in die Psychiatrie, gestand sich Marven ein und fuhr sich mit einer Hand durch sein hellbraunes, langes Haar.

»Schließlich wurde mir erst im Nachhinein klar, wie perfide sich alles entwickeln sollte. Meine Mutter lebte damals noch und hätte ihn zum Teufel gejagt oder vergiftet … aber er war doch mein Kind«, stammelte sie weiter.

»Und Sie konnten ihn nicht davon abhalten, die Mädchen in seinen Menschenhandel einzubeziehen?«

»Erst schon. Ich tat, was ich konnte, verkaufte mich, sooft ich es aushielt. Doch er hasste mich. Noch mehr hasste er Amber, weil sie mir so ähnlich sah … und weil sie so aufgewachsen war, wie es ihm nicht erlaubt worden war. Geliebt und in einer Familie …«, stammelte sie gebrochen. »Die Einzige, die er vorerst in Ruhe ließ, war Kyla. Die kleine Kyla war so ganz anders. Im Aussehen, im Typ – sie unterschied sich für ihn zu deutlich von uns. Sie war ja auch nicht meine leibliche Tochter. Ich war nicht einmal mit ihrem Vater verheiratet. Er hatte nur zufällig den Namen Keith, sodass es für alle den Anschein hatte. Aber ich liebe das Mädchen, genauso wie ich Amber geliebt habe. Gordon wollte mich bestrafen und alle, die so aussahen wie ich … Krank, oder?« Sie sah wieder hoch und schüttelte leicht den Kopf.

»Krank vielleicht, aber nicht ungewöhnlich für einen hassenden Menschen, der die Grenzen nicht mehr sieht«, meinte Marven und senkte sein Haupt. Es bescherte ihm nahezu eine Gänsehaut bei der Vorstellung, dass so ein Schwein auch Joline, seine Mutter, vergewaltigt hatte.

Oder war *er* es sogar? Die Beschreibung seiner Erscheinung, als er zum ersten Mal aufgetaucht war, passte zumindest in diese Zeit. Jo hatte gesagt, dass er in seiner roten Uniform am Broch erschienen war und sie dann gefallen war. Konnte es sein, dass es einen Sog gab, der womöglich auch diesen Bastard durch die Zeit hatte fallen lassen? Er würde die alte Frau auf dem Jahrmarkt fragen müssen.

Marven stoppte seine Überlegungen. Er ließ sie fallen wie eine heiße Kartoffel, als Helen weitersprach, schon allein, weil sie so unglaublich waren.

»Da haben Sie wohl recht. Er war grob zu mir, hat mich geschlagen und getreten, aber er hat mich nie sexuell angefasst. Auch Amber nicht, soviel ich weiß. Er hat einfach genossen, uns durch diese widerlichen Männer zu quälen. Und glauben Sie mir, die waren nicht zimperlich. Auch wenn sie mir wehgetan haben, Amber hat viel mehr gelitten. Sie war doch noch ein Kind. Als sie verschwand, konnte ich Kyla nicht mehr vor ihm schützen«, schluchzte sie nun auf und ihre bernsteinfarbenen Augen verwässerten sich zur Farbe von mittelaltem Whisky.

»Als Jo, ähm, Amber wieder zurückkam. Was geschah dann?«, wollte Marven nun wissen, da Helen bisher nie darüber gesprochen hatte und heute scheinbar ihr Herz ausschütten wollte.

Sie sah Marven wissend an und lächelte bitter.

»Ich weiß, dass es nicht Amber war, die zu uns gebracht wurde. Sie war größer als mein Mädchen. Ihre Haare hatten eine leicht andere Farbe und sie hatte ein Mal auf dem Rücken, das meiner Amber fehlt. Ich dachte: Gott sei Dank, mein Kind ist in Sicherheit.

Der Wehrmutstropfen war, dass es Kyla bereits erwischt hatte. Das allein geschah aus Gier und Gewinnsucht … Ich konnte es nicht verhindern«, stöhnte Helen. »Außerdem sprach das andere Mädchen so eigenartig. Zwar versuchte sie es so gut es ging zu überspielen, aber man hörte irgendeinen Dialekt heraus …«

Damit gab Helen zu, dass sie die ganze Zeit im Bilde war, die falsche Frau in die Krallen dieses Scheusals gegeben zu haben. Seine Mutter. Marven musste sich schwer zusammenreißen, um nicht vor Zorn über diese Frau herzufallen und sie zu schlagen. Sein Ärger wurde etwas eingedämmt, als ihm klar wurde, dass sie alles aus Mutterliebe getan hatte. Das spürte er deutlich, wenn auch widerwillig. Marven atmete einmal richtig durch und fragte:

»Das Mädchen, das bei Ihnen war, war Amber's Tochter Joline. Wussten Sie das?«

»Nein. Das kann doch gar nicht sein«, wiegelte sie ab. »Dieses Mädchen war zwar vielleicht genauso alt, aber Amber war erst vier Monate fort. So eine alte Tochter hätte sie niemals haben können!«, stritt sie vehement allein diese Möglichkeit ab.

Doch dann sah sie Marven plötzlich ganz direkt an und griff nach seinem Arm.

»Die Sprache«, flüsterte sie. »Gordon sprach genauso eigenartig, als er zu mir kam. Es dauerte einige Jahre, dass man es nicht mehr heraushörte. Er hatte das Mädchen von Anfang an auf dem Kieker, auch wenn ich so tat, als sei sie Amber. Er hasste sie noch mehr als mich … glaube ich«, erzählte sie ganz offen. Als müsse sie sich all ihre aufgestaute Erkenntnis von der Seele reden, floss es aus Helen heraus wie aus einer gebrochenen Wasserleitung.

»Er musste sich sehr überwinden, zu ihr zu gehen. Ich dachte die ganze Zeit sogar, dass er direkt Angst vor ihr hatte. ›Hexe‹ hatte er sie oft genannt, und ›Metze‹. Irgendwoher kannte er dieses Mädchen. Wie hieß sie noch gleich?«

»Sie hieß Joline, Helen. Sie ist verdammt noch mal deine Enkelin … Und sie wurde von ihm vergewaltigt«, hätte Marven es ihr am liebsten entgegengebrüllt, riss sich aber mit aller Macht zusammen, weil er plötzlich sicher war, dass Jo diesem Scheusal Gordon tatsächlich in ihrer Zeit begegnet war.

Wie konnte das alles sein? Gordon war doch in dieser Zeit geboren. Wie konnte er mit der alten, lange vergangenen Sprache aufgewachsen sein, dass es Jahre brauchte, um den Dialekt wieder loszuwerden?

»Oh, ich denke sie ist fort?«, gab Helen halbherzig fragend zurück. Sie erwartete nicht wirklich eine Antwort. Das Gespräch war beendet. Ihr Körper drehte sich wie automatisch ab und ihr Blick wendete sich wieder in die Ferne, als wäre das Hirn abgeschaltet und kein Funken Verstand mehr in der Frau. Marven's Recherchestündchen war dahin. Als er seinen vor Erstaunen geöffneten Mund wieder geschlossen hatte, stand er auf, überfüllt mit neuen hanebüchenen Gedanken.

Er drückte auf die Schelle und wartete auf Betty, damit sie ihn aus diesem Gruselkabinett befreite. Als sie endlich kam, drückte er sich an ihr vorbei, murmelte einen Abschiedsgruß und verließ schnellen Schrittes dieses Irrenhaus, so als wäre der Teufel persönlich hinter ihm her. Das scheele Gesicht der Pflegerin, die seinen Abgang mit einigem Erstaunen wahrnahm, sah er nicht mehr.

2

Während Marven seinen Rover durch den Frühverkehr lenkte, um ins Präsidium zu fahren, schwirrten ihm die erlangten Informationen durchs Hirn, als wäre sein Kopf ein Bienenstock.

Zu langsam reagierte er, als plötzlich vor ihm Bremslichter rot aufleuchteten, und schon krachte es. Sein Oberkörper schnellte nach vorn und sein Gesichte landete unsanft im Airbag, der durch den Aufprall geöffnet worden war. Der Anschnallgurt riss ihm glühend heiß in Oberarm und Hüfte. Eine kleine Ladung Talkum, die den Airbag trocken halten sollte, fand ihren Weg in Marven's Lungen. Er dachte im ersten Moment zu ersticken. Mit kräftigem Husten konnte er jedoch seine Atembeschwerden schnell in den Griff bekommen.

Als er begriff, was geschehen war, schnallte er sich ab, öffnete die Fahrertür und stieg aus. Das war eine nicht ganz so gute Idee, wenn auch sein Motiv logisch war, dem anderen Fahrer zur Hilfe zu eilen. Er taumelte und konnte sich gerade noch an der eigenen zerstörten Motorhaube festhalten. Ihm wurde übel und dann wurde es dunkel. Er spürte nicht mehr, dass sein Körper über die Haube und dann an der Wagenseite herunterrutschte und auf dem Seitenstreifen aufschlug.

Er erwachte Stunden später im Krankenhaus, und als er wahrnahm, dass eine Krankenschwester im Zimmer herumwuselte, musste er wissen, was geschehen und ob der andere Fahrer in Ordnung war.

Die Schwester drehte sich zu ihm um. Sie war nicht mehr

ganz jung, aber dennoch attraktiv mit ihren Lachfältchen. Sie teilte ihm mit, dass er einen Autounfall hatte und die Fahrerin des anderen Autos bereits wieder entlassen war.

»Sie hat nur ein Schleudertrauma erlitten und ist mit ihrer Halskrause abgerauscht, nachdem sie Sie wutentbrannt in ihrem Zimmer aufgesucht hat. Wir haben das nicht sofort bemerkt und konnten deswegen nicht mehr eingreifen«, machte die Schwester ein schuldbewusstes Gesicht, das sich jedoch sofort wieder aufhellte und mit einem Lächeln zu ihm heruntersah.

»Allerdings hat sie nur einen bewusstlosen Mann vorgefunden, den sie nicht oder wenigstens nicht wirkungsvoll zur Schnecke machen konnte«, kicherte sie leise.

»Haben Sie ihre Adresse, damit ich mich entschuldigen kann?«, fragte Marven müde. Sein Haupt war schwer und es tobte darin, als hätte er sich einen waschechten Boxkampf ohne Kopfschutz geliefert. Sie nickte.

»Was ist mit mir? Bin ich ernsthaft verletzt?«, wollte Marven ungeduldig wissen, denn er musste das ungute Gefühl verdrängen, seine Abreise scheitern zu sehen.

»Alles gut, junger Mann. Ich darf Ihnen ja nichts sagen, aber nach meinem Dafürhalten werden Sie morgen bestimmt auch entlassen«, flüsterte sie ihm verschwörerisch zu. »Gehirnerschütterung, habe ich gehört, aber mit Schmerzmitteln und etwas Ruhe bekommt man das wieder hin«, machte sie ihm Mut, drückte eine Novalgin aus einem Blister, steckte sie Marven zwischen die Zähne und bot ihm Wasser an, damit er die angebotene Tablette schlucken konnte.

»Nehmen Sie die ruhig und schlafen noch eine Weile, das wird Ihnen gut tun.«

Marven schloss die Augen, und die Krankenschwester wandte sich zum Gehen. Etwas lauter beschied sie ihm von der Tür aus:

»Wenn Sie etwas brauchen, schellen Sie einfach.«

Marven brauchte nichts. Er hatte einfach nur das Bedürfnis zu schlafen und so langsam wurde das Pochen und Rauschen in seinem Kopf weniger und er dämmerte ein.

102

Kyla schlenderte mit einem Körbchen in der Hand zu einem Stall. Nein, es war kein Stall, es waren Legekästen. Sie kniete sich davor und entnahm die Eier. Dann kam etwas Großes, Braunes mit langen bunten Schwanzfedern. Bedrohlich sah es aus, was sich da in Kylas Rücken auf sie zubewegte. Ein kampfbereiter Hahn hob ab und wollte seinen messerscharfen Sporn in den Nacken des knienden Mädchens rammen, als er noch in der Luft stoppte und plump zu Boden fiel. Noch in der Hocke sitzend, sah sich Kyla erst verblüfft um. Sie schaute erstaunt und ihre Lippen bewegten sich, genau wie ihr Blick, der nach oben schnellte. Sie drehte sich etwas, um besser sehen zu können, was geschehen war. Dann entdeckte sie den toten Hahn ganz dicht bei sich. Ein Messer ragte aus seinem Rücken. Ungläubig sah sie wieder auf.

Marven öffnete abrupt die Augen und starrte an die Decke. Die Straßenlaternen vor dem Krankenhaus waren momentan die einzigen Lichtquellen, die dafür sorgten, dass nicht absolute Finsternis herrschte. Er stöhnte, denn obgleich sich die Tablette als außergewöhnlich hilfreich erwiesen hatte, spürte Marven nun, dass der Schmerz in seinem Schädel wieder zu toben beginnen wollte. Zwar wusste er, dass dieser Kopfschmerz bestimmt vom Unfall herrührte, aber auch sein Traum, in dem Kyla beinahe Opfer eines verdammten Hahns geworden wäre, tat das seine. Hin- und hergerissen zwischen dem Wunsch zu schlafen, schmerzfrei zu schlafen, und der Angst, wieder zu träumen, entschied sich Marven dann aber doch für die Nachtschwester. Er schellte.

Ein Pfleger erschien und machte das Licht an. Marven musste knibbeln. Das Licht tat ihm in den Augen weh. Darum bat er kurz um eine Tablette und wollte wieder in Ruhe gelassen werden, was dem Pfleger sehr entgegenkam. Dieser war scheinbar bei irgendetwas gestört worden und verrichtete grimmig seinen Dienst. Als er fort war, das Licht wieder aus und die Stille der Nacht sich wieder über Marven's Gemüt senkte, wichen das arge Pochen und Rauschen und der Schlaf hatte ihn wieder.

»Guten Morgen, Mr. Mac Donald«, zwitscherte eine junge

Schwesternschülerin, die ihm das Frühstück auf einen mobilen Beistelltisch von der Sorte stellte, der an jedem Bett im Zimmer stand. Ein einziger Blick auf den gutaussehenden Patienten hatte genügt, um sie ein wenig aus der Fassung zu bringen. Schnell, als würde sie im Akkord arbeiten, besann sie sich aufs Wesentliche.

»Wir müssen gerade Fieber und Blutdruck messen, dann können Sie in Ruhe frühstücken, aye?«, säuselte sie erklärend, während sie Marven schon ein Thermometer zwischen die Zähne steckte. Kurz darauf schlang sie eine Manschette um seinen Oberarm, pumpte auf und Marven bekam fast Angst, dass sie den Arm mit dieser Luftpumpe abbinden würde, wenn sie nicht langsam aufhörte. Es war nicht zu übersehen, dass sie es vermied, Marven anzusehen. Sie zählte anscheinend, was auch immer. Dabei sah sie sehr konzentriert aus und visierte einen fernen Punkt an der Zimmerwand an, bis ein Piepton sie von ihrer schwierigen Aufgabe erlöste. Fast zeitgleich riss sie Marven, der innerlich grinsen musste, ziemlich forsch das Fieberthermometer aus dem Mund und schrieb alles auf ein Blatt im Hängeordner, der am Fußende des Bettes hing. Dann eilte sie an seine Seite.

»Wie geht es Ihnen?«, fragte sie freundlich, da sie jetzt mit einer Antwort rechnen konnte. Dennoch eilte sie um das Bett und versuchte so viel Abstand wie möglich zu halten. Wieder verlegen in der Gegend herumschauend, stellte sie das Kopfteil mit Hilfe eines elektrischen Fußhebels auf, damit Marven halb sitzend essen konnte. *Jetzt erst recht,* dachte er.

»Ganz gut, denke ich«, lächelte er sie an und hätte am liebsten laut geschrien vor Lachen, als die junge Dame rote Bäckchen bekam.

»Na dann, guten Appetit«, sagte sie rasch und huschte aus dem Zimmer, nicht ohne ihn wissen zu lassen, dass die Ärzte gleich zur Visite kommen würden.

Nachdem er etwas gegessen hatte, beschloss Marven aufzustehen und zu duschen. Seine Kleidung lag fein säuberlich zusammengelegt auf einem Stuhl nahe seinem Bett. Er zog die Schleife an seinem Engelshemd auf und stand völlig nackt im

Zimmer. Als sich die Tür öffnete, sah er kurz auf und hörte ein erschrecktes »Huch«. Er entdeckte ein völlig verschrecktes Mädchengesicht, das puterrot anlief. Die Schwesternschülerin wich augenblicklich zurück und schlug die Tür wieder kraftvoll zu.

Marven hatte noch nie ein Problem mit seinem Körper und einer gewissen Offenheit gehabt. Niemals wäre ihm in den Sinn gekommen, dass er sich genieren müsste. Er war so aufgewachsen und hatte null Verständnis für so ein verklemmtes, spießiges Gehabe. Kopfschüttelnd, was er besser unterlassen hätte, kommentierte er diesen Vorfall für sich und wurde mit Schwindel bestraft. Doch der und das leichte Pochen im Hirn ließen alsbald wieder nach. Das Mädchen sollte seinen Berufswunsch vielleicht besser überdenken, dachte er dennoch im Stillen.

Schmunzelnd griff er nach dem Kleiderstapel und verschwand in dem kleinen Bad, das zum Zimmer gehörte. Erfrischt und gut gelaunt kam er aus dem Badezimmer und griff in seine Hosentasche. Er angelte sein Handy heraus und checkte seine Nachrichten. Mehrere Anrufe kamen aus dem Präsidium. Das würde ja wohl Zeit haben, bis er entlassen war, beschied er. Ein Anruf kam von Caelan. Den wollte er gerade zurückrufen, als es an der Zimmertür klopfte. Er ermahnte sich selber zur Ernsthaftigkeit, damit er der vermuteten Schwesternschülerin nicht noch mehr Angst einjagte, und rief: »Herein!«

Als sich die Tür öffnete, traten der Oberarzt, der Stationsarzt und einige Assistenten ein und plötzlich schien das Zimmer überfüllt zu sein.

»Oh, da hat es aber einer eilig, was?«, meinte ein älterer Herr mittlerer Größe.

»Na ja, mir geht es ganz gut«, antwortete Marven, der den leichten Anflug von Ärger nicht überhört hatte.

Der Mann zog die Hängemappe am Fußende des Bettes heraus, las und forderte Marven auf, sich auf sein Bett zu setzten. Dann leuchtete er ihm mit einer Stablampe die Augen ab, fragte nach Beschwerden und besprach sich kurz mit seinen Ärzten.

»Nun gut, Mr. Mac Donald, dann, denke ich, spricht einer Entlassung nichts entgegen. Holen Sie sich Ihre Papiere in einer

Stunde an der Rezeption ab.« Damit verließ das weiße Geschwader den Raum und Marven war froh, gehen zu dürfen.

Er räumte das Zimmer und beschloss unten an der Rezeption zu warten, bis er seine Entlassungspapiere bekam. Dort gab es eine gemütliche Ecke mit Lounge-Möbeln und ein kleines Café, wo er sich einen anständigen Kaffee beschaffte.

Marven setzte sich in einen bequemen Sessel und wählte Caelan's Nummer.

»Caelan, du hast versucht, mich gestern zu erreichen. Was gibt es?«, fragte er, als sein Freund sich mit dem üblichen »Japp« meldete.

»Ich denke, dass du vielleicht wissen möchtest, dass Trish mit Kyla einen Ausritt über Nacht machen möchte«, informierte Caelan ihn.

»Wann?«

»Ich soll heute zum Hof und aufpassen. Jetzt ist es wohl zu spät, um es zu verhindern. Warum gehst du denn nicht ans Telefon, Alter?«, motzte Caelan, weil sein Freund jetzt erst zurückrief.

Marven erzählte, was geschehen war und warum er überhaupt nicht in der Lage war, irgendetwas zu verhindern. Im Stillen fragte er sich, ob er das hätte wollen. Gut. Seine Träume hatten ihn schon irgendwie beängstigt, aber letztendlich … Nein, auch wenn er Kyla vermisste wie nichts anderes. Er würde ihr nicht das Gefühl geben, dass sie ihm mehr bedeutete, als sie dachte oder wusste. Auch entschied er sich dagegen, Cal seine Träume zu erzählen. Ein Seelenstriptease würde seinen Freund nur belustigen und danach stand ihm nicht der Sinn. Diesen Kampf musste er alleine kämpfen. Also lenkte er seine Gedanken wieder auf wesentliche Informationen, die ihm halfen einzuschätzen, ob Gefahr im Verzug war.

»Was macht Trish denn für einen Eindruck?«, interessierte es Marven aber doch, ob er Kyla beschützen müsste.

»Eigentlich war sie wie immer, denke ich … Naye, sie hat die Haare kurz und redete auch nicht nur so im Schlammton«, konnte Marven seinen Freund direkt überlegen hören.

»Wenn du es genau wissen willst, ist sie vielleicht sogar *nett* gewesen?«, schob Caelan hinterher und für Marven war gerade gar nicht klar, ob er es sagte oder ob er eine Frage stellte und stolperte über das Wort *Schlammton*.

»Was meinst du, Caelan? Was für ein Ton?«

»Na ja, sie sprach in sauberem Englisch, fluchte nicht und drückte sich nicht in ihrem üblichen Vokabular aus«, klärte Caclan scinen Freund auf und fing an, sich selber über diese Wandlung zu wundern. »Meinst du, die Kleine hat es tatsächlich geschafft, sich von Trish nicht überfahren zu lassen?«, gluckste er nun fröhlich ins Telefon und Marven konnte sich das grinsende Gesicht seines Freundes direkt vorstellen, als säße er neben ihm.

»Marv, bist du noch dran?«, horchte Caelan, als er sich wieder eingekriegt hatte, in die Stille seines Hörers.

»Ja, Cal, bin ich. Ich muss dir noch was sagen. Das Auto kannst du nicht mehr bekommen. Es ist schrottreif, glaube ich.«

»Oh, gut, Marv. Ich brauche es ja gar nicht, wenn ich mitkomme. Schon vergessen?«, gab er trocken zurück und legte auf, bevor Marven protestieren konnte.

Der sah sein Handy ungläubig an und begann vor sich hin zu starren. Im Grunde wäre es ihm am liebsten, wenn er seinen Freund auch in Zukunft bei sich hätte. Aber konnte das gehen. Kyla und Cal mitzunehmen war nicht das Problem von Wollen, sondern von Können. Er hoffte inständig, dass es gehen würde, aber er musste sich seelisch auch auf den Fall einstellen, dass es nicht möglich war. Die Enttäuschung wäre nur halb so schlimm.

Dachte er.

Letzte Abenteuer

1

»Ich habe in deiner Box ein Plaid gesehen. Pack es ein, aye«, wies Trish Kyla an, als sie sich für ihren Ausflug ins Blarnacuiflich-Moor bereit machten.

»Wozu brauche ich den denn, ich habe doch mein Cape eingepackt«, wandte Kyla ein.

Trish, die ihr Pferd mit den vollgestopften Satteltaschen belud, rollte mit den Augen. Konnte dieses Mädchen nicht einfach tun, was man ihr auftrug? Sie musste sich sehr zusammenreißen, keinen Fluch über ihre Lippen kommen zu lassen und sich ruhig und gelassen umzudrehen.

»Tu es einfach, Kyla. Es sei denn, du möchtest am nächsten Morgen zum Eisblock erstarrt sein«, erklärte Trish in der ihr möglichen, durch Kyla mittlerweile gefeilten Ausdrucksweise. Ein bisschen stolz war sie ja darauf, dass sie ihr burschikoses Vokabular in den Griff bekommen hatte. Aber in manchen Fällen hätte sie nicht übel Lust, wieder zu ihren Schimpfwörtern zu greifen. Die brachten wenigstens unmissverständlich auf den Punkt, was gemeint war.

Als sie Kyla im Stall verschwinden sah, grinste sie jedoch und musste sich eingestehen, dass es auch etwas weniger definitiv funktionierte. Das Mädchen kam mit dem ordentlich gefalteten Plaid zurück und konnte es nicht in ihrer Satteltasche unterbringen, egal wie sie pfropfte, sodass Trish ihr riet, eine Rolle daraus zu formen und sie hinter den Sattel zu binden. Das wäre zumindest die Art, wie es die Cowboys im Wilden Westen gemacht hätten, und das nicht ganz ohne Verstand.

»Da hast du wohl recht«, gab Kyla zu, als sie das Plaid nach Westernmanier verstaut hatte.

»Die Decke ist so immer griffbereit und auch wieder leicht verstaubar, klasse. Danke für den Tipp«, lächelte sie Trish an, die bereits auf ihrem Pferd saß. Sie hatte Kashmir ausgewählt, damit der Wallach endlich wieder ein wenig mehr Bewegung bekam.

Trish sah zu Kyla herunter und musste zugeben, dass ein nettes Lächeln, besonders wenn man so schöne Augen hatte wie Kyla, etwas Herzerweichendes hatte.

»Steig endlich auf, wir müssen so langsam los, sonst finden wir unser Ziel nicht. Im Dunkeln tapsen wir dann nur in der Gegend herum, aye. Also pronto!«

»Müssen wir denn nicht auf Caelan warten?«, musste Kyla noch wissen, wobei sie allerdings schon in den Steigbügel trat und sich am Sattelknauf auf Nell's Rücken zog.

»Naye, müssen wir nicht. Also los!«

Trish gab den Anfang der kleinen Karawane, denn obwohl sie Kashmir ritt, wollte sie auch Fly mitnehmen und zog ihn an einem langen Zügel hinter sich her. Kyla bildete auf Nell die Nachhut. Sie konnte mittlerweile mit allen Pferden ganz gut zurechtkommen, außer mit Fly. Auch deshalb hatte Trish ihn quasi im Gepäck. Der etwas wilde Hengst sollte sozusagen für eine gute Zeugnisnote sorgen. Wenn Marven sie auf diesem Pferd sehen würde, dann hätte er wohl keine Fragen mehr, ob Trish ihr Geld wert war. Selbst er hatte einmal einem Nervenbündel geglichen, als Fly bei einer Suche auf dem Moor durchgegangen war.

Mit leichten Gewissensbissen also, schließlich wollte sie nicht, dass Kyla verletzt würde, hielt sie an diesem Entschluss fest. Denn trotzdem meinte sie, dass das Mädchen es wenigstens einmal versuchen könnte. Sie schaute kurz über ihre Schulter zurück und befand alles für in bester Ordnung. Also zog sie das Tempo etwas an. Zu Pferd waren es immerhin drei bis vier Stunden Ritt.

Obwohl Kyla sich immer noch sehr konzentrierte, damit sie keinen Fehler machte, entging ihr die Landschaft nicht, die sie durchquerten. Vor einer Stunde, so kam es ihr zumindest vor, hatte sie das letzte Cottage gesehen. Seitdem wurde die Gegend mit kleinen, geduckten Wäldchen und leichten Hügeln karger. Es wechselte sich Gras mit Heideflächen ab und in manchen Tälern sah sie Wasser aufblitzen, wenn die Sonne mal hindurchkam. Dann ging es stetig bergan, obgleich Kyla keinen richtigen Berg ausmachen konnte. Sie begann, den Ritt zu genießen. Es hatte einen Hauch von absoluter Freiheit in dieser totalen Menschenleere, als ob Trish und sie die einzigen Zweibeiner wären, die einen Atomkrieg überlebt hätten. Einsam nahmen sie ihren Weg über das Moor, wobei hin und wieder ausgetretene Schafspfade ihren Weg kreuzten. Dann bemerkte sie einige Hügel, die irgendwie nicht in die Landschaft passten, jedenfalls nicht ursprünglich. Sie sah zu Trish herüber, die immer noch die Führung hatte. In deren Rücken wagte sie zu rufen:

»Hey Trish, was sind das für Haufen, die immer wieder auftauchen?«

»Hügelgräber«, bekam sie ihre Einwort-Antwort und biss sich auf die Unterlippe.

»Die müssen aber schrecklich alt sein, oder?«, versuchte sie ein Gespräch anzufangen, denn für ihren Geschmack war sie nun lange genug schweigsam gewesen.

»Hmpf … Glaub schon.«

»Wenn du nicht reden willst, sag es einfach, Trish«, wurde Kyla nun ungehalten. Sie fühlte sich vernachlässigt. Zu Unrecht, wie ihr klar war, denn normalerweise wäre Trish jetzt auf ihrem Hof und würde sich dort abarbeiten.

»Kyla, nimm deinen Bogen vom Rücken und halt die Klappe. Wenn du einen Hasen oder einen Fasan bemerkst, schieß ihn, denn wir brauchen noch was zu essen, aye?«

»Wieso, wir haben doch was mit, oder nicht?«

»Naye, ich war so frei, deine Menage an Proviant wieder auszupacken. Du sollst hier was lernen oder meinst du, in der Vergangenheit brauchst du nur in einen Supermarkt zu laufen und kannst dir was kochen?« Trish drehte sich in ihrem Sattel etwas zu ihr herum.

Kyla wurde blass und ihre grünen Augen funkelten vor Unglauben.

»Du meinst, wir haben nichts mit? Gar nichts?«

»Wenig, Mädchen. Nur eine absolute Notration an Knäckebrot. Also sei still und verscheuch das Wild nicht durch dein ewiges Geplapper. Hörst du?«, warnte Trish sie, nun endlich Ruhe zu geben und sich aufs Wesentliche zu konzentrieren.

Ha, ja klar, dachte Kyla, die ihren Bogen vom Rücken nahm und einen Pfeil abschussbereit einlegte. Sie musste ihn festhalten und hatte also nur noch eine Hand für den Zügel frei. Doch vom Pferd aus jagen hatte sie gelernt, sodass sie nun die Augen nach einem Beutetier aufhielt.

Ihre Gedanken blieben bei der zu erwartenden Konsequenz dieser Jagd hängen. Sicher würde ihr wieder die üble Aufgabe zukommen, das Tier auszunehmen und zu häuten. Sie überlegte, was sie lieber täte, einen Vogel rupfen oder ein Kaninchen aus der Decke hauen. Keins von beidem, entschied sie und beschloss die Sache später mit Trish zu regeln. Vielleicht konnte sie dem widerlichen Amt mit Schnick-Schnack-Schnuck aus dem Wege gehen. Dabei musste sie schmunzeln. Gegen Marven hatte sie immer gewonnen.

Aus dem Augenwinkel sah sie Trish die Hand heben, was so viel bedeutete wie *anhalten, Gefahr*. Kyla schaute sich wild um, konnte aber keine Bedrohung ausmachen. Doch als sie an Trish vorbeisah, erblickte sie ein Reh. Sie schätzte ihre Chance ab. Ob sie das Tier gut treffen könnte? Sie entschied, dass sie es versuchen wollte, legte an und ließ ihren Pfeil auf das Reh losfliegen. Sie war gut geworden, freute sie sich. Das viele Üben hatte sich gelohnt und nun war ihr Diana hold. Das Tier brach, kaum getroffen, zusammen.

Trish traute im ersten Moment ihren Augen nicht, als das Reh, das gerade noch am Äsen war und an nichts Böses dachte, einfach zusammenbrach. Sie drehte sich zu Kyla um, die lächelnd ihren Bogen über ihre Schulter auf den Rücken hängte. Das Gesicht des Mädchens hatte eine grinsende Gesichtslähmung, die selbst mit Faustschlägen nur schwer hätte behoben werden können. Trish, die nie im Leben damit gerechnet hatte, dass Kyla so konsequent den Auftrag der Nahrungsbeschaffung umsetzten würde, sah den Zwerg auf Nell mit offenem Mund an und erntete nur ein immer noch grinsendes Schulterzucken.

»Meinst du, das Tier wird für eine Mahlzeit reichen?«, fragte Trish trocken und triefend vor Ironie. Als sie sich wieder gefangen hatte, gab sie Kashmir ein Zeichen mit der Hacke, dass er sich bewegen sollte, und ließ ihn im Schritt auf das Reh zugehen.

»Komm, Krümel. Du hast jetzt ein bisschen Arbeit vor dir. Irgendwie müssen wir das Tier ja jetzt transportieren, aye?«, machte Trish Kyla ohne mit der Wimper zu zucken klar, dass ihr diese Arbeit allein zukommen würde.

Die straffte sich und lenkte Nell nun auch zu der offensichtlich viel zu großen Beute. Angekommen rutschte sie vom Pferderücken und trat neben das Reh. Sie zog ihren Pfeil aus dem Tier und sah fragend zu Trish auf. Diese zuckte die Schultern und sagte so emotionslos, wie es ihr nur möglich war:

»Es geht genauso wie bei einem Kaninchen. Ist halt nur ein bisschen größer. Schneid die Kehle durch, damit es schneller ausblutet, und dann den Bauch, damit der ganze Glibber hier bleibt.«

»Du hilfst nicht?«, schob Kyla das Kinn provozierend vor und legte eine Menge Vorwurf in diese einfache, kurze Frage.

»Naye, keine Zeit. Ich schaue mich nach einem Lager um. Wasser wäre immerhin ganz gut oder willst du zwei Tage wie ein blutrünstiges Monster herumlaufen?«, meinte sie und ließ Kashmir gehen. Die beiden anderen Pferde blieben in der Nähe stehen und zupften Gras aus dem Heide-Gras-Mischmasch, das den Boden bedeckte.

Kyla zog also allein gelassen ihren Hirschfänger, den sie von Trish geschenkt bekommen hatte, aus der Gürtelscheide und schnitt die Kehle des Rehs durch. Erstaunt, aber auch mit einem kleinen Anflug von Übelkeit beobachtete sie den langsamen Blutstrom, der sich aus dem Schnitt seinen Weg auf den Boden suchte. Als der Fleck immer größer wurde, wich sie in der Hocke ein wenig zurück. Schließlich wollte sie sich nicht schmutzig machen. Dann atmete sie kräftig ein, setzte das Messer unter dem Brustbein an und öffnete die Bauchhöhle. Schon nach zwanzig Zentimetern drängte ihr das Gedärm unaufhaltsam entgegen. Kyla musste würgen, doch vollendete sie das schaurige Werk und fand sich plötzlich einen Meter entfernt von dem ekelerregenden Inventar des ehemals ach so niedlichen Tieres auf dem Hintern wieder. Mit einem lauten Stoß atmete sie aus und wurde erst jetzt gewahr, dass sie wohl die ganze Zeit die Luft angehalten hatte. Metallischer Geruch, gepaart mit einer fäkalienhaltigen Note, stieg ihr in die Nase.

»Ich hasse dich«, keuchte sie und putze die Klinge des besudelten Messers in der Vegetation ab. Einigermaßen zufrieden mit dem Ergebnis und relativ sicher, dass sie die Lederscheide nicht maßgeblich beschmutzen würde, schob sie den Hirschfänger in seine Behausung.

Sie sah sich um, doch von Trish gab es keine Spur. So schluckte sie die aufkommende Galle wieder herunter und warnte ihren vermaledeiten Körper davor, Schwäche zu zeigen.

Also rückte sie dem Reh wieder auf die Pelle und kramte mit bloßen Händen und Todesverachtung die Innereien aus dem Bauch, die noch nicht von allein herausgequollen waren. Der Rest saß fest. Mist. Wieder griff sie nach ihrem Messer und trennte die Verbindungen durch, die so vehement an dem Tier festhalten wollten. Fertig mit allem, wich sie nun einige Meter weg und würgte.

Die blutigen Hände auf die Knie gestützt, stand sie gebeugt da und verbot sich konsequent, zu erbrechen.

»Das Herz und die Leber nehmen wir aber mit«, hörte sie Trish von der Seite.

In ihrem anstrengenden Ringen nach Selbstbeherrschung, hatte Kyla die Reiterin nicht kommen hören. Sie rollte, unsichtbar für Trish, mit den Augen und wusste, dass ihr die Übelkeit als Fehler angelastet würde. Das wurmte sie unsagbar.

»Dann schlage ich vor, dass du dir die Dinger selber aus dem Glibber ziehst«, stieß Kyla ärgerlich hervor, verharrte aber sicherheitshalber noch in gebeugter Haltung, falls sich ihr verdammter Magen doch noch entscheiden sollte, sich zu entleeren. Denn sie spürte allein bei der Vorstellung, die Innereien noch sortieren zu sollen, einen brutal aufsteigenden Ekel.

»Das glaube ich nicht. Du siehst aus, als hättest du selbstpersönlich an der letzten Clansschlacht, die hier stattgefunden hat, teilgenommen. Da werde ich mich wohl nicht mehr schmutzig machen müssen.«

Das reichte. Vergessen war alle Übelkeit. Es brodelte gerade flüssiges Magma an die Oberfläche von Kyla's Selbstbeherrschung. Die war schon mehr als überbeansprucht, seit sie bei Trish war. Und das alles wegen Marven. Nur damit der stolz auf sie sein konnte. Sie wendete sich der Wikingerkriegerin zu, funkelte sie zornesrot an und hätte sie am liebsten mit »Pferdefresse« betitelt, denn so sah Trish mit ihrem Grinsegesicht gerade aus. Letztendlich brachte Kyla allerdings nur noch ein schwaches »Oh« heraus.

Neben Trish sah sie einen völlig abgehetzten Caelan. Der stützte seine Hände ebenso auf die Knie wie sie selbst eben noch und rang nach Atem. Die rote Mütze unterschied sich im Augenblick nicht wirklich von dem Rest seines Kopfes. Auch sein Hals war rot und seine Schlagader so geschwollen, dass Kyla seinen Puls, selbst aus den zwei Metern Entfernung, problemlos hätte zählen können.

»Wir …«, Caelan's Versuch zu sprechen wurde von schweren Atemzügen erstickt. Er wartete noch einen kleinen Moment und setzte noch einmal an: »Wir … müssen so schnell … wie es geht … zum Jahrmarkt kommen … Marv wartet dort auf uns«, stammelte er, von tiefen Atemzügen unterbrochen.

»Warum?«, fragte Kyla leise. Ihr wurde mulmig. War irgendetwas geschehen?

Caelan brauchte noch einen Moment, drehte sich um und erbrach sich.

Ach du meine Güte, dachte Kyla. Sie hatte schon davon gehört, dass Sportler bis an ihre körperlichen Grenzen gingen und dazu neigten, sich dann zu übergeben. Doch Caelan? Den hatte sie bisher quasi nur beim Nichtstun erlebt. Weil sie zuerst ihren Blick nicht von dem gutaussehenden Mann hatte wenden können und ganz offensichtlich körperliche Schwierigkeiten hatte, war ihr auch das Mountainbike nicht aufgefallen, das achtlos im Gras lag. Dann erst begriff sie, dass Caelan die ganze Strecke vermutlich in Windeseile zu ihnen zurückgelegt hatte, für die sie mit Trish nahezu drei Stunden benötigt hatte. Ihre Meinung über Caelan änderte sich. Auch wenn sie ihm nach der ersten Begegnung am liebsten die Augen ausgekratzt hätte, war sie jetzt einigermaßen beeindruckt.

Trish sah ihren Cousin mitleidig an und fragte:

»Geht's wieder, Cal?« Sie trat zu ihm und tätschelte seinen Rücken.

Er nickte und machte sich gerade, drückte einmal sein Kreuz durch und drehte sich wieder zu Kyla um.

»Die alte Hexe will mit uns reden. Wir müssen nach Kirkhill«, stöhnte er, weil er wirklich nicht wusste, ob er den Weg mit dem Bike schaffen würde.

»Gut. Dann würde ich sagen, du nimmst Fly«, schlug Trish vor, als würde sie ahnen, dass Cal am Ende seiner Ausdauerkraft war. Reiten war zwar auch anstrengend, aber weniger kraftraubend.

Caelan sah sie ungläubig an.

»Bist du verrückt, Trish? Ich bin zu jung, um zu sterben«, lehnte er das großzügige Angebot ab, obgleich ihm augenblicklich klar wurde, dass auch das Bike ihn heute umbringen würde.

»Er ist nicht so schlimm, wie ihr alle denkt. Sogar Kyla würde ihn reiten können, aber du bist zu schwer für Nell. Kashmir ist müde. Also willst du oder nicht«, setzte Trish ihm die Pistole auf die Brust.

»Also gut«, willigte Caelan ein, schon allein, weil er sich nun keine Blöße vor Kyla geben wollte.

»Weißt du den Weg?«, fragte Kyla, die schon auf Nell's Rücken saß.

»Klar«, gab er zurück und schwang sich auf Fly, der nur eine Pferdedecke auf dem Rücken hatte, jedoch mit einer Trense ausgestattet war.

»Kommst du klar, Trish?«, fragte er und lächelte seine Angst vor dem tänzelnden Hengst fort. Nein, er hatte keine Angst vor Pferden, er war sozusagen auf dem Pferderücken groß geworden. Aber Fly war kein normales Pferd. Er war ein Teufel. Trish wollte allen Ernstes Kyla auf dieses Untier setzen. Er schüttelte seinen Kopf, weil er das so unglaublich fand.

»Haut schon ab. Ich sehe euch heute Abend oder morgen, aye?«, klopfte sie Fly leicht auf die Flanke und die beiden Reiter verschwanden in Richtung Kirkhill.

In beängstigendem Galopp eilten sie über das Moor. Caelan verlor seine rote Mütze und dadurch erfuhren seine blonden, langen Locken einen Hauch von Freiheit und waren dem Wind ausgesetzt. Wie eine leuchtende Standarte wehte es hinter ihm her und Kyla dachte nur, dass es ihm viel besser zu Gesicht stand als diese blöde Mütze.

Automatisch griff sie zu ihrem Zopfende und löste das haltende Gummi. Sie war sich mittlerweile wie ein geprügelter Hund vorgekommen, denn das stramm gebundene Haar schlug ihr nunmehr seit gefühlten hundert Jahren permanent auf den Rücken. Ihre lange, kupferne Mähne kringelte sich schnell auseinander und wehte, ebenso wie Caelan's, in ihrer endlos langen Pracht hinter ihr her. Es würde nahezu Stunden brauchen, es wieder zu entwirren und kämmbar zu machen, doch Kyla wollte diesen Rausch genießen. Alles andere käme später.

Dann fiel ihr der Traum wieder ein, den sie letztens hatte. Stutzig wurde ihr klar, dass es Marven war, mit dem sie durch die Landschaft gesaust war. Nicht Caelan. Träume waren halt Schäume, oder doch nicht? Warum gab es diesen Unterschied? Sie war sich plötzlich sicher, dass irgendetwas geschehen sein musste, was die Vorzeichen geändert hatte.

Jo hatte ihr von ihren Träumen erzählt und alles war eingetroffen. Was war bei ihr nun so anders?, fragte sie sich.

Nach einer dreiviertel Stunde wies Cal in eine Richtung und sie folgte seinem ausgestreckten Arm mit ihrem Blick. In der Ferne tauchte der Kirchturm von Kirkhill auf. Freude und etwas anderes, was sie nicht fassen konnte, machte sich breit und berührte ihr Herz. Sie würde Marven wiedersehen. Endlich.

2

Kyla sah Marven zuerst und rief Caelan an, damit er Fly in dessen Richtung lenkte. Angekommen und mit einem breiten Grinsen rutschte Caelan dann vom Pferd und band es an einen eisernen Ring an. Der saß eingemauert in einer Hauswand und war eigentlich früher einmal für den Hofhund gedacht. Kyla beachtete er nicht mehr, als er auf seinen Freund Marven zueilte.

Der allerdings heftete seinen Blick erschrocken auf das Mädchen, das immer noch auf Nell saß und die Augen rollte, weil Cal sie wenig gentlemanlike vergessen zu haben schien. Marven's irritierter Blick machte sie stutzig. Sie hätte sich gewünscht, dass er mit ausgebreiteten Armen und einem liebevollen Lächeln auf sie zugestürmt gekommen wäre. Aber etwas hielt ihn zurück, als wäre er angekettet?

»Na, was sagst du, alter Freund? Schneller ging es nun wirklich nicht«, schlug Caelan Marven auf die Schulter und lenkte dessen Blick für einen kurzen Moment von Kyla fort.

»Naye, schneller ging es nicht«, nickte er Cal zu, sah aber wieder auf zu dem blutbesudelten Zwerg auf dem Pferd, das nun neben Fly zum Stehen kam.

»Was ist geschehen?«, fragte er Caelan leise.

»Ah, ich musste mich erst mit der Frau prügeln, bis sie einwilligte, zu dir zu kommen«, witzelte Caelan und sah, dass sein Freund sich nicht wirklich darüber amüsierte.

»Mann, sie war jagen und hat ein Reh ausgenommen. Es gab halt unterwegs keinen Bach, außerdem …«, unterbrach er seine Erklärung, als Marven ihn stehen ließ und auf Kyla zuging.

Kyla war inzwischen abgestiegen und band Nell an den gleichen Eisenring, den Caelan schon für Fly ausgesucht hatte. Traurig klopfte sie der Stute den Hals, als Marven endlich zu ihr kam.

»Hallo Kyla«, lächelte er fast schüchtern, doch die gewohnte Offenheit, die ihre Bruder-Schwester-Beziehung ausgemacht hatte, war nicht mehr da. Keine offenen Arme. Kein Kuss auf die Stirn. Einfach nur … ja was? Nichts, stellte sie enttäuscht fest. Hatte ihr Herz ihr eben noch bis zum Hals geschlagen, schien es sich augenblicklich tot zu stellen.

»Hey Marven«, antwortete sie ohne wirkliche Freude, denn die war ihr vergangen.

»Du siehst aus, als hättest du jemanden umgebracht«, raunte er.

Erst jetzt sah Kyla an sich herunter und ihr Blick blieb an ihren Händen voller getrockneten Blutes hängen. Das Hemd war ebenfalls arg in Mitleidenschaft geraten und Röte überzog fühlbar ihr Gesicht. Hatte sie sich im Gesicht ebenfalls unbedacht besudelt? Oh nein, wie peinlich.

Nun ja, besann sie sich. Es musste ja auch alles so schnell gehen. Wo hätte sie sich denn noch waschen sollen? Außerdem hatten die beiden anderen auf dem Moor kein Wort davon gesagt. Jetzt war es eben so, wie es war. Sie blickte Marven also ohne Scheu an:

»Ich hatte nicht damit gerechnet, dass ich so unverzüglich aufbrechen musste. Tut mir leid.«

»Komm!«, zog er sie mit sich zu einem Brunnen, der den Mittelpunkt dieses Marktes bildete. Kyla wusch ihre Hände in dem kalten Wasser und zuckte nicht einmal, obwohl es so eisig war. Marven nahm das sehr wohl zur Kenntnis und fühlte ein wenig Stolz aufkommen. Das war sein Mädchen, wollte er gerade denken, als er es sich sofort wieder verbot. Er hatte ihr enttäuschtes Gesicht vorhin ebenfalls gesehen. Enttäuschung darüber, dass er so reserviert war. Doch was sollte er machen?

Dann sah sie auf und blickte Marven fragend an, wobei sie mit einer ihrer nassen Hände auf ihr Gesicht wies. Als Marven den Kopf schüttelte, hielt sie es nicht mehr aus. Sie stürzte sich schniefend an seine muskulöse Brust.

Im ersten Moment völlig überrascht, schlossen sich jedoch seine Arme automatisch um das zierliche Geschöpf, das er so sehr vermisst hatte. Auch wenn sein Verstand anderer Meinung war, so gehorchte hier nur noch sein Herz. Und das lief über vor Liebe, in dem Moment, als Kyla mit verwässerten Augen zu ihm aufschaute.

Seine Lippen verzogen sich zu einem Lächeln, seine blauen Augen strahlten mit seinen weißen Zähnen um die Wette und dann hauchte er seiner kleinen Sirene den ersehnten Kuss auf das kupferne Haar.

»Na, seid ihr fertig mit dem Turteln, wir haben, glaube ich, einen Termin bei einer Hexe«, riss Caelan diese lang ersehnte Umarmung auseinander.

Marven nickte und zeigte in die Richtung, wohin sie gehen mussten. Obwohl die körperliche Nähe aufgelöst war, griff Marven nach Kyla's Hand und verschränkte seine Finger mit ihren. Er wollte sie nicht freigeben und ein Kribbeln rieselte durch seinen Arm bis zu seinem Herzen. Auch Kyla schien leicht zu erzittern, als er sie bei der Hand nahm, aber beschwören konnte er das nicht. So machte sich das Trio, das sich vorkam wie die drei Musketiere, auf den Weg, der ihr Schicksal entschied.

Sie fanden die alte Frau auf den Stufen vor ihrem Zigeunerwagen sitzen. Natürlich erwartete sie die jungen Leute schon. Sie hatte Marven schließlich am Mittag aufgefordert, die anderen herbei zu schaffen, denn sie wollte nur einmal erklären, was sie zu tun hätten.

»Nehmt Platz«, wies sie das Dreiergespann an, die Bank zu nutzen, die ganz in der Nähe stand. Dann sah sie sich um, ob sie ungestört sein würden, und begann.

»Ihr wollt zusammen reisen?«, fragte sie mit einer ungewöhnlich festen Stimme.

Alle drei sahen sich an, nickten sich zu und antworteten nahezu gleichzeitig: »Ja!«

»Es wird kein Zurück mehr geben. Deshalb frage ich noch einmal. Ihr seid euch dessen ganz sicher?«

Dieses Mal versicherten sie sich des anderen nicht mehr durch Blickkontakt, bevor sie wie aus einem Mund bejahten.

»Nun denn. Dann soll es geschehen.«

Kyla drückte Marven's Hand, die immer noch mit ihrer eigenen verschlungen war.

»Aber wie?«, wollte Kyla wissen.

»Wonach müssen wir Ausschau halten, wo und wann werden wir ankommen?«, kam es aus Caelan hervorgesprudelt.

»Wer ist Joline's Feind, vor wem muss ich sie beschützen?«, fragte Marven. Er musste den Grund wissen, warum er hätte im Notfall auch allein gehen müssen.

»Ho, ho, ho. So viele Fragen«, lächelte die alte Frau, sodass die ungefähr tausend Falten ihres Gesichtes sich zu verdoppeln schienen. »Ich werde euch in die Zeit schicken, in der Marven so alt ist, wie er jetzt ist, also in das Jahr 1775. Ihr werdet in einem Broch im Seitental des Loch Bruicheach herauskommen. Da, wo Jo's Familie ihre Fohlen und Stuten hält«, begann sie, als Kyla sie unterbrach.

»Dann werden wir durch die Reise nicht älter? Wir bleiben, wie wir sind?«

»Ja, Kindchen, ihr bleibt, wie ihr seid. Und das ist auch gut so. Die anderen sind nämlich alle um fünfundzwanzig Jahre gealtert und brauchen kräftige, junge Männer, wie ihr es seid«, dabei sah sie Marven und Caelan an und zwinkerte. Zu Kyla gewandt sagte sie dann:

»Du wirst eine ganz andere Aufgabe haben, Lass. In deinen Händen liegt ein Schlüssel, der nur ein einziges Schloss kennt. Du musst ihn nur benutzen.«

Kyla's Gesicht glich einem einzigen Fragezeichen. Oh, wie sie Rätsel dieser Art hasste. Konnte dieses steinalte Frauenzimmer nicht einfach geradeheraus sagen, was sie dort sollte und ob sie erwünscht war? Als könnte die Frau Gedanken lesen, sah sie auf und rollte ihre Augen in Marven's Richtung.

»Oh«, entwich es Kyla, als sie den Hinweis begriff und dennoch nicht verstand, was gemeint war. Wieso gab die Frau ihr den Hinweis auf Marven und was hatte sie mit ihm zu schaffen, außer … dass sie ihn liebte?

Was hatte sie gerade gedacht? Völlig unmöglich, oder? Sie hatte von ihm geträumt. Ja! Sie hatte Küsse von ihm empfangen und es geliebt. Ja! Aber liebte sie ihn? Ja! Und doch durfte das doch nicht sein, oder?

Mit leicht geröteten Wangen sah sie nach links und rechts

und war augenblicklich froh, dass die Jungs scheinbar nichts von dem wortlosen Gespräch zwischen ihr und der Zauberfrau mitbekommen hatten.

»Wer ist denn nun unser Feind, wen müssen wir finden und unschädlich machen?«, wollte Cal jetzt aber endlich wissen, denn er hoffte, sich hier in ein wirkliches Abenteuer zu stürzen.

»Das Böse ist noch nicht am Ziel, aber ich spüre, dass es Pläne hat und naht. Es wird Zeit, dass ihr reist und vor ihm da seid«, gab die Hexe sich geheimnisvoll.

Marven sah auf und fragte:

»Ist es ein Mann oder eine Frau?«

»Es ist ein Mann und er ist dir bekannt, Marven. Er wird sich allerdings verändert haben, da er nicht kontrolliert reisen kann. Vielleicht ist er älter, vielleicht ist er jünger. Du musst die Augen offen halten und alle Möglichkeiten in Betracht ziehen.«

»Ist es Gordon Fletscher?«

Bei dieser Frage spürte er, wie Kyla's Hand zuckte und sich ihr Blick blitzartig zu ihm wendete. Er spürte ihren Schauer fast körperlich. Doch im Augenblick konnte er sie nicht vor der Wahrheit schützen. Besser sie wusste es von Anfang an. Dann wäre auch sie vielleicht vorsichtig.

»Ja, Söhnchen. Er ist der Feind. Und er ist hinterhältig und gefährlich. Vergiss das nie, hörst du«, warnte sie ihn eindringlich und er nickte bedächtig, weil sich seine Ahnung nun langsam zu Wissen manifestierte.

»Wann?«, fragte Marven also.

»Beim nächsten Vollmond solltet ihr reisen, denn dann ist das Portal so weit offen, dass Kyla und Caelan mit dir gehen können. Das ist in einer Woche«, gab sie den jungen Leuten in aller Deutlichkeit zu verstehen.

»Aber ihr müsst dafür auch zum Loch Bruicheach. Dort werdet ihr euch bei Vollmond, kurz vor der Nachtwende in das Broch begeben. Ihr werdet euch splitternackt aneinander binden und dann zusammen die Zeiten wechseln. Nackt, weil ihr Hautkontakt braucht, um zusammen zu bleiben, als wärt ihr eins. Sehr wichtig«, erklärte die alte Frau, wobei ihr Haupt hin und her wackelte, als wäre sie senil. Nur, so kam sie keinem der drei Protagonisten vor, auch wenn alle den Eindruck hatten, dass diese Hexe tausend Jahre alt sein musste. Kyla zuckte schon wieder zusammen und keuchte:

»Aber ich kann mich doch nicht nackt an diese Männer binden lassen. Das ist …«

Marven schaute sie mitleidig an, wusste er doch, dass sie damit ihre Probleme haben würde.

»Kyla, ich habe dich schon in einem durchscheinenden Negligee gesehen. Meinst du, dieses dünne Stück Stoff macht so einen großen Unterschied?«, neckte er sie grinsend, um ihr den Vorgang so unbedarft wie möglich und ohne Hintergedanken zu schildern.

»Wenn nur du es wärst … aber Caelan ist auch noch dabei«, flüsterte sie zurück.

Caelan hatte das sehr wohl gehört und seine Mundwinkel zuckten verräterisch, als er sich vorbeugte, um Kyla zu betrachten.

»Lach nicht, Blödmann«, fauchte Kyla leise, aber bestimmt und sandte ihm einen mörderisch bösen Blick. Nun konnte er sein Glucksen nicht mehr unterdrücken und schenkte Kyla ein umwerfendes Lächeln.

»Jetzt hast du mich aber wirklich neugierig gemacht, Lassie. Schade, dass es in diesem Broch dunkel sein wird wie in einem Hühnerar…«, stöhnte er plötzlich, da ihn Marven hart aber herzlich unterbrach. Mit einem schmerzhaften Treffer seines Ellbogens auf Caelan's Rippen brachte er seinen vorwitzigen Freund zum Schweigen.

Die alte Frau zog einen drei Meter langen Schal aus ihrer Rocktasche und reichte ihn Marven.

»Dieses Band habe ich besprochen und ihr werdet es um eure Körper schlingen und fest zusammenbinden. Wenn ihr angekommen seid, könnt ihr es aufschneiden. Dann ist seine Wirkung ohnehin vertan«, gebot sie eindringlich, nachdem das Trio sich wieder den wesentlichen Dingen zuzuwenden schien.

»Wir können nicht eher reisen, nehme ich an?«, hakte Marven nach und blickte der Frau direkt in ihre klaren, grauen Augen. Komisch, dachte er, sie passten so gar nicht zu dem Rest dieser Alten. Hatte ihm Finley nicht auch so was Ähnliches gesagt?

Die Zauberfrau schüttelte den Kopf und eine graue Strähne aus ihrem Dutt löste sich. Für einen Moment glaubte Marven eine Art Sternenstaub gesehen zu haben, aber das verwarf er augenblicklich. *Das hier ist doch kein Märchen. Das ist voll der Ernst.*

»Wenn Fletscher eher auf seine Reise geht, was dann?«, fiel ihm noch siedend heiß ein.

»Dann werde ich dir einen Traum schicken, Marven, ›der Beschützer‹. Das wird zwar an der Abreise nichts ändern können, aber es hilft scheinbar deiner Seele. Bedenke, Junge, Gordon kann nicht kontrolliert reisen. Gott allein weiß, wann und wo er landet«, beendete sie das Gespräch und stand auf.

»Halt, noch etwas. Wird meine Mutter, ähm … Joline mich erkennen?«, hielt er die Frau davon ab, einfach zu gehen.

»Ach Marven, wie sehr hast du dich seit eurer letzten Begegnung denn verändert? Du siehst aus, als wärest du die jüngere Ausgabe deines Vaters. Wenn der jemals in den Spiegel gesehen hat …«, hob sie die Brauen und schmunzelte über die Angst, die den Jungen scheinbar erfasst hatte.

Sie sah ihn so lange an, bis er nickte, und sie nickte in gegenseitigem Verständnis zurück.

Dann drehte sie sich um, stieg die letzten Stufen hinauf in ihren Wagen und schloss die Tür hinter sich. Es dauerte nur einige Sekunden und die Tür ging wieder auf. Die alte Frau schüttelte ihr Haupt und einige weitere Strähnen verließen ihren Dutt. Wieder meinte Marven kleine Blitze gesehen zu haben. Doch er verdrängte den Eindruck, wie er es bereits zuvor getan hatte.

»Ich werde langsam alt«, entschuldigte sie sich bei den drei jungen Leuten und lockte Caelan mit ihrem Zeigefinger zu sich. Cal schaute die anderen verdattert an, erhob sich jedoch und machte sich auf, die paar Stufen des Wagens zu erklimmen.

»Komm einen Augenblick hinein. Ich muss dir noch etwas

geben, Junge«, bat sie ihn und er folgte ihr, ohne sich diesmal zu den anderen umzuschauen.

Beklommen warteten Marven und Kyla. Sie hatten keine Ahnung, was hinter der verschlossenen Tür geschah, noch wie es in dem Wagen aussehen mochte. Kaum, dass sie darüber nachdenken wollten, stand Cal wieder vor ihnen und grinste.

Plötzlich verschwand das altertümliche Zigeunergefährt, als hätte es dieses niemals gegeben. Die drei sahen sich erstaunt an und als das Begreifen bei allen eingesetzt hatte, reichten sie sich die Hände und wussten, dass sie gerade zusammengeschmiedet worden waren.

»Was hat sie dir gegeben?«, fragte Marven neugierig und auch Kyla sah Caelan an, als hätte er einen Klumpen Gold zu verschenken.

»Nur dieses Medaillon«, griff Cal in seinen Ausschnitt und ließ es auch sogleich wieder hineinsinken.

»Aha? Und was soll das sein?«, hakte Marven nach.

»Keine Ahnung. Ich soll es Trish geben, wenn ich mit euch fortgehe, und sie fragen, was es damit auf sich hat«, zuckte er mit den Schultern und damit war für ihn erst einmal der Käse gegessen.

3

Marven, Cal und Kyla machten sich auf den Weg zurück zu den Pferden. Am Brunnen sahen die drei nun plötzlich drei Reittiere und dachten, sie hätten was an den Augen. Wieder blickten sie sich an, als würde ihnen dadurch eine übersinnlich gesandte Message Antwort geben. Doch die erhielten sie bei erneutem Hinsehen. Trish, die sich nach Nell's Fesseln gebückt hatte, stand nun wieder aufrecht und überragte die Pferderücken um zwei Kopflängen. Als sie das Trio entdeckte, schüttelte sie ihren Kopf, nicht ohne ihrem gewöhnungsbedürftigen Gesicht einen vorwurfsvollen Ausdruck zu verleihen. Als Erstes wandte sie sich an Kyla:

»Hast du gar nichts gelernt? Die Tiere sind doch keine Maschinen! Aber selbst die muss man nach Gebrauch wieder betanken.«

Kyla ließ augenblicklich die Schultern hängen, denn sie fühlte sich schuldig.

»Es tut mir leid, Trish«, machte sie einen schnellen Schritt an der großen Frau vorbei und eilte zu Nell. Die ihr ihrerseits allerdings keine Vorwürfe zu machen schien und ihren Durst eben gestillt hatte.

Dann sah Trish wütend Caelan an.

»Du bist so ein Egoist, Cal. Wärst du nicht mein Cousin, würde ich dich jetzt verprügeln, dass dir Hören und Sehen vergeht. Wenn das Mädchen es vergessen hat, so bist du allerdings mehr als verpflichtet, daran zu denken, dass erst das Pferd kommt und dann du, du Schinder.«

»Schinder?«, grinste Caelan seine Cousine an.

»Hast du ein neues Schimpfwort gelernt, Trish«, zog er sie weiter auf. Doch das hätte er besser nicht getan.

Obwohl Trish auf ihren Wortschatz achtgeben wollte, hatte ihr Kyla ihren Berserkermodus nicht ganz aberzogen. Aber das wohl nur aus einem Grund, nämlich weil sie ihn nicht kennen gelernt hatte. Niemals hätte Trish dem Mädchen körperlich etwas angetan. Aber Caelan konnte sie zur Weißglut bringen und nun brach der Vulkan, in dem es schon seit vielen Jahren tobte, aus.

Schneller als der Schall landete ihre Faust an Caelan's Kinn, der im gleichen Moment, als er getroffen wurde, die Augen nach hinten rollte und zu Boden ging.

Marven und Kyla sahen diesen Vorgang wie in Zeitlupe und ihnen fiel die Kinnlade herunter. Unfähig, sich zu rühren, sahen sie ihren Reisegefährten nach hinten auf das Kopfsteinpflaster des Kirkhiller Marktplatzes kippen.

Kyla fasste sich als Erste und sah Trish funkelnd an:

»War das nötig?«

Eilig kniete sie sich neben den scheinbar bewusstlosen Caelan und untersuchte seinen Kopf auf Beulen oder Blut.

Trish folgte ihr mit ihrem Blick und musste sich eingestehen, dass es ihr tatsächlich leid tat. Also suchte sie wenigstens in Marven's Ausdruck ein wenig Verständnis. Der zuckte die Schultern und grinste schief. Doch als Kyla alarmiert aussah und ihm ihre blutige Hand entgegenstreckte, wich dem Grinsen doch eher Mitleid.

»Hilf mir, ihn umzudrehen, Marven«, bat sie um seine Unterstützung.

Marven kniete sich zu ihr hin. Sie betteten Cal's Kopf in ihrem Schoß, was Marven nun überhaupt nicht behagte. Schmerzhaft wurde ihm klar, dass er Caelan eine solche Nähe zu Kyla gar nicht gönnte. Verletzt hin oder her. Marven musste auf Abstand gehen. Als er wieder stand, fragte er, ob sie etwas brauchte, um die Wunde zu behandeln.

Kyla wuschelte das blonde Lockenhaar zur Seite und fand eine kleine Platzwunde. Dann sah sie auf und blickte in zwei angespannte Gesichter. Das weibliche beugte sich mit geweiteten Augen zu Cal, das männliche erschien deutlich weiter weg und nahm einen sauren Ausdruck an. Sie hatte keine Zeit, sich Gedanken um den ein oder anderen zu machen, und verteilte Anweisungen:

»Besorgt mir sauberes Wasser und ein Tuch, damit ich das reinigen kann, und vielleicht einige Klammerpflaster aus der Apotheke, dort drüben«, zeigte sie auf die Pharmazie, die sie auf der anderen Seite des Marktplatzes entdeckt hatte.

Marven drehte sich auf dem Absatz um und machte sich auf den Weg, die gewünschten Utensilien zu beschaffen. Ihm war es ganz recht, diese liebevolle Pflegeszene jetzt nicht ansehen zu müssen. Was sollte das? War er etwa eifersüchtig? Er schüttelte den Kopf, um seine Gedanken zu ordnen. Doch musste er feststellen, dass dies seine Gefühle nicht besänftigte.

Kyla zog ihren Hirschfänger und wollte gerade die Haare entfernen, die den Pflastern den Halt verwehren würden.

»Halt!« rief Trish aufgebracht und reichte ihr ein anderes Messer.

»Du willst doch wohl dein verdrecktes Messer nicht benutzen. Da ist doch noch Rehblut dran«, wies sie mit ihrem nickenden Kopf auf das verschmutzte Werkzeug in Kyla's Hand. Diese verstand und die Frauen tauschten die Klingen. Trish ging mit Kyla's Hirschfänger zum Brunnen und reinigte ihn gründlich. Kyla schnitt Caelan die Haare und rasierte vorsichtig die Reste um die Wunde fort.

Endlich kam Marven zurück. Die Apothekerin hatte ihm reines Wasser abgefüllt, Tücher dazugelegt und eine angebrochene Tube Betaisodona mitgegeben, wofür sie kein Geld nahm. Die Pflaster nahm sie allerdings bezahlt. Dazu hatte er noch einen Verband und Muttern gekauft. Das würde ja wohl reichen, hatte er sich gedacht.

Kyla machte sich nun an die Versorgung der Wunde und nahm ein leichtes Stöhnen war, das Caelan ausstieß, als sie mit ein wenig Druck gearbeitet hatte. Sofort stoppte sie ihr Tun und sah ihren Patienten an. Keine Reaktion, außer dass er seinen Kopf wieder entspannt in ihren Schoß senkte. Also machte sie weiter. Als sie den Verband angelegt hatte, sah sie auf, um wieder Hilfe bei der Verlagerung des Verletzten zu bekommen.

Trish und Marven saßen nebeneinander auf dem Brunnenring und hatten das Schauspiel von ferne beobachtet. Doch nun war es Trish, die aufsprang, um Kyla die Last abzunehmen.

Sie hatte den Mann kaum berührt, als nun Kyla's flache Hand ihr Ziel erreichte und klatschend auf die rechte Seite von Cal's Gesicht auftraf. Sie hinterließ dort einen beeindruckenden roten Handabdruck.

Völlig überrascht, dass Kyla eine Ohrfeige in dieser Schnelligkeit ausführen konnte, weiteten sich ihre Augen. Der Grund erstaunte sie weit weniger. Ihr war nicht entgangen, wie Caelan's Mundwinkel vor Amüsement gezuckt hatten. Dieser arrogante Mistkerl hatte diese liebevolle Behandlung von Kyla nicht einen Moment verdient und ihre Gutmütigkeit ausgenutzt. Typisch Caelan, schüttelte sie ungläubig ihr Haupt. Dennoch rauschte ihr die Frage heraus:

»War das wirklich nötig?«.

Touché, zwei Augenpaare, eines stahlgrau und eines teichgrün, maßen sich einen ewig langen Moment, dann verzogen sie sich zu einem Lächeln. Sie schoben mit gemeinsamer Anstrengung den eingebildeten Kranken grob aus ihrer Mitte. Trish hielt Kyla die Hand entgegen und zog sie mit einem kräftigen Ruck auf die Beine. David und Goliath standen sich wieder einmal eindrucksvoll gegenüber, doch dieses Mal brachen die Frauen in schallendes Gelächter aus und fielen sich in die Arme.

Marven, der erschrocken dazugekommen war, als Kyla den armen Caelan geschlagen hatte, war mittlerweile auch im Bilde, wie es zu diesem kleinen Ausraster gekommen war.

Affekt, war sein einziger Gedanke – gut so. Insgeheim freute er sich ein wenig, dass sein Mädchen, dem Charme seines lasterhaften Freundes so vehement widerstand. Nun reichte er dem verletzten Mann widerwillig seine Hand, um ihm aufzuhelfen.

»Feigling«, raunte Marven ihm zu.

»Würdest du den Mut haben, mich anzusehen, wüsstest du, dass ich dich beim nächsten Mal töten würde. Lass dir nie wieder einfallen, Kyla zu nahe zu kommen, kapiert!«, warnte er Caelan, der reuevoll nickte. Allerdings hatte Marven irgendwie das Gefühl, dass es diesem eingebildeten Kerl an wahrer Aufrichtigkeit mangelte.

4

Marven beauftragte zwei Taxifahrer, um den Leihwagen nach Inverness bringen zu lassen, nicht ohne seinen Polizeiausweis zu zeigen, was dem Unternehmen etwas sehr Offizielles gab. Ein ordentliches Salär sollte dafür sorgen, dass die Rückgabe des Wagens auch tatsächlich vorgenommen wurde. Nachdem er sein Bündel aus dem Auto genommen hatte, verabschiedete er die beiden und kam zu der Gruppe wartender Reiter zurück.

Er wollte Kyla auf keinen Fall mehr allein lassen. Obwohl sie bei Trish in guten Händen war, wie er einmal mehr festgestellt hatte, wäre auch Caelan noch bei ihnen, und dem traute er nicht, auch wenn er sein bester Freund war. Zu oft hatte sich ein

Mädchen, dass erst Marven zugetan war, für diesen Windhund entschieden.

Gut, Caelan sah gut aus und war ein patenter Typ. Er war witzig und unterhaltsam. Er hatte Charme und obwohl er sich für ein einfaches Leben auf dem Land entschieden hatte, wo er auf einen hohen Verdienst in der schottischen Bauwelt verzichtete, war er dennoch kein armer Mann. Er war auf seine Art gerissen und schlau. Doch der Ehrgeiz, sein Wissen, das er sich auf der Uni in Edinburgh angeeignet hatte, anzuwenden, ging ihm völlig ab. So hatte er seinen kleinen Abenteuerbetrieb gegründet und machte, was ihm Spaß bereitete. Ganz ohne Zahlendruck.

Aber charmant und gutaussehend war Marven schließlich auch.

Die beiden Freunde hatten letztendlich eine ehrliche Beziehung zueinander und vertrauten sich. Sie teilten fast alles und keiner war dem anderen böse. Jedenfalls nicht wegen Frauen. Es gab nichts, was die Mädchen bisher anging, dass bei einem von ihnen zu einer längeren Beziehung geführt hatte. Traurig machte ihn das also überhaupt nicht, dass Cal die Nase vorn hatte, was das weibliche Geschlecht betraf. Keine war ihm tatsächlich wichtig genug gewesen. Scheinbar standen die Damen mehr auf Abenteurer, was er bisher schulterzuckend zur Kenntnis genommen hatte.

Marven war eher der liebe und ehrliche Typ, der nichts überstürzte und schon gar nicht in die Offensive ging, wenn es sich um sexuelle Dinge handelte. Da wartete er eher schüchtern ab. Nicht, dass er in Liebesdingen noch gar keine Erfahrungen gesammelt hatte. Doch nichts hat ihn wirklich so überzeugt, dass es sich bei ihm zu einem wahren Trieb hätte entwickeln können.

Aber nun spürte er, dass sich die Vorzeichen änderten. Schon allein Kyla's Anblick schickte ein Kribbeln durch seinen Körper. Es konnte sein, dass ihm die Fantasie durchging und seine Hände auf eine imaginäre Reise schickte, die Kyla's liebliche Figur erkundeten. Die sich durch das lange, kupferfarbene Haar arbeiteten, das wie Seide durch seine Finger glitt. Auch ohne jede Berührung schaffte sie es, dass sich sein gesamtes Blut in seine Lenden verirrte und ihn hart werden ließ. Alles Dinge, die er bisher nicht kannte. Doch wenn er ehrlich war, war es nicht unangenehm, sich nach Kyla zu verzehren. Unangenehm wäre, wenn sein Freund ihm diese Gefühle rauben würde. Diesmal nicht! Das schwor er sich.

Doch Caelan, dieser durchtriebene Hund, kannte da keine Hemmungen, das wusste Marven. Cal würde sich bestimmt wieder an Kyla heranmachen, denn bei ihm stand eindeutig der Sammlertrieb im Vordergrund. Abfuhren waren ihm nicht peinlich, sie stachelten ihn höchstens an. Jede Kerbe in seinem Jagdbogen bedeutete eine flachgelegte Frau. Egal, ob sie ihm was bedeutete oder nicht. Und das konnte und wollte Marven hier nicht riskieren, zumal er dieses Treiben auch nicht nachvollziehen konnte.

Eins war sicher, Kyla würde nicht als Kerbe enden, solange er sie beschützen könnte. Sie war ihm für Caelan deutlich zu schade. Er glaubte, dass Caelan wie immer keine wirklichen Absichten hatte, doch das hinderte den Mann schließlich nicht am Austesten. Hier befand er Kyla im Nachteil. Viel zu unbedarft könnte sie in Caelan's Fänge geraten. Andererseits hatte sie sich vorhin gegen Caelan gewehrt und ihm eine deutliche Abfuhr erteilt. Vermutlich halfen ihr ihre bisherigen Erfahrungen, die sie für Caelan's Avancen immun machte. Doch wie gesagt, Caelan wuchs an seinen Aufgaben und gab erst Ruhe, wenn er sein Ziel erreicht hatte. Er war wie ein Terrier vor einer Dachshöhle. Bestimmt würde er das Interesse verlieren, wenn Marven selbst seine Duftmarke gesetzt hätte, aber dazu war er viel zu ehrenhaft. Er würde sich nicht aufzwingen und er würde sich nicht nehmen, was ihm nicht von Herzen gegeben würde. Niemals. Und wenn er sich noch so sehr danach sehnen würde, Kyla zu der Seinen zu machen.

Dennoch wollte er sie vor weiteren Annäherungsversuchen von Cal beschützen. Seit ihm klar war, dass Kyla ihm mehr bedeutete als irgendeine Frau vorher, reagierten sein Körper und sein Herz sehr massiv, wenn ihr jemand zu nahe kam. Seit er wusste, dass kein Verwandtschaftsverhältnis im Weg stand, das eine Liebe verhindern würde, erlaubte er sich wenigstens zu träumen. Es gab keine Hindernisse außer Kyla selbst, wenn sie ihn nicht wollte. Er selbst war vielleicht auch noch eins, weil er sich nicht traute und zu spät kommen könnte. Denn der verdammte Caelan, der ganz bestimmt hemmungslos war, könnte seine Chance wittern.

Und hier verstand er dann auch keinen Spaß mehr, wie ihm endlich klar wurde und uneingeschränkt aufging. Selbst wenn Caelan derjenige war, der schließlich gewohnheitsgemäß vorging und sich nichts dabei dachte, würde der ab sofort deutlich erfahren, wenn er Marven's Schmerzgrenze übertreten sollte. Und diese Grenze hieß ganz eindeutig Kyla.

Trish hatte die Pferde verteilt, wobei sie wieder Kashmir nahm, Marven sollte Fly reiten und dem Hengst traute sie auch das zusätzliche Gewicht von Kyla zu. Nell tat ihr leid, da sie Caelan tragen musste, aber das war nun nicht zu ändern. Ab morgen konnte der Bursche auch wieder mit dem Rad fahren und Nell würde nur noch das Leichtgewicht Kyla auf dem Rücken haben. Außerdem wäre die Strecke heute bis zu ihrem Biwak-Quartier nicht so schrecklich weit, das würde die Stute wohl aushalten können.

Dann machte sich das Quartett endlich zu Pferde auf den Weg, denn es war bereits fortgeschrittener Nachmittag.

Sie würden irgendwo in der Pampa nächtigen, so wie Trish es am Tag zuvor geplant hatte. Zwar hatte sie nun einen anderen Ort ausgewählt, als ursprünglich vorgesehen, aber da musste man flexibel sein, dachte sie. Außerdem gab es noch den Kadaver eines Rehs. Dass dieses Tier umsonst gestorben sein sollte, widersprach nun vollständig ihrer Philosophie.

Damit es für Kyla nicht zu hart wurde, hatte sie eines der Hügelgräber ausgewählt, das wenigstens ein wenig Schutz vor Regen und Wind bot. Es war nicht mehr vollständig und hob sich insofern von den anderen Ruhestätten ab, als es eher einem Höhlengrab ähnelte. Die Tiefe war bereits vor Jahrzehnten eingestürzt, im vorderen Bereich gab es jedoch eine große Ausbuchtung mit einem Felsendach. Selbst für die Pferde gab es eine Möglichkeit, sie anzubinden, da es dort eine riesige Kastanie gab. Zufrieden lenkte sie die kleine Karawane also zu ihrem Bestimmungsort. Dorthin hatte sie das Reh, Feuerholz und auch Caelan's Bike schon geschafft. Ein alter Monolith, der die bereits verwitterten piktischen Zeichen nur noch geschulten Augen eröffnete, stand ganz in der Nähe und konnte ihr als Orientierungspunkt dienen.

Marven, der immer noch ganz in Gedanken war und sich verfluchte, dass er Caelan mit in Jo's Zeit nehmen wollte, obwohl er eine Gefahr für seine Liebe zu Kyla darstellte, spürte, wie sich das Mädchen in seinem Rücken entspannte und ihre beiden Hände auf seiner Taille herabsanken. Die Wärme, die ihr Körper ausgestrahlt, und die kleinen, festen Brüste, die er bis dahin gespürt hatte, waren fast nicht mehr zu merken. Augenblicklich griff er hinter sich, denn er befürchtete, dass sie auf dem langweiligen Ritt eingeschlafen war und jeden Moment vom Pferd fallen konnte.

»Kyla?«, fragte er alarmiert und drehte sich ein wenig zu ihr.

»Hmm.«

Tatsächlich. Ihre grünen Augen waren geschlossen und sie sank mehr und mehr in sich zusammen.

»Trish«, rief Marven nach vorn, um Hilfe anzufordern.

Die drehte sich um und sah seine Not. Sofort hielt sie Kashmir an und rutschte aus dem Sattel. Als sie sah, dass auch Caelan zu Hilfe kommen wollte, blökte sie ihn an:

»Bleib, wo du bist, Cal. Sonst schlag ich dir auf die andere Seite deiner fiesen Visage, dann siehst du wenigstens wieder normal aus.«

Caelan schnitt ihr eine Grimasse, blieb aber auf Nell's Rücken sitzen. Irgendwie fühlte er sich ausgeschlossen und völlig falsch verstanden.

Trish griff nach dem Mädchen und zog sie hinter Marven vom Pferd. Sie war groß und kräftig genug, um mit Kyla keine Probleme zu haben. Marven, der gleich die Arme wieder öffnete, um das Mädchen auf seinen Schoß zu ziehen und so besser halten zu können, sah, dass die Riesin über das schlafende Leichtgewicht schmunzelte.

»Hmpf, da ist aber jemand völlig im A…«, konnte sie den unflätigen Ausdruck gerade noch herunterschlucken, grinste jedoch zu Marven hoch.

»Ist es noch weit, Trish?«, fragte er.

»Naye, eine halbe Stunde vielleicht. Schaffst du das mit der Kleinen?«, fragte sie provokant und Marven rollte für Trish sichtbar mit den Augen, um ihr zu signalisieren, dass er keine Probleme mit dem Mädchen mehr haben würde. Allerdings war das insofern gelogen, als sich Kyla nun eng an ihn schmiegte und ihre Wange an seiner Brust ruhte. Ihr stetig, warmer Atem erhitzte seine Haut unter dem offenen Ausschnitt seines Freizeithemdes und in seinen Lenden begann es bedenklich zu pochen. Gott sei Dank bewegte sich das Mädchen nicht, sodass er den lieblichen, aber dennoch vorhandenen Schmerz, den er zwischen seinen Schenkeln empfand, wegatmen konnte wie eine Schwangere ihre Wehen.

Endlich kamen sie an ihrem Ziel an und Marven war froh, als Trish ihm seine süße Last für einen Moment abnahm, als sie das Mädchen von seinem Schoß zog.

Sie stellte Kyla, die gespürt hatte, dass sie nicht mehr an Marven's Brust ruhte, auf ihre Beine und hielt sie fest, bis das Mädchen von selber stand.

»Bist du endlich wieder wach, Lass?«, fragte Trish sicherheitshalber und wartete ab, ob sie sich tatsächlich allein auf den Beinen halten konnte.

»Ja. Alles gut«, erwiderte Kyla und sah mit geröteten Wangen zu Marven auf, der immer noch auf Fly saß, sie aber verträumt anlächelte, was keinem entging.

»Es tut mir leid, dass ich euch Mühe gemacht habe«, wanderte ihr Blick unsicher zwischen Trish und Marven hin und her.

Beide zuckten mit der Schulter und gingen dann zur Tagesordnung über. Die Pferde wurden versorgt und das Lager eingerichtet. Marven und Trish machten sich auf den Weg zum naheliegenden Bach, um die Ziegenbalge mit dem erfrischenden Nass zu füllen.

Caelan wollte gerade Kyla's Plaid für sein Lager in Anspruch nehmen. Doch diese wahnwitzige Idee wurde ihm von einer kleinen, rothaarigen Furie sofort ausgetrieben, als sie merkte, was der Kerl mit ihrer wärmenden Decke vorhatte.

»Gib her, du Tropf. Das ist mein Plaid und du wirst es dir damit nicht gemütlich machen«, pflaumte sie Cal an und riss ihm das warme Wollwerk aus der Hand. Doch sein Griff hatte sich im letzten Moment verstärkt und so hing das Ding wie bei einem Tauziehen zwischen ihnen.

»Aber ich … Immerhin war das Ding auf meinem Pferd und ist ein notwendiges Zubehör für die kalten Nächte in Schottland«, versuchte er sich herauszureden.

»Nix … Es ist mir egal, ob du frierst oder die Heide brennt, verstanden? Das Ding gehört mir und wenn hier einer mit unterschlüpft, dann bist es garantiert nicht du!«, funkelten ihn die grünen Sprenkel in Kyla's Augen zornig an.

Trish und Marven, die nun gerade Wasser geholt hatten und auf dem Rückweg zum Lager waren, sahen von Weitem, dass sich da zwei Kampfhähne gegenüberstanden. Im nächsten Moment wollte Marven schon loslaufen und seine kleine Kyla verteidigen, als Trish ihn festhielt. Entgeistert schaute er in das schmunzelnde Pferdegesicht und auf den kräftigen Arm, der ihn zurückhielt.

»Sie liebt dich, Marv. Und wenn du genau hinschaust, möchtest du jetzt nicht in Cal's Haut stecken, Junge. Das Mädchen ist zwar klein und schmächtig, aber sie kann die Kraft einer Löwin entwickeln, wenn es erforderlich ist. Ich denke, du solltest sie das ein für alle Mal regeln lassen«, lächelte Trish immer noch sehr vergnügt in sich hinein.

Marven fiel es sichtlich schwer, auf Kylas Lehrerin zu hören, aber die Szene, die sich in der Ferne abspielte, gab Trish recht.

Gerade als Caelan die Decke wieder ergreifen wollte, blitzte die Klinge von Kyla's Hirschfänger auf und sie trat blitzschnell auf ihren Gegner zu, der plötzlich wie erstarrt, bar jeder Regung, vor dem Zwerg stand und das Plaid losließ. Das Gesicht seines Freundes würde er wohl niemals wieder vergessen. Purer Schock.

Marven fiel die Kinnlade herunter, als er gewahrte, dass Kyla den viel größeren Mann mit ihrer Klinge zwischen seinen Schenkeln bedrohte.

»Wenn du auch nur einen falschen Schritt machst, Caelan, dann wird deine Stimme demnächst im Mädchenchor singen, hast du mich verstanden? Lass mich einfach in Frieden, kapiert? Ich mag dich nicht besonders und daran wird sich wohl auch nichts ändern. Wir können uns um Marven's Willen respektieren, aber mehr nicht. Ist das jetzt sogar dir klar?«, sprühte sie ihm grüne Blitze entgegen.

»Klar, Mädchen. Ich habe verstanden«, flüsterte Cal zurück, weil er sich nicht traute, mehr zu sagen, und schon gar nicht den Mut aufbrachte, sich zu bewegen. Er hatte einfach viel zu viel Angst um seine unwiderstehlichsten Körperteile.

Kyla nahm das Messer fort und drehte mit dem Plaid ab. Caelan schaute ihr kopfschüttelnd nach, als hätte er gerade eine Begegnung mit einer Harpyie gehabt. Dann nickte er vor sich hin und drehte sich zu Nell um, die immer noch gesattelt neben ihm stand. Das Tier brachte er zu den anderen Pferden, die schon Grünzeug aus dem Boden zupften. Er hob den Sattel vom Pferderücken und nahm die Pferdedecke, die darunter lag, und schlenderte zurück zum Lager, wo Trish und Marven mittlerweile eingetroffen waren und sich an der Feuerstelle zu schaffen machten. Keiner verlor auch nur ein einziges Wort über die Auseinandersetzung, deren Augenzeugen sie geworden waren. Aber jeder hoffte, dass eine endgültige Lösung gefunden worden war. Man würde sehen.

»Kyla, willst du es mal probieren?«, fragte Trish, als es darum ging, Feuer zu machen, und die junge Frau eilte zu ihrer Ausbilderin und nickte aufgeregt.

»Was muss ich tun?«, nahm sie den Feuerstein und den Stahl in die Hand und sah mit zig Fragezeichen über ihrem Rotschopf in Trish's und Marven's wartende Gesichter.

»Schlag die beiden Teile aneinander und halt sie dabei an den Zunder. Wenn die Funken dieses trockene Büschel entzünden, schiebst du ihn ein wenig näher zum Brenngut. Vielleicht kriegst du das ja hin«, erklärte Trish und Kyla begann sich der Herausforderung zu stellen.

Es dauerte etwas und glich einer Mammutaufgabe, dieses vermaledeite Büschel so zu entzünden, dass sie es unter das Brennholz bekam, ohne dass es schon komplett verbrannt war. Doch eher hätte sich Kyla die rechte Hand abgeschlagen als aufzugeben. Sie wollte Marven beweisen, dass sie es wert war, mitgenommen zu werden. Wenn sie eines gelernt hatte, so war das Geduld, und dafür war sie Trish unendlich dankbar. Als sie es endlich geschafft hatte und die Flamme größer wurde und um die dicken Äste leckte, stand sie stolz auf und griente Trish an, die bereits mit einer aufgespießten Rehkeule wartete, damit sie über dem offenen Feuer geröstet werden konnte.

Während die kleine Gruppe nun auf das Essen wartete, erzählte Trish Geschichten über die Zeit, in die es Kyla und Marven verschlagen würde. Alle hörten gebannt zu und waren begeistert, denn sie hörten sich an, als hätte Trish sie selbst erlebt. Als Caelan dann sagte, dass er ganz gespannt sei, wie es tatsächlich in der Vergangenheit zugehe, wurde Trish allerdings hellhörig.

»Wieso interessiert es dich so sehr? Du bist doch gar nicht mit von der Partie ...«, unterbrach sie sich selbst, als ihr plötzlich klar wurde, dass auch Caelan mit den beiden anderen aus der Richtung des Zigeunerwagens gekommen war.

»Oder? Oder, Cal?«, wollte sie wissen.

»Doch. Ich gehe mit den beiden. Tut mir echt leid, Trish. Hier hält mich wirklich nichts«, gab er zu und kniete vor seiner Cousine, die gerade ihren einzigen Verwandten verlor. Er streichelte Trish über die Wange und sah in ihre traurigen Augen. Das Stahlgrau verschleierte sich leicht, aber nur er konnte das für einen kurzen Moment sehen. Trish trauerte nie lange, das wusste er. Das war schon immer so und würde sich auch niemals ändern. Außerdem war es ihm egal. Da war er überzeugter Egoist.

»Okay«, schüttelte sie seine Hand ab, als wäre sie ein unliebsames Insekt, und konnte sich einen sehr gut gemeinten Rat nicht verkneifen:

»Dann solltest du die Finger von allen Mädchen lassen, die dir begegnen, denn wenn du sie anrührst, musst du sie heiraten. So ist das nun mal in der Vergangenheit«, zuckte sie die Schultern und wendete sich an die anderen. Etwas schadenfroh sah sie nur noch den offenen Mund ihres Cousins, der sie völlig erstaunt anstierte.

»Wann?«, fragte sie nun in die Runde und sah die anderen einzeln an.

»Nächste Woche bei Vollmond werden wir vom Loch Bruicheach auf die Reise gehen«, antwortete Marven nun und Kyla sah zu Boden. Sie wusste, dass Trish niemals auch nur einen Anflug von Gefühl zeigen würde. Zumindest nicht sichtbar für diese beiden Kerle. Doch Kyla hatte schon gesehen, dass Trish durchaus mit kleinen Gesten äußerte, wenn sie etwas berührte. Aber Kyla war ehrlich traurig, dass sie diese tolle Frau allein lassen würden. Obwohl Trish alles andere als hübsch war, hatte sie einen guten Charakter und war der treueste und bedingungsloseste Gefährte, den man sich nur wünschen konnte. Wenn man denn die harte Schale geknackt hatte, räumte sie im Stillen ein. Sie hoffte nun sehr, dass dies einem anderen als ihr selber auch gelingen würde.

Nun, Kyla wäre nicht Kyla, wenn sie nicht jeder Situation auch etwas Gutes abgewinnen konnte und optimistisch in die Zukunft blicken würde. Einige Tage würden ihr noch bleiben und sie hatte fest vor, dass Trish sie nie vergessen würde, weil sie ihr etwas Dauerhaftes hinterließe. Trish hatte es nicht verdient, allein zu sein. Kyla hatte ihre Saat gelegt und nun wäre es an der Zeit, die Ernte einzufahren, lächelte Kyla in sich hinein.

Bevor sich die Gruppe zur Ruhe legte, verschwanden erst die beiden Frauen, um ihre Notdurft zu verrichten, und dann stahlen sich Marven und Caelan davon.

»Marv? Hat Trish die Wahrheit gesagt. Muss man die Frau heiraten, die man gepimpert hat?«, wollte Caelan wissen, weil es ihn schon die ganze Zeit beschäftigte. Das waren ganz neue Einsichten und er wusste nicht, ob es noch interessant für ihn war, die Zeiten zu wechseln.

»Ja, Cal. Es sei denn, du besuchst ein Bordell und zahlst für die Dienste der Frauen. Ansonsten wirst du die ganze Familie des Mädchens gegen dich aufbringen und wenn du Glück hast, kommst du mit dem Leben davon«, antwortete Marven ehrlich, aber auch nicht ohne ein wenig Freude über die Unsicherheit seines Freundes. Er hörte, wie Cal schluckte, und sah ihn nun von der Seite an, weil er ihm auch schon wieder leidtat.

»Cal, du hast so viele Mädchen flachgelegt, meinst du nicht, dass du dir die Chance verdient hast, dich nun ein für alle Mal entscheiden zu müssen? Ich fände es nur gerecht, Alter«, tätschelte er ihm freundschaftlich die Schulter, grinste und ging zurück zum Lager.

Erstaunt nahm er wahr, dass Kyla ihre warme Decke für ihn lupfte, um ihn einzuladen, bei ihr zu liegen. Die Freude darüber wich aber gleich der Angst, sich nicht genügend beherrschen zu können. Schließlich hatte er heute erlebt, was sie mit dem Mann anstellen würde, der ihr zu nahe kam. Andererseits hatte Trish ihm gesagt, dass Kyla ihn lieben würde. Hin- und hergerissen dachte er darüber nach, ob es besser wäre, sich vor oder hinter das Mädchen zu legen, und entschied sich für Ersteres. Seine Kehrseite wäre wohl kaum so verräterisch, als wenn er seinen harten Schaft in ihren Rücken drücken würde. Denn davon ging er aus. Er würde auf jeden Fall seine Lenden schmerzhaft zu spüren bekommen. Und dabei war es egal, wo er liegen würde. Nur, Kyla sollte möglichst nichts davon mitbekommen. Allein das war ihm wichtig. Lange lag er wach und rührte sich nicht, doch irgendwann war er völlig übermüdet eingeschlafen.

Als er erwachte, lag er auf dem Rücken. Ein federleichter Arm und ein Bein von Kyla hielten ihn fest, denn sie hatte sich fast auf ihn gelegt. Ihr Kopf lag entspannt auf seiner Schulter. Ihr kupferfarbenes, langes Haar floss an ihrem Körper herunter und kitzelte seine Hand, die, wie ihm nun irritierend bewusst wurde, ihren Po hielt. Vorsichtig entzog er sich dem kleinen Engel und deckte sie wieder zu, während er im Schneidersitz über sie wachte.

»Kannst du auch nicht schlafen?«, kam es aus Caelan's Richtung, der die Nacht damit verbracht hatte, die Pferdedecke, die viel zu klein war, an Stellen seines Körpers zu ziehen, die froren.

»Aye, scheint so. Warum schläfst du denn nicht?«, fragte Marven im Flüsterton, um die Frauen nicht zu wecken.

»Es ist schweinekalt. Außerdem denke ich darüber nach, was du gesagt hast. Über die Frauen, meine ich … vielleicht hast du recht.«

Erstaunt sah Marven in Cal's Richtung. Er hatte fast damit gerechnet, dass sein Freund einen Rückzieher machen würde und nicht mit auf die Reise ginge.

»Wie meinst du das?«

»Na ja. Ich habe, glaube ich, genügend Erfahrungen gesammelt. Es sollte nun zu einem Ende kommen. Dann hört diese elende Rastlosigkeit vielleicht endlich auf«, sprach Cal sehr nachdenklich und ebenso leise, weil er wollte, dass das Gespräch unter den beiden Jungs bliebe.

»Na, dann … Ich habe deine Rastlosigkeit eher als Triebhaftigkeit verstanden. Was hast du denn gesucht? Du warst bisher immer ein sexsüchtiges Arschloch und ein Egoist. Habe ich mich so geirrt?«, wollte Marven nun wissen, weil ihm dämmerte, dass er seinen Kumpel möglicherweise völlig falsch eingeschätzt hatte.

Ein Glucksen kam aus Caelan's Ecke und Marven konnte trotz der Dunkelheit eine weiße Zahnreihe ausmachen. Caelan lachte ihn an, oder?

»Wer weiß schon, von was so mancher getrieben ist. Deine Zukunft liegt dort unter dem Plaid. Meine werde ich mir wohl nun suchen müssen.«

»Ich hoffe nur, dass du jetzt kein blöder Trottel wirst, der langweilig und total witzlos daherkommt. Denn das würde ich bei Caelan Spencer, wie ich ihn kennen gelernt habe, sehr vermissen. Du hast mein Leben bisher schon allein durch deine lustigen Anekdoten bereichert«, schmunzelte nun auch Marven, der sich so weit gefangen hatte, dass er wieder zu Kyla unter die Decke kroch.

»Also, kommst du mit?«, wendete sich Marven noch einmal an seinen Freund.

»Klar, Mann. Ich kann dich das doch nicht allein durchstehen lassen«, feixte Cal und drehte sich unter seiner unzulänglichen Decke um.

Froh darüber, dass Caelan keine Gefahr mehr für Kyla, insbesondere für ihn selbst war, schlief Marven doch noch einmal ein und genoss die Wärme seiner kleinen Amazone.

Trio Infernale

1

Endlich kamen die vier wieder an Trish's Hof an. Die wartenden Tiere hatten Hunger und Durst und alle fassten tatkräftig mit an, alle Pferde und Hühner zu versorgen. Caelan, der gar nicht geritten war, hatte sein Bike achtlos in die Ecke geworfen. Sein heiliges Bike – Trish und Marven erkannten ihn kaum wieder. Die beiden konnten sich nicht daran erinnern, dass er jemals so fürsorglich mit den Pferden umgegangen war, wie er es jetzt tat. Er rieb sie trocken und redete mit ihnen, als seien sie seine besten Freunde. Erstaunte Blicke wurden gewechselt. Nur Kyla verstand nicht, was da vor sich ging. Doch sie hatte ganz andere Sorgen.

»Ich habe Gordy versprochen, dass ich ihm den Feuerstein und den Stahl zurückbringe, aye. Kann ich gerade zu ihm herüber reiten? Ich nehme Bee, okay?«, wendete sie sich an Trish, die zwar nicht verstand, warum es Kyla nun so eilig hatte, aber nichts dagegen einwendete. Immerhin konnte Kyla mittlerweile sicher reiten und Bee war eine zuverlässige Stute.

»Soll ich mitkommen?«, fragte Marven sofort besorgt. Er konnte es nicht ertragen, dass Kyla fortging, wenn auch nur kurz.

»Naye, nicht nötig. Dauert ja nicht lange«, verschwand Kyla in der Boxengasse und zog kurz darauf Bee hinter sich her. Sie vergab keine Zeit darauf, die Stute zu satteln, sondern schwang sich auf ihren Rücken und gab ihr die Fersen.

Die drei anderen sahen ihr nach und beschlossen, hineinzugehen und sich einen schönen heißen Tee zu genehmigen.

»Wow, Trish, ist irgendwas passiert? Hier sieht es aus, als könne man neuerdings vom Fußboden essen«, zog Caelan sie auf, als sie die Küche betraten.

Trish zog Cal eine Grimasse und wies die beiden an, sich an den sauberen Küchentisch zu setzten, während sie Wasser aufsetzte und mit einer Kanne herumwerkelte. Auch wenn Marven die Zusammenhänge nicht genau kannte, so kannte er doch Kyla's Handschrift, wenn es um Ordnung ging. Auf dem Tisch lag ein sauberer Tischläufer. Darauf stand eine kleine Vase, allerdings leer, und daneben ein Kerzenhalter ohne Kerze.

Vermutlich gab es weder Blumen noch Kerzen in Trish's Haushalt, aber die kleine Putzfee hatte immerhin alles gegeben, um den Schein von Dekoration zu wahren, schmunzelte er.

»Warum schläft sie eigentlich im Stall?«, fragte sich Marven eigentlich selbst, aber laut genug, dass Trish es hören konnte.

»Nun, hast du nicht gesagt, dass sie ein verzogenes Gör ist, dem man Einfachheit und Genügsamkeit beibringen musste?«, fragte Trish, die gerade heißes Wasser in die Teekanne goss.

»Ja, ich glaube, so was habe ich gesagt«, gab Marven nun mit schlechtem Gewissen zu.

»Nichts anderes habe ich getan. Sie scheint damit keine Probleme mehr zu haben, denke ich«, klärte Trish ihn nun auf und kam mit Tassen, Milch und Zucker zum Tisch. Dann holte sie die Kanne und setzte sich zu den beiden Männern.

»War es sehr schwer mit ihr?«, erkundigte sich Marven besorgt, da er bei beiden drastische Veränderung wahrgenommen hatte. Kyla hatte sich verändert, aber auch Trish war zugänglicher und hatte nicht mehr diesen schnodderigen Ton am Leib, der jeden Mann direkt vertreiben konnte.

»Eigentlich nicht. Kyla ist … nein, Kyla war sehr motiviert. Sie hatte ein klares Ziel und das hat sie verfolgt, egal wie sehr sie sich dafür quälen musste. Und gequält hat sie sich, das kann ich dir sagen«, beantwortete Trish Marven's Frage und sah ihn nun ihrerseits fragend an:

»Bist du zufrieden mit dem Ergebnis? Obwohl du bisher nur einen winzigen Teil von dem überprüfen konntest, was diese kleine Kämpferin imstande ist, zu tun?«

Marven nickte. Es brauchte nicht viel Fantasie, um sich vorzustellen, dass Kyla sich, wo und wann auch immer, durchsetzen könnte. Er hatte gesehen, wie sie mit Caelan umgegangen war, und das, obwohl sie körperlich vollkommen unterlegen war. Doch ihr Herz konnte Riesenradgröße annehmen. Das wusste Marven auch.

»Ich danke dir sehr für deine Mühe. Du bist jeden Cent wert, denke ich«, lächelte er Trish an und reichte ihr die Hand.

Trish nahm sie, schaute ihm jedoch tief in seine azurblauen Augen und berichtigte seine These:

»Nein, Marven. *Das Mädchen* ist jeden Cent wert. Wenn ich es mir richtig überlege, ist sie unbezahlbar. Du tätest gut daran, sie zu hüten und zu beschützen. Sie gibt mit ganzem Herzen und fordert nichts. Sie liebt bedingungslos und kämpft ihre eigenen Ängste und Dämonen nieder, nur um zu gefallen. Das ist ihr einziger Fehler, denke ich. Sie muss sich ihren Ängsten stellen und sie muss zulassen, dass man sie ihr nimmt. Das wird dann wohl deine Aufgabe sein, schätze ich«, schmunzelte nun Trish und ließ seine Hand los.

Caelan, der diese Konversation mit Interesse verfolgt hatte, begann nun laut seine eigenen Schlüsse zu ziehen und bot großzügig an:

»Wenn das so ist, kann ich ihr die Angst vor der körperlichen Liebe nehmen und …« Weiter kam er nicht, denn von zwei Seiten aus donnerten Fäuste in sein Gesicht und hinterließen ihre Spuren, was sich einige Zeit später offenbarte.

»Aua …«, kommentierte Caelan seinen Schmerz. »Das war ein Scherz!«

»Sehr witzig«, kam es von Trish und Marven wie aus einem Mund.

Eine Weile saßen sie nun schweigsam beieinander. Dann hatte sich Caelan wieder einigermaßen gefangen und rieb nur noch hin und wieder seine Wangen. Auch wenn er zuerst dachte, die beiden Rüpel hätten ihm das Jochbein gebrochen, so war es nun nur noch ein dumpfer Schmerz, der sich irritierend anfühlte. Er konnte sich noch vage daran erinnern, wie er mal einen Fußball direkt ins Gesicht geschossen bekommen hatte. So ungefähr fühlte es sich auch jetzt an. Als wäre es völlig geschwollen. Doch sein stetiges Abtasten sagte ihm etwas anderes. Da fiel ihm ein, dass er Trish noch etwas geben sollte.

Er zog ein Amulett aus seinem Ausschnitt, lupfte es über seinen Kopf und gab es nun Trish, die es ansah, als hätte er ihr eine giftige Schlange in die Hand gelegt.

»Das soll ich dir geben und dann würdest du mir irgendwas dazu erzählen«, meinte Cal nun ziemlich nasal und blickte von Trish's Gesicht zurück zum Medaillon in ihrer Hand und so weiter.

Trish legte das Amulett auf den Tisch, stand auf und verließ den Raum. Marven und Caelan hörten sie in einem anderen Raum, wo sie Schubladen öffnete und zuschubste, Schranktüren klappten und Truhendeckel zugeknallt wurden. Nach einer Ewigkeit kam sie mit einem vergilbten Umschlag zurück. Sie legte ihn vor sich und nahm wieder das Medaillon in die Hand. Auf die Idee, es zu öffnen, war Caelan noch gar nicht gekommen, aber nun sah er neugierig in Trish's Hand.

Im Inneren des Amuletts befand sich ein wunderschönes, gemaltes Bildnis einer jungen Frau. Schwarze, hochgesteckte Haare, aus denen einige Locken entkommen waren, umrahmten ein ebenmäßiges Gesicht und ihre Augen strahlten in einem Grün frischer Lindentriebe. Ihr roter Mund lud zum Küssen ein und sie wirkte glücklich. Eine Gravur auf der Deckelinnenseite lautete *Sarah MacCraven 1730*.

»Leckeres Mäuschen«, entwich es Caelan, der sogleich ein ziemlich schuldbewusstes Gesicht machte, hatte er doch vor Kurzem für eine sehr unbedachte Bemerkung eins auf die Nase bekommen. Auch nun blickte er in zwei sehr ernste Gesichter.

Marven's Hand stoppte Trish, die gerade an dem vergilbten Umschlag herumnestelte.

»Warte«, hieß er sie innehalten, stand auf und holte die Hochzeitsbibel von Joline aus seiner Tasche. Er schlug sie auf und als er gefunden hatte, wonach er suchte, zeigte er es den beiden anderen am Tisch.

Sarah MacCaven, die Ehefrau von Alistair MacDonald, 1747.

Nun war Trish nicht mehr zu halten. Sie öffnete den Umschlag und zog ein langes, handgeschriebenes Schriftstück hervor.

»Gälisch«, keuchte sie. Trish konnte zwar ein paar Worte verstehen, aber lesen konnte sie es nicht.

»Darf ich?«, bot Marven seine Hilfe an und wollte das Papier zu sich herüberziehen. Doch Caelan war aus seiner Schockstarre erwacht und schneller als Marven.

»Es geht doch wohl um mich«, raunte er Marven zu, damit der sich etwas zurücknahm.

»Okay, lies vor«, ließ er seinem Freund den Vortritt, denn es ging tatsächlich mehr um Caelan als um ihn selbst, obwohl er nun automatisch in seinem Hirn Verbindungen herstellte.

Mein lieber Connor,
mein geliebter Bruder, ich weiß, dass dich meine Entscheidung, einem Mann zu folgen, den ich über alle Maßen liebte, schwer erschüttert hat. Doch ich hoffe, dass du mir verziehen hast. Ich bin nun alt und werde glücklich sterben. Ich hatte eine sehr gute Ehe und bin nun seit einigen Jahren allein. Wir hatten leider keine Kinder. Nun aber, so kurz vor meinem eigenen Ende, ist etwas geschehen und ich brauche deine Hilfe.

Hier schicke ich dir einen Jungen durch die Zeit, der in vielen Jahren zurückgehen muss, damit das Gleichgewicht wieder hergestellt werde. Der Junge ist der Sohn einer Highlanderin, die nichts von seiner Existenz weiß. Ihr Name ist Sarah MacCraven, so besagt es zumindest das Schmuckstück, das ich beilege. Sie war sehr krank und schwanger, als ich sie fand. Und ich denke, dass sie sich das Leben nehmen wollte, denn ich fand sie völlig unterkühlt am Strand von Islay. Ob sie in die See gestürzt oder allein hineingegangen war, kann ich leider nicht sagen. Auch nicht, ob ihr das von anderer Hand angetan wurde. Ich pflegte sie, bis sie das Kind gebar. Wenn sie wusste, dass sie ein Kind trug, dann hat sie zumindest nicht wissentlich miterlebt, dass es geboren wurde. Das geschah am 20. März. Es sah so aus, als würde sie die Tage nach der Geburt nicht überleben. Eine pilgernde Heilerin war gerade bei uns im Dorf, als sie niederkam, und einen Tag später gab ich das Kind schließlich fort, denn ich war zu alt, um den Jungen aufzuziehen. Gott möge mir verzeihen.

So bat ich also diese weise Frau, das Kind mit sich zu nehmen. Die Frau versprach mir, dass sie einen Bruder im Geiste für den Jungen, den ich Caelan getauft habe, finden würde. Auch sagte sie mir zu, dass er in deine Hände käme. Die beiden Jungen kämen zu gegebener Zeit gemeinsam in ihre Zeit zurück. Darum brauchst du dich also nicht zu sorgen. Er ist dir und deiner Frau also nur geliehen. Ich hoffe, dass er euch Freude und ein wenig Glück schenkt und ihr ihn ohne Trauer gehen lassen könnt, wenn es so weit ist. Diese Stärke und Kraft wünsche ich euch. Vielleicht siehst du dich auch imstande und bringst ihm bei, was er wissen muss, damit er hier überlebt.

Ich danke dir von ganzem Herzen und aus tiefster Seelennot, das kannst du mir glauben.

Caren MacNabb, Islay 1732
Deine dich liebende Schwester Mary

Caelan sah auf und musterte die beiden fragenden Gesichter, die ihn anstierten.

»Hast du das gewusst?«, fragte er dann Trish, die ihn ebenso fassungslos ansah wie Marven, der sich mit so einem Werdegang nun schon länger hatte anfreunden können.

»Naye, das habe ich nicht gewusst. Es wurde zwar immer ein Geheimnis um dich gemacht, aber das ist …«, schüttelte Trish ihren lockigen Bob.

»1732 scheint mein Geburtsjahr zu sein, oder? Cool ist nur der Tag, Marv. 20. März. Wir sind Zwillinge … Dann bin ich nicht fünfundzwanzig Jahre alt, sondern …«, Cal überschlug kurz im Kopf, denn Zahlen waren sein Metier, »dreiundvierzig«, keuchte er und fügte an: »Und meine Mutter wäre jetzt etwa sechzig Jahre alt, oder?«

Marven, der letztendlich zu den gleichen Ergebnissen gekommen war, wiegelte ab.

»Die weise Frau hat Kyla gesagt, dass sich an unserem Alter

nichts geändert hat, wenn wir in der Vergangenheit ankommen. Mach dir also keinen Kopf. Vielleicht kannst du ohne Hilfe auch nicht kontrolliert reisen, oder …«

»Oder was, hä?«, brauste Caelan auf.

»Oder du bist extra in dieser Zeit gelandet. Herrgott noch mal, ich weiß es doch auch nicht. Fakt ist, du bist und bleibst, wie du jetzt bist, Alter«, klärte Marven seinen Freund nun endgültig auf.

»Nun, dann werde ich wohl bald meine alte Mutter kennen lernen, oder?«, merkte Caelan trocken an.

»Ich weiß nicht, ob die so wild darauf ist, einen Sohn zu bekommen, der derart schwanzgesteuert daherkommt. Vergiss nicht, dass sie scheinbar genau an so einen Typen geraten ist und sich vielleicht seinetwegen das Leben nehmen wollte«, grinste Marven seinen Kumpel an und wurde sich im gleichen Moment darüber klar, dass das nicht witzig war. Kleinlaut entschuldigte er sich bei Caelan und tätschelte ihm die Schulter.

»Alles wird gut. Sie wird dich lieben.«

»Sie weiß noch nicht einmal, dass es mich gibt, Marven. Wie soll sie mich dann lieben?«

»Weil sie deine Mutter ist, du Depp«, antwortete der schlicht und stand auf, um nach draußen zu gehen und zu schauen, ob Kyla bereits in Sicht war.

2

Kyla band Bee an die Verandastange vor Gordy's Laden und ging beschwingt hinein. Als der Mann aufsah und sie lächelnd in Empfang nahm, lachte sie zurück und ging zu ihm an den Tresen.

»Was kann ich denn heute für dich tun, Lassie?«, fragte er fröhlich.

»Na ja, eigentlich wollte ich mich von dir verabschieden, Gordy«, antwortete sie höflich.

»Wieso, ist deine Zeit bei Trish schon um, Kleines?«

»Ja, sieht so aus. Aber ich hab eine Bitte, Gordy.«

»Alles, was du willst«, schmunzelte er.

»Gordy, ich möchte dich bitten, ein Auge auf Trish zu haben, okay?«, kam sie gleich auf den Punkt.

»Ich glaube nicht, dass Trish das will, Kyla«, erwiderte Gordy traurig mit einem fragenden Blick.

»Nein. Das will sie nicht, jedenfalls nicht wissentlich. Aber Trish ist eine tolle Frau und ich denke, du kannst sie trotz ihres burschikosen Verhaltens ganz gut leiden, oder habe ich mich so verguckt?«

»Nein, da irrst du dich nicht, aber sie hat mir vor Jahren schon eine Abfuhr erteilt, Kyla. Ich habe keine Lust, immer nur abgewatscht zu werden. Darum lasse ich sie in Ruhe, aye?«

»Gordy, ich bin vielleicht in deinen Augen noch ein kleines Mädchen und ziemlich grün hinter den Ohren, aber ich weiß, dass Trish sehr einsam ist. Ich weiß auch, dass du ziemlich einsam bist … Nun, wenn du es richtig anfängst und ehrlich zu ihr bist, dann …«

»Meinst du?«

»Ja, meine ich. Sie kann dich nämlich in Wirklichkeit gut leiden«, eröffnete ihm Kyla, was sie entdeckt hatte.

»Na ja, ich kann es ja noch einmal versuchen«, räumte Gordy ein. »Hast du einen Tipp?«

»In der Tat habe ich eine Idee. Aber ich brauche deine Hilfe, denn Trish würde mir das wirklich sehr übel nehmen, denke ich«, begann Kyla ihren Plan mit Gordy zu besprechen.

Sie wollte, dass die beiden sich geschäftlich zusammenschlossen. Gordy hatte eine gut gehende Landwirtschaft und den kleinen Market, Trish hatte Pferde und einen netten, kleinen Hof, den man mit ein wenig finanzieller Unterstützung zu einem gut gehenden Ferienhof umbauen konnte. Natürlich bräuchte es einige kleine Ferienhäuser, einfach, aber gut ausgestattet, und eine Haushaltshilfe, die für Ordnung und Sauberkeit sorgte. Alles andere konnte Trish auch ohne Hilfe bewerkstelligen. Sie könnte den Gästen Reiten und Bogenschießen beibringen, Biwaks veranstalten … halt so was in der Art. Gordy sollte ihr die Idee schmackhaft machen und ihr gefälligst seine Liebe gestehen.

»Ich habe ihr schon gesagt, dass ich sie gern habe. Sie glaubt mir ja nicht!«

»Ach Gordy. Sie weiß, dass sie nicht einmal annähernd gut aussieht. Aber sie hat eine Schönheit, die allein für liebende Augen sichtbar ist. Also sag ihr gefälligst nicht, dass sie hübsch ist. Da weiß sie doch sofort, dass du lügst«, gab Kyla ihm einen weiteren Tipp.

»Ja, hübsch ist sie nicht. Aber sie kann lustig sein und hat einen erheiternden, trockenen Humor«, grinste Gordy.

»Na also, es sind die Kleinigkeiten, die dir aufgefallen sind und von denen sie selber weiß, dass sie stimmen. Da kannst du prima ansetzen«, tätschelte sie Gordy's riesige, schwielige Hand.

»Ja, das hört sich ja alles ganz prima an. Auch das mit dem Ferienhof. Aber ich habe das Geld nicht, um ihr diesen Floh ins Ohr zu setzen.«

»Aber ich!«, sagte Kyla.

»Wie du? Willst du uns Geld geben, damit wir das so aufbauen können, wie du es vorschlägst?«

»Ja, das möchte ich.«

Kyla griff sich an den Hals und nahm ihr Collier ab, das auch schon Joline bekommen hatte, um ihre Edelsteine dort zu deponieren. Sie fingerte daran herum und entnahm dem eingearbeiteten Schließfach zwei Diamanten. Die reichte sie Gordy und sah ihm in seine braunen, ehrlichen Augen.

»Hier. Ich weiß, dass Trish sie niemals annehmen würde. Aber ich vertraue dir, dass du den Erlös für sie verwenden wirst.«

Gordy schaute auf die Steine und seine Wangen röteten sich vor Verlegenheit.

»Das kann ich nicht annehmen, kleine Lass«, wandte er ein.

»Doch, das kannst du, wenn du es ehrlich mit der holden Maid auf der anderen Seite dieses Hügels meinst. Ich verlasse mich auf dich, okay? Das bleibt unser Geheimnis und solange ich noch da bin, versuche ich, ihr Interesse auf dich zu lenken, aye«, nahm Kyla ihrem neuen Verbündeten den Wind aus den Segeln und ging zur Tür.

»Ich vertraue dir, Gordy. Mach sie glücklich. Bye-bye«, winkte sie dem völlig verdutzten Gordy noch einmal zu und verschwand mit Bee.

3

Marven, der es sich draußen auf dem Hof auf einem Stein bequem gemacht hatte und die Richtung observierte, von der aus er Kyla zurückerwartete, musste nicht allzu lange auf seine kleine Fee warten. Bald sah er die Reiterin, die mit wehendem Haar näher kam. Sie drosselte das Tempo, als sie ihn wahrnahm, und ritt kurz danach lächelnd an ihm vorbei. Als sie ihr Pferd versorgt hatte, kam sie zu ihm und glitt strahlend in seine offenen Arme.

»Ich liebe dich, Kyla«, raunte Marven in ihre rote Lockenpracht und erstarrte. Hatte er das tatsächlich gesagt? Als würde er mit ihrer spontanen Flucht rechnen, ließ er seine Arme sinken, doch sie hielt ihn umschlungen, als würde sie ertrinken.

»Ich liebe dich auch, Marven«, blickte sie zu ihm auf und ihre teichfarbenen Augen waren gesprenkelt mit leuchtend grüner Entengrütze, wie es immer der Fall war, wenn sie aufgeregt war.

»Wirklich?«, fragte Marven verdattert und unsicher.

»Ja, wirklich. Ich weiß zwar nicht, was Jo dazu sagen wird, aber ich kann es nicht leugnen. Es war wohl schon immer so, seit ich dich vor einem Jahr kennen gelernt habe«, gab sie freimütig zu.

»Ich weiß auch nicht, was Mutter dazu sagen wird, aber da wir nicht blutsverwandt sind, denke ich, dass sie es verstehen wird, wenn sie es sieht.«

»Sind wir nicht?«

»Nein, sind wir nicht. Du bist nicht Helen's Tochter und dein Vater war auch nicht ihr Ehemann, sie hatten allein den gleichen Nachnamen, darum dachte jeder, sie wären verheiratet gewesen. Er brachte dich mit in diese Beziehung, aber das war auch schon alles«, erklärte Marven.

»Woher weißt du das alles?«, fragte Kyla aufgeregt.

»Ich war vor ein paar Tagen bei Helen. Sie war sehr redselig. Gordon Fletscher war angeblich ihr Sohn.«

»Nein, das kann doch nicht sein«, wurde sie blass ob der Neuigkeiten. Und Marven verfluchte sich, dass er die Nähe zu Kyla mit diesen Wahrheiten zerstört hatte. Doch er wollte keine Unwahrheiten zwischen ihnen. Vertrauen konnte nur mit Ehrlichkeit aufgebaut werden, da war er sich ganz sicher.

»So hat sie es mir aber erzählt. Deshalb habe ich doch die Frau auf dem Jahrmarkt gefragt, ob unser Gegner Gordon Fletscher ist, erinnerst du dich?«

Kyla nickte gedankenverloren und sah auf den staubigen Boden, als könne der sämtliche Geheimnisse preisgeben. Doch so langsam wurde ein Schuh aus dem seltsamen Verhalten der beiden. Nie hatte sie gesehen, dass Gordon seine Frau umarmt hätte oder gar geküsst. Kein Necken, kein Glück, keine innige Liebe. Eigentlich nur Hass und Unterwürfigkeit.

»Jetzt verstehe ich, warum Helen immer Schlafmittel nahm«, keuchte Kyla und sah plötzlich zu Marven auf. »Sie teilte mit ihm das Schlafzimmer, wollte aber sonst nichts von ihm, oder?«

»Naye, ich glaube nicht. Sie hatte ganz bestimmt keine Liebesbeziehung mit Fletscher.«

»Verworrene Geschichte, oder? Warum hat Fletscher uns denn bloß so sehr gehasst?«, hakte das neugierig gewordene Mädchen nach.

»Genau wusste Helen das auch nicht. Sie meinte, weil er als Vergewaltigungskind fortgegeben wurde und Amber und du in einer netten Familie aufwachsen konntet«, zuckte er mit den Schultern. Diese Vermutung machte zwar Sinn, allerdings konnte sich Marven dieses Ausmaß an aufgestautem Hass damit auch nicht wirklich erklären. Irgendwie glaubte er, dass da eine viel tiefere Verletzung zugrunde liegen musste. Doch wie sollte er das herausfinden? Vielleicht könnte er noch einmal mit Helen sprechen. Doch nun war Wochenende und das würde er mit seinen Freunden hier genießen.

»Komm«, umfasste er Kyla an der Taille und lenkte sie in Richtung Cottage.

»Es gibt noch mehr Neuigkeiten. Du wirst staunen.«

Trish hatte sich daran gegeben, die Reste des Rehs zu verarbeiten. Einen Teil hatte sie zum Einfrieren portioniert und die Flanken und kleinere Teile hatte sie nun entbeint und zu Gulasch geschnitten. Daraus wollte sie ein Ragout kochen. Auch wenn sie bisher nie großen Wert auf gutes Essen gelegt hatte, hatten Kyla's Kochkünste sie sehr beeindruckt. Nun stand sie jedoch da und wusste nicht genau, wie sie beginnen sollte. Als Kyla nun mit Marven in die Küche kam, huschte ein Lächeln über ihr Gesicht und sie hatte keine Hemmungen, ihre kleine Küchenfee um Hilfe zu bitten.

»Können wir nicht zuerst Caelan's Geschichte …«, wollte Marven intervenieren, als Kyla sich bereits zu Trish begab.

»Naye, dies hier wird etwas dauern«, wies Trish auf das zerkleinerte Frischfleisch. »Für alles andere haben wir noch genügend Zeit, meinst du nicht?«

»Ja, das denke ich auch«, gab nun auch Caelan seinen Senf dazu, der immer noch leicht blass auf der Küchenbank saß.

Marven blickte nun von einem zum anderen und konnte nicht verstehen, dass Trish und Cal die Neuigkeiten nicht gleich loswerden wollten, doch schließlich gab er klein bei und fragte nach einer Aufgabe.

Kyla, die eine Meisterin im Delegieren war, brachte diverse Gemüsesorten zum Tisch, rupfte den Tischläufer und die Zierteile vom Tisch und wies die Jungs an, das Gemüse zu putzen und in Würfel zu schneiden. Wobei die Kartoffeln nur geschält und gewässert zur Seite gestellt werden sollten. Dann erklärte sie Trish, dass sie Wildgewürze brauchte.

Sie massierte die Gewürze in das Fleisch ein und briet es braun an. Portion um Portion wanderte in den Bräter und am Ende holte sie das fertige Gemüse dazu, das ebenfalls eine Röstung erhielt. Als das getan war, bat sie um Rotwein, goss ihn an und ließ ihn verkochen, dann noch einmal, und schließlich kam noch Wasser hinzu und der Topf wurde mit einem Deckel verschlossen.

In weniger als einer halben Stunde hatte sie das Gulasch angesetzt und war sich sicher, dass Trish die Vorgänge ohne ihr Beisein wiederholen können würde.

»So, das dauert jetzt 'ne Weile«, beschied Kyla ihren Helfern und begann die nicht mehr benötigten Utensilien zu spülen. Marven, der wusste, wie Kyla tickte, stand sogleich auf und trocknete ab. Caelan blieb indes am Tisch sitzen und sah den beiden schmunzelnd zu.

»Wie ein altes Ehepaar«, gluckste er und wurde mit bösen Blicken aus drei Augenpaaren belohnt.

»Du bist wohl wieder ganz der Alte, was?«, fragte seine Cousine barsch, da sie sich noch gut an Cals Niedergeschlagenheit erinnern konnte. Das war kaum eine Stunde her.

»Ach Trish, meine Güte. Soll ich mich denn für immer und ewig in ein Schneckenhaus verziehen und für den Rest meines Lebens schweigen?«, maulte er.

»Nein!«, kam es aus Trish's und Marven's Mund gleichzeitig, was nun wieder Kyla neugierig aufsehen ließ. Sie war fertig mit Spülen und nahm ein Tuch, um sich die Hände abzutrocknen.

»Jetzt bin ich aber echt gespannt, was es gibt, das diesen arroganten Kerl aus der Bahn geworfen hat, dass ihm die Gesichtsfarbe abhandengekommen ist«, und damit wies sie auf Caelan, das Geschirrhandtuch noch immer in der Hand.

»Also gut, dann setz dich mal zu mir und ich erklär es dir«, klopfte Cal auf den Platz dicht neben ihm und lud Kyla ein, sich ganz nah zu ihm zu setzen. Keinesfalls rechnete er damit, dass sie das tun würde. Immerhin hatte sie ihm klipp und klar gemacht, dass sie ihn nicht ansatzweise mochte. Er setzte zur weiteren Abschreckung ein amüsiertes Lächeln auf und verschluckte sich fast, als Kyla schwungvoll neben ihm auf die Bank hüpfte. So viel Offensivkraft hätte er ihr nicht zugetraut, dachte er ernüchtert.

Marven befand sich angesichts dieser Nähe zwischen einem Eifersuchtsanfall und einer mäßigen Freude darüber, dass seine beiden Reisegefährten scheinbar ihr Kriegsbeil begraben wollten.

»Zeig ihr den Brief, Cal!«, mischte er sich mit seinem Vorschlag ein, schon allein, weil er von Kyla wahrgenommen werden wollte.

Trish lehnte derweil mit ihrem strammen Hintern an der Arbeitsplatte in der Nähe des Herdes und gönnte sich ein entferntes Beobachten. Schmunzelnd nahm sie wahr, wie Caelan Kyla's Angriff auf seine Selbstverliebtheit einschüchterte und wie Marven's Reaktion war, der sich am liebsten erst einmal zwischen die beiden geworfen hätte. Stirnrunzelnd und kopfschüttelnd wurde ihr bewusst, dass sie diese Truppe vermissen würde, denn so langsam machte ihr diese Gemeinschaft Spaß. Sie war es leid, ihre Tage und Abende allein zu verbringen, und bedauerte, was ihr bisher entgangen war.

Caelan nahm den vergilbten Brief, der neben ihm auf der Bank gelegen hatte, auf und schob ihn zu Kyla.

»Kannst du das lesen oder soll ich dir helfen?«, fragte er lässig und erntete einen genervten Blick von seiner Sitznachbarin, die ihre Position ein wenig korrigiert hatte. Sie war ein wenig abgerückt und hatte so mehr Freiraum zwischen sich und Caelan gebracht. Ihr anfänglicher Übermut hatte sie schlussendlich doch selbst beängstigt, musste sie sich eingestehen. Sie tauchte bei jedem gelesenen Wort mehr und mehr in die vergilbte Seite ein und als sie aufsah, entwich ihr ein gekeuchtes »Uff«.

»Das ist ja ...«

»Ja, das ist ja ganz was Neues, nicht wahr?«, wendete sich Caelan nun der rothaarigen Puppe zu, die ihn überrascht mit ihren grün gesprenkelten Augen fixierte.

»Unglaublich«, formte sie kaum hörbar mit ihrem Himbeermund und wendete ihren Blick nun Marven zu.

»Ist Sarah nicht die Frau von ...?«

Marven nickte ihr verstehend zu. Das Mädchen war nicht dumm und konnte sehr gut kombinieren und Zusammenhänge erkennen.

»Wow!«

»Ja, da werden so einige überrascht sein, mich kennen zu

lernen«, versuchte Caelan seine wiedererstarkte Unsicherheit zu überspielen. Doch Kyla hatte sich ganz nach ihrer eigenen Manier schnell wieder auf das Wesentliche besonnen und schlug ihm mit einem fast liebevollen Klaps auf die Schulter.

»Das kannst du wohl laut sagen, denn mit mir rechnet wohl auch niemand«, lächelte sie Caelan nun schüchtern an und tauchte sogleich in die azurblauen Augen von Marven ein, der nur zu gut verstand, was sie damit sagen wollte.

»Au, verdammt«, brüllte Trish und ließ den heißen Bräterdeckel fallen und hielt sogleich ihre verbrühte Hand unter kaltes Wasser.

Kyla stand sogleich auf und eilte zum Herd. Ein kurzer Blick in den Topf verriet ihr, dass das Ragout nicht mehr lange bräuchte, also setzte sie die Kartoffeln auf und schloss auch den Bräter wieder. Dann ging sie zu Trish.

»Lass mal sehen.«

»Ist schon gut, denke ich«, zischte diese, mehr sauer über ihre eigene Blödheit als über den Schmerz, der wiederkehrte, sobald kein kaltes Wasser mehr über die verbrannte Stelle floss.

»Hmm. Sieht nicht ganz so arg aus. Wird wohl ein bisschen pochen, aber die Hand kann dran bleiben«, witzelte Kyla und sah zu ihrer hochgewachsenen Gastgeberin auf.

»Sehr witzig, Zwerg«, beschied diese mit gespieltem Ärger.

Eine Weile später saßen alle zusammen am Tisch und ließen sich ihre Gemeinschaftsarbeit schmecken. Sie redeten über dies und das und planten ihre nächsten Tage minutiös. Nichts wurde mehr dem Zufall überlassen, denn diese Reise war ohne Wiederkehr.

Als sich Caelan, der ein kleines Gästezimmer bei Trish hatte, zurückzog, war die Gemeinschaft dahin. Auch Trish verabschiedete sich, nicht ohne Marven zuzuzischen, dass sie ihm die Eier abschneiden würde, wenn er dem Mädchen wehtun würde. Marven saß perplex da und schaute Kyla an, die, wie er ja wusste, in der leeren Pferdebox schlief.

»Kommst du mit?«, fragte sie unvermittelt.

»Soll ich denn? Ich kann auch hier auf der Küchenbank …«

»Naye! Wenn es dir nichts ausmacht, würde ich es gern haben, wenn du mit mir kommst«, beeilte Kyla sich, ihren Wunsch zu äußern. Sie wollte Marven spüren und nicht nur von ihm träumen.

Die beiden machten es sich unter dem Plaid gemütlich und lagen eng aneinandergeschmiegt. Und obwohl es den beiden fast körperliche Schmerzen bereitete, trauten sie sich nicht, weiter zu gehen.

»Marven, schläfst du schon?«, flüsterte Kyla, die es nicht mehr aushielt.

»Naye. Ich glaube, ich kann nicht«, raunte Marven zurück.

»Wirst du mich küssen?«, fragte nun Kyla wieder und Marven spürte, wie sie ihren Blick zu ihm hob.

»Möchtest du das denn?«, fragte er schüchtern und hoffte inständig, dass sie es wollte.

»Ja, Marven. Ich möchte es. Weißt du, Jo hat mir gesagt, dass ich einen Mann treffen würde, den ich gern küssen und mit dem ich Liebe machen könnte und es mir gefallen würde. Ich denke …«

Kyla kam nicht weiter, weil sich Marven's Lippen auf ihre senkten. Warme, weiche Lippen trafen auf warme, weiche Lippen und eine Zunge öffnete den Mund des anderen. Sie spielten miteinander und erforschten sich und als das nicht mehr genug war, gingen Hände auf Wanderschaft. Marven zeigte Kyla in aller Zärtlichkeit, wie sie ihren eigenen Körper und den des anderen erfreuen konnte. Der kurze Schreck, den sie empfand, als sich Marven's Finger zwischen ihre Schenkel drängte, verging und änderte sich in ungestümes Wollen. Sie spürte, wie sich etwas Riesiges in ihr aufbaute und explodieren wollte. Als sie begann, sich mehr und mehr zu winden, raunte ihr Marven zu:

»Lass es geschehen, Kleine. Gib dich einfach hin.«

Und das tat sie. Mit einem anfänglichen Stöhnen, das schneller kam und schneller kam und dann in einen leisen Schrei mündete, zersprang das aufgebaute Gefühl in tausend Teile und schien ihren ganzen Körper zu durchströmen.

»Oh, Marven, das war großartig«, keuchte sie ganz nah an

seinem Ohr. Schon allein das ließ seinen Schaft noch mehr anschwellen und er wusste nicht, ob er Erlösung finden würde. Es pochte zwischen seinen Beinen und am liebsten wäre er in ein eiskaltes Gewässer gesprungen.

»Können wir das noch mal machen?«

»Aye, das kann ich dir so oft geben, wie du willst, *mó beatha*«, flüsterte er nah an ihrer Wange, die er mit seinen Lippen liebkoste.

»Marven?«

»Hmm.«

»Ich meine, können wir das gemeinsam erleben?«

»Aber ich möchte dir nicht wehtun, ich weiß …«

Eine kleine Hand glitt in seine Jeans, die ihm mittlerweile viel zu eng geworden war, und griff um seinen harten Schaft. Sie begann ihn zu massieren, glitt an ihm auf und ab, bis er ihr Einhalt gebieten musste.

»Kyla, nicht. Wenn du weitermachst, werde ich mich nicht mehr lange beherrschen können. Bitte«, kam es gequält an ihr Ohr.

»Oh, was soll ich also tun?«, fragte sie unsicher.

»Darf ich dich ausziehen? Ich möchte deinen lieblichen Körper Zentimeter für Zentimeter mit meinen Händen und Lippen liebkosen.«

»Ja, wenn ich dich auch ausziehen darf und das Gleiche mit dir tun darf«, kam es prompt zurück und Marven lächelte, denn der kleine Kobold schien Gefallen an einer gewissen Gleichberechtigung zu finden.

Gegenseitig zogen sie sich die Shirts aus und die Hosen, die Unterwäsche und die Socken, bis nichts als Haut auf Haut traf. Obwohl es kühl war, empfanden sie es nicht so. Sie schenkten sich gestreichelte Zärtlichkeit, heiße, feuchte Küsse auf dem gesamten Körper. Kyla lernte schnell, Marven klarzumachen, was ihr besonders gefiel, und andererseits ihren Gespielen schonend zu quälen. Dann kam der Moment, an dem sie selber wollte, dass Marven sich mit ihr vereinte. Sie sehnte sich schmerzlich danach, dass er in sie eindrang und ihr die Erfüllung brachte.

»Marven? Komm endlich zu mir«, stöhnte sie ihm entgegen.

»Bist du ganz sicher, *mó chride*?«

»Ganz sicher«, antwortete sie mit einer gewissen Dringlichkeit.

Also wälzte sich Marven abgestützt auf sie, positionierte sich zwischen ihren geöffneten Schenkeln und wartete mit seiner pochenden Lanze vor ihrer feuchten Weiblichkeit.

»Tu es, Marven«, keuchte sie nun wieder und schlang ihm ihre angewinkelten Beinen um seine Hüften. Vorsichtig drang er in sie ein. Langsam, tiefer und tiefer nahm sie ihn in ihrer Enge auf und begann sich unter ihm zu bewegen. Als sie ihren gemeinsamen Rhythmus gefunden hatten, spürte Kyla bald, dass wieder eine riesige Welle durch ihren Körper rollte, wobei sich alles in ihrem Schoß konzentrieren wollte und dann zu bersten schien. Ein befreiender Schrei entwich ihr und da konnte Marven sich nicht mehr beherrschen. Er bewegte sich schneller, seine Stöße wurden härter. Als Kyla's Gefühlswelle abebbte, bemerkte sie, wie Marven plötzlich starr wurde. Auch er hatte nun mit einem lauten Stöhnen seinen Höhepunkt erreicht und verströmte sich in ihr.

Als er sich aus ihr zurückzog und sich neben sie legte, ihren Körper nah zu sich zog, um ihr Wärme zu schenken, war es viel zu dunkel, um die glückseligen Gesichter zu sehen. Allein dieser Stall mit seinen acht Pferden war Zeuge geworden, dass sich hier die Liebe Bahn gebrochen hatte.

»Ich liebe dich«, hörte Marven seine Liebe noch flüstern, wobei er sie noch enger an sich zog und das warme Plaid um sie beide schlang.

»Hab ich dir wehgetan, mein Herz?«

»Nein, Marven. Es war wunderschön. Ich weiß jetzt, was Jo meinte, Liebling.« Damit schlief er ein und war der glücklichste Mann auf der ganzen Welt und sein Glück hielt er fest an sich gedrückt.

Caelan war früh aufgewacht und machte sich einen eigenen Plan, wie er seinen Abgang aus dem Jahr 2017 sauber über die Bühne bringen wollte. Sein kleiner Betrieb musste geschlossen werden, sein Haus in Edinburgh wollte er Trish überschreiben. Seine Konten mussten aufgelöst werden und er hoffte noch einiges in der Stadt beschaffen zu können, wie Kleidung und Waffen und … Er brauchte Marven, der ihm helfen könnte, gut ausgestattet zu seiner Mutter zu kommen. Ein Geschenk, er brauchte ein Geschenk, schoss es ihm durch den Kopf. Prompt knallte er seinen Kaffeebecher auf die Spüle und machte sich auf den Weg zum Stall, wo er Marven vermutete.

Taktlos, wie er war, lief er, ohne sich bemerkbar zu machen, die Boxengasse entlang und blieb an der letzten Box stehen. Ein Wirrwarr roter und hellbrauner Locken floss ineinander. Gliedmaßen waren ineinander verschlungen und nackte Haut lag an nackter Haut. Konsterniert stand er da und betrachtete dieses Stillleben »Schlafende Liebende«. Still und leise drehte er ab. Ein Lächeln stahl sich in seine bis dahin gedankenvolle Miene. Am Eingang des Stalles drehte er auf dem Absatz um, gab einen lauten Pfiff ab und schreckte die müde Gesellschaft auf. Die Pferde ruckten erschreckt ihre Köpfe und wieherten oder schnaubten. Ganz hinten in der letzten Ecke sah er in Sekundenschnelle einen braunen, zerzausten Mopp auf einem aufgebrachten Gesicht über der Trennwand der letzten Box erscheinen.

»Bist du nicht ganz dicht, Cal«, brüllte Marven seinen Freund ärgerlich an und suchte für Caelan ganz augenscheinlich seine Kleidung zusammen, da er immer wieder verschwand und auftauchte. Dieser freute sich diebisch, die traute Zweisamkeit der beiden Verliebten auseinandergerissen zu haben, wurde sich aber gleichzeitig gewahr, dass er sich so etwas auch für sich selber wünschte. Darum hielt er Marven auch nicht zur Eile an, als dieser flüsternd wieder in der Tiefe verschwand, um Kyla etwas zuzuraunen. Er schlenderte auf den Hof zurück, um seinen Freund dort zu erwarten und den beiden noch einen Moment der Gemeinsamkeit zu lassen. Plötzlich tat es ihm leid, dass er sie gestört hatte, und er verfluchte seinen Anflug von Neid, denn nichts anderes musste ihn hier doch wohl geritten haben, dachte er beschämt.

Als Marven mit seiner unordentlichen Haarpracht um die Stallecke bürstete, machte Cal sich auf Prügel gefasst. Verdient hätte er sie. Doch Schläge blieben aus. Marven war noch nie gewaltsam gegen ihn vorgegangen, außer am Nachmittag, wurde ihm klar. Das, so musste er jetzt auch zugeben, hatte er sich allerdings durchaus verdient. Nichtsdestotrotz bekam er jetzt den Unmut seines Freundes zu hören.

»Cal, ich glaube nicht, dass ich mich jemals so takt- und ehrlos benommen habe wie du jetzt eben. Was ist los mit dir? Gönnst du mir mein Glück nicht … du bist manchmal so ein egoistisches Arschloch …«, richtete Marven seinen Blick auf Cal und sah seinen Freund mit einer bitteren Miene an, die eine Nuance Traurigkeit trug.

»Nein, Marv. Ich missgönne dir die Kleine nicht … es tut mir leid, okay?«, entschuldigte sich Caelan und Marven wusste, dass das alles sein würde, was seinem Kumpel jetzt über die Lippen kommen würde.

Doch dass dieses Mal eine ordentliche Portion Ehrlichkeit in dem Bekenntnis lag, konnte er deutlich hören und gab sich, wie immer damit zufrieden. Cal war Cal und es müsste schon ein dickes Ding passieren, das diesen Mann ändern würde, das war ihm klar. Doch genau diesen Wunsch konnte sich Marven jetzt nicht versagen:

»Hoffentlich triffst du in der Vergangenheit auf ein Mädchen, das dir mal gehörig den Kopf wäscht, Junge.«

»Na, das wünsche ich mir aber auch. Hier hat das ja wohl keinen Zweck mehr, die Zeit rennt mir davon«, grinste er Marven schief von der Seite an und boxte ihm seinen Ellbogen leicht in die Rippen. Der ließ kapitulierend die Schultern sinken und schüttelte sein Haupt. Es hatte keinen Zweck, mit diesem lernresistenten Menschen zu schimpfen, dachte er frustriert und fragte nach dessen ursprünglichem Begehr:

»Was wolltest du denn nun so dringend mit mir besprechen, Caelan? Wie spät ist es überhaupt?«

»Ähm, das ist mir jetzt ein bisschen peinlich, aber ich glaub, es ist erst halb sieben«, gab Caelan zu, dass er recht früh dran war. Aber schließlich hatten ihn seine Planungen dermaßen aufgebracht, dass er entschuldigend hinterherschob:

»Ich muss noch so viel regeln, Marven, und ich wollte dich bitten, mir zu helfen. Als Erstes muss ich dringend nach Edinburgh und dann …«, weiter kam er nicht, denn Marven griff um seinen Oberarm und das fühlte sich an, als würde ein Schraubstock zugezogen.

»Hast du den Verstand verloren, Caelan? Was, denkst du, können wir um halb sieben am Sonntagmorgen regeln, das nicht Zeit bis Montagmorgen hätte?«, wollte Marven drohend wissen.

»Nun sei doch nicht so ungehalten, Marv. Ich verreise zum ersten Mal mit einem ›Never-Come-Back-Ticket‹, aye. Da kann man ja vielleicht etwas aufgeregt sein, oder?«

»Aye, das kann man. Wenn du mit dem Selbstmitleid fertig bist, fällt dir vielleicht wieder ein, dass es Kyla und mir nicht anders geht, Alter«, erwiderte Marven und drehte sich um, um wieder zu seiner kleinen Fee unter die Decke zu kriechen. Caelan ließ er stehen und hatte auch nicht die Spur von Lust, diesen Zausel noch mit guten Ratschlägen zu versorgen.

So machte sich Caelan dann doch relativ einsichtig wieder auf den Weg ins Cottage, aber schlafen konnte er nicht mehr. Er wühlte in seinen Sachen, nahm einen Werbeblock und einen Kugelschreiber und machte eine Liste, die in den nächsten Tagen abzuarbeiten wäre. Irgendwann erschien Trish in der Küche und wankte noch etwas müde zur Kaffeemaschine.

»Morgen«, brachte sie freudlos über ihre Lippen, als sie Caelan passierte, der am Tisch saß und einen vollgeschriebenen Zettel anstierte.

»Morgen, Cousinchen. Wie ich sehe, bist du ja frisch und voll des Tatendrangs unterwegs«, zog er sie auf.

»Nicht wirklich, Cal. Ich bin ein wenig traurig, dass ihr mich hier einfach so allein lasst«, antwortete Trish lahm und wunderte sich über sich selbst, dass sie das so freimütig zugab. Caelan sah interessiert auf, da das eine ganz neue Erfahrung für ihn war. Trish die harte Berserkerin, zeigte Gefühle. Im Grunde genommen war er ja seit Stunden an dem gleichen Punkt angekommen und beschloss, Trish nicht mehr mit blöden Sprüchen zu ärgern.

»Ach Trish, das tut mir wirklich so leid. Aber ob du es glaubst oder nicht, es fällt mir gerade genauso schwer wie dir. Zuerst war der Gedanke so spektakulär, dass ich Marven sofort gesagt hatte, dass ich mitgehe. Jetzt, wo ich weiß, dass ich hin muss, geht mir echt der Arsch auf Grundeis.«

Trish musterte ihren coolen Cousin, der sich eigentlich vor nichts und niemandem fürchtete, und kam zu dem Schluss, dass er tatsächlich Angst vor der eigenen Courage hatte. Sie setzte sich zu ihm und traute sich das erste Mal in ihrem Leben, auch von ihren Ängsten zu sprechen. Die beiden schütteten sich gegenseitig das Herz aus und hatten keine Geheimnisse mehr voreinander. Caelan klärte Trish darüber auf, dass er ihr die Villa von Connor und Loren überschreiben würde, und wenn sie bereit wäre, die Einrichtung seines Adventure-Parks erst einmal bei sich einzulagern, könnte er auch das in Kürze auflösen. Sie könne nach Gutdünken darüber verfügen, denn er würde es ja nicht mehr gebrauchen. Nur seinen guten Jagdbogen würde er sicherlich mitnehmen. Die Anfertigung hatte damals richtig viel Geld gekostet und er könne ihn sicherlich gebrauchen, wo er hinginge.

Trish staunte nicht schlecht, als sie merkte, dass sie ein wahres Vermögen von Cal bekommen würde.

»Du siehst, Mädel, ich lasse dich nicht mittellos zurück. Mach das Beste draus und gönn dir einen Kerl, damit du nicht allein bleibst. Vertreib sie nicht alle mit deiner herzlichen Art, aye«, witzelte er, um Trish nicht allzu sehr in Verlegenheit zu bringen. Aber sie war schließlich die Einzige, die er überhaupt in der Neuzeit bedenken musste und auch wollte.

Die beiden standen in warmer Umarmung in der Küche, als Marven und Kyla endlich zu ihnen stießen. Es war ein seltsames Bild, wie Cal, der kaum größer war als Trish, von der großen

Frau umklammert wurde. Beide zuckten und schluchzten. Die Neuankömmlinge merkten aber schnell, dass die beiden sich in einem Lachanfall umfangen hielten.

Kyla, die das als Erste merkte, hatte dann auch kein Problem damit, sich wuselig um das Frühstück zu kümmern, denn sie hatte einen Mordshunger nach der vergangenen Nacht.

Trish hatte sich schnell von Caelan gelöst und schaute Marven ganz böse an.

»Es ist alles gut, Trish. Frag sie selbst«, beeilte der sich nun zu sagen, damit gar nicht erst ein Ansinnen auf blutrünstige Rachefeldzüge seitens dieser Walküre aufkommen konnte.

Trish hätte sich aber wohl eher die Zunge abgebissen, als nach Kyla's Liebeserfahrungen zu fragen. Zumindest vor den Jungs verbot sie sich ihre aufkommende Neugier.

Das gemeinsame Frühstück endete damit, dass die geschmiedeten Pläne in die Tat umgesetzt werden sollten. Während Kyla auf dem Hof bei Trish bliebe, würden Marven und Cal sich nach Edinburgh begeben und dort regeln, was zu regeln war.

Nachdem Caelan mit seinem Bike zum »Boots N Paddels« gefahren war, um sein Auto zu holen, machten sich die anderen daran, die Tiere zu versorgen und aufzuräumen, was aufzuräumen war, wobei Marven immer Kyla's Nähe suchte, was Trish mit einem genervten Augenrollen kommentierte. Dann kam ihr Cousin endlich mit seinem blau-schwarz-metallic-farbenen Pick-up angebraust und die beiden Jungs rauschten ab.

»Nun sag schon, wie war es«, fragte Trish voller Neugierde, als würde sie kurz vorm Platzen stehen.

»Was war wie?«, hörte Kyla begriffsstutzig nach, da ihr überhaupt nicht aufging, was Trish nun von ihr wissen wollte.

»Na, die Nacht mit Marven, dass ihr nicht Gummi-Twist gespielt habt, kann ich mir denken. Hat er dir wehgetan?«

Kyla sah Trish abschätzig an und wusste im ersten Moment nicht, was sie sagen sollte. Das, was sie mit Marven erlebt hatte, ging ihrer Meinung nach niemanden etwas an. Aber dann ging ihr auf, dass Trish trotz ihres Alters vielleicht – ach du meine Güte – noch völlig blauäugig war?

»Naye, er hat mir nicht wehgetan. Er war sehr zärtlich und zuvorkommend. Was bedeutet, er hat sich sehr beherrscht und mir gezeigt, was zwischen Mann und Frau ohne Schmerzen und Ekel möglich ist. Es war … toll … Und es hat zum ersten Mal in meinem Leben überhaupt nicht wehgetan«, beschrieb sie ihre Nacht und stellte an dem fragenden Pferdegesicht fest, dass Trish nicht ein Wort verstanden hatte. Innerlich stöhnte sie auf. Trish war tatsächlich noch Jungfrau.

Das weckte nun ihre eigene Neugierde und sie versuchte so unbedarft wie möglich an das Thema heranzugehen. Ihre Gedanken überschlugen sich. Gut, nicht jeder musste so früh und brutal seine Unschuld verlieren wie sie selbst, aber die Frau, die ihr nun mit diesem belämmerten »Ich-habe-null-Ahnung«-Gesicht gegenüberstand, war immerhin dreißig Jahre alt. So was konnte doch nicht möglich sein, oder doch? Sie fragte mal ganz vorsichtig an:

»Hast du noch nie …?«

Trish schüttelte den Kopf und bekam, ganz zu Kyla's Verwunderung, einen roten Kopf. Also fasste sie sich ein Herz, nahm die große Frau in die Arme und zog sie dann auf den großen Stein, der auf dem Hof lag und allen als Bank diente.

Sie klärte die Ältere auf. Nahm kein Blatt vor den Mund, was ihre eigenen Erfahrungen betraf, und schockierte Trish mit einigen schmerzhaften Details. In dem Gespräch wurde ihr selber mehr und mehr klar, woran es lag, dass sie an dem Sex mit Marven Gefallen gefunden hatte. Sie liebte ihn. Vermutlich würde Begehren reichen, dachte sie. Er hatte sie gut vorbereitet, sodass sie ihn mehr als alles andere in sich spüren wollte. Auch hatte er ihr gezeigt, dass sie Empfindungen haben konnte, die ihr bisher bei den egoistischen Kerlen verwehrt geblieben waren. Damals war sie nur Mittel zum Zweck. Doch für Marven war sie wichtiger als er sich selbst. Das war eine Erkenntnis, die sie gern mit Trish teilte.

»Ich hoffe, dass du an einen solchen Mann gerätst, Trish. Lass es dann einfach zu und kehr nicht die starke Kämpferin heraus. Die bist du dann nämlich nicht mehr. Dann bist du weich wie Butter«, riet sie und sah das langsame Begreifen in der Miene der anderen.

»Meinst du, dass es bei mir das erste Mal sehr wehtut?«, flüsterte Trish ihre Frage beinahe und begann verstehend zu nicken.

»Ist das dein Ernst?«, sah Kyla sie mit leichtem Schock an und fragte weiter:

»Du fragst mich jetzt wirklich, ob es Schmerzen bereiten wird, und könntest hier bei der Hofarbeit, ohne einen Mucks von dir zu geben, einen Arm verlieren?«, griente sie nun mit einem breiten Froschgesicht.

Das war der Moment, als auch bei Trish der Groschen fiel und sie begriff, dass sie sich darum nicht wirklich einen Kopf machen musste. Viel wichtiger war es, einen Mann zu finden, der es ehrlich mit ihr meinte und den sie zu lieben im Stande war. Ihr spukte ja schon seit Jahren jemand im Hirn herum. Aber bisher hatte sie vor Gordy immer Reißaus genommen. Nun fiel es ihr wie Schuppen von den Augen, dass das immer nur aus Angst geschehen war. Vielleicht sollte sie einfach mutiger werden. Hoffentlich hatte sie ihn nicht schon völlig eingeschüchtert und sein Interesse an ihr ausgelöscht. Augenblicklich begann sie sich zu wünschen, dass er nur noch ein einziges Mal fragen würde. *Nur ein einziges Mal, bitte ... Gordy ... tu es bald.*

Kyla konnte Trish's Gedanken fast lesen, als wär ihre Stirn ein Display mit Werbebanner. Vielleicht bräuchte sie gar keine offenen Türen für Gordy einzurennen, lächelte sie vor sich hin. Bingo. Es läge allein in seiner Hand, diese Frau vorsichtig für sich zu gewinnen. Demnächst müsste sie bestimmt noch eine Einkaufsfahrt zum Market tätigen, nahm sie sich fest vor.

5

Caelan und Marven verabredeten sich für den Abend im Bistro am Grassmarket und so erledigte jeder seine Aufgaben.

Cal suchte seinen Rechtsanwalt auf und veranlasste die Überschreibung des Hauses für Trish. Dann eilte er zu seiner Bank, machte seine Konten platt und leerte sein Schließfach. Ein ansehnlicher Haufen Bargeld und Schmuck, kleinere Goldbarren und ein altes Sgian-dubh von Connor Spencer wanderten in eine unansehnliche und damit sehr unauffällige Umhängetasche. Dann kam ihm der Gedanke, noch den Kiltmacher in der Princessstreet aufzusuchen. Dort schaute er sich um, ob nicht vielleicht ein Teil dabei wäre, das ihm von der Stange passte. Doch dann fiel Caelan ein, dass Tartan und Kilt in der Zeit, in die sie reisen würden, verboten waren. Also kaufte er nur einige stilechte Hemden und zwei Jacken. Der nette Verkäufer verriet ihm einen anderen Laden, in dem er passende Breeches bekommen würde, und so hatte Cal neben einer passenden Einkleidung auch noch reichlich Vermögen, das ihm die Vergangenheit schmackhaft machen könnte. Die Goldbarren waren zwar geprägt, aber das würde man ja ändern können, dachte er und dann fiel ihm ein, dass er für seine Mutter Sarah ein Geschenk mitnehmen wollte. Was in Gottes Namen würde wohl einer Frau im Jahr 1775 gefallen?

Die Antwort erhielt er prompt, als eine Tür aufging, an der er gerade vorbeieilen wollte, und eine Duftwolke in seine Nase geriet, die ihresgleichen suchte. Er drehte auf dem Absatz um und betrat den Laden. Gleich stürzte sich eine völlig überschminkte Douglasfee auf ihn und er musste sich einen Moment sammeln. Die Frau stand wohl auf gutaussehende Naturburschen der Marke Bratt Pitt in »In der Mitte entspringt ein Fluss« mit langen, gelockten Haaren, denn ihr fielen beinahe die Augen aus dem Kopf, als er hineingekommen war. Als er für ihren Überfall auf seine Geschmacksnerven bereit war, bat er sie dennoch nett um ihre Hilfe. Seine Gedanken, die ihn abgehalten hätten – *die viele Farbe im Gesicht und der penetrante Parfumnebel, der sie umgab, waren nichts für zarte Jungs –*, verbannte er einstweilen wegen seiner heroischen Ziele. Eher aus Angst, gestand er sich sofort ein. Womöglich würde er unter der Spachtelmasse ein pickliges, hässliches Gesicht vorfinden.

»Ich suche etwas Nettes für meine Mutter. Die ist neunundfünfzig und sehr naturverbunden«, gab er an. Er dachte sich zumindest, dass man 1775 so eingestellt wäre, dass weniger mehr ist. Ihr tatsächliches Alter kannte er zwar nicht, aber das mit den sechzig Jahren schien ihm realistisch. Wobei er sich im Stillen wünschte, dass er das Mädchen träfe, das sein Medaillon zierte. Automatisch griff er an seine Brust, wo es an einer langen Kette warm auf seiner Haut ruhte.

»Na, da habe ich aber was für Sie«, schnatterte die Verkäuferin los und klimperte mit ihren unechten Wimpern. Caelan wollte übel werden, aber er riss sich zusammen. Diese Stimme könnte er keine fünf Minuten mehr ertragen, dachte er im Stillen und folgte der Frau widerwillig.

»Hier haben wir einen neuen Duft, Rose mit einem Hauch Bergamotte. Wenn das nicht klassisch ist, dann weiß ich es nicht«, säuselte sie und sprühte gleich eine Wolke des Parfüms aus einem Tester auf Papier. Cal roch an dem Pappstreifen, den sie ihm unter die Nase hielt, und schreckte zurück.

»Ähm … gibt es das auch einzeln? Wenn sie mag, kann sie es ja selber zusammenmengen, oder?«, fragte er und hoffte, dass diese dämliche Kuh verneinen würde, denn er würde gern aus diesem Laden verschwinden.

»Ja natürlich. Diese Düfte haben wir sogar in wirklich netten, altmodischen Flacons«, hakte sie sich ein und zog ihn in eine andere Ecke des Ladens, der scheinbar mehr als Abstellkammer diente. Cal wurde mulmig. Die Pflanze wollte ihm doch wohl nicht an die Wäsche, oder?

Sie griff in eine Vitrine und zeigte ihm zwei sehr »zeitlose« Gefäße, die beinahe aus dem Mittelalter stammen konnten. Wenn auch die Flacons nicht seinem Zeitgeschmack entsprachen, so waren die Düfte sehr auserlesen.

»Nehm ich, packen Sie sie ein, okay?«, nickte Caelan der Frau zu und machte sich auf den Weg zu Kasse.

»Aber … Sie haben noch gar nicht nach dem Preis gefragt, Mister. Diese Düfte sind … na ja, sie sind sehr …«, stammelte die Verkäuferin und Caelan war nah an einem Hörsturz.

»Ist schon gut! Ich nehme sie, habe ich gesagt«, troff es ärgerlich aus ihm heraus. Wenn seine Mutter sich als blöde, mährende Kuh erweisen würde, wäre dies hier in jedem Fall ein viel zu großes Opfer gewesen, dachte er missmutig.

Wieder auf der Straße atmete Cal einmal tief durch. Wenn er jetzt etwas essen müsste, würde er kotzen, so übel war ihm in dieser Parfümerie geworden. Langsam schlenderte er zurück zu seinem Pick-up und legte seine Einkaufstüten in den Wagen. Er hätte noch reichlich Zeit bis zum Treffen mit Marven, also tauchte er noch einmal in die Altstadt von Edinburgh ein. Das wäre immerhin das allerletzte Mal, machte er sich klar, und er würde alles genießen.

Marven war indes ins Präsidium gegangen. Schon an der Tür seiner Abteilung wurde er mit mitleidigen Blicken seiner Mitstreiter empfangen. Als der dritte Kollege diesen eigenartigen Dackelblick auflegte, als er Marven sah, fragte er endlich nach:

»Ist irgendwas? Wachsen mir Warzen auf der Nase?« Dabei schielte er auf seine Nase und konnte nichts entdecken.

»Du sollst sofort zu John Kincaid kommen«, raunte ihm Caren zu, die noch nicht so lange bei der Sitte war.

»Oh, der Chef verlangt nach mir und ihr alle seht aus wie Selkies auf der Schlachtbank«, grinste er die anderen an, ging kurz zu seinem Schreibtisch, wo er sein Kündigungsschreiben hatte, und machte sich dann auf den Weg in die Höhle des Löwen. Er hatte sich nichts vorzuwerfen. Und irgendwie war ihm egal, was passieren würde.

»Ah, da ist ja unser Oberschwachkopf MacDonald«, begann Kincaid ohne eine freundliche Begrüßung beleidigend zu werden.

»Na, das ist ja ein herzlicher Empfang, Chef. Ich hätte nicht gedacht, dass man wegen eines einfachen Auffahrunfalls gleich als Schwachmat gilt. Das hätte ich selbst dir nicht zugetraut«, gab Marven genervt zurück. Nach dem Auftritt seiner Kollegen zu urteilen musste er mit Gegenwind rechnen, aber beleidigend war Kincaid bisher nie geworden.

»Setz dich«, wies John den jungen Mann brüsk an und Marven konnte sehen, dass sein Gegenüber Bluthochdruck hatte.

Dennoch sah er ihn provokant an, denn er war sich immer noch keiner Schuld bewusst.

»Soweit ich mich an unsere letzte Unterhaltung erinnern kann, MacDonald, hatte ich untersagt, dass Helen Keith noch einmal vernommen wird. Ist das so? Trotzdem warst du bei ihr in der Psychiatrie«, hielt sich John Kincaid schwer zurück, um nicht zu brüllen.

»Kann sein, ich habe sie auch nicht verhört. Ich habe sie besucht und ihr Grüße von Kyla überbracht«, redete sich Marven heraus.

»Die Frau hat Selbstmord begangen, und das zwei Tage nach deinem Besuch, mein Lieber. Das fällt auf diese Abteilung zurück, ist dir das klar?«

»Nein, das ist mir nicht klar! Sie war auch meine Mutter! Was hat sie gemacht? Sich aufgehängt oder sich mit einem Löffel die Pulsadern aufgeschnitten?«, fragte Marven frech und sah seine Chef geradeheraus an. Die Tatsache, dass Helen angeblich seine Mutter gewesen sei, war von der oberen Etage gedeckt und nie offiziell geworden. Doch Kincaid wusste es. Nun, was er nicht wusste, war, dass überhaupt gar nichts davon stimmte. Das würde Marven aber nicht mehr berichtigen. Diese Unterhaltung sorgte ganz im Gegenteil eher dafür, dass hier gleich ein Krieg ausbrach.

Wäre er Caelan, wären ihm bestimmt noch viel lustigere Arten, wie man sich an Helen's Stelle aus dieser Welt schaffen konnte, eingefallen. Obwohl die Geschichte nicht annähernd witzig war, hätte er Kincaid gerade sehr gern in Richtung Herzinfarkt gebracht.

»Nein, sie hat sich mit Schlaf- und Beruhigungstabletten umgebracht«, lenkte Kincaid nun ein, da ihm der Verwandtschaftsgrad zwischen Helen Keith und seinem Beamten völlig entfallen war.

»Okay … und was denkt ihr alle? Habe ich ihr die vielleicht als kleines Geschenk mitgebracht? Frag mal in der Irrenhaus-Abteilung nach, dann wirst du hören, dass sie andauernd ruhig gestellt worden ist. Vermutlich hat sie die Beruhigungsmittel gar nicht genommen, sondern gesammelt und nun als eine letzte Mahlzeit verputz. Gerissen genug war sie immerhin«, ätzte Marven, immer noch leicht auf Krawall gebürstet.

»Nein, das sagt auch gar keiner, dass du ihr Tabletten mitgebracht hast. Aber es hat dennoch einen Beigeschmack, dass es passiert ist, kurz nachdem du dort warst«, gab sein Chef zu bedenken.

»Ist das alles?«, stand Marven auf und wollte sein Kündigungsschreiben auf den Schreibtisch vor Kincaid werfen.

»Nein … allerdings, setz dich wieder«, forderte ihn sein Chef auf. Also tat er es und sah sein rotgesichtiges Gegenüber fragend an.

»Du kennst Duncan Hoff noch?«, begann Kincaid jetzt mit beruhigter Stimme, sodass Marven ihm nur zunickte.

»Nun, der Blödmann wollte Fletscher vergewaltigen. Da hat der Idiot Fletscher dem Hoff fast den Schwanz abgebissen und wurde dafür von Hoff und seinem Unrat fast zu Tode geprügelt«, schüttelte Kincaid seinen Kopf über Dinge, die er nie für möglich gehalten hätte.

»Und jetzt? Wo ist Fletscher?«, wurde Marven hellhörig und richtete sich mit ansteigendem Puls in seinem Lehnstuhl auf.

»Auf der Krankenstation konnten sie ihn nur grundversorgen. Derzeit ist er im Krankenhaus und wird rund um die Uhr bewacht. Das Komische an der ganzen Sache ist, dass ihm scheinbar mal das Gleiche widerfahren ist. Fletscher's Schwanz wurde auch einmal fast abgebissen, sagt der Arzt. Der Mann ist auf der ganzen Linie unbrauchbar und der Schniepel ist nur noch zum Pissen gut«, klärte Kincaid Marven auf.

»John, bitte lasst niemanden zu diesem Kerl. Er ist gefährlich und wird versuchen abzuhauen, das ist mal sicher«, warnte Marven seinen Chef und nun war es für ihn an der Zeit, seinerseits einen Schlussstrich zu ziehen. Für diesen Tag hatte er genug gehört und einiges zum Nachdenken. Doch auch wenn dieser Tag hier mies angefangen hatte, wollte er nicht ohne ein nettes Wort gehen.

»John, ich muss mich in Zukunft um Kyla kümmern. Ich

kann nicht hier in Edinburgh bleiben und ausreichend für sie sorgen. Ich kündige. Das hatte ich schon vor einer Woche vor, doch ist mir der Unfall dazwischengekommen, sonst hätte ich das lange mit dir geklärt«, trug er seelenruhig vor und legte die Kündigung nur vor Kincaid ab.

»Aber … das gibt es doch …«

»Nein. Es ist entschieden und ich nehme die Kündigung nicht zurück. Allerdings danke ich dir für die gute Ausbildung, die ich hier erfahren durfte. Mach's gut, John«, hielt er Kincaid seine Hand zum Abschied hin und hoffte, dass dieser sie ergreifen würde. Kincaid tat es und wünschte dem Jungen seinerseits alles Gute.

Marven verarbeitete die Neuigkeiten und stockte bei der Tatsache, dass Gordon Fletscher beinahe entmannt war. Er hätte Jo und die anderen gar nicht vergewaltigen können. Was war da nun wieder los? Die Frage musste er sich unbedingt für seine Mutter aufheben.

Es war halb fünf, als Caelan und Marven aus verschiedenen Richtungen am vereinbarten Treffpunkt ankamen.

Sie redeten über die Erlebnisse des Tages, aßen zu Abend und schliefen in Cal's Appartement in der Villa, die ab sofort Trish gehörte. Am nächsten Morgen brachen sie nach Kirkhill auf, wo das »Boots N Paddels« leer geräumt werden musste. Alle fassten mit an. Kyla, Trish, Marven und Cal ackerten wie blöd. Sogar Gordy kam mit seinem Lieferwagen, um einige Touren zu übernehmen. Je länger sich Caelan diesen Mann ansah, umso besser gefiel er ihm als Weggefährte für seine Cousine. Aber das müsste die Frau schon selber hinbiegen, dachte er und mischte sich nicht in deren Angelegenheiten.

Marven fuhr noch einmal mit Kyla in Finley's Haus bei Inverness. Als sie wirklich alles hatten, was sie unbedingt mitnehmen wollten, machten sie sich auf den Weg zurück zu Trish.

»Hier, Trish«, hielt Marven Trish zwei Bund Schlüssel entgegen.

»Bitte kümmere dich um die Häuser. Wenn das Haus in Inverness nicht zu vermieten ist, verkauf es und nutz den Erlös zum Erhalt des Cottages. Das Cottage ist wichtiger, hörst du«, bat er inständig und Trish fühlte sich einen Moment überfordert, weil jeder etwas von ihr wollte. Doch dann besann sie sich eines Besseren, denn diese liebgewonnene Gemeinschaft würde es in naher Zukunft nicht mehr geben.

Am Samstag, spät nachmittags, war es dann so weit. Gordy, der als Einziger ein Auto hatte, in dem alle fünf nebst Rucksäcken Platz hatten, kam vorgefahren und sie stiegen ein. Es begann eine schweigsame Fahrt. Weder die drei Reisenden noch Trish, die sich absolut zusammenreißen musste, um nicht das erste Mal in ihrem Leben loszuheulen wie ein Schlosshund, gaben auch nur einen hörbaren Atemzug von sich.

Das Navi zeigte an: *22 Meilen zum Loch Bruicheach.* Und ständig nahm die Meilenzahl ab.

Als sie die Abzweigung zu dem kleinen Seitental, in dem das Broch lag, erreicht hatten und das Fahrzeug nicht weiter konnte, wurden die Rucksäcke geschultert.

Da standen sie alle wie bestellt und nicht abgeholt, und wieder einmal war es Kyla, die auf die Riesin losstürmte und sich mit einem Kuss auf die Wange von Trish verabschiedete. Dann folgte Marven, und als Caelan seine Cousine in den Arm nahm, war es um die Walküre geschehen. Ein wahrer Strom ergoss sich nun aus den stahlgrauen Augen und rann über die roten Wangen. Trish musste andauernd die Nase hochziehen. Schluchzend sah sie ihren Freunden nach. Kyla sah sich noch einmal um und gewahrte, wie Gordy seine Trish in die Arme gezogen hatte und ihr liebevoll auf die Stirn küsste.

Strahlend wendete sie sich um und folgte Marven und Caelan, die ihren Weg hinauf in das Tal fortgesetzt hatten, ohne zurückzublicken.

Die drei suchten ihr Portal und wurden nach einem ordentlichen Fußmarsch fündig.

Das Broch war nicht mehr so gut erhalten wie das am Loch Alish und es hatte auch kein Dach, das dauerhaften Schutz geboten hätte. Aber es regnete nicht und es war auch nicht mehr so kalt wie in den Nächten zuvor. Geduldig warteten sie ab, bis es an der Zeit war, ihre Reise nach Vorschrift der Zauberfrau anzutreten. Sie entkleideten sich, legten sich auf Kyla's MacDonald-Plaid, ein Relikt von Finley, und banden sich mit dem Schal zusammen. Sie hielten ihre Bündel fest in ihren Armen und kaum hatte sich der volle Mond über dem Tal gezeigt, fielen sie an ihren Erinnerungen vorbei durch die Zeit in das Jahr 1775.

Marven sah, wie er als kleines Bündel von einer schwarzhaarigen Frau an Finley gereicht wurde. Im Hintergrund stand ein Mann, der sein Zwillingsbruder hätte sein können. Dann waren da nur noch Finley, Hamish und Caelan, bis Amber und Kyla erschienen und dann noch einmal Jo.

Caelan gewahrte, wie er als Neugeborenes an eine Frau gereicht wurde. Die Frau, die seine Mutter gewesen sein konnte, lag wie eine Tote auf einer schmalen Bettstatt. Dann war er bei seinen Zieheltern. Loren nahm ihn auf ihre Arme und lachte Connor an. Fortan lebte er bei den beiden. Trish als kleines Mädchen kam in seinen Blick und auch der Hof, auf dem er seine Cousine permanent geärgert hatte.

Kyla sah, wie sie als winziges Paket von einer Krankenschwester an ihren Vater übergeben wurde. Helen, die sich um sie kümmerte, genauso wie die liebevolle Amber, mit der sie aufwuchs wie mit einer Schwester. Granny Gale und Grandpa Seamus. Gordon Fletscher ... Marven, Joline und Finley ...

Bald wurde es für die Reisenden dunkel und keine Empfindungen fanden mehr ihren Weg in ihren Verstand. Es gab für alle drei eine absolute Schwerelosigkeit der Körper und des jeweiligen Geistes. Vorerst ...

Wohlfühlen

1

»Er ist so süß, wenn er satt ist und wieder schläft, aye«, sagte ich ganz verliebt, während ich auf das schlafende Baby in der Wiege schaute, die Al für den kleinen Willie gebaut hatte. Ich stand dort, nur mit einem Nachthemd bekleidet, da wir uns, das heißt, die kleine Familie, die wir ja jetzt waren, schon zur Schlafenszeit in unser Gemach zurückgezogen hatten.

»Aye, das ist er, Jo. Aber viel süßer ist seine Mutter«, hauchte Robert, der sich nah an meinen Rücken drängte, mich umfangen hielt und mir heiße Küsse auf meinen Nacken drückte.

Ich wendete mich zu ihm um und umschlang seine nackten, schmalen Hüften mit meinen Armen. Bald senkten sich meine Hände auf seine festen Pobacken und kneteten sie federleicht. Seinen harten Schaft spürte ich an meinem Bauch und ein Kribbeln durchfuhr mich, als wäre ich das erste Mal so mit ihm zusammen. In der Tat hatte sich Robert seit Willies Geburt zurückgehalten und war mir nicht zu nahe gekommen. Ich vermutete, dass er sich selber damit schützte, denn in Wirklichkeit waren wir ja über fünf Monate nicht mehr intim gewesen. Fast war ich versucht zu glauben, die Geburt habe ihn abgeschreckt, mich jemals wieder so anzufassen, wie er es gerade tat. Aber nun wollte er mich lieben. Ich muss zugeben, dass mich der Gedanke einige Zeit geängstigt hatte, ihn in mir zu empfangen. Doch nun war ich bereit und nicht mehr so empfindlich abgeneigt, mich meinem geliebten Mann hinzugeben. Ganz im Gegenteil, ich wollte ihn endlich wieder körperlich spüren. Vorsichtig begann er mich zu streicheln und seine Hände suchten nach meinen empfindlichen Brüsten. Ein Schauer durchlief mich und ich stöhnte, weil seine zarten Berührungen sogleich in meinen Unterleib ausstrahlten und Erwartungen weckten. Ich begann mich an seinem festen Körper zu reiben und für Robert war das das Zeichen, dass ich ihn tatsächlich empfangen würde. Er hob mich auf seine starken Arme und trug mich zu dem breiten Bett, wo er mich zärtlich ablegte.

»Bist du sicher, dass du dafür bereit bist, *mó chride*?«, fragte er heiser.

»Bereiter kann ich nicht mehr für dich sein, mein Liebster. Ich habe schon gedacht, du würdest mich nie mehr lieben«, raunte ich ihm zu und empfing ihn mit offenen Armen.

»Wie kommst du nur auf so eine dumme Idee?«, hauchte er küssend auf mein Gesicht, auf meine Ohren und meinen Hals, während seine Hände die Bänder des Nachthemdes lösten, um mich zu entkleiden. Endlich zog er mir das Hemd über die Schultern und Brüste nach unten und ließ seine schwieligen Hände ehrfürchtig über meinen Körper gleiten. Wieder liebkosten seine Lippen meinen Hals und arbeiteten sich nach unten vor. Die empfindliche Brustwarze, die er dann umschloss, ließ ungebeten Milch in seinen Mund fließen, die er aufnahm, als wäre sie sein Lebenselixier. Aber mir bereitete es ein unbändiges Verlangen, diesen Mann in mir zu spüren. Mein Unterleib bäumte sich ihm entgegen und er verstand. Langsam schob er sich zwischen meine Schenkel und füllte mich aus. Meine anfängliche Angst wich augenblicklich und es begann ein Gipfelsturm, der nach Erfüllung schrie. Meine Hände ergriffen seine Pobacken und trieben ihn an. Schneller und schneller baute sein Rhythmus meine Gefühlswelt auf, die dann bald bersten sollte. Aber auch Robert war am Ende seiner Beherrschung angekommen und so erreichten wir gemeinsam einen spektakulären Höhepunkt.

»Hat es dir wehgetan, mein Herz?«, fragte Robert, als er sich neben mich legte und mich an sich zog, als könnte er keinen

Zentimeter Entfernung mehr ertragen, der ihn von mir trennte.

»Naye, überhaupt nicht. Es war sehr schön und lange überfällig, denkst du nicht?«

»Aye, denke ich auch, meine kleine Sirene, so wenig, wie ich mich unter Kontrolle hatte, war das wohl mehr als nötig …«, raunte er mir zu und ich hatte genau wie er das Gefühl, dass viel zu viel Platz zwischen uns zu sein schien.

Am nächsten Morgen erschienen wir vermutlich wie zwei Honigkuchenpferde am Frühstückstisch, denn Al und Sarah sahen sich wissend an. So wissend, dass es mir schon direkt auf den Nerv ging.

»Was?«, sah ich sie also abwechselnd beinahe drohend an.

»Nichts«, meinte Al und sah schmunzelnd auf seinen Haferbrei, während Sarah mit den Achseln zuckte und keine Miene verzog. Sie war ganz eindeutig die bessere Spielerin, dachte ich bei mir. Da konnte Robert meinen, was er wollte. Robert setzte sich neben mich und hatte William auf dem Arm, den ich ihm sofort abnahm, als Sarah ihm seinen Teller Porridge vorsetzte. Ich schaute mir die vertraute Runde an, und nun, da ich das Gefühl hatte, wieder ganz zu sein, fasste ich Mut und fragte:

»Möchtet ihr wissen, was in den letzten Monaten geschehen ist?«

Den Männern fielen die Löffel aus den Händen und Sarah nahm sofort neben meinem Vater Platz. Drei Augenpaare musterten mich argwöhnisch. Sie hatten bisher geschwiegen und nicht gefragt, weil sie mich schonen wollten, aber nun war genug Zeit vergangen und es taute. Bald wären wir hier nicht mehr sicher, das ahnte ich, und so mussten wir bald handeln. Es war also an der Zeit.

»Nun, ich beginne vielleicht am besten mit dem Tag, da ich durch die Zeit gefallen bin …«

Und so erzählte ich vorerst die Geschichte bis zu dem Moment, da ich das erste Mal Gordon Fletscher sah. Gebannt schaute mich meine Familie an und hin und wieder musste ich sie bremsen, nicht dazwischenzufragen. Doch dann wurde Willie unruhig und ich legte ihn an und ließ ihn schmatzend an meiner Brust trinken.

»Dieser Fletscher, der dir so bekannt vorkam … hat er dich wieder …?«, fragte Robert mit einer Eiseskälte, weil er so aufgebracht war, wie ich ihn noch nie zuvor erlebt hatte.

»Naye, hat er nicht. Ich glaube, eher hätte er mich umgebracht. So viel Hass habe ich noch nie im Leben gespürt«, versuchte ich nüchtern die Wogen zu glätten. Doch Robert schluckte hart und ich ahnte, dass er diesen Mann vierteilen würde, könnte er seiner habhaft werden. Bestimmt ging gerade sein ausgeprägter Beschützerinstinkt mit ihm durch, dachte ich. So erklärte ich weiter:

»Rob, ich weiß doch nicht einmal, ob er derselbe Mann gewesen ist. Es kam mir so vor, aber ich weiß es eben nicht mit Sicherheit.«

»Aber es könnte sich um denselben Mann handeln, *mó chride*«, ließ er sich nicht abbringen.

»Wie soll das denn gegangen sein, Rob? Das ist doch unmöglich.«

»Ach, ist es das? Du bist auch durch die Zeit gefallen, oder? Was ist, wenn er …?«, gab Robert nicht auf, seine Einwände in mein Denken zu integrieren.

»Wir müssen irgendwie Erkundigungen einziehen, ob der Sassanach, der Jo bereits zweimal behelligt hat, eventuell Gordon Fletscher heißt und gegebenenfalls zur gleichen Zeit wie Jo verschwunden ist«, schlug Al pragmatisch vor, da auch ihm Robert's Anspannung nicht entgangen war.

»Das können wir alles noch besprechen, aber ich würde gern weitererzählen, wenn es euch recht ist«, wandte ich ein und legte Willie an die andere Brust, damit er satt wurde und ich ihn wieder schlafen legen konnte.

Ich erzählte also von Kyla, die Amber's Schwester war, und von Helen, ihrer Mutter. Al schüttelte immer wieder den Kopf, als er hörte, wie diese Mädchen von ihrer eigenen Mutter verkauft worden waren. Sarah sog zischend die Luft ein, weil sie es kaum ertragen konnte, dass so etwas in der Zukunft möglich wäre. Als ich bei Marven ankam, musste ich unweigerlich meinen Mann ansehen, und wieder war es mir, als seien die beiden eins. Diese Ähnlichkeit war schwer zu verstehen und das sagte ich auch so.

»Wenn ich nicht schon die Deine gewesen wäre, dieser junge Mann wäre mir gefährlich geworden!«

»Wie meinst du das?«, ruckte Robert's Kopf hoch.

»Na, so wie sie es gesagt hat, denke ich. Der Mann sah aus wie du, war scheinbar ehrbar wie du, also wäre das nur logisch gewesen, oder?«, mischte sich Sarah nun ein, obwohl sie ansonsten bisher nichts kommentiert hatte. Das Schmunzeln meines Vaters entging mir nicht und so musste ich mich selber beherrschen, nicht zu lachen anzufangen.

Robert sah sie an, als hätte sie ihn geschlagen, und begann unruhig auf seinem Stuhl herumzurutschen. Ich musste ihm seinen Eifersuchtsanfall nehmen.

»Keine Angst, mein Liebster. Du bist doch immer noch meine erste Wahl, sonst wäre ich doch wohl nicht zu dir zurückgekommen, oder?«, besänftigte ich ihn mit einem verliebten Blick, denn genau so war es ja auch. Ich liebte meinen Highlander mehr als mein Leben, wusste er das denn nicht?

Doch, er wusste es, denn er erwiderte meinen Blick und seine azurblauen Augen nahmen eine Tiefe an, dass mir ganz schummrig wurde.

»Wie dem auch sei …«, besann ich mich auf das Wesentliche und erzählte meinen gespannten Zuhörern von dem Kampf gegen Gordon Fletscher und Helen. Dann die Geschehnisse um den Polizeieinsatz in diesem Haus, das dank Fletscher zu einem Bordell verkommen war und durch Marven befreit wurde.

Robert brummte stets, wenn einer der beiden in meiner Erzählung Erwähnung fand, unterbrach mich allerdings nicht mehr.

Willie war wieder eingeschlafen und wurde langsam schwer in meinem Arm, so stand ich auf, um ihn wieder in seine Wiege zu bringen.

Als ich zurückkam, hörte ich nur noch, wie Sarah sich über Helen aufregte, weil eine Mutter sich doch wohl niemals derart schändlich betragen würde. Zuerst die eigenen Kinder verkaufen und sie dann auch noch töten wollen. Auch die Männer schüttelten ihre Köpfe ob der unglaublichen Geschichte.

Mit meiner Anwesenheit breitete sich jedoch wieder Schweigen aus.

Also erzählte ich von der folgenden Zeit, der Nachricht von Amber und der Suche nach dem Schatz des Gordon Fletscher. Ich erklärte, dass wir zu einer eingeschworenen Gemeinschaft wurden und gemeinsam gefunden hätten, was es zu finden gab. Kyla und ich als Amber's Erbin hätten uns den Fund geteilt.

»Was war es denn?«, fragte Sarah mit großen Augen. Ein Blick auf die anderen sagte mir, wie froh sie waren, dass es eine Frau im Raum gab, die ihre Neugier äußerte, damit es ihnen selber erspart blieb.

»Gleich, meine Liebe. Ich möchte gerade noch zum Ende kommen, dann zeige ich euch alles, aye«, lächelte ich sie an und vertröstete sie auf später.

Ich unterstrich, dass Marven alles daransetzte, mich wieder heim zu schicken. Dafür hatten wir Finley, dessen Beziehung zu Marven und mir ich natürlich auch erklärte, aufsuchen müssen.

Noch mehr große Fragezeichen erschienen über den Köpfen der anderen und sie konnten sich fast nicht mehr zurückhalten.

»Finley hütete als Vorletzter dieser Familie ein Buch, das ein Vermächtnis beherbergte. Es handelte sich um die Aufgabe, mich in meine Zeit zurückzubringen, damit es überhaupt einen Fortbestand gäbe und er jemals geboren würde.«

»Hä???«, kam es von allen wie aus einem Munde.

Als ich meine Familie dann aufgeklärt hatte, dass diese Aufgabe von Robert über fast drei Jahrhunderte von einem männlichen Nachkommen dieser MacDonald-Familie auf den nächsten übertragen worden war, staunten mich die Männer ungläubig an.

»Was war das für ein Buch, Jo?«, fragte Robert, nun doch bar jeder Geduld.

»Unsere Hochzeitsbibel, Robert. Unsere Hochzeitsbibel«, lächelte ich ihn breit an und sah, wie es hinter seiner Stirn brodelte.

Da ich einiges untermauern wollte, hatte ich den Rucksack, den niemand angerührt hatte, seit ich wieder daheim war, mitgebracht. Ich schüttete aus, was mir die Neuzeitler eingepackt hatten, damit Da, Robert und Sarah nur so in etwa erfassen konnten, was es in 250 Jahren so geben würde.

»Das ist ja wunderschön«, keuchte Sarah, als sie den teuren Stoff des Kleides sah, den ich noch gar nicht zeigen wollte. Aber da stand sie schon und hielt es in aller Pracht hin, damit alle es bestaunen konnten.

»Das allerdings ist aus einem Geschäft, das sich auf alte und romantische Kleidung spezialisiert hatte. Marven und Kyla haben es mir aus Edinburgh mitgebracht, weil ich es anscheinend brauchen würde. Was ich euch jedoch vorher zeigen wollte …«

Tablettenblister, Salbentuben, Verbände, Haarbürste und Kamm, Orangenblütenöl und Lotion, eine Schachtel, von der ich selbst keine Ahnung hatte, was es war, und moderne Unterwäsche landeten auf dem Esstisch. Der nun von den anderen misstrauisch beäugt wurde. Schade, dachte ich bei mir, als ich den Stapel betrachtete. Wenn Finley doch auch die Bibel dazu gelegt hätte, dann würden sie mit eigenen Augen sehen können … Doch ein Buch war nicht dabei. Vorsichtig nahm ich den Rucksack in Augenschein. Meine Hand glitt in jedes Fach und suchte, doch mittlerweile war er zu leicht, um eine Bibel beherbergen zu können. In einem Fach allerdings trafen meine Fingerspitzen auf Papier. Ich zog es vorsichtig hervor und faltete mehrere Bögen auseinander. Es waren Abschriften aus der Bibel. Und so konnte ich den anderen schwarz auf weiß zeigen, dass ich nicht fantasiert hatte. Ungläubig zogen Da und Robert die geknickten Seiten zu sich heran und lasen.

»Das gibt es doch gar nicht«, stierte mich mein Vater als Erster an, als er gelesen hatte, dass er seine Sarah ehelichen würde, und grinste wie ein Honigkuchenpferd.

»Doch, Da. Ist das nicht wunderbar?«, fragte ich lachend zurück und wusste sofort, was er gemeint hatte.

»Das kann man wohl sagen, aber jetzt muss ich mich beeilen«, keuchte er, stand von seinem Stuhl auf, nahm seine Sarah, die immer noch mit dem Kleid beschäftigt war, in den Arm und zog sie hinter sich her aus dem Cottage.

»Was hat er denn?«, sah auch Robert endlich auf und seinem Patenonkel verblüfft hinterher.

»Na ja, ich denke er hat dies hier gelesen«, grinste ich meinen geliebten Highlander an und schob ihm die Abschriften der Heiratsurkunden herüber. Keine gefühlten drei Sekunden später hatte auch er erfasst, dass Al seine Sarah dringend fragen musste, ob sie seine Frau werden wollte, bevor sie es in einigen Minuten selber lesen würde.

»Oh, verstehe … Da hat er tatsächlich was Dringendes zu erledigen, aye«, lachte Robert schallend und stand selber auf, um mich in den Arm zu nehmen.

»Gut, dass ich das schon lange mit dir geklärt hatte. Ich liebe dich immer noch und was mich am meisten freut, ist, dass wir nicht einmal das Handfasting-Jahr beenden müssen, um vor einen Priester zu treten«, raunte er mir küssend ins Ohr, hielt allerdings bald schon inne.

»Wo treffen wir den Mann? Kommt er her?«, juckte es ihn zu wissen. Doch darauf hatte ich nun auch keine Antwort. Ich wusste nur, dass es so kommen würde.

»Ist nicht schlimm. Ich glaube dir, dass du dies hier in einem alten Buch gefunden hast. Die Schrift ist aus unserer Zeit. Es ist meine Handschrift, mit der ich unsere Nachkommen bitte, dich zu mir zurückzuschicken, und ich glaube, das sieht mir sogar ähnlich.«

»Wir wissen sogar, dass wir drei Kinder haben werden«, gluckste ich.

»Wo steht das?«, ruckte er von mir ab und hielt seine Nase wieder in die Seiten.

»Daher hast du die Namen?«, flüsterte er andächtig, als er las, wie seine nächsten beiden Kinder genannt werden würden und wie sein ältester Sohn bereits hieß.

»Es ist nicht so, dass ich es allein bestimmt hätte, auch wenn es sich so anhört, weil das meiste davon aus der Zukunft … von

Leuten, die du gar nicht kennst, kommt. Aber ich denke, dass du einverstanden warst«, grinste ich ihn an und bekam ein warmes Lächeln aus saphirblauen Augen zurück.

»Alles, was du willst, *mó chride*, ist mir eine Herzensangelegenheit«, hauchte er mir entgegen, wobei sich augenblicklich ein dunkler Schleier über sein Gesicht zog.

»Allerdings müssen wir über Marven noch reden«, knurrte er mit einem nicht ernst gemeinten tiefen Laut, denn ein breites Lachen gewann Oberwasser.

Ich begann die fremden Sachen wieder einzuräumen und hielt kurz bei der Unterwäsche an. Davon würde ich Sarah, wenn ihr was passte, auch eine Garnitur abgeben. Nur für den Fall, dass sie meinen Vater mal überraschen wollte. Mit einem Schmunzeln packte ich die Wäsche nach oben und brachte den Rucksack zurück in unsere Kemenate.

2

Als Da und Sarah wieder in die Kate kamen, waren Sarah's Schläppchen, die sie im Haus zu tragen pflegte, durchnässt und schmutzig und auch die Hosen meines Vaters waren an den Knien deutlich in Mitleidenschaft geraten. Doch beide lachten und grinsten, als wäre ihnen draußen im Schneematsch eine Fee begegnet, die ihnen einen Herzenswunsch erfüllt hatte.

»Sarah wird mich heiraten«, brüllte mein Vater sein Glück heraus und Sarah fuhr ihm liebevoll über den Mund, damit er mit seiner lauten Stimme Willie nicht weckte. Aber auch ihr stand das Wunder der späten Liebe gut zu Gesicht. Ihre smaragdgrünen Augen leuchteten und die rosigen Wangen machten sie um Jahre jünger, schon allein, weil sie verlegen wirkte wie ein junges Mädchen.

Nun, da wir alle wieder beisammen waren, wollte ich aber auch meinen Schatz nicht verschweigen und nahm mein reich gefülltes Collier ab.

»Setzt euch bitte alle wieder. Ich hatte euch vorhin vertröstet, aber eine Nachricht muss ich nun noch loswerden«, sprach ich die stehende Gesellschaft an und wies ihnen die Stühle an, die verwaist am Esstisch standen. Als sich alle artig gesetzt hatten, nahm auch ich meinen Platz wieder ein, öffnete die Schließe des kleinen Tresors an meinem Collier und ließ die Diamanten auf den Tisch kullern. Mit großen Augen sahen die drei mich an.

»Das, meine Lieben, ist mein Erbe und damit steht wohl fest, dass wir keine armen Leute sind und unsere Zukunft planen können«, schloss ich feierlich und genoss für einen Moment die Stille, die sich dem Staunen angeschlossen hatte.

»Willst du mich denn trotzdem noch heiraten, Jo? Du bist jetzt eine reiche Frau«, keuchte Rob. Entgeistert sah ich ihn an und mir fehlten die Worte. Doch schnell fing ich mich:

»Als ob diese Steine mir Liebe bringen würden, wie ich sie bei dir bereits gefunden habe, du Tropf. Natürlich heirate ich dich. Und nur dich«, nahm ich sein Gesicht zwischen meine Handflächen und hauchte ihm einen Kuss auf seine schönen Lippen.

Ich sammelte die Steine wieder ein und gab sie zurück in die Schließe meines Colliers.

»Allerdings habe ich noch eine Botschaft, die euch nicht sehr gefallen wird«, stotterte ich fast, während ich mir die Kette wieder um den Hals band. In der Tat glaubte ich, die Familie nun wirklich an die Grenze ihres Verständnisses zu bringen, und flüsterte:

»Finley gab mir den Rat, zu John Campbell zu gehen.«

Das ließ ich erst einmal so stehen und hoffte, dass die Nachricht nicht in Streit ausuferte.

Al beäugte Robert, der stutzte zurück und sah mich dann lange an. Sarah kannte den Campbell nicht und hielt sich aus dem Blickduell heraus.

»Warum hat Finley dir den Rat gegeben, was meinst du?«, fragte mein Vater, der keine Angst vor einem Zusammentreffen mit dem Mann, der eigentlich mein Großvater sein sollte, zu haben schien.

»Nun, er meinte, der Campbell hätte eine Affinität zu Pferden und das solle ich mir zunutze machen. Er riet es mir ausdrücklich und mehrmals. Die in der neuen Zeit haben so eine Maschine, die man befragen kann, und dort hat er nachgesehen und mir gesagt, wir fänden dort unseren Platz«, rauschte es aus mir heraus, obgleich ich den Mann wegen meiner tatsächlichen Herkunft niemals belügen würde. Das machte ich Da und Robert sofort klar.

»Gut. Dann suchen wir ihn auf«, erwiderte Vater mit Robert's Einverständnis, das er nickend gegeben hatte.

Da es scheinbar der Tag der Wahrheiten war, kamen Robert und Al dann auch mit ihren Neuigkeiten heraus, die Sarah und mich in höchste Alarmbereitschaft versetzten.

»Wir haben am Loch Alish Spuren von vier Reitern entdeckt. Wer auch immer es war, den es dorthin verschlagen hat, wir müssen wachsam sein. Bitte bleibt immer in der Nähe des Gehöftes, aye«, erklärte Robert und forderte unsere Folgsamkeit.

»Wann habt ihr sie entdeckt?«, fragte Sarah nun doch sehr beunruhigt.

»Gestern«, antwortete Al unbeeindruckt.

»Es sind keine Sassanachs, Jo«, sah er nun mich an, weil ich zur Salzsäule erstarrt da stand und kalkweiß geworden zu sein schien.

»Woher …«

»Ich kenne den Schmied, der die Eisen der Pferde gemacht hat. Es sind die gleichen, die Whitesocks trägt. Campbell-Eisen.«

»Jo, wir werden das beobachten und sofort Bescheid geben, wenn ihr euch mit dem Kind in Sicherheit bringen müsst, aye«, sprach mich nun auch Robert an, der mit der gleichen ruhigen Stimme sprach wie sein Patenonkel, sodass mir unweigerlich die Frage kam, wer den Jungen eigentlich erzogen hatte: Naill, sein Vater, oder Al, sein Pate.

Ein Wimmern aus dem Nebenzimmer wurde lauter und geriet zu einem schrillen Brüllen. Willie war wach geworden und forderte seine Mutter auf, sich gefälligst um ihn zu kümmern. Also erhob ich mich, verabschiedete mich von meinen trüben

Gedanken und ging zu meinem Sohn. Mit einem Lächeln schob ich mich in sein Blickfeld und schon stoppte das Brüllen und sein rotes Gesichtchen mit den Tränenläufern auf den feisten Wangen wich einem zahnlosen Lachen. Nur Babys wären wohl in der Lage, ihre Stimmung so schnell von zu-Tode-betrübt in Glück-ohne-Grenzen zu verwandeln. Ich zog ihn aus, herzte ihn auf seinen runden, nackten Bauch und er freute sich glucksend. Sarah brachte mir warmes Wasser und ich badete Klein William, da ich das am Morgen versäumt hatte. Als ich ihn abtrocknete, blieb mein Blick auf seinem Mal auf dem Rücken hängen, das als Liebesträne in meine Familienchronik eingegangen war. Ich hatte sie an unseren ersten Sohn vererbt und war gespannt, ob sie ein weiteres Kind tragen würde.

Auch darauf küsste ich und dann packte ich den Kleinen wieder trocken und gut ein, um ihn im Anschluss zu stillen. Dieses Mal blieb ich dafür in der Kammer und ließ ihn ganz in Ruhe trinken. Damit er die Luft wieder loswurde, trug ich ihn ein wenig herum und klopfte zart auf seinen Rücken. Mit einem deftigen Rülpser bedankte er sich für meine Mühe und war ganz und gar nicht müde. Also schleppte ich ihn wieder mit in den Wohnraum, wo nur noch Sarah anwesend war und sich um das Essen kümmerte.

»Oh, wenn wir nur eine Ablage für Willie hätten, dann könnte ich dir bei der Arbeit helfen«, stöhnte ich.

»Na, da ist ja wohl dranzukommen«, erwiderte Sarah pragmatisch, stand auf und holte die große Butterwanne. Dieses ovale Holzgefäß mit dem runden Boden, sodass es wippen konnte, war die ideale Babyablage. Es war lang genug und hatte Tiefe, sodass das Baby nicht hinausfallen konnte. Schnell lag eine kleine Decke als Unterlage darin und das Baby wurde dort platziert.

»Siehst du, mein kleiner Fratz, das ist doch wunderbar, aye?«, säuselte sie dem Kind zu. Aber das Beste war, dass man den Kleinen darin schuckeln konnte, was Sarah mit wachsender Begeisterung ausprobierte.

»Ich hatte, glaube ich, auch einmal einen kleinen, süßen Sohn. Doch das kann im Grunde nur ein Traum sein. Denn immer wenn ich bisher erwachte, war er fort. Aber in meine Träume kommt er hin und wieder. Manchmal wache ich dann auf und weine. Ich weiß dann, dass ich ihn nie in meine Arme schließen kann«, erzählte sie abwesend und ein wenig melancholisch. Dabei wurde sie nicht müde, den Säugling in seiner Schale hin und her zu wiegen.

»Sarah, sag mir als Heilerin, die du bist, wüsste man es nicht intuitiv, wenn man ein Kind bekommen hat, oder könnte man das nicht sehen?«

»Vielleicht. Aber ich kann mich nicht selbst untersuchen, aye. Ich habe kleine Narben am Bauch, die darauf hinweisen, dass ich schwanger war. Nein, das weiß ich sogar mit Sicherheit. Aber ich war sehr lange krank und nicht bei Bewusstsein. Als ich wieder zu mir kam, hatte ich keinen schwangeren Leib und auch kein Kind. Die alte Frau, die mich gepflegt hat, sagte mir nichts von einem Kind … Und ich fragte nicht. Sie sprach allein von dem Wunder, dass ich wieder unter den Lebenden wäre … Also glaubte ich bisher, einem Irrglauben oder einer Fantasie hinterherzuhängen, aye«, sagte sie traurig.

»Aber diese Träume lassen mich nicht los«, fügte sie nach kurzer Pause an und ihr Blick war so klar wie Fensterglas. Ihre Augen zeigten mir jedoch, dass sie litt.

»Willst du mir sagen, was geschehen ist, als du schwanger warst?«, hakte ich also nach, aber nicht, weil ich neugierig erscheinen wollte. Ich hatte einfach das Gefühl, Sarah musste sich etwas von der Seele reden, das dort endlos lange verschlossen war.

Sie atmete hörbar ein und entließ ihren Atem in einem noch lauteren Schwall. Dann besann sie sich anders und sah mich an.

»Vielleicht ein anderes Mal, aye. Wir sollten den Eintopf machen. Die Männer kommen bestimmt bald hungrig nach Hause.«

Ich nickte und griff mir das Gemüse, das noch ungeputzt auf dem Tisch lag, und begann zu arbeiten. Sarah trug etwas mit sich herum, das herauswollte, aber zwingen konnte ich sie schlussendlich nicht. Das musste ganz von allein kommen. Also ließ ich sie in Ruhe.

»Wo sind die beiden denn?«, verlegte ich unsere Gedanken auf ein naheliegendes Thema.

»Sie wollten noch einmal zum Loch und schauen, ob sie noch mehr Spuren finden und wohin sie führen.«

»Oh, na dann. Was gibt es denn heute? Ich höre doch, dass da schon was im Kessel blubbert, und wittere ein köstliches Aroma.«

»Wir hatten noch Rehfleisch und ein Kaninchen. Das habe ich bereits mit Kräutern aufgesetzt. Wenn das Gemüse dazukommt, wird es ein leckerer Eintopf. Leider haben wir keine Kartoffeln«, klärte sie mich auf und bei dem letzten Wort erweckte sie sämtliche Erinnerungen.

»Kennst du Kartoffeln? Wir hatten welche zu Hause, aber das ist ja lang her, aye?«

»Sicher kenne ich Kartoffeln. Ich liebe diese Dinger. Wie auch immer sie zubereitet werden, sie sind einfach göttlich«, lächelte Sarah mich an und gab der zweckentfremdeten Kinderwippe einen erneuten Anstoß.

Trotz unserer gemächlichen Arbeitsweise wanderte alles hintereinander weg in den Kessel und es roch herrlich. Der Wildeintopf würde für zwei Tage reichen. Mir knurrte der Magen.

3

»Siehst du die feine Rauchsäule am gegenüberliegenden Ufer?«, fragte Al ganz leise und wies mit der Hand in die genannte Richtung.

»Hmpf«, kam es sehr gedämpft von Robert zurück. »Wir sollten die Pferde hier lassen und uns lautlos anpirschen, was meinst du?«, sprach er seinen Paten flüsternd an. Der Blick aus Al's nussbraunen Augen verriet ihm sofort, dass er der gleichen Meinung war.

Mit äußerster Vorsicht zogen sie ihre Schwerter aus den Scheiden am Sattel und schlichen um das kleine Loch, dem

Gegner entgegen. In dem Bewusstsein, dass sie sich nicht großartig würden verstecken können, da das Gehölz im Winter nahezu vollständig entlaubt war, waren sie auf einen direkten Angriff gefasst. Worauf sie nicht gefasst waren, war die unglaublich stoische Ruhe, die die vier Schotten ausstrahlten, die sich um ein kleines Feuerchen versammelt hatten. Niemand wachte oder passte auf. Gerade als Al und Robert das kleine Camp stürmen wollten, wurden sie von einem der Männer angesprochen.

»Steckt eure Waffen ein, Al. Ihr hättet ohnehin keine Chance«, knurrte ihnen eine tiefe Stimme entgegen. Der Mann stand auf und entpuppte sich als Riese mit nahezu schwarzem Haar. Die wenigen silbernen Strähnen ließen auf einen älteren Mann schließen, aber erst als er zu Al und Robert aufsah, wurde er erkannt.

»Duncan?«, keuchte Al.

»Ja, Al. Ich bin es. Ich wache schon eine ganze Weile über euch, aber langsam wird es mir hier zu ungemütlich und ich möchte heim an meinen warmen Kamin«, grinste Duncan Al an und breitete seine Arme zum Gruß aus.

Al ging dem großen Mann entgegen und ließ eine herzliche Umarmung zu, doch dann drehte er sich heraus und wies auf Robert, der die anderen Männer nicht aus den Augen gelassen hatte.

»Das ist mein Patensohn Robert MacDonald«, stellte Al den jungen Mann in seiner Begleitung vor und ließ keinen Zweifel offen, dass er den Jungen mit Leib und Seele verteidigen würde, sollte er nicht genauso freundlich aufgenommen werden.

»Aye, ich weiß.«

»Woher? Was macht ihr hier überhaupt?«, fragte Al nach, obwohl Duncan eben etwas von *aufpassen* erwähnt hatte. Aber Robert und er hatten doch nicht das erste Mal hier patrouilliert und eigentlich war er ein guter Fährtenleser. Erstaunlicherweise hatte er die Anwesenheit dieser Männer nicht registriert, bis gestern.

»Wir kommen alle zwei Tage her. Unsere Unterkunft ist in der Jagdhöhle am Assynt. John Campbell hat uns aufgetragen, die kleine Joline zu ihm zu bringen«, erklärte Duncan mit seiner tiefen Stimme.

»Joline ist meine Frau und sie geht nirgendwo hin, nur weil John Campbell es will!«, mischte sich der aufgebrachte Robert ein, damit gleich von Anfang an klar war, wer hier über wen bestimmte. Auch wenn er mit diesem Wutausbruch Ärger heraufbeschwören würde, konnte er sich nicht zurückhalten. Er hatte Jo bereits zweimal verloren und das würde er nie wieder zulassen. Sein Körper war aufs Äußerste gespannt und zu einem sofortigen Angriff bereit. Aus den Augenwinkeln sah er, dass die drei anderen Kämpen aufgestanden waren, um jederzeit eingreifen zu können, sollte sich ein Kampf anbahnen.

»Robbie, beruhige dich«, hielt Al Duncan und seinen Patensohn auf Abstand.

»Lass den Mann doch erst einmal erzählen. Niemand nimmt sie dir weg, aye?«, redete er weiter auf Robert ein und spürte, wie der zornesrote Hahnenkamm seines Neffen abschwoll.

Duncan lud die beiden Neuankömmlinge an sein Feuer ein und als alle wieder saßen, erzählte er, dass John Campbell diesen Auftrag bereits einige Tage nach der Schlacht bei Culloden erteilt hatte. Er sei also zum Loch Bruicheach geritten, um die Familie von William dort abzuholen und in Sicherheit zu bringen, aber es sei niemand mehr dort gewesen. Allerdings hätten sie die Gräber von Anna und Jamie gefunden, jedoch keines von Joline.

»Das lag daran, dass wir sie gemartert und geschändet dort gefunden hatten und sie mitnahmen. Schutzlos, wie sie dort war, konnten wir sie nicht zurücklassen. Die Sassenachs hätten sie bei ihrem nächsten Besuch getötet, falls sie überhaupt allein überlebt hätte«, erklärte Robert angeekelt. Die Erinnerung an das geschundene Mädchen brach sich Bahn, wurde aber sogleich abgelöst von Bildern einer stolzen Kämpferin.

»Ja, das haben wir dann auch irgendwann verstanden. In Ullapool erfuhren wir dann, dass MacDonald-Krieger ein Mädchen bei sich hatten, das allerdings nicht mit nach Irland gegangen ist, sondern wie vom Teufel geritten von dort in Richtung Norden geflohen war«, erzählte Duncan weiter, wie sich die Suche nach Joline fortgesetzt hatte.

»Ihr Pferd! Sie wollte ihr Pferd nicht verlassen und auch Schottland nicht, denke ich«, entkräftete Robert traurig ein unlauteres Motiv, falls Duncan dachte, dass sie gezwungen werden sollte, nach Irland zu gehen.

»Pferd?«, sah Duncan grinsend hoch und verstand nur Bahnhof.

»Ja, Pferd. Sie hat es selber aufgezogen und zugeritten. Nichts konnte sie auf der Flucht von diesem Hengst trennen. Sie nannte ihn ihren Bruder«, klärte Al den Campbell-Krieger auf.

»Trotzdem, es ist nur ein Pferd«, wandte Duncan dagegen ein und schüttelte den Kopf.

»Nein, Duncan. Der Hengst ist ein ganz besonderes Pferd«, stellte Al mit Nachdruck fest.

»Wenn das so ist, sollte sie ihn geheim halten. Wenn John ihn sieht, wird er die längste Zeit ihr Hengst gewesen sein«, sah Duncan Al direkt an. *Sein Rat ist nicht abwegig*, dachte Al, *wenn man bedenkt, was für ein Pferdenarr John Campbell ist.*

Als Duncan Robert's und Al's Information mit seinen überdacht hatte und verwob, nickte er und eine Gewitterwolke färbte seine stahlgrauen Augen anthrazit.

»John wird euch gewiss dankbar sein. Weiß man, wer das getan hat? Hat Joline die Männer gesehen, die sie …?«, schloss er seine dringendste Frage an. Dem Gedankensprung konnten Robert und Al nicht sofort folgen, doch als ihnen aufging, worauf Duncan hinauswollte, nickten sie verstehend.

»Wir wissen nicht, wer sie waren, das heißt, einer von denen könnte Gordon Fletscher geheißen haben. Allerdings waren wir auch froh, ihnen nicht in die Arme gelaufen zu sein. Unsere Männer, Gott-hab-sie-selig, hatten schon genug erlebt. Doch das Mädchen dort allein zu lassen, hätte keiner von ihnen zugelassen.

Jo kann einen von ihnen ganz sicher beschreiben. Er war der Hauptmann, also vermutlich dieser Fletscher. Zumindest jedoch war er der Rädelsführer«, mischte sich Al ein, weil Robert einen Moment in seinen Erinnerungen gefangen war, wie es ihm schien.

»Gut. Ich muss mit dem Mädchen sprechen«, dabei sah er Robert nun direkt an, damit der sich nicht wieder übergangen fühlte.

»Aye, das wird sich machen lassen. Vielleicht sollten wir diesen unwirtlichen Ort verlassen und zum Cottage reiten. Dort ist es warm und ein gutes Essen wird euch wärmen«, lud Robert die Campbell-Männer ein. Al nickte ihm lächelnd zu, weil diese Geste bestimmt zu einem besseren Verständnis beitragen würde. Außerdem waren sie ja alle mit Joline's Vorschlag, zum Campbell zu gehen, einverstanden gewesen. Möglicherweise konnten sie im Schutz der zusätzlichen Männer viel sicherer reisen. Das hatte vermutlich auch Robert gedacht, als er die Kämpen großzügig eingeladen hatte.

Auf dem Ritt vom Loch Alish zum Gehöft redeten die Männer noch über den weiteren Verlauf der Flucht und dass sie Jo letztendlich mehr tot als lebendig in dem Broch auf der Insel gefunden hatten und sich auch Engländer in der Gegend herumgetrieben hätten. Duncan gab seinerseits zu, dass er Joline's Spur irgendwann verloren, sie aber dann wiedergefunden hätte, als sie sich auf dem Gehöft niederlassen wollten. Von dem Angriff der Sassanach-Soldaten hatte er nichts gewusst. Nur, dass er das Mädchen mindestens vier Monate nicht mehr gesehen hatte, bis sie hochschwanger wieder am Cottage erschienen sei.

Entgeistert schauten Robert und Al in Duncan's Richtung.

»Ihr wart die ganze Zeit hier in der Gegend?«, kam es von beiden wie aus einem Mund.

»Aye«, grinste der dunkle Riese.

»Unglaublich! Wir haben nichts davon gemerkt«, kam es vorwurfsvoll von Robert und war an Al adressiert.

»Wir haben wohl nur eins im Sinn gehabt, Junge«, entschuldigte er sich halbherzig, schließlich war ja nichts passiert. Immerhin hatten sie, ohne es zu wissen, die ganze Zeit unter dem Schutz des Campbell gelebt. Außer dass Joline verschwunden war … Diese Tatsache behielten die beiden MacDonald's allerdings vorerst für sich. Darüber herrschte einvernehmliche

Verschwiegenheit, die Al und Robert nur mit einem einzigen Blickkontakt vereinbart hatten.

Die Reise

1

»Sie kommen ...«, rief Sarah zur Kammer herüber, als sie Pferde hörte. Sie eilte zum Fenster und schaute den kleinen Hang herauf. Als sie jedoch sechs Reiter ausmachte, wurde sie unsicher, ob da eine Bedrohung nahte. Deshalb wich sie augenblicklich zurück und eilte zu Joline, die gerade wieder den kleinen William stillte.

»Ich glaube, wir sollten uns besser verstecken«, flüsterte sie, als ob ein zu lautes Wort von den Männern, die auf das Gehöft zukamen, gehört werden könnte.

»Warum?«, sah ich unwillig zu ihr hoch, da ich noch ganz verliebt auf meinen Sohn hinabblickte, der schmatzend seine Mahlzeit zu sich nahm. Zärtlich hatte ich seine Wangen gestreichelt, doch Sarah störte bestimmt nicht ohne Grund.

»Reiter«, keuchte sie und war vollkommen blass.

Ich kappte meine innige Verbindung zu Willie, der das augenblicklich mit lautem Unmut quittierte. Ich drückte ihn Sarah in den Arm und verschwand in den Wohnraum, um mir selbst ein Bild zu machen. Also eilte ich zum Fenster und sah hinaus.

»Es sind keine Sassanachs, jedenfalls haben sie keine rote Uniform an«, rief ich gedämpft zur Kammer.

»Robert und Da sind auch dabei, soviel ich sehen kann«, ergänzte ich und drehte mich zur Durchgangstür, die zu den hinteren Räumen führte, wo Sarah nun wie angenagelt stand.

»Was mag das bedeuten?«, hauchte sie, immer noch auf möglichst wenig Aufsehen und Stille bedacht.

»Ich kann es nicht sagen, aber die Männer scheinen sich zu vertragen und nicht feindlich gestimmt. Meinst du, Vater oder Robert hätten sie sonst hergebracht?«

Sarah schüttelte langsam ihr Haupt und kam näher. Sie reichte mir das quengelnde Kind und sah selber noch einmal aus dem Fenster.

»Dann geh wieder in die Kammer und füttere ihn zuende«, raunte sie mir zu und ich verstand, dass sie mich vorerst aus dem Weg und vorsichtshalber doch in Sicherheit haben wollte.

Obwohl die Durchgangstür einen Spalt breit geöffnet war und auch die Kammertür nicht geschlossen war, konnte ich wegen Willies Schmatzgeräuschen nicht viel hören. Doch Vaters Stimme erkannte ich sofort und sie hörte sich ruhig und kein bisschen alarmierend an. So machte ich mir keine Sorgen und summte leise, um Willie beim Trinken in den Schlaf zu wiegen. Ich wollte ihn lieber sicher in dieser Kammer in der Wiege wissen, wenn ich nachschaute, was es mit unserem Besuch auf sich hatte.

Doch Robert stillte meine Neugier wenige Sekunden, nachdem ich unseren Sohn in den Schlaf gesummt und gerade in sein Bettchen abgelegt hatte. Er kam in unser Gemach und sah nicht so unglücklich aus, wie ich unwissend vermutet hatte.

»Es sind Campbell-Krieger«, raunte er mir von hinten zu, als er über meine Schulter hinweg in die Wiege lugte, wo sein Erstgeborener satt und zufrieden schlummerte.

Ich drehte mich blitzschnell zu ihm um und keuchte:

»Sind sie eine Gefahr oder denkst du, sie sind friedlich?«

»Oh, ich glaube, sie sind uns gut gesonnen, schließlich haben sie monatelang über uns gewacht«, lächelte er mich an und zog mich in seine Arme.

»Warum haben sie uns beschützt?«, rauschte es ohne Aufenthalt und ohne Rücksicht auf Roberts beruhigende Umarmung aus mir heraus.

»Na, sie möchten die Enkelin des Campbell unversehrt zu ihrem Großvater bringen.«

»Das bin ich aber doch gar nicht, Rob«, flüsterte ich bedrückt.

»Aber, du wolltest doch zu John Campbell und dort kannst du es ihm selber sagen, aye. So haben wir auf unserer Reise wenigstens ihren Schutz. Bedenke das, *mó chride*.«

Ich nickte an seiner Schulter und sah dann zu ihm hoch.

»Na, dann wollen wir mal, oder?«

»Aye, dann wollen wir mal«, wiederholte er und lächelte mich an, um mir Zuversicht zu vermitteln.

Als wir den Wohnraum betraten, wendeten sich alle zu uns um. Vier riesige Männer, die mit Verlaub etwas zauselig daherkamen, sahen mich an, als wäre ich der Mann im Mond. Also überwand ich mein sekundenlanges Zaudern und ging auf sie zu. Ich reichte ihnen meine Hand zum Gruß. Zögerlich ergriffen sie sie und hauchten einen angedeuteten Kuss darauf, außer einer. Der schwarzhaarige Riese, der mich als Letzter erstaunt anschaute, während meine Hand zur Gänze in seiner großen Pranke verschwunden schien, räusperte sich, nachdem er merkte, dass er von allen anderen angestarrt wurde.

»Unglaublich … du siehst aus wie deine Mutter«, dröhnte es trotz seiner im Ton gedämpften Feststellung in meinen Ohren.

»John Campbell?«, fragte ich und sah in dieses kalte Stahlgrau, das mich von oben bis unten musterte.

»Naye, Mädchen. Ich bin nur sein Cousin Duncan Campbell. Zu euren Diensten, Mam«, lächelte er nun und verbeugte sich gekonnt. Meine Hand rutschte etwas aus seinem Griff, wurde aber sekundenschnell wieder erfasst. Er küsste meine Fingerspitzen wirklich und entließ meine Hand dann endgültig aus seiner tellergroßen, schwieligen Schraubzwinge. Denn genauso hatte es sich für mich angefühlt. Fast ein wenig besitzergreifend, dennoch nicht so schlimm, dass ich Angst bekommen hätte. Eigenartig eben.

Ich konnte nicht anders, als ihn irgendwie nett zu finden, obwohl er mit seiner Körpermasse recht bedrohlich wirkte. Aber seine Geste war ehrlich. Robert zog mich zu sich in die Arme, weil er sah, dass ich es gerade dringend brauchte. Seine Nähe spüren und mich als die Seine offenbaren wurde mir in diesem Moment immens wichtig. Dankbar lächelte ich ihn an. Sarah bot den Gästen einen Platz am Esstisch an, um ihnen von dem Eintopf kredenzen zu können. Al hatte sie in die Kammern geschickt, damit er die kleinen Bänke heranschaffte, sodass auch die MacDonald-Familie Platz nehmen konnte.

»Wir haben heute nur einen Wildeintopf, ich hoffe, das wird genügen«, schmunzelte Sarah, die aus der Ferne beobachtet hatte, wie ehrfürchtig diese riesigen Männer vor mir gestanden hatten.

»Aye, Mylady. Das ist auf jeden Fall mehr, als wir zu träumen gewagt hatten«, grinste Lachlan, einer der Kämpen, sie an, der scheinbar tatsächlich dankbar war und einen guten Eintopf zu schätzen wusste.

Al kam zurück und wuchtete die Bänke durch die Tür. Sofort eilte Robert zu ihm und half beim Tragen. Die anderen rückten beisammen und mit wenigen Handgriffen hatte man eine Gemeinschaftstafel hergestellt.

»Klein, aber fein«, beurteilte Al die Gesellschaft und ließ seinen Blick über die hungrige Schar schweifen.

»Nun, ich würde unseren Ladys gerne vorstellen, wen sie heute beköstigen«, dabei zeigte er mit der offenen Handfläche zunächst auf Lachlan, Collin, Aiden und dann noch einmal auf Duncan und erwähnte sie namentlich. Dann wandte er sich an die Campbells und stellte die beiden Damen des Hauses noch einmal vor.

»Sarah, meine Frau, und Joline, Robert's Frau«, ließ er in ruhigem Ton verlauten.

»Wenn John da mal keine anderen Pläne hat«, wendet Duncan ein, womit Al beinahe gerechnet hatte.

»Das kann ja sein, Duncan, aber selbst er wird keine Familie auseinanderreißen, oder?«

Verwirrt schaute Duncan seinen alten Kampfkameraden an. Vater wies mich nur mit einem Kopfnicken an, den kleinen Willie zu holen, damit auch der letzte Zweifel für diese Männer ausgeräumt war.

Obwohl ich es nicht gerne tat, legte ich Duncan das schlafende Kind in die Arme.

»William Alistair Robert MacDonald«, stellte ich ihm das Kind vor und wartete gespannt auf seine Reaktion. Der schaute gebannt in das entspannte Babygesicht und dann wieder zu mir auf. Er schien sich mit dem Winzling auf dem Arm augenblicklich deutlich unwohl zu fühlen. Doch irgendwie spürte ich, dass er es einfach nicht gewohnt war und Angst hatte, etwas falsch zu machen. Es war keinerlei Abscheu zu sehen, die er womöglich hätte haben können. Er kannte sich einfach mit so kleinen Wesen nicht aus.

»Das wird dem Chief aber gar nicht gefallen«, raunte er mit tiefer Stimme, bemüht, diese leise zu halten, damit er das Kind nicht weckte.

»Nun, das kann ich nicht ändern, aber ich bin glücklich, dass wir …«, gab ich mit zittriger Stimme zurück und damit lehnte ich mich an Robert, um zu zeigen, dass es der Wahrheit entsprach. Duncan's Augen verzogen sich und tiefe Lachfältchen flankierten nun ein freundliches Stahlgrau.

»Naye, Lass. Ich meine nicht, dass du ein MacDonald-Kind hast. Ich glaube, es wird ihm nicht gefallen, dass er im Namen seines ersten Urenkels nicht erwähnt wird«, grinste er mich an und nahm mir mit dieser Aussage sämtliche Ängste, die mich hätten belasten können, sobald ich das Kind zu diesem Riesen gegeben hatte. Doch als auch die anderen alle zu glucksen begannen, war das Eis vollends gebrochen.

»Aber Duncan, ich kenne meinen Großvater doch überhaupt nicht, also kann ich ihm meine Wertschätzung doch nicht schon im Vorhinein gewähren«, erlaubte ich mir schmunzelnd zu erwähnen, nicht ohne dies mit einem Zwinkern in seine Richtung zu tun. Froh darüber, nicht gelogen zu haben, freute ich mich, dass der Riese sich nicht davon abhalten ließ, dies als Witz zu verstehen. Sein monströser Körper zuckte und er unterdrückte bravourös den Wunsch, schallend zu lachen.

»Da hast du wohl recht, Mädchen. Er hätte sich eben um dich kümmern sollen, als du noch klein warst, nicht wahr?«

Sarah stand auf und ich erkundigte mich bei Duncan, ob er noch ein Weilchen mit der kleinen Last leben könnte, die er hielt, als könnte er sie jeden Moment zerbrechen. Als er zustimmte, schloss ich mich Sarah an und half, das Essen tellerweise aufzutragen und die frisch gebackenen Bannocks auf den Tisch zu bringen, damit sich endlich alle satt essen konnten.

Obwohl Klein Willie den großen Mann beim Essen zu behindern schien, wollte er ihn bei sich behalten und wurde mit einem ruhigen, schlummernden Baby belohnt.

In diese großen Krieger passte allerhand Essen hinein, sodass Sarah noch Brot, Butter und Käse herbrachte. Als auch das verspeist war, nahm ich Duncan das Kind ab und brachte ihn zurück in seine Wiege. Dann setzte ich mich wieder zu der Gesellschaft, der Al mittlerweile einen Whisky aus der kleinen Wald-Destille angeboten hatte. Alle prosteten sich zu und ein gemeinsamer Plan, wie man in die Sicherheit des Campbells umsiedeln konnte, nahm Gestalt an.

»Also gut, es ist abgemacht«, sagte Duncan. »Wie lange werdet ihr brauchen, um eure Sachen zu packen?«

»Wie lange werden wir unterwegs sein?«, stellte Sarah eine Gegenfrage.

»Ungefähr zwei Wochen, denke ich«, antwortete Duncan grüblerisch. Er war noch nie mit Frauen gereist und schon gar nicht mit einem Baby. Das allein war der Grund, warum er sich mit seiner Einschätzung schwertat.

»Dann würde ich schätzen, dass wir übermorgen los können. Was meinst du?«, wendete Sarah sich nun an Al.

»Ich denke, dass du womöglich recht hast, *mó beatha*. Sicher willst du morgen noch für Proviant sorgen. Unsere Sachen sind schließlich schnell gepackt, oder?«

Sarah nickte und sah Duncan fragend an. Der verstand sofort und nickte ebenfalls.

Dann stand sie auf und wünschte allen noch einen schönen Abend. Auch ich verabschiedete mich und verschwand in unser Gemach, wo ich sehnsüchtig auf Robert wartete. Ich war so voller Fragen und aufgeregt, doch das alles musste warten, denn mein Mann kam und kam nicht. Irgendwann schlief ich ein und merkte auch nicht mehr, wie Robert sich schwer betrunken neben mich fallen ließ und leise vor sich hin schnarchte.

Da wir nun nicht mehr mit unseren Vorräten geizen mussten, die wir ohnehin nicht mitnehmen konnten, gönnten wir uns ein ordentliches Frühstück mit Porridge, Honig und Ziegenmilch. Die Ziegen hatte Sarah fast verwildert bei ihren kleinen Ausflügen rund um das verlassene Gehöft gefunden und wieder an den Stall gewöhnt. Nun würden sie in Kürze ihre Freiheit wiedererlangen. Wir machten reichlich Bannocks, die auf den Reisen oftmals als Wegzehrung dienten und die jeder in einer kleinen Provianttasche bei sich haben konnte. Dann durchstöberten wir den Vorratsraum nach weiterem Proviant für die Reise und brachten mit, was heute noch in den Topf wandern konnte.

Es hatte noch so eine unbeständige Witterung, dass wir nicht auf viel Frischfleisch hoffen konnten, sodass wir Beeren und Gerste einpackten, gesalzenen Fisch und getrocknetes Fleisch hinzuluden und uns dann dem heutigen Mahl zuwandten.

Unsere sonstige Habe hielt sich sehr in Grenzen. Auf jeden Fall wollte ich den Rucksack mitnehmen und stopfte hinein, was Platz fand. Doch dann stellte ich mit Erschrecken fest, dass unseren Begleitern dieses Gepäckstück aus der Zukunft sehr befremdlich vorkommen musste. Also nahm ich schnell ein altes Hemd, nähte einen Sack daraus und sorgte ebenfalls dafür, dass die Träger mit dem Stoff umnäht waren, sodass ich mir das Ding dennoch auf den Rücken schnallen konnte. Willie würde ich nach vorn legen und mit einem Tuch fest vor die Brust binden. Das war mein Plan.

Es gab für die Männer nicht so schrecklich viel zu tun, also kümmerten sie sich darum, dass ihre Pferde gepflegt und gefüttert wurden. Sie prüften auch, ob Hufe und Sattelzeug in Ordnung waren. In der Dunkelheit der Scheune hatte Duncan die Pferde der MacDonalds noch nicht gesehen, stellte aber mit Wohlwollen fest, dass es genug davon zu geben schien. Also würde niemand eine zusätzliche Person mit auf sein Ross nehmen müssen.

»Ihr habt genügend Reittiere, wie ich sehe«, sprach er Al an, der sich auch gerade an seinem Pferd zu schaffen machte, es striegelte und die Hufe auskratzte.

»Naye, ich werde Sarah mit auf meinen Blizz nehmen. Der Junge ist stark genug. Er wird keine Schwäche zeigen«, antwortete er keuchend, da er aus der Beuge seinen Oberkörper nach oben hievte, damit er Duncan ansehen konnte.

»Aber da sind doch noch vier andere. Dann habt ihr sogar noch ein Packpferd«, stellte Duncan dagegen und wies auf die vielen Paare von Ohren, die sich in dem Dämmerlicht der Scheune bewegten.

»Zwei davon sind Sassanachs, die lassen wir wohl besser frei«, wiegelte Al ab und behielt Duncan im Blick, damit er seine Reaktion einschätzen konnte.

»Wie kommt ihr an die Pferde?«

»Nun, eines Tages kamen zwei Rotröcke hierher, als Jo allein war, und wollten sie gerade wieder schänden, doch Robert war unbemerkt zurückgekommen und stellte sie. Na ja, es ließ sich nicht vermeiden, sie endgültig auszuschalten, Duncan«, erklärte er ehrlich.

Duncan nickte und drehte ab. Die Tiere wären hilfreich, aber man wusste nie, wann man diesen niederträchtigen Figuren über den Weg lief. Zwar glaubte er nicht, dass diese faulen Hunde ihre Patrouillen bereits losgeschickt hätten, denn die saßen lieber am warmen Herdfeuer. Obwohl der Campbell mit den Sassanachs paktiert hatte, mochte Duncan sie nicht besonders und würde sich ungern mit ihnen abgeben. Aber sicher konnte man nicht sagen, ob es ein paar Hartgesottene in die unwirtliche Winterwelt der Highlands wagen würden. Verdammt. Hin- und hergerissen machte er kehrt und ging wieder zu Al.

»Wir sollten sie trotzdem mitnehmen und laufen lassen, wenn wir sie nicht mehr brauchen, Al«, blökte er in den Stall. Als Duncan seinen alten Kammeraden weiter hinten im Stall ausmachte, ging er hin und fragte, ob er ihn gehört hatte.

»Was ist das …«, beruhigte sich seine aufgeregte Stimme augenblicklich, als er Whitesocks sah.

»Aye, Duncan, ich habe dich gehört und naye, Duncan, ich

denke, es wäre ein Fehler, mit diesen beiden Gäulen loszuziehen. Man erkennt die Brandzeichen von Georg II. aus hundert Metern Entfernung. Was ist, wenn …«, sah er zu Duncan hoch.

Doch der hatte gar nicht zugehört und musterte Whitesocks.

»Oh, das ist Jo's Whitesocks, den sie dem Campbell besser nicht zeigen soll … Deine eigenen Worte«, grinste Al.

»Das sollte sie in der Tat nicht«, keuchte Duncan und wanderte um das Pferd, um es von allen Seiten zu betrachten.

»Grundgütiger. Er ist eine wahre Schönheit. Was ist das für eine Rasse?«

»Er ist ein Bastard, genauso wie William, wie ich und wie …«, schnaubte Al, doch Duncan fuhr ihm über den Mund.

»Will war ein Bastard, aber du?«

»Aye. Auch ich kenne meinen Vater nicht, Duncan. Aber weißt du was? Ich lebe trotzdem noch«, zischte Al und ging an Duncan vorbei und zu Sarah ins Haus.

Sarah saß mit hochrotem Kopf an der Feuerstelle und stellte Bannock für Bannock her. Doch als sie ihren Bräutigam so zornesrot ins Haus kommen sah, legte sie alles zur Seite, schob den Teig aus der Nähe des Ofens und stand auf.

»Willst du reden?«

»Naye, Frau, ich will dich. Ich kann dir nur nicht versprechen, dass es zärtlich wird«, sagte er direkt und nahezu emotionslos. Dennoch wusste Sarah, dass Worten nicht immer auch Taten folgten, und so zog sie ihn hinter sich her in ihre Kammer.

Nachdem er sich Sarah gewidmet hatte, ohne sich wie erst gedacht an ihr abzureagieren, erzählte er ihr in trauter Zweisamkeit, warum er so unter Strom stand.

»Aber Al. Selbst wenn du deinen Vater und deine Mutter nicht kennst, selbst wenn du eine Frucht aus nur einer Liebesnacht wärest, bist du ein ehrenwerter und tapferer Mann. Du bist nicht weniger wert als mancher Laird oder sein verdammter Sohn«, klärte Sarah ihn auf, wie sie die Sache sah. Al überhörte jedoch den Nachsatz, der ihre Stimme hatte ärgerlich anheben lassen, nicht und hakte seinerseits nach:

»Höre ich da eine leichte Gehässigkeit heraus, *mó beatha*?

Was ist mit dem Sohn eines Laird? Ich möchte diesmal keine Ausflüchte. Ich war ehrlich zu dir, also sei du es zu mir und vertrau mir, aye?«

Also erzählte sie Al ihre Geschichte, soweit sie konnte, denn von ihrer Krankheit wusste sie nichts mehr, außer dass sie überlebt hatte.

»Wer war der Mann?«, wollte Al wissen.

Als er spürte, wie Sarah sich wand, um dieses eine Geheimnis bei sich zu behalten, kommentierte er es mit einem »Hmpf« und verabschiedete sich, um wieder zu den Männern zu gehen. Er ließ eine sehr unausgeglichene Sarah zurück. Einerseits war sie froh, sich das meiste von der Seele geredet zu haben, andererseits unglücklich, weil sie Al nicht den Namen verraten hatte. Aber sie hatte einfach Angst, dass ihr Liebster losrennen und sich duellieren würde. Aber würde er das? Sie wusste es nicht. Mühevoll raffte sie sich auf, um die restlichen Bannocks zu backen und dann das Essen für alle zuzubereiten.

Als ob Willie irgendwie spürte, dass sich etwas ändern würde, war er quengelig und kaum zur Ruhe zu bringen, doch endlich war er eingeschlafen und ich konnte Sarah helfen. Schnell hatten wir Rüben und anderes Gemüse geputzt und kochten sie getrennt. Ein Stück Wild war aufgespießt und briet über dem Feuer. Sarah hatte die Bannocks fertig und wir packten sie in die Proviantbeutel. Gerade wollte ich die Rüben stampfen, als das Baby wieder anfing zu wimmern.

»Ich werde heute noch verrückt«, stöhnte ich und ließ alles stehen und liegen, um in die Kammer zu gehen. Doch Sarah hielt mich auf, indem sie mich am Arm packte. Plötzlich nahm sie mich in den Arm und drückte mich ganz fest. Erstaunt sah ich sie an, als sie mich wieder aus der spontanen Umklammerung entließ.

»Tut mir leid, aber das musste jetzt sein. Lass dir einen guten Rat geben, Herzchen. Der Kleine gewöhnt sich an den Sofortservice. Du solltest ihn immer ein wenig warten lassen. Manchmal träumen sie nur und wimmern dann, schlafen aber bald wieder ein. Manchmal testen sie aber auch nur aus …«, lächelte sie mich schwach an.

»Sarah, was ist dir? Du bist ein wenig seltsam. Irgendwas trägst du mit dir herum, oder?«, fragte ich und hörte Willie schon nicht mehr. Vermutlich hatte Sarah recht. Der kleine Satansbraten wollte nur testen, ob sofort jemand herbeieilen würde, um ihm zu Diensten zu sein.

»Aye, ich hatte ein Problem, nämlich das mit dem Kind in meinen Träumen und dass ich tatsächlich auch einmal schwanger war. Du weißt schon …«, begann sie, aber so richtig konnte oder wollte sie nicht heraus mit der Sprache.

»Ja und?«, hakte ich also nach.

»Nun, ich habe Al die ganze Geschichte eben erzählt und werde sie dir auch auf der Reise erzählen, aber ich glaube, er ist böse auf mich, weil ich ihm nicht gesagt habe, wie der Kerl hieß, der mich fast in den Tod getrieben hätte.«

»Ach Sarah. Ich kenne meinen Vater zwar nicht lange, aber das, was ich von ihm weiß, ist, dass er ein sehr besonnener Mann ist. Er wird dir die Zeit geben, die du brauchst, um ihm den Namen zu verraten. Er wird dich niemals zwingen und ich glaube auch nicht, dass er als Rächer losziehen würde. Er wird dich nur vor diesem Mann schützen wollen. Wie könnte er das, wenn er nicht weiß, vor wem? Lass dir Zeit, Ma.«

Bei dieser Anrede sah sie mich an, als wolle sie ihren Ohren nicht trauen. Doch auch wenn mir die Liebkosung von Mutter herausgerutscht war, wäre Sarah doch in wenigen Wochen tatsächlich meine neue Mutter. Ich lächelte sie an und nahm sie nun meinerseits in den Arm.

»Du heiratest meinen Vater, also wirst du meine Mutter sein. Und ich freue mich darüber. Sehr sogar«, raunte ich ihr zu. Als sich bernstein- und smaragdfarbene Augen trafen, waren beide leicht verwässert. Aber der Verursacher war bestimmt nicht das Gefühl von Trauer.

»Komm mit«, zog ich sie hinter mir her in die Kammer und bedeutete ihr, leise zu sein. Ich griff in den Rucksack und zog die Unterwäsche hervor, reichte ihr den Packen herüber und flüsterte:

»Probiere sie an und such dir eine Garnitur aus. Es ist aus der Zukunft, aber sieht recht nett aus, meinst du nicht?«, schmunzelte ich und Sarah sah mich irritiert an.

»Wie kleidet man sich denn damit, das ist doch nur ein Fetzen Stoff?«, fragte sie verlegen.

»Eben! Es verhüllt wenig, macht die Jungs aber schwer neugierig«, antwortete ich zwinkernd.

Ich wies sie an, in einen der Slips zu schlüpfen, und gab ihr den passenden Büstenhalter dazu, den sie argwöhnisch beäugte. Doch schnell ließ sie die Hüllen fallen, sodass ich ihr bei der Schließe helfen konnte, trat zurück und sagte: »Wow!«

»Was heißt *wow*. Ist das gut oder schlecht?«, erkundigte sie sich mit hochgezogenen Brauen.

»Das heißt umwerfend. Das Grün unterstreicht die Farbe deiner Augen und die beige Spitze sorgt für den Augenschmaus. Du wirst sehen, er wird zunächst erschrecken, aber meinem Vater wird das auf den zweiten Blick mehr als gefallen. Ich schenke sie dir«, raunte ich ihr verschworen zu und nickte anerkennend. Für ihr Alter hatte sie eine wirklich tolle Figur. Ihre rosigen Wangen zeigten mir ihre Scham und Verlegenheit, sodass ich mir ein leises Kichern nicht verkneifen konnte.

»Gern möchte ich dir Mutter sein, Jo. Aber ich würde dich genauso gern als Freundin haben«, ließ mich Sarah nun wissen und gluckste mit. Ich musste zugeben, dass zwei Personen in einer ein guter Handel war.

»Gemacht, Sarah, Ma … bin gern Tochter und Freundin in einem für dich.«

Glücklich umarmten wir uns und schlichen lautlos aus der Kammer, nachdem Sarah sich wieder angekleidet und die neue Wäsche ehrfürchtig in ihren Kleidersack verstaut hatte. Wir begaben uns dann wieder an die Pflicht, den Herren ein köstliches Mahl zu bereiten, und hatten unseren Spaß daran. Als alles fertig war, riefen wir sie herein und versorgten sie gut und reichlich zum Dank für ihren Schutz.

3

Am nächsten Morgen hatten wir alle noch einmal von dem verbleibenden Vorrat gespeist. Sarah und ich sorgten im Haus wieder für Ordnung. Wir konnten und wollten es nicht verlassen, als wären wir auf der Flucht. Und so kümmerten sich die Männer darum, dass die Pferde bepackt wurden, und stellten sie bereit. Als wir Frauen endlich zur Abreise erschienen, begann es leise vom Himmel zu rieseln. Der Schnee war so fein und schmolz sofort, als er den Boden berührte, doch er nässte wie leichter Nieselregen. Sarah fröstelte bereits, als sie aus dem Haus trat, und tatsächlich waren wir mit Kleidung nicht so gut bestückt, dass wir uns lange geschützt halten konnten. Auch Al und Robert hatten nur Decken, die sie sich überwerfen konnten. Die warmen Plaids durfte man nicht mehr tragen, sodass sie uns nun nicht mehr viel nutzten, außer des Nachts.

Mein Baby vor der Brust, den großen Rucksack auf dem Rücken, ging ich entschlossen auf Whitesocks zu und Robert folgte mir, um mir auf das Pferd zu helfen. Allein konnte ich mich nun nicht mehr so behände auf seinen Rücken schwingen, beladen, wie ich war. Doch Duncan trat zu uns, bevor ich Whitesocks erklimmen konnte.

»Gib mir den Jungen, Joline. Er wird vor meiner Brust wärmer und geschützter sein als bei dir, aye«, drang er mit seiner tiefen Stimme in mich. Tatsächlich wimmerte er schon ein wenig. Ich sah von Duncan zu Robert und stand unschlüssig da. Eigentlich wollte ich Willie nicht hergeben. Ich war schließlich seine Mutter. Duncan, der Riese, der nun aussah wie ein Bär, weil er einen Pelz trug, der ihn tatsächlich vor der Witterung schützte, sah Robert eindringlich an, sprach jedoch mit mir:

»Unter meinem Fell wird er geschützt sein und nicht frieren. Ich werde gut auf ihn achten und ihn dir sofort geben, wenn er Hunger hat, Mädchen. Du hast doch genug zu schleppen. Ich möchte auch nicht, dass der Urenkel des Laird zu Schaden kommt, wenn dich dieses Pferd da abwirft, Lass.« Da er dabei auf meinen Rücken deutete, verstand ich sofort, dass er mich entlasten wollte. Die Anspielung auf Whitesocks jedoch wirkte seinem heroischen Ansinnen deutlich entgegen. Obwohl Robert mir mit seinem Blick mitgeteilt hatte, dass er mit Duncan's Vorschlag sehr einverstanden war, konnte ich nicht umhin, Duncan wegen meines treuen Hengstes zurechtzuweisen.

»Dieses Pferd da ist meine eigene Aufzucht und niemals würde Whitesocks mir Schaden zufügen. Außerdem bin ich eine gute Reiterin!« Im gleichen Moment, in dem ich ihn wütend angefahren hatte, tat es mir leid und ich kam mir tatsächlich ziemlich albern vor. Duncan zuckte die Schultern und wollte sich zum Gehen umdrehen, als ich ihn mit meiner Hand an seinem Arm aufhielt.

»Duncan, ich vertrau dir trotzdem unseren Sohn an. Komm mit ins Haus, damit ich ihn dir umbinden kann.«

Duncan entblößte seinen mächtigen Oberkörper, der mit Narben nur so übersät war. Als ich ihm das Kind nur vor die Brust hielt und mit dem großen Tuch über Schulter und Rücken vor dem Bauch wieder befestigte, grinste er mich an.

»Du kitzelst mich, kleines Mädchen.«

»Na, dann werde ich wohl nicht der Einzige sein, der demnächst jemanden kitzelt, aye. Dein Brusthaar gleicht einem Bärenfell. Willie wird sich entweder zu Tode niesen oder zornentbrannt brüllen, wenn er das nicht mag, das garantiere ich dir«, erwiderte ich und sah ihn funkelnd an.

»Nichts für ungut. Wir beide verstehen uns schon«, meinte er selbstgefällig, zog sein Hemd wieder an, ließ es jedoch am Hals offen, damit das Kind Luft bekam. Dann warf er sich seinen Pelz über und stapfte stolz nach draußen.

Endlich ging es los. Auch mit den Pferden hatte Duncan sich durchgesetzt, sodass jedes Pferd nur eine Person zu tragen hatte. Wir ritten immer zu zweit nebeneinander her und brachten am ersten Tag ein gutes Stück Wegstrecke hinter uns. Diesen Weg war ich nicht hergekommen, sodass ich Robert leise fragte, warum wir südöstlich ritten und nicht südwestlich.

»Wir reiten nach Kenmore, mein Herz. Das liegt nicht allzu weit von deinem alten Zuhause entfernt. Das heißt, wir kommen fast daran vorbei. Auf Bulloch Castle residiert John Campbell. Dorthin bringt uns Duncan, denke ich«, antwortete er leise.

»Oh, aber warum kann er uns denn nicht entgegenkommen? Das wäre doch viel besser«, hakte ich genauso leise nach, weil ich dachte, dass niemand unsere Unterhaltung hören sollte. Robert zuckte mit den Schultern und ließ mich im Ungewissen. Aber ich hatte auch einiges damit zu tun, meinem Hengst klarzumachen, dass er sich in diese Karawane einzuordnen hatte und nicht die Führung übernehmen konnte, nur weil ihm sein für mich derzeit zweifelhafter Pferdeverstand das riet. Robert, der schon die ganze Zeit beobachtet hatte, dass ich ordentlich zu tun hatte, mein Biest zur Raison zu bringen, bot mir an, den Rucksack zu übernehmen, damit ich dem lästigen Tier einmal die Zügel gehen lassen könnte. Ich sah ihn glücklich an und war froh, als er mir die Last vom Rücken nahm. Zwinkernd mit einer Kusshand bedankte ich mich bei ihm und schloss zu Duncan auf, der die Führung innehatte.

»Alles gut bei euch? Lebt mein Kind noch?«, versuchte ich seine derzeit eher mürrische Stimmung etwas aufzuheitern. Warum er so schaute, erschloss sich mir nicht.

»Aye, was denkst du denn, der Kleine schläft sanft an meiner Brust, eingelullt von meinem kräftigen Herzschlag«, brummte er zurück; seine Gesichtszüge nahmen allerdings eine unbestimmte Sanftheit an.

»Duncan, ich muss meinem Hengst einmal einen Galopp gönnen, sonst wird er verrückt. In welcher Richtung geht es weiter?«, fragte ich eilig, denn schon wieder musste ich Whitesocks bremsen.

»Einstweilen nach Südosten. Folge dem Weg. Den findest du doch sicher auch zurück, oder?«, antwortete er und ein Lächeln erreichte seine Augen.

Als ich die Richtung wusste, gab es kein Halten mehr. Ich sah nicht, dass Robert eilig den Rucksack an Al weitergereicht hatte und mir folgte.

»Lachlan, hinterher«, wies Duncan seinen Kämpen an. Was für uns wie ein Aufpasser aussah, war aber nur als Schutz gemeint. Lachlan war ausgewiesenermaßen ein Campbell und Robert und ich waren ein *geächtetes Nichts* im neuen Schottland, genauso wie Al und Sarah. Und somit gefährdet.

Langsam regte es sich zart an Duncans Brust und der kleine Willie kraulte sein kräftiges Haar darauf. Zuerst kitzelte es nur, doch dann ersann der Stammhalter der MacDonalds eine neue Qual für Duncan. Der Winzling begann daran zu ziehen und zu ziepen. Duncan wurde immer gerader in seinem Sattel und kämpfte mental gegen diese schlechte Behandlung an. Auch ahnte er, dass sich Willie's Nichterkennen bald in Gebrüll äußern würde, wie Jo bereits zu Anfang erwähnte. Seine Unkenntnis, was Babys betraf, würde in Kürze bestraft, wurde ihm immer klarer. Er sah sich um und bat Sarah heranzureiten. Einstweilen konnte er ihn wohl noch mit tiefem Gemurmel und Summen in Schach halten, aber nicht lange.

»Sarah, ich glaube, Willie wird wach, was mach ich denn jetzt?«, raunte er seiner neuen Reitnachbarin zu, doch ohne eine Antwort abzuwarten, weil er schon wieder mit einem schmerzhaften Ziepen belohnt worden war, wandte er sich an Aiden.

»Hol das Mädchen zurück, schnell!«

»Ach, du großer Held, hast du Angst vor einem kleinen Baby?«, kicherte Sarah nun neben ihm, weil Duncan seine Panik wirklich im Gesicht stand.

»Angst kann ich gerade nicht sagen, aber er reißt mir jedes Haar einzeln von der Brust … Kein Spaß, sag ich dir«, antwortete der Riese mit gequältem Gesicht.

»Dort ist ein kleiner Hain. Lass uns dorthin reiten und ich nehme dir das unartige Kind ab, bis seine Mutter zurück ist, aye«, wies Sarah den hartgesottenen Krieger an und sah sich zu Al um, der ebenfalls leise vor sich hin lachte.

Robert hatte mich im Nu mit Conn eingeholt und auch Lachlan war zu uns aufgeschlossen. Whitesocks hatte sich genug ausgetobt und wir einigten uns, zu wenden und den anderen wieder entgegenzureiten. Da sahen wir Aiden bereits auf uns zu galoppieren, als wäre der Teufel hinter ihm her. Mir wurde augenblicklich mulmig. War die Reiterschar von Sassanachs aufgebracht worden? Wir hatten doch unterwegs niemanden gesehen. *Willie*, schoss es mir durch den Kopf und ich gab meinem Hengst die Fersen. Fast bei Aiden angekommen, rief ich ihn aufgeregt an: »Engländer?«

»Naye, Willie!«

»Was ist mit ihm?«

»Ich glaube, er braucht seine Mutter«, rief mir der blonde Kämpe entgegen und musste grinsen. Inzwischen waren die beiden anderen Männer bei uns angekommen und Aiden wendete seinen Braunen, um mit uns zurückzureiten.

»Duncan ist etwas panisch. Er kennt sich halt mit Winzlingen nicht so gut aus, aye«, erklärte Aiden weiter, doch mehr musste ich nicht hören und raste meinem Kind in Windeseile entgegen. Ein raues Lachen in meinem Rücken war das Letzte, was ich in dem Moment noch von meinem Mann und seinen derzeitigen Begleitern vernahm. Die anderen folgten in gemächlicherem Tempo, denn es gab ja kein Gefecht.

Inzwischen hatte Sarah den großen Krieger Duncan so weit ausgeschält, dass sie Willie aus seiner Zwangslage befreien konnte. Windgeschützt sorgte sie für eine trockene Vorlage und schuckelte ihn, weil er zornesrot nach Nahrung brüllte. Duncan war sich im Moment nicht sicher, ob er dieses schreiende Kind wieder zurückhaben wollte, wenn es denn versorgt war. So einen Schreihals hatte er ja noch nie erlebt.

»Tja, so ist das, wenn man Kinder hat«, sprach ihn Al mit einem Schulterklopfer an.

»Davon hast du genauso viel Ahnung wie ich, Alistair«, grunzte Duncan missmutig.

»Nun, da hast du wohl recht. Mir ist es leider auch verwehrt geblieben, Kinder großzuziehen. Leider … Aber nun lerne ich gerade, dass es nicht nur eitel Sonnenschein ist«, brummte Al. Gerade wurde ihm deutlich klar, dass er seine Tochter nie als Baby vor der Brust hatte tragen können. Er hatte nie ihr Gebrüll gehört, weil sie nass war oder Hunger hatte. Betreten gestand er sich ein, dass ihm das zwar nicht wirklich fehlen würde, doch erlebt hätte er sie schon gern von Anfang an.

Whitesocks flog der kleinen Truppe entgegen und bremste scharf. Doch darauf nahm Jo keine Rücksicht, sondern schwang sich ohne abzuwarten von dem Pferderücken und eilte auf Sarah zu, die ihr den kleinen Mann sauber und frisch, allerdings immer noch sehr hungrig darbot. Jo suchte sich ein stilles Plätzchen außerhalb der Sichtweite der Gruppe und stillte William.

»Das Mädchen ist ja ein rechter Wirbelwind und kann wirklich mit dem Tier umgehen, oder?«, raunte Duncan seinem alten Kriegskameraden zu, als er Jo's eilige Ankunft anerkennend zur Kenntnis nahm. Al nickte.

»Kann man so sagen.«

»Das ist aber auch ein schönes Tier. Ob sie mich auch mal reiten lässt?«, fragte der Riese mit dem unordentlichen Hemd unter dem Fellmantel.

»Wenn sie gute Laune hat, denke ich, dass sie nichts dagegen hat, wenn du es versuchst«, neckte Al. Duncan sah ihn argwöhnisch von der Seite an und übersah den Schalk, der Al im Nacken saß, keineswegs.

»Was ist mit dem Hengst?«, wollte er nun wissen, bevor er sich lächerlich machen konnte.

»Nichts ist mit dem Tier. Er lässt halt nur Joline auf seinen Rücken. Ein treuer Bursche … Ein Freigeist, darum versteht er es nicht gut, im Verbund zu reiten. Er muss der Erste sein, verstehst du?«, erklärte Al grüblerisch-schwärmerisch-stolz.

»Hmpf«, hörte er nur, vermutlich weil der Mann diese verschiedenen Stimmungen gar nicht zu deuten wusste. Duncan drehte sich um und trat den drei Ankömmlingen entgegen.

»Irgendwas gesehen?«, fragte er Lachlan und Aiden. Beide schüttelten den Kopf und somit war sein Ansinnen, heute wenigstens bis Bonar zu gelangen, ein machbares Ziel.

Robert sah sich um und weil er seine Jo nicht sah, fragte er nach ihr. Duncan wies in eine unbestimmte Richtung und meinte, sie säße dahinten irgendwo und stille das Kind.

»Du kannst ja mal nachschauen, vielleicht sagt sie, wann wir weiterkönnen«, brummte er den jungen MacDonald an. Robert wusste inzwischen, dass Duncan ein Bär in Menschengestalt war und nichts so brummig meinte, wie er es äußerte. Er hievte ein Bein über Conn's Hals und ließ sich vom Pferderücken rutschen. Dann schlenderte er in die gewiesene Richtung und suchte Jo.

»Ah, hier bist du, *mó chride*. Wie sieht es aus? Ist unser Stammhalter langsam zufrieden?«, erkundigte er sich leise, da er annahm, Willie sei wieder eingeschlafen.

»Naye, leider nicht. Er schmatzt hier vor sich hin, aber so richtig fertig wird er nicht. Geh doch bitte zu Sarah, vielleicht weiß sie Rat«, gab ich ebenfalls leise zurück und bat ihn, mir diesen Gefallen zu tun.

»Aye, mach ich. Ich liebe dich«, raunte er mir zu und hauchte mir einen Kuss auf den Scheitel, bevor er ging. Es dauerte nicht lang und Sarah eilte zu mir.

»Was hat er?«, flüsterte sie.

»Ich weiß nicht. Er trinkt nicht so gierig wie sonst und er scheint nur nuckeln zu wollen. So können wir doch nicht weiter«, klärte ich sie auf. Sarah legte eine Hand auf die Stirn des Babys und dann glitt ihr Zeigefinger in seinen Mund und untersuchte den Gaumen.

»Alles in bester Ordnung, würde ich sagen. Doch der kleine Mops hätte sich noch zwei Wochen mit dem Zahnen gedulden können. Er ist ein wenig erhitzt und muss seinen Kiefer vom Durchbruchschmerz ablenken. Es ist normal, wenn Babys dann nicht so hungrig sind, aber es kann mitunter nervtötend sein, die Quengelei auszuhalten.«

»Was machen wir denn jetzt?«, blickte ich unsicher zu meiner neuen Mutter auf.

»Nun, ich denke, es ist besser, wenn du ihn wieder nimmst, während wir reiten. Obgleich er es sicher warm bei Duncan hat, ist das nicht das Problem. Duncan scheint nicht besonders belastbar, wenn etwas aus dem Ruder läuft. Er hat nie Kinder gehabt«, meinte sie. Und ich nickte ihr zu, als sie ging, um Duncan von dem Tragetuch zu befreien.

Als sie wiederkam, schnallte ich mir unseren Sohn vor die Brust und Sarah salbte seinen Kiefer mit Minzöl ein. Das gefiel ihm zuerst gar nicht, aber scheinbar brachte es tatsächlich

211

Linderung und sie gab mir das kleine Fläschchen, damit ich es wiederholen konnte, wenn der kleine Mann unruhig wurde.

Nach zwei weiteren Tagen auf den Pferden erreichten wir Kirkhill. Dort genehmigten wir uns nach zwei Übernachtungen im Freien endlich ein Gasthaus. Wir konnten uns waschen, eine gute Mahlzeit zu uns nehmen und einige von uns eine gewisse Abgeschiedenheit genießen. Am nächsten Morgen war einer der Campbell-Krieger nicht mehr da. Als Duncan unsere fragenden Blicke trafen, klärte er uns auf:

»Ich habe Collin nach Kenmore geschickt. Er soll den Laird bitten, nach Struy zu kommen. Das geht ja mit dem Kleinen nicht so weiter«, hob sich seine Stimme ein wenig, ohne dabei böse zu klingen, was er im nächsten Satz dann auch tatsächlich völlig entschärfte.

»Und ... Schaut euch das Mädchen doch an. So kann ich sie doch ihrem Großvater nicht präsentieren. Ringe unter den Augen, todmüde ...«, wies er mit ausgestrecktem Arm auf mich. Dabei konnte er es nicht unterlassen, Robert böse zu mustern, weil der sicher seine Finger nicht von dem hübschen Mädchen lassen konnte. Ich vernahm ein vages Zähneknirschen ganz in meiner Nähe und schaute zu meinem Mann auf, der mich nun auch argwöhnisch beäugte. Genau wie Al und Sarah.

»Mir geht es gut, Duncan«, mischte ich mich mit frischer Stimme in seine vorwurfsvolle Ansprache ein.

»Wir reiten von hier aus direkt zum Loch Bruicheach!«, verkündete Duncan seine geänderte Route. Er hatte lange nachgedacht und entschieden, dass es einfacher für John war herzukommen, als für Jo, die Reise durchzuhalten. Sie hatte schon tagelang keinen frischen Eindruck auf ihn gemacht und fing ihm an leid zu tun. Obgleich er John's Liebe zu seinem Bastardsohn nie verstanden und er von William nie viel gehalten hatte, Joline hatte sich in sein Kämpferherz geschlichen. Sie war hübsch, sie konnte sich durchsetzen, war kein verweichlichtes Weibchen und sie konnte reiten wie der Teufel. Wenn John sie sehen würde und wüsste, was dieses Mädchen bereits alles durchgemacht hatte ... Letztendlich war es gut, dass sie den MacDonald-Männern ihr

Vertrauen geschenkt hatte. Sie hatten sie immerhin beschützt. Na ja, leider war das wohl nicht ohne Folgen geblieben, hatte er sinniert. Aber der Junge war zugegebenermaßen ein ansehnlicher Kerl und Joline liebte ihn ganz offenbar.

Ein allgemeines »Ah« und »Oh« ging durch die kleine Reisegesellschaft. Letztendlich war nicht nur ich froh darüber, dass wir unsere Reise an diesem Abend geschafft haben würden. *Nach Hause*, dachte ich glücklich.

Doch dann rasselten alle Erinnerungen auf einmal auf mich nieder und mir wurde nicht nur flau in der Magengegend, auch mein Verstand wollte nicht mehr, so sank ich zusammen und in Richtung Boden.

Geistesgewärtig fing mich Robert auf und setzte sich gleich auf die nächste Bank. Ich lag in seinen Armen und sein Blick wanderte hilfesuchend zu Sarah.

»Bring sie hoch. Leg sie aufs Bett. Ich komme sofort nach und sehe nach ihr«, wies sie Robert an, der sehr besorgt auf *seine geliebte Joline* starrte. Aber er erhob sich artig und brachte mich in das Zimmer, dass sie in der vergangenen Nacht bewohnt hatten.

Robert kam mit sorgenvoller Miene wieder zurück in den Gastraum und die verbliebenen Männer schauten ihn fragend an.

»Ich weiß es nicht. Eben war sie noch frisch … Ich könnte mir vorstellen, dass sich Erinnerungen bei ihr eingeschlichen haben, die ihr sehr zusetzen. Obgleich sie dort glücklich war, hat sie am Loch Bruicheach auch viel Leid erlebt«, vermutete er laut.

»Aber jetzt ist sie beschützt. Niemand wird ihr dort etwas antun. Ich werde auf sie aufpassen«, gab er den anderen sofort und deutlich zu verstehen. Dennoch sanken seine Schultern etwas hinab, als er sich setzte.

»Hmpf, daran habe ich nicht gedacht«, brummte Duncan verlegen. Auch er wurde kleiner auf seiner Bank, obwohl man sich das bei seiner Größe nicht im Mindesten vorstellen konnte.

»Wir bleiben bei euch, Robert. Ihr seid dort ja nicht allein.

Sarah und ich werden auch ein Auge auf sie haben«, klopfte Al seinem Patensohn auf die Schulter und lächelte ihn an.

»Wir werden auch bleiben!«, machten Duncan, Lachlan und Aiden energisch klar, sodass Robert sofort aufblickte und ihre Aussage abschätzte. Genau wie Al war er erstaunt über die Treue dieser Campbell-Krieger.

»Ich danke euch«, brachte er nahezu gerührt mit brüchiger Stimme zustande. Er hatte seine kleine Amazone schon einmal knapp dem Sensenmann entrissen. Er hoffte, dass sie nichts Schlimmes hatte.

Als Sarah herunterkam, wendeten sich ihr fünf Köpfe in Windeseile zu und alle Gesichter verrieten tiefe Kümmernis. Kurz dachte sie darüber nach, diese sorgenvollen Mienen noch eine Weile zu genießen, jedoch taten ihr Robert und Al leid, die auf jeden Fall den Preis der besten Mimik im Fach Drama erhalten hätten. Schweigend ging sie zu Robert, klopfte ihm liebevoll auf die Schulter und lächelte ihn breit an.

»Da hast du ja keine Zeit verloren, um deine Familie zu erweitern, Bursche.«

Zunächst dachte Sarah, sie könne Robert auch noch den Preis für die Mimik »besonders begriffsstutzig« verleihen, als er plötzlich an ihr vorbeistürzte und drei Stufen auf einmal nahm, um zu seiner Frau zu kommen.

»Na, Duncan, bleibst du immer noch bei uns?«, neckte Al nun grinsend den riesigen Duncan.

»Also, wenn Joline mir eine kleine Maid verspricht und nicht wieder so einen lästigen, Haare ziehenden Winzling, dann kann ich gar nicht anders«, lachte er schallend los und allen kam es so vor, als brächte er mit seiner kräftigen Stimme die Wände zum Wackeln. Dann stand er unvermittelt auf und verließ den Gastraum. Eine Stunde später kam er zurück und bat die gesammelte Mannschaft in einer weiteren Stunde abmarschbereit zu sein.

4

Ich hatte ein wenig geruht und wurde von Robert und Sarah behandelt wie ein rohes Ei.

»Ich bin nicht krank, meine Lieben, ich bin nur guter Hoffnung und habe schon mehr durchgestanden, aye. Also macht euch keine Sorgen und nicht so ein Aufheben, verdammt«, zischte ich sie beiden an, als sie mir vorsichtig beim Treppenabstieg halfen. Mir war zwar klar, dass sie es gut mit mir meinten, aber es ging mir auf die Nerven, wie ein schwächliches Weib behandelt zu werden.

»Ich nehme dieses Mal den Kleinen und Al trägt den Rucksack«, ließ Robert mich dennoch klar und deutlich wissen, dass er auf meine Schonung achten würde und keine Widerrede duldete.

»Ist ja gut, Rob«, raunte ich ihm zu und versuchte ihm ein Lächeln zu schenken.

Als wir den Gastraum erreichten, standen alle anderen bereit und sahen mich sorgenvoll an, sodass ich die Augen verdrehte und ihnen unmissverständlich klarmachte:

»Ich bin bereit und nicht krank, verstanden! Wir können also los und ich möchte keine mitleidigen Blicke mehr von euch sehen. Verstanden!«

Nachdem wir den Wirt gut bezahlt hatten, saßen wir auf und folgten Duncan.

Doch der ritt nicht auf direktem Weg aus diesem Flecken heraus, sondern bog in einen Weg ab, der direkt zu einer kleinen Kirche führte. Dort hob er die Hand und hieß die Karawane anhalten und absitzen.

»Da wir nun ein zweites Kind erwarten, möchte ich, dass das auch seine Richtigkeit hat. Obgleich ihr *handfasted* seid, bin ich für eine endgültige und unaufhebbare Lösung. Der Pfarrer wartet. Seid ihr bereit?«, sprach er Robert und mich so laut an, dass auch alle anderen hören konnten, was er sich für uns erdacht hatte.

Zwar waren Robert und ich einigermaßen überrascht und

hatten uns unsere Hochzeit etwas anders vorgestellt, aber es dauerte keine zwei Sekunden und wie aus einem Mund erklärten
wir unser Einverständnis.

Da räusperte sich mein Vater.

»Duncan, wenn wir schon einmal dabei sind, hat der Priester
wohl etwas gegen eine Doppelhochzeit einzuwenden«, sprach er
zwar Duncan an, sah aber liebevoll zu Sarah und wartete auf ihr
zustimmendes Nicken.

»Lässt sich wohl machen, alter Kamerad. Er kann ja einmal
sprechen und hört viermal ›Ja‹«, lachte Duncan schallend, sodass
Willie vor Robert's Brust erschreckt zusammenzuckte. Nun, da
er ihn so deutlich bemerkte, hatte auch er noch eine Bitte:

»William muss auch noch getauft werden, Duncan!«

Nun sah Duncan leicht gestresst aus, denn so langsam wurde
sein Zeitplan eng. Doch er mochte den kleinen Quälgeist, obwohl Willie ihm Schmerzen zugefügt hatte, und stöhnte:

»Auch das, aber jetzt beeilt euch gefälligst, sonst werden wir
gar nicht mehr fertig mit diesem schwarzen Waldschrat, der in
der Kapelle wartet.«

Also gaben wir uns nach einer kurzen Zeremonie das Ja-
wort. Robert und ich, Sarah, und Vater und zu allerletzt wurde
Willie getauft. Pate wurde Aidan, weil Duncan ablehnte und
sich für den nächsten Zwerg anmeldete, nicht ohne sich dabei
ein so hübsches Mädchen zu wünschen, wie die Mutter es sei.
Allerdings wurde uns allen dadurch sofort klargemacht, dass er
seinen Schutz mindestens für weitere zehn Monate angeboten
hatte. Als Pate war er aber auch darüber hinaus sicherlich die
richtige Wahl für den nächsten MacDonald-Nachwuchs. Zu
gern hätte ich ihm das gewünschte Mädchen versprochen, denn
wir wussten ja bereits, dass es eines werden würde. Auch hatte
Duncan seinen Chief John Campbell mit seinem Versprechen
übergangen. Wer wusste schon, was der für seinen Cousin für
Aufgaben hatte. Dennoch war uns allen egal, ob das Konsequenzen nach sich ziehen würde. Für den Augenblick waren immerhin vier von uns überglücklich.

Als die Taufe erledigt war, bat uns der Priester noch einen

Moment zu warten. Duncan hatte nicht gegeizt, denn als der Mann aus seinem Refektorium zurückkam, überreichte er uns eine Bibel. Sofort erkannte ich sie als die Bibel, die mir Finley 2016 gezeigt hatte, und wusste, was dort eingetragen war: die Hochzeit von Robert und mir, von Al und Sarah und die Taufe von Willie. Dann wäre heute also der 1. März im Jahr 1747. Da Robert noch unser Baby zurechtrückte, nahm ich sie ergriffen an mich und hielt sie wie einen wertvollen Schatz an meine Brust gedrückt, sodass ich Duncan's Räuspern erst beim zweiten Mal wahrnahm.

»Wollen wir, Lady MacDonald?«, bot er mir seinen Arm, um mich aus der Kirche zu geleiten. Die anderen verließen bereits das Portal.

»Bist du glücklich, kleine Maid?«, fragte er mit einem schelmischen Schmunzeln, während wir die letzten Schritte nach draußen, taten.

»Oh ja, Duncan. Sehr sogar. Ich danke dir«, krächzte ich, weil sich ein kleiner Kloß vor Ergriffenheit in meinem Hals gebildet hatte. Ich spürte noch, wie er meine Hand liebevoll drückte, die durch seinen Arm hervorlugte. Doch dann flog ich, von ihm angehoben, fast durch die Luft und fand mich auf dem Rücken von Whitesocks wieder.

Zum Schutz schob ich die Heilige Schrift unter mein Gewand und wir machten uns auf den Weg nach Struy, den kleinen Ort in der Nähe meines elterlichen Gehöftes.

»Duncan, wo ist eigentlich Lachlan? Ich hab ihn schon in der Kirche vermisst«, fragte ich nach vorn, weil wir in der Reihenfolge nun ohne die Zwischenreihe Collin und Lachlan hinter ihm her ritten.

»Der ist schon vorausgeritten. Ich habe ihn geschickt, damit er nachsehen kann, ob alles in Ordnung ist und sich mein lieber Cousin auch auf die Reise bequemt hat.«

»Wieso? Ist er so ein Stiesel, dass er zu Hause, auf Bulloch Castle, auf uns warten würde?«, hakte ich leicht erschrocken nach.

»Ach naye, Lass. Du wirst sehen. Ich denke, er hat jetzt schon keine Ruhe mehr, dich endlich kennen zu lernen«, rief er zu mir herüber und drehte sich dazu leicht auf seinem Pferd um, um mich ansehen zu können. Mit einem Nicken machte ich ihm klar, dass ich ihn verstanden hatte und nun fürs Erste Ruhe geben würde.

Es war ein sonniger Tag, zwar kalt, aber immerhin windstill, sodass wir gut vorankamen und nach vier Stunden erst Halt machten, damit ich Willie stillen konnte. Dann ging es weiter in Richtung Struy und nach weiteren zwei Stunden kam uns eine Reiterschar entgegen. Duncan wies uns sofort an, Deckung in einem kleinen Hain zu suchen, und wartete gelassen ab, wer sich ihm in den Weg stellen wollte. Doch schon von Weitem erkannte er, dass sich Collin und Lachlan mit einigen Kumpanen näherte, und winkte uns aus dem Versteck. Das Wiedersehen wurde mit argen Schulterklopfern und rüden Worten begangen und wir beäugten das Treffen argwöhnisch, denn die anderen Männer waren uns unbekannt und sahen uns zunächst finster an. Unwillkürlich ritt ich näher an Robert heran und legte meine Hand auf seinen Schenkel. Das leichte Zittern entging ihm nicht und er flüsterte mir zu, dass ich mir keine Sorgen machen sollte, denn er würde Duncan und Al vertrauen. Vater und Sarah hatten sich nun als lebender Schutzwall vor uns geschoben und wir bildeten den Schluss. Ich beobachtete jedoch mit Argusaugen, wie sich die Stimmung vor uns entwickelte, und merkte bald, dass Duncan's Einfluss augenscheinlich groß genug war, um uns zu schützen. Dann schickte er Al einen kurzen Gruß mit erhobener Hand und sonderte sich mit einigen der Neuabkömmlinge ab. Die Gruppe nahm unsere geplante Richtung und ritt eilig los. So ließ Duncan uns mit Lachlan, Aidan, Collin und drei weiteren Campbell-Kriegern zurück. Aber wir folgten in dem üblichen Tempo.

»Aidan, was ist? Gibt es Ärger?«, konnte ich meinen Mund nicht halten, denn ich hatte Angst um meine kleine Familie, die nun von zumeist Fremden umringt war.

Aidan drehte sich im Sattel zu mir um und ein schwaches Lächeln erreichte seine Augen.

»Keine Angst, Joline. Das ist normal. Ich hörte, der Campbell tobt, aber mach dir keine Sorgen, Duncan wird das regeln«, ließ er mich wissen. Seine Stimme hörte sich allerdings zuversichtlicher an, als sein Gesicht aussah. Obwohl ich mich mulmig fühlte und dachte, einmal mehr in die Ungewissheit zu reiten, beschwichtigte mich, dass der Pate meines Sohnes recht sorglos war. Also wartete ich ab. Auch meine suchenden Blicke auf Robert, Da, Sarah und William beruhigten mich, denn sie wirkten gelassen. Na ja, meinen Sohn konnte ich nicht wirklich sehen, denn Robert hatte ihn an seiner Brust geborgen und der bekannte Geruch seines Vaters hatte ihn nach der letzten Rast wieder einschlummern lassen. Also entspannte ich mich und ließ meinen Hengst einfach in dem Trott weiterlaufen, obwohl ihm das ganz deutlich nicht passte. Eine weitere halbe Stunde hatte sich Whitesocks nun bändigen lassen, doch dann wurde es ihm eindeutig zu bunt. Wir hatten schon einige Gehöfte passiert und in einer weiteren halben Stunde würden wir Struy erreichen. So langsam kannte ich mich wieder in meiner Heimat aus. Da wir im Zweierverbund ritten und nicht mehr flankiert waren, brach er aus und galoppierte an den Vorderleuten vorbei. Robert und Al sowie Aidan, Collin und Lachlan kannten sein Temperament schon und wunderten sich daher gar nicht, dass der Hengst losbrauste. Aber die anderen Campbells glotzten uns erstaunt nach. Unsicher, ob es sich um Flucht oder ein durchgegangenes Pferd handelte, nahmen sie Blickkontakt zu Aidan auf.

»Das Pferd braucht Auslauf«, ließ er die Krieger unaufgeregt wissen, während er zu Robert gewandt kundtat, dass er auf mich aufpassen würde, und gab seinem Wallach ebenfalls die Fersen, um mir hinterherzujagen.

Lachlan und Collin schlossen die entstandene Lücke und lachten herzhaft über die neuen Beschützer, die sich immer noch nicht damit abfinden konnten, MacDonalds zu begleiten. Allerdings waren sie dem Campbell treu ergeben und stellten seinen Auftrag auch nicht in Frage.

Der Campbell

1

»Du hast *was*?«, bellte John Campbell seinen Cousin an, nachdem er berichtet hatte, dass er Joline hatte von einem Priester trauen lassen und er nun mit Robert MacDonald als Schwiegerenkel würde leben müssen.

Duncan kannte seinen anverwandten Laird gut, seine Wutausbrüche waren legendär. Selten wichen sie genauso schnell, wie sie gekommen waren. Doch meistens stand er einer guten Erklärung offen gegenüber.

»Sie bringt nicht nur deinen ersten Urenkel mit, John. Sie ist wieder guter Hoffnung. Der junge MacDonald ist in Ordnung. Außerdem liebt sie ihn«, dröhnte er mit tiefer Stimme und sah seinen Cousin mit hochstehenden Nackenhaaren an. Doch stutzig machte ihn, dass John dennoch nicht weiter aus der Haut fuhr. Er witterte etwas Gefährliches, konnte es aber nicht greifen, auch wenn es noch so an der Oberfläche lauerte.

Da John auch seine zweite Hand Duncan sehr gut kannte, wusste er sofort, dass dieser seine Entscheidung selbst mit einem Kampf gegen die zehn Krieger, die er selbst noch im Gefolge hatte, durchsetzen würde. Aber er wollte seinen eigenmächtigen Kämpen nun ein wenig schmoren lassen und tat so, als wäre er deutlich verschnupft über Duncan's Tat.

»Hmpf. Wir werden sehen und reden später!«, zischte er Duncan an, damit der sich nicht in Sicherheit wähnte. Er wollte gerade auf dem Absatz kehrtmachen und in das Gasthaus verschwinden, als Duncan ihn am Arm hielt.

»Nun sieh dir dieses Teufelsweib an«, raunte er John zu und nickte mit dem Haupt in Richtung eines noch entfernten Hügels. Ein Pferd stieg, als würde sein Reiter einen Kampf ansagen wollen. Gerade dieser Gedanke brachte ihn tatsächlich zum Schmunzeln.

Auch ein zweiter Reiter erschien und er erkannte seinen Gefährten Aidan, der vermutlich zum Schutz hinter dieser Teufelin hergehastet war.

Er hörte, wie John neben ihm hart die Luft einsog, als er das steigende Pferd mit der Frau, deren lange Haare wie eine goldene Standarte im Wind flatterten, ebenfalls sah.

»Ist sie das?«

»Darauf kannst du Gift nehmen, John!«

»Wenn sie stürzt!«, hörte Duncan seinen Cousin aufgeregt und spürte, wie er weichen wollte, um der Frau entgegenzureiten und ihr zu helfen. Immerhin war sie seine Enkeltochter. Doch Duncan dröhnte:

»Bleib. Sie wird nicht stürzen. Sieh hin und genieß es!«

Als Aidan neben mir erschien und ich mich zu den anderen umsah, die noch in weiter Ferne vor sich hin trotteten, lachte er mich unverhohlen an und sagte laut:

»Jetzt hast du dich so fachmännisch angekündigt, Joline, nun bring es auch zu Ende und begrüß den Campbell. Er wird nicht beißen.«

»Aber sollten wir nicht …«

»Naye, sollten wir nicht. Sie werden Verständnis haben«, johlte er und gab meinem Hengst einen Klaps auf den braunen Hintern. Der ließ sich nicht zweimal bitten und stieg ein weiteres Mal. Als seine Vorderhufe wieder Boden unter sich hatten, lenkte ich ihn in Richtung Tal. Mein Hengst holte weit aus, als er die angewiesene Strecke zu den wartenden Campbells hinuntergaloppierte.

Ich erkannte Duncan, aber den Mann, der neben ihm stand, kannte ich nicht. Er war einen halben Kopf kleiner als sein Nachbar, erschien mir dennoch imposant. Das musste John Campbell sein. Sein welliges, blondes Haar erinnerte an meinen Ziehvater und auch die Figur war sehr ähnlich und wurde immer ähnlicher, je näher ich kam.

Als ich Duncan's Grinsen sehen konnte, das er gekonnt vor seinem Laird verbarg, bremste ich Whitesocks und ließ ihn die letzten zwanzig Meter im Schritt gehen. Komischerweise dachte ich aber wieder an den Mann, der diesem hier in etwa glich. Das gleiche Braun in seinen Augen und deren Form erinnerten mich an meinen richtigen Vater. Doch ich schüttelte diesen Gedanken ab, weil es ohnehin nicht sein konnte.

Der leicht geöffnete Mund und die erstaunten Blicke von John Campbell entgingen mir nicht. Doch schnell bemühte er sich um Fassung und ich nickte ihm und Duncan zu, als ich bei den beiden angekommen war. Ohne jedoch auf Hilfe zu warten, ließ ich mich vom Rücken meines Hengstes rutschen und trat den beiden wartenden Männern entgegen.

»Mylord«, sprach ich den Earl mit angedeutetem Knicks an. Doch auch wenn er mir nun hoheitlich zunickte, galt seine Aufmerksamkeit dem braunen Teufel, den ich am Zügel hielt. Ich folgte seinem Blick und da ich wusste, dass er ein Pferdenarr war, stellte ich ihm meinen Freund vor.

»Mylord, das ist mein Hengst Whitesocks.«

»Ähm, verzeih, Mädchen«, wandte er sich nun zu mir, weil er sich darauf besann, nicht unhöflich wirken zu wollen. Unweigerlich musste ich lächeln, denn Duncan hatte mir weiß Gott oft genug erklärt, dass ich das Pferd nicht den Blicken von John Campbell aussetzen dürfe. Doch nun hatte ich seine Aufmerksamkeit und wollte sie auch nutzen.

»Ihr habt mich suchen lassen, Mylord. Nun, ich bin hier … Doch ich bin auch hier, um Euch auf ein Wort zu bitten, wenn Ihr erlaubt«, sprach ich ihn förmlich an, denn auch wenn er glaubte mein Großvater zu sein, wollte ich ihn nicht belügen.

»Gern, Joline. Komm, wir gehen ein Stück«, antwortete er freundlich und ich drückte Duncan die Zügel meines geliebten Hengstes in die Hand.

»Was kann ich für dich tun, mein Kind?«, sprach mich der Earl nun an und seine Freundlichkeit wurde von einem Schmunzeln begleitet.

»Nun, ich möchte nicht um den heißen Brei herumreden,

Mylord. Ich habe herausgefunden, dass ich nicht die leibliche Tochter Eures Sohnes William bin und somit wohl auch nicht Eure Enkelin«, sprach ich mit zitternder Stimme aus, was ich ihm mitteilen wollte, damit gar nicht erst eine Beziehung entstand, die später bereut werden musste.

»Du bist eine beachtliche, junge Frau, Joline. Ich bin dir sehr dankbar für deine freie und ehrliche Art. Doch ich bitte dich letztendlich, mich entscheiden zu lassen, als wen oder was ich dich betrachten möchte, aye«, bedankte er sich bei mir. Seine Anweisung ließ keinen Platz für Widerrede oder Erklärung.

Völlig perplex starrte ich ihn an. Doch die Neuankömmlinge zogen nun seine Aufmerksamkeit von mir fort und er brachte mich schnell wieder zu Duncan, in dessen Obhut er mich stehen ließ. Ich musste ihn wohl angesehen haben, als wäre ich eine blöde Ziege, denn er raunte zu mir rüber:

»Schau nicht so, als würdest du gleich losmeckern wie ein dummes Hornvieh. Das bist du nämlich nicht.«

Dabei stupste er mich mit seinem Ellbogen an und grinste zu mir herunter. Ich nahm seinen Rat an und änderte augenblicklich meinen Gesichtsausdruck so weit, dass er nickend und mit einem zufriedenen Gesicht wieder aufsah, um die weiteren Geschehnisse zu beobachten.

»Er hat einen Trumpf im Ärmel, das spüre ich«, brummte Duncan vor sich hin, als hätte er es zu sich selbst gesagt. Doch da ich es nun einmal gehört hatte, konnte ich nicht anders, als nachzuhaken:

»Was meinst du, Duncan? Wieso Trumpf?«

Er sah wieder zu mir herunter und ich wie ein wissbegieriges, kleines Mädchen zu ihm auf.

»Ach, mach dir keine Sorgen, Lass. Irgendwas ist seltsam, aber es ist nicht bedrohlich, glaub mir. Nur eigenartig geheimnisvoll. Wir kommen schon noch dahinter, kleine Jo«, vertröstete er mich mit verhaltener Stimme, damit niemand anderes mitbekam, was wir sprachen.

Inzwischen waren die Campbell-Krieger, die den Geleitschutz gebildet hatten, an uns vorbeigekommen und nun sahen wir, wie John Campbell Sarah, Robert und Vater begrüßte. Sarah knickste, Robert nickte und legte schützend seine Hand über seine Brust, an der ich William wusste. Vor Vater jedoch blieb er stehen und grüßte ihn wie einen Freund, den er lange nicht gesehen hatte.

Duncan ahnte meine Frage. Noch bevor ich Luft holen konnte, um sie zu stellen, beantwortete er:

»Sie kennen sich schon lange. Wie du weißt, waren er und William einst Freunde, aye.«

»Aye. Das hatte Da mir erzählt«, flüsterte ich zurück und spürte, wie meine Wangen heiß wurden. Warum wurde ich jetzt verlegen?, fragte ich mich. Doch dann besann ich mich. Ich hatte immer geglaubt, ich sei die Hauptperson in diesem Zirkus. Doch nun, als ich die beiden so zusammenstehen sah, kam der Gedanke, den ich zuvor schon hatte, wieder zum Vorschein und unbedacht äußerte ich:

»Sehen aus wie Vater und Sohn, aye?«

Ruckartig zuckte Duncan's Kopf zu mir und er beugte sich leicht zu mir herab.

»Sag das nicht so laut, Jo … Aber weißt du was? Den Gedanken hatte ich auch gerade. Sieh nur, jetzt gehen die beiden ein Stück«, flüsterte er mit seiner Brummstimme und wies mit einem Kopfnicken auf die zwei Objekte unserer Betrachtung. Doch das war nicht mehr lange möglich, denn die beiden verschwanden im Gasthaus.

»Hast du den Gang gesehen?«, dröhnte mich Duncan verschwörerisch an, hob dann jedoch den Kopf und begrüßte Robert und Sarah, die zu uns herantraten. Ich konnte mich nicht mehr auf das Gesehene konzentrieren und musste das alles sacken lassen. Also machte ich mich daran, Robert von dem wimmernden Baby zu befreien. Der Kleine war gewiss hungrig und ganz bestimmt nass, sodass ich mich umgehend um ihn kümmern wollte.

Sarah hatte geistesgegenwärtig für das Versorgungsbündel gesorgt und reichte es mir, als ich den Kleinen sicher im Arm hielt. Ich sah mich suchend um. Duncan zog uns mit sich in das Gasthaus, in dem mir eine kleine Kammer zur Verfügung gestellt wurde, damit ich William in aller Ruhe stillen und säubern konnte.

Die anderen nahmen im Gastraum Platz und wurden umgehend mit Getränken und einem Imbiss versorgt.

2

John Campbell hatte Al in sein Zimmer geführt und reichte ihm nun ein Papier. In Al's Augen kam es bereits reichlich vergilbt und oft auseinander- und wieder zusammengefaltet daher. Aufmerksam hatte er John dabei beobachtet, wie er es aus einer Schatulle genommen und ehrfürchtig einen Moment gehalten hatte, bevor er es an ihn weiterreichte. Der fragende Blick des MacDonald war ihm jedoch nicht entgangen, sodass er Al nur aufforderte: »Lies das!«

Al war aufgefallen, dass die Stimme des Earls dabei ein wenig gezittert hatte, blickte dann aber doch wieder auf den Brief und faltete ihn vorsichtig auf.

Liebster John,
es wird nicht mehr lange dauern und ich werde in die Schattenwelt entschwinden. Du warst mein neuer Anfang und nun zugleich auch mein Ende.

Versteh mich bitte nicht falsch. Ich gebe dir mit keinem Wort die Schuld. Du warst meine einzige Liebe. Meinen Mann hatte man mir aufgezwungen, aber dich hatte ich erwählt und du hast mir gut getan. Ich fühlte mich das erste Mal im Leben begehrt und geliebt. Doch dieser Liebe ist ein Sohn entsprungen. Alistair. Er ist ein ganz entzückender kleiner Bursche und trägt eine Liebesträne. Genau wie du.

Ich wollte, dass du weißt, dass da ein Sohn von dir ist. Aber ich bitte dich auch inständig, dass du dieses Kind bei meiner Schwester aufwachsen lässt. Er ist hier geboren und wird ein MacDonald sein. Wenn es die Zeiten irgendwann erlauben, überlasse ich es dir, wie du weiter verfährst. Aber solange sich die beiden Clans nicht verstehen, beherzige meinen Wunsch. Niemand weiß es, außer mir und nun auch dir. Bitte bewahre unser Geheimnis. Ich habe nichts dagegen, wenn du ihn dir ansiehst oder ihn kennen lernst. Aber behalte die Wahrheit in deinem Herzen, solange du kannst und musst, und sei diskret.

Ich trauere nicht um mich. Ich trauere um die Zeit, die ich nicht mit meinem Kind verbringen kann. Nur zu gerne hätte ich dieses Kind der Liebe aufwachsen sehen. Neugierig hätte ich darauf gewartet, wie er als erwachsener Mann ausgesehen hätte. Wird er wohl auch so ein stattlicher, gutaussehender Mann wie du? Ich trauere um die Chance, zu erfahren, ob ihr euch jemals als die, die ihr seid, gegenüberstehen werdet.

Du und mein Sohn, ihr seid mein Ende, doch ich denke in Liebe an Euch beide. Mein Herz nimmt euch mit in die Anderwelt.

Deine, dich für immer liebende Sheena

Abschätzend sah Al John Campbell an, als er ausgelesen hatte. Dabei faltete er den Brief liebevoll wieder zusammen und gab ihn zurück. Der gleiche Blick ruhte auf ihm, wie er unschwer feststellen durfte.

»Wirst du mir verzeihen können, Sohn?«, brach John Campbell nun das Schweigen und beendete mit seiner immer noch nicht wieder festen Stimme das Messen der Blicke.

»Ich denke, es gibt nichts zu verzeihen. Es war der Wunsch meiner Mutter, dieses Geheimnis zu wahren«, keuchte Al, nun auch ergriffen.

»Ja, aber ich glaube, ich habe auch heraus gelesen, dass sie sich eine Offenbarung wünschte, oder?«

»Aye, so habe ich es auch verstanden«, erwiderte Al.

»Nun, ich denke, es gibt keinen besseren Zeitpunkt dafür als jetzt. Es ist eine gefährliche Zeit für dich und deine Familie. Ich möchte, dass du um ihretwillen meinen Schutz annimmst«, wandte sich der Earl an seinen Sohn.

»Was ist mit Joline?«, sah Al seinen Vater herausfordernd an.

»Sie ist nicht meine Enkelin, denke ich. Komm her, setz

dich! Auch das sollst du erfahren«, drehte sich John um und nahm auf dem einzigen Sessel Platz, der im Zimmer stand. Er deutete auf einen Schemel, den er Al anbot. Als der sich fragend gesetzt hatte, begann John zu erzählen:

»William fand Amber eines Nachmittags blutüberströmt an einem Wäldchen. Sie war völlig verstört und berichtete von einem Überfall. Ein hässlicher, schweinsäugiger Mann, sie glaubte, sich an eine desolate Sassanach-Uniform erinnern zu können, habe ihr Gewalt antun wollen. Sie war so geistesgegenwärtig, ihm anzubieten, ihm mit dem Mund Befriedigung zu verschaffen. Doch war ihr auch klar, dass er es dabei nicht bewenden lassen würde. Also hatte sie fest zugebissen, als der Widerling seinen Schwanz in ihrem Mund hatte und zu stöhnen begann. Allerdings ... sie hatte jedoch keine Chance bei dem anschließenden Wutanfall des Mannes ... Der Vergewaltiger schlug und trat zu, bis ihn die Kräfte verließen. Seine Verletzung war bestimmt nicht unerheblich, denn das meiste Blut stammte von ihm. Das bewies ihre befleckte Kleidung, denn sie hatte nur eine blutige Lippe, aber war übersät mit Blutergüssen. Doch dann waren ihr die Sinne geschwunden, als er sie hart an der Schläfe traf. Was danach geschehen war, wusste sie nicht. Als William sie fand, war sie noch besinnungslos. Er brachte sie zu einem Gehöft. Die Bäuerin kümmerte sich einstweilen um sie. Sie selber meinte später, der Widerling hätte geblutet wie ein abgestochenes Schwein, ihr ginge es aber gut. William hatte sich in das Mädchen verguckt. Er bat mich um Geld und verschwand mit ihr. Doch in regelmäßigen Abständen erhielt ich Post und darin schrieb er, dass Amber eine Tochter geboren hätte. Amber liebte dieses Kind und so gab er sich Mühe, zu verdrängen, dass es möglicherweise von dem Mann sein konnte, der Amber Gewalt angetan hatte. Seine Begründung für diese Vermutung war, dass sie nicht mehr unberührt war, als er sie zu der Seinen gemacht hat.«

Al hörte sich die Geschichte mit Ergriffenheit an. Sein schlechtes Gewissen wich Übelkeit und dann Wut. Seine Gefühlswelt glich dem schottischen Wetter in seiner reinsten Form.

Vielleicht sogar noch ein wenig unbeständiger.

Als sein Vater – und er war sich absolut sicher, dass der Earl sein Vater war – geendet hatte, blickte er auf und sah Verzweiflung und Fragezeichen.

Er räusperte sich und hielt dem Blick stand. Dann sagte er ganz offen, da nun die Zeit der Aufklärung angebrochen war:

»Vater, wie du vielleicht weißt, hatte auch ich den Wunsch, Amber zu heiraten. Wir liebten uns sehr. Doch weder der Keith noch Niall MacDonald gaben mir die Erlaubnis, um Amber's Hand zu bitten. Dich durfte ich nicht fragen, Niall hatte es mir untersagt. Du und Keith, ihr hattet sie schon an deinen Sohn Alexander versprochen. Es war ausweglos … einfach ausweglos für uns. Amber und ich hatten dennoch ein Techtelmechtel und schon damals war sie nicht mehr unberührt. Wir trennten uns leidvoll, doch …«, stoppte er sein Geständnis abrupt. Eine tiefe, senkrechte Falte bildete sich über seiner Nasenwurzel, und eine neue Erkenntnis nahm Gestalt an: »An dem Tag muss sie von diesem Mann überfallen worden sein. Kurz danach waren William und sie vom Erdboden verschwunden.«

»Was sagst du da, Junge?«, keuchte der Earl auf, doch Al hob die Hand.

»Warte bitte einen Moment. Ich bin noch nicht fertig, aye«, bat Al seinen Vater.

Der Earl nickte Al grüblerisch zu.

Also stand er auf und ging mich suchen. Als man ihm das Zimmer wies, wo ich William versorgte, klopfte an und trat leise ein, als er mein »Herein« vernahm.

»Jo, ich brauche euch beide beim Earl«, sprach er mich aufgeregt an und nahm sich augenblicklich etwas zurück, um Willie nicht zu erschrecken.

»Gern, ich komme sofort.«

»Ähm …«, druckste er herum, sodass ich hellhörig wurde und ihn direkt ansah, was ich vorher nicht nötig hatte, da ich seine Stimme auch ohne hinzusehen erkannt hatte.

»Was?«

»Es tut mir leid, aber … ich möchte dich um etwas Intimes

bitten, Joline«, kam er dann leise mit der Sprache heraus. Er erklärte mir die Situation und bat mich, dem Earl meine Liebesträne zu zeigen und auch die von William. Er wollte beweisen, dass wir beiden seine eigenen Nachkommen waren. Damit hatte ich kein Problem, nachdem mir aufging, dass es zwar der falsche Vater war, der mich aufgezogen hatte, ich aber dennoch mit dem Earl verwandt war. Also lächelte ich Da nickend an und folgte ihm zum Campbell. Als wir gemeinsam in sein Zimmer eintraten, blickte er mich verstört an.

»Was will sie hier?«, fragte er Al.

»Nun kann auch ich dir etwas Neues erzählen«, wandte Al sich an seinen Vater und brachte mich so in Position, dass mein Rücken zu John gedreht war. Er nahm mir Willie ab und wickelte ihn aus. Dann ließ er mich die Schleifen meines Gewandes öffnen und ich ließ es über meine Schultern nach unten rutschen. Als ich Campbell's Keuchen hörte, wusste ich, dass mein Mal sichtbar geworden war. Vater hielt Willie nackig neben mich und auch auf seinem Rücken war das Campbell-Mal deutlich zu sehen.

»Joline ist meine Tochter, Vater. Und dies hier …«, dabei hielt er Willie mal hoch, mal tiefer und endete: »… ist mein Enkelsohn William Robert Alistair.«

»Das gibt es doch alles nicht«, stöhnte der Earl und war sehr überrascht. Doch dann erwachte seine Neugier.

»Seit wann weißt du das alles?«, fragte er aufgeregt.

»Erst seit einigen Monaten. Jo hatte einiges durchgemacht und Robert suchte und fand sie am Loch Alish, mehr tot als lebendig …«

»Ja, ja, das hat mir Duncan alles schon erzählt. Aber seit wann weißt du das?«

»Robert erzählte mir auf der Rückreise aus Irland, dass Joline das gleiche Mal auf dem Rücken trage wie ich. Er meinte, es könne doch kein Zufall sein, und …«

»Woher wusste Robert … ähm, das ist der junge MacDonald draußen, aye? Woher wusste der, dass Joline, meine Enkeltochter, dieses Mal auf dem Rücken trägt?«, fragte der Earl nun mit leicht ärgerlichem Unterton und Vater und ich sahen uns verstört und ungläubig an. Vater begriff als Erster, dass Duncan wohl nur einen Bruchteil erzählt hatte, und fragte:

»Was hat Duncan dir erzählt … besser, ab wann geht seine Geschichte los?«, erkundigte er sich mit kräftiger Stimme, damit sein Vater erfassen konnte, dass hier mehr Hintergrundwissen vonnöten war als ein halbgares Verslein.

Als sich die beiden Männer abgestimmt hatten, füllte Vater die Lücken sachlich auf, sodass sie mir nicht zu nahe gingen, aber dennoch mit einer gewissen Dramatik geschildert wurden. Der Earl saß in seinem Sessel und schnappte zwischenzeitlich nach Luft wie ein Fisch an Land. Doch am Ende schaute er auf mich. Ich konnte nicht einsortieren, ob es Mitleid, Stolz oder Liebe war, was aus seinen braunen Augen auf mich eindrang. Er stand auf, kam auf mich zu und umarmte mich mit dem Baby auf dem Arm, das leise zu wimmern begann.

»Willkommen in meiner Familie, Joline«, raunte er mir zu und entließ mich aus seiner Umarmung. Beim Zurücktreten streichelte er kurz über Willie's feiste Wangen und hieß auch ihn bei den Campbell's willkommen. Dann wendete er sich wieder an Vater.

»Hol mir diesen Robert, aber sofort«, schnarrte er seinen Sohn an, aber Vater hatte die Augen von John Campbell gesehen. Sie strahlten mit einer gewissen Freude und waren mit kleinen Fältchen, die nach oben wiesen, umgeben. Ein Zeichen, dass seinem Patensohn keine Gefahr drohen würde.

Also verbeugt sich Al übertrieben ergeben und ging mit den Worten:

»Ja, sofort, Mylord. Mit Verlaub werde ich auch mein Weib mitbringen, um sie Euch noch einmal gebührlich vorzustellen.«

»Hau schon ab, Junge«, winkte er seinen Sohn hinaus, unsicher, ob der es überhaupt noch mitbekommen hatte.

Ich kam mir in dem Moment vor wie bestellt und nicht abgeholt. Doch meinen mächtigen Großvater nun so ungestört beobachten zu können, war irgendwie schön. Er hatte sich zu dem kleinen Fenster gedreht und schaute einen Augenblick hinaus. Als hätte ihn das beruhigt, nickte er und drehte sich zu mir um.

»Setz dich, Mädchen«, sprach er mich freundlich an und wies mir den Schemel zu, auf dem vorher mein Vater gesessen hatte. William verhielt sich mustergültig friedlich, sodass der Earl seine Arme ausstreckte und mich fragte:

»Darf ich …?«

Kurz sah ich auf, doch blitzschnell begriff ich, dass er um seinen Urenkel bat. Also blinzelte ich zum Einverständnis mit meinen Lidern und reichte ihm Willie. Lange sah er ihn sich an, als ob er nach Ähnlichkeiten suchen würde. Dann schien er Gefallen an dem Kleinen gefunden zu haben. Er legte ihn sich so in den Schoß, dass mein Sohn mich im Blick hatte, und schaute mich lange an.

»Du siehst tatsächlich aus wie deine verstorbene Mutter, Mädchen.«

Noch bevor sich eine merkwürdige Stille breitmachen oder mich Trauer einholen konnte, klopfte es und Vater schob Robert herein und folgte mit Sarah an seiner Seite.

3

Zuerst maßen sich John und Robert, der sich nun doch zu einer Verbeugung hinreißen ließ, um den Earl noch einmal huldvoll zu begrüßen. Dann geschah das Unglaubliche. John Campbell erhob sich, leicht behindert durch unseren Sohn, den er mir reichte, und umarmte Robert lange. Der machte ein ebenso erstauntes Gesicht über die Schulter des Earls hinweg wie wir alle. Er lugte mich mit hochgezogenen Brauen fragend an. Ich zuckte nur mit den Schultern und lächelte zurück, sodass er sich sichtlich entspannte und in der Umarmung nicht mehr wie ein Stück Holz verharrte.

»Ich danke dir für die Zuführung meiner Familie, MacDonald, und für die Rettung meiner Enkelin bin ich dir zu größtem Dank verpflichtet«, flüsterte er Robert ins Ohr. Dann löste er die Umarmung, hielt Robert jedoch weiter an den breiten Schultern fest.

»Da du mit Joline verheiratet bist und ihr Vater diese Verbindung gutheißt, wer bin ich, dass ich sie nicht auch akzeptieren sollte?«, hörten wir seine bewegte Stimme und dann breitete sich ein Lächeln auf seinem immer noch attraktiven Gesicht aus. Kurz danach richtete er sich an Sarah, die er ebenso liebevoll in die Familie aufnahm und auf die Stirn küsste. Sie war immerhin seine Schwiegertochter, obgleich Al noch nicht offiziell als Sohn anerkannt war. Aber diesen Zustand würde er in aller Eile ändern, teilte er uns mit. Freundschaftlich bat er uns zu einem gemeinsamen Essen in den Gastraum. Dort wollte er das zumindest den anwesenden Campbell-Kriegern mitteilen, damit sie ihren Respekt erweisen konnten. Doch als wir aus dem Zimmer gingen, hielt er mich kurz am Ärmel fest.

»Gib den Kleinen bitte Sarah und bleib noch auf ein Wort«, richtete er sich an mich, aber laut genug, damit die drei anderen es hören konnten. Sarah übernahm William bereitwillig und wandte sich zum Gehen, während Großvater den Männern zuwinkte, dass sie dem Weib folgen sollten. Robert's Anflug von Argwohn blieb mir nicht verborgen, doch mein liebevoller Blick zeigte ihm, dass alles gut war, und er folgte den anderen.

»Das Pferd ... kann ich es haben?«

»Whitesocks? Naye! Und wenn du der Kaiser von China wärst. Whitesocks ist MEIN«, schwang sich meine Stimme zu einer Bestimmtheit auf, die mein Verstand nicht hätte bremsen können. Auch wenn ich Großvater mit mehr Respekt hätte begegnen sollen und einen Moment später wesentlich kleinlauter zum Earl aufschaute, war mir mein Ärger über diese Frage noch deutlich ins Gesicht geschrieben.

»Nun gut ... Darf ich ihn denn wenigstens einmal reiten?«, ruderte Großvater zurück, da er merkte, dass es so keinen Sinn hatte, mir meinen Hengst abzuschwatzen. Ich sah ihn lange an. Ich vertraute meinem Hengst und so griente ich den Earl an:

»Wir treffen einen Handel, aye. Wenn du dieses Pferd reiten kannst, dann werde ich ihn dir überlassen. Einverstanden?«

»Da gibt es bestimmt noch eine Hintertür, die du dir offen hältst, Mädchen, oder?«

»Ja. Du darfst ihn nicht schlagen, treten oder sonst irgendwie Gewalt anwenden. Allein mit deinen Schenkeln musst du ihn dazu bringen, dir zu gehorchen!«, knurrte ich und hoffte, dass Großvater keine Tricks auf Lager hatte, mit denen er meinen Hengst anders zum Gehorsam motivieren könnten. Doch da selbst William, sein pferdekundiger Bastardsohn, nicht in der Lage gewesen war, Whitesocks zu reiten, hatte ich Hoffnung.

»Der Handel gilt!«

Ein seliges Grinsen breitete sich nun auf seinem Gesicht aus. Siegessicher hakte er meinen Arm bei sich ein und geleitete mich in den Schankraum, wo wir schon sehnlichst erwartet wurden.

Es waren immerhin geschätzte zwanzig Menschen, die beinahe den Gastraum sprengten, zusammengekommen. Als alle ihren Sitzplatz eingenommen hatten, forderte der Earl die Gemeinde zur Ruhe auf.

Mit ähnlich dröhnender Stimme, wie sie eigentlich nur Duncan zu eigen war, nahm er uns in den Campbell-Clan auf und ließ keinen Zweifel über bestehende Verwandtschaftsverhältnisse offen. Er wies seine Krieger darauf hin, dass sie uns zu respektieren und somit jeden Schutz zu gewähren hatten, der erforderlich sei, um seine neuen Familienmitglieder vor Schaden zu bewahren. Insbesondere nannte er mich, weil ich guter Hoffnung sei und ihm demnächst einen weiteren Urenkel schenken würde.

Als er geendet hatte, brüllten seine Kämpen wie aus einem Mund den Clan-Spruch »Vademecum – Follow me« und klopften mit ihren Krügen auf die Tische.

Das war in der Plötzlichkeit so erschreckend laut, dass William sich aufgefordert sah, mindestens genauso laut loszuschreien. Ich sah verlegen zum Earl auf, zuckte mit den Schultern und verschwand mit dem schreienden Kind nach draußen.

Vor der Tür schuckelte ich das verschreckte Kind und säuselte ihm versöhnliche Worte zu, damit es sich beruhigte. Dann schlenderte ich zur Ablenkung über den Hof. Mich trieb es zu den Pferden, die teils im Stall untergestellt, teils auf einer kleinen Koppel umhertrotteten und sich an dem reichlich vorhandenen Heu gütlich taten. Mein Weg führte mich unweigerlich zu Whitesocks. Als ich ihn im Stall fand, fiel mir meine Abmachung mit Großvater ein. Schon immer hatte ich mit ihm über alles geredet und so konnte ich nun auch nicht umhin, ihn über diesen blöden Handel aufzuklären.

Zeitgleich mit dem Schütteln seiner Mähne, mit dem er Abscheu auszudrücken pflegte, brummte mich eine bekannte Stimme an:

»Jo, sprichst du etwa mit dem Hengst?«, schüttelte der Riese, der den Stall allein durch seine Statur verdunkelte, seinen Kopf. Seine schwarzen Haare, die er offen trug, flogen um sein Haupt. Automatisch musste ich eine gewisse Ähnlichkeit zu Whitesocks feststellen und begann zu kichern.

»Ach Duncan. Wann begreifst du, dass das nicht nur ein Pferd ist?«, hörte ich mich an wie eine mährende Ziege und ging auf ihn zu.

»Ja, du hast wohl recht. Aber du musst sagen, dass ich auch ein wenig Gespür bewiesen habe, oder. Ich freue mich so, dass wir … ähm … Urgroßcousin und -Cousine sind, Joline«, sagte mir der große Krieger leise, aber mit einem liebevollen Lächeln, das er mir schenkte. Dann knurrte sein Magen unüberhörbar. Sogleich besann er sich auf seinen eigentlichen Auftrag, wobei sich seine Wangen leicht röteten.

»Komm mit, Mädchen, wir haben Hunger und warten nur auf dich«, raunte er, damit er den eindösenden Willie nicht wieder richtig weckte. Sein Blick hatte einen leicht argwöhnischen Ausdruck angenommen. Er beäugte das Kind, als würde er dem Frieden nicht trauen. Beinahe nahm ich bei seinem Gesichtsausdruck an, dass er Ängste entwickeln würde, wenn er den Buben wach ertragen müsste. Ich stellte ihm die mir auf der Zunge liegende Frage nicht, da er sie mit einem vorweggenommenen Grunzen bereits im Ansatz eindämmte. Doch mein wissendes Grinsen konnte er nicht verhindern. Etwas verlegen schaute er sofort weg, legte seinen Arm um meine Schulter und lenkte mich in Richtung Gasthaus.

»Ihr hättet doch auf mich nicht warten müssen«, wendete ich mit schwacher Entrüstung ein, um vom Thema abzulenken. Aber im Grunde freute ich mich über diese Wertschätzung und ließ mich schnellen Schrittes und mit Duncan's federleichtem Druck dorthin dirigieren.

»So«, dröhnte er durch die geöffnete Tür, »wir können nun endlich essen. Das verlorene Schätzchen ist zurück!«

Er begleitete mich an meinen Platz und nahm dann den seinen neben John wieder ein, den er meinetwegen verlassen hatte.

Ein kurzer Zwinkerer ließ mich allerdings wissen, dass er mich gern gesucht hatte und nicht böse wegen der kleinen Unterbrechung war.

Es wurde gefeiert und gut gegessen. Wir erlebten einen fröhlichen Abend und der Wirt bemühte sich mit seinen Mägden ganz offensichtlich, alle zufriedenzustellen. Aber das wunderte mich nun nicht wirklich. Immerhin würde sich Großvater bestimmt nicht lumpen lassen, wenn es um die Bezahlung ginge.

Am nächsten Vormittag brachten uns Großvater und seine Eskorte auf das Gehöft meiner toten Eltern. Mit einem mulmigen Gefühl überblickte ich das Areal und stöhnte schmerzhaft auf. Erinnerungen an Schmerz und vor allem Tod sprangen mich an. Mein Gesicht verzog sich zu einer traurigen Fratze und Tränen verschleierten meine Sicht.

Campbell tat sehr interessiert, in der Zeit, die er neben mir ritt und, wie ich vermutete, allein um meinen Hengst betrachten zu können, den er bereits als sein Eigentum wähnte.

Er sah mich messend an, als er meine einstürzende Gefühlswelt in meinem Gesicht lesen konnte, und räusperte sich.

»Wir werden die Ställe herrichten, damit ihr dort schlafen könnt, Jo. Du musst nicht in den Koben, wenn du nicht willst.«

Dankbar blinzelte ich ihn an und versuchte meine verwässerten Augen klar zu bekommen.

»Danke, Großvater«, stammelte ich mit zittriger Stimme.

»Ach, wenn wir schon dabei sind, Mädchen. Du erinnerst dich doch sicher an unseren Handel, oder?«, flüsterte er nun, vielleicht um mich abzulenken, vielleicht weil er nicht ganz so betrübt war wie ich. Irritiert über seinen Themawechsel und auch leicht verärgert darüber, dass er so über meine Gefühle hinwegtrampelte, sah ich ihn mit zusammengekniffenen Augen wütend an.

»Naye, ich habe ihn nicht vergessen. Doch du solltest daran denken, dass wir uns eben erst kennen gelernt haben. Wenn du dir heute noch den Hals brechen willst, bitte«, zischte ich ihm erbost von der Seite zu. Mit seinem schallenden Lachen, das jedes Wildtier auf Meilen verscheucht hätte, hatte ich nicht gerechnet und auch nicht mit seiner anschließenden Drohung.

»Campbells halten ihr Wort und ich sage dir, eines Tages ist er MEIN«, raunte er mir also zu und der ernstgemeinte Ton entging mir keineswegs. Doch auch ich war eine Campbell, oder?

»Campbells kämpfen anscheinend mit aller Macht dort, wo es sich zu kämpfen lohnt, aye. Stell dir nicht so einfach vor, zu gewinnen. Noch ist er MEIN und wenn du ihn haben möchtest, wirst du gegen mich kämpfen müssen, John Campbell«, warnte ich ihn meinerseits. Eröffnete ihm allerdings, dass ich zu meinem Wort, dass er ihn reiten dürfe, wenn er ihn reiten wolle, stehen würde. Er könne sich also nach dem Ausruhen gern vor der gesammelten Mannschaft lächerlich machen.

»Ach, deine neue Schwiegertochter ist Heilerin. Sie wird dich vermutlich wieder hinbekommen, es sei denn, du brichst dir tatsächlich den Hals«, schnippte ich und grinste ihn böse an.

»Gut, gut, mein Kind. Wir werden sehen.«

Alle fassten mit an, damit wir eine annehmbare Unterkunft bekamen und wenigstens auf dem Gehöft wohnen konnten. Da besprach mit seinem Vater, der natürlich ganz bestimmte Vorstellungen hatte, wie es hier einmal auszusehen hatte, das weitere Vorgehen. So wurde abgemacht, dass John zur Verfügung stellen würde, was benötigt wurde. Er wollte Menschenkraft schicken und Material senden, damit alles schnell aufgebaut werden könne. Des Nachmittags allerdings forderte mich Großvater gelassen auf, mein Versprechen einzulösen. Vater und Robert schauten ihn mitleidig an und ich ging, um Whitesocks für ihn reitfertig zu machen und zu holen. Natürlich sprach ich die ganze Zeit mit meinem Hengst, während ich ihn aufzäumte und sattelte.

»Na, Mädchen? Hast du doch ein wenig Angst um dein Pferd?«, raunte mir Duncan in meinen Nacken. Ich hatte nicht bemerkt, dass er mir auf leisen Sohlen gefolgt war.

»Naye … nicht wirklich. Es ist noch niemandem gelungen … doch ich habe ein wenig Angst um Großvater, Duncan«, flüsterte ich beklommen zurück.

»Mach dir keine Sorgen, Jo. Er ist ein guter Reiter und wird beizeiten erkennen, wenn er es nicht vermag, den Jungen zu beherrschen. Vielleicht bricht er sich dabei nur einen Arm, aye?«, kam seine Stimme leicht stolpernd zu mir herüber, sodass ich mich zu ihm drehte, um ihn anzusehen. Sein mächtiger Körper zuckte und er grinste von einem Ohr zum anderen. Er schien sich außerordentlich auf die kommende Vorstellung zu freuen. Mir kam es schon fast wie Schadenfreude vor, da er vernünftigerweise auf einen Eigenversuch verzichtet hatte, als Al ihn über den Hengst aufgeklärt hatte.

»Ich habe auf das Pferd gesetzt und einige andere auch!«, ließ er mich nun mit fester Stimme wissen und ging.

Verstört, erstaunt und dann eher belustigt verfolgte ich, wie sich Duncan schlendernd zu seinen Kämpen begab. Er stellte sich breitbeinig auf und starrte hoffnungsfroh in meine Richtung. Also gab ich Whitesocks noch einen Kuss auf die Nüstern und einige Klopfer auf den mächtigen Hals.

»Bleib mir treu, Bruder!«, rauschte mir leise aus dem Mund und er nickte, als hätte er verstanden. Dann machten wir uns auf den Weg und ich drückte meinem Großvater ohne ein Wort die Zügel in die Hand und begab mich in die tröstliche Umarmung meines Mannes. Robert schaute liebevoll zu mir und drückte mich noch näher an sich.

»Er wird DEIN bleiben, *mó chride*. Ich weiß es!«

Großvater streichelte Whitesocks die Stirn, ließ ihn seinen Körpergeruch über die Nüstern wittern und murmelte ihm beruhigende Worte zu. Der Hengst blieb unbeeindruckt stehen und wartete auf das, was kommen mochte. Der Earl fasste Mut und schob sich an die Seite des Braunen. Er stellte einen Fuß in den herabhängenden Steigbügel. Doch als das Pferd ahnte, dass sich dieser Mann ungefragt auf seinen Rücken schwingen wollte, wich er zur anderen Seite aus. Der Campbell musste unwillkürlich auf einem Bein hüpfend folgen, bis sich das Mann-Pferd-Duett einmal im Kreis bewegt hatte. Großvater war sechzig Jahre alt und dieser Tanz forderte ihm schon ein gewisses Maß an Kraft ab. Whitesocks schien ein wenig Mitleid mit dem mitgeschleiften Herren zu haben und blieb nun stehen. Mit gewaltiger Kraft brachte sich Großvater nun in den Sattel und konnte ein siegessicheres Schmunzeln nicht verhindern. Einen Augenblick stockte mir der Atem, denn ich dachte, ich hätte mein Pferd nun doch an diesen Pferdenarren verloren. Mein Magen krampfte und mir wollten die Knie einknicken. Sogleich spürte ich, wie Robert seine Umarmung verstärkte und mich fester hielt. Trotzdem schloss ich die Augen. Ich konnte nicht mit ansehen, wie mein Pferd mich verriet. Doch dann entschied ich: Ich war es, die ihn verraten hatte und in diese Situation gebracht hatte. Also sah ich hin. Immer noch stand Whitesocks auf der gleichen Stelle und hatte sich nicht einen Inch gerührt. Nun verharrten die beiden da wie ein Reiterdenkmal. Ein wunderschönes Stillleben, für ein großes Bildnis über einem Kamin etwa. An der ganzen Situation änderte sich auch in der nächsten halben Stunde nichts und die umherstehenden Campbell-Krieger wurden langsam nervös.

Ich beobachtete, wie Großvater ständig seine Schenkel zuckte, damit Whitesocks zu laufen begann, doch der stellte sich stur. Dann bekam er jedoch immer häufiger auch die Ferse in den Leib und seine Ohren begannen mehr und mehr nach hinten zu weichen. Ein Zeichen dafür, dass sich Unmut breit machte, was jeder Reiter schon zu Anfang lernte. Doch John Campbell wollte siegen und ignorierte die Gefühle dieses Pferdes so deutlich, dass es mir schwerfiel, weiter hinzusehen. Ich hatte nicht gewollt, dass der Braune leiden sollte, also konnte ich auch nicht anders, als meinem Grandpa ärgerlich zuzurufen:

»Gewalt in irgendeiner Form ist nicht abgemacht!«

Als er auch meine Warnung, dass er den Hengst nur ärgerlich machen würde verschmähte, machte ich ihn darauf aufmerksam:

»Niemand kann für die Folgen deiner Dickköpfigkeit zur Rechenschaft gezogen werden. Weder Pferd noch Person. Das, was du nun erleben wirst, ist allein dein Verdienst!«, knurrte ich wütend.

Das allgemeine »Hmpf« der anwesenden Zuschauer signalisierte Einverständnis und wich bald einer gewissen Langeweile. Dieses Standbild wurde nicht mehr stetig beäugt und die Krieger begannen kurze Unterhaltungen. Lachten hier und da über Witze und schauten nur noch zu dem Reiter, um sich zu vergewissern, dass nichts passiert war.

Doch dann hatte Whitesocks eindeutig genug von den Hackentritten in seine Rippen und stieg, aber nicht mit den Vorderhufen, sondern mit seinem Allerwertesten. Damit hatte John Campbell nicht gerechnet und flog nach vorn über den Pferdehals in die einzige Matschpfütze weit und breit.

»Argh«, ließ er sich leise vernehmen, denn ein Highlander zeigte seinen Schmerz schließlich nicht. Alle Augenzeugen mussten sich ein Schmunzeln verkneifen, als sich das Tier mit einer angedeuteten Verbeugung, indem es nur sein Haupt gesenkt und dann wieder nach oben geworfen hatte, verabschiedete. Whitesocks drehte ab und trottete zu mir herüber. Ich empfing ihn herzlich. Ich konnte gar nicht anders, als seinen Kopf mit beiden Händen zu umfangen und ihn auf die Nüstern zu küssen.

Großvater hatte sich mühsam wieder auf die Beine gekämpft und augenscheinlich keinen großen Schaden genommen, außer vielleicht an seinem Stolz.

»Das Pferd ist ungehorsam und stur. Das würde sich bei mir sein Futter nicht verdienen«, brummte er, jedoch laut genug, dass ich es hören konnte.

»So ähnlich habe ich es auch schon einmal gehört, dennoch will ihn jeder haben …«, entwich es mir und ich funkelte meinen Großvater an.

»Hmpf«, drehte der sich nun um und brüllte:

»Keiner redet jemals ein Wort über das Geschehene. Fertig machen! Wir reiten nach Kenmore!«

»Ich habe zwar gewonnen, aber ich hatte gehofft, dass sich der Narr wenigstens einen Arm bricht«, knurrte Duncan im Vorbeigehen.

Als ich mich entrüstet zu ihm umsah und die gespielte Niedergeschlagenheit in seinem Gesicht entdeckte, musste ich laut loslachen.

»Naye, das hast du nicht«, konnte ich nur gackernd kontern.

Das Gestüt

1

Es begann eine aufregende und anstrengende Zeit für unsere kleine Familie. Großvater hatte überhaupt kein Problem damit, Vater die Ländereien, die einst William gehört hatten und nun an ihn zurückgefallen waren, zu überschreiben. Auch hatte er eine ganz besondere Geschäftsidee in petto. Er wollte, dass wir die Pferdezucht von William wieder aufnahmen und eine möglichst ansehnliche Rasse erschafften, die er dem König anbieten könnte. Wir hatten eigentlich gar keine große Wahl, doch es war auch eine schöne Aufgabe. Ich war ohnehin mit Pferden aufgewachsen und Vater und Robert kannten sich ebenfalls mit Reittieren aus, hatten jedoch nicht so viel Ahnung von der Zucht. Aber gemeinsam beschlossen wir dieses Unternehmen zu wagen.

Großvater schickte Baumaterial und Handwerker, die in Windeseile ein geräumiges Manor für uns bauten, nicht ohne für ihn selbst private Räume mitzubedenken. Er wollte uns oft besuchen können und sich auch entsprechend wohlfühlen. Dann schufen sie mehrere Cottages. Tatsächlich war es Duncan und seinen drei Lieblingskämpen gelungen, den Chief zu überreden, den Schutz für die Pferdezucht und die Familie Campbell-MacDonald gewährleisten zu müssen. Natürlich brachten diese ausgesuchten Krieger ihre Familien mit.

Es entstand ein kleines Dorf, Stallungen wurden neu gebaut oder die alten Gebäude erweitert. Nur der alte Koben, den ich aus meiner Kindheit kannte und der nicht in die Neuerungen einbezogen wurde, stand da wie ein Museum. Da inzwischen niemand dort gewesen war, seitdem ich ihn verlassen hatte, lag alles an Ort und Stelle und verstaubte vor sich hin. Täglich hatte ich die Kate passiert, doch die schlimmen Erinnerungen hielten mich immer davon ab, sie auch zu betreten. Eines Tages jedoch, denn Robert hatte durchaus bemerkt, dass es mir schlecht damit ging, nahm er mich bei der Hand und führte mich zu dem alten Haus meiner Eltern.

»Du hast nicht nur Böses hier erlebt, mein Herz. Geh endlich hinein und mach deinen Frieden mit der Vergangenheit. Denk an uns und unsere Kinder«, raunte er mir zu, als wir davorstanden und streichelte mir von hinten über den leicht geschwollenen Unterleib.

Ungläubig starrte ich ihn an. Verlangte er das wirklich von mir? War ich tatsächlich zu feige, mich meinen Erinnerungen zu stellen?

»Ich bin bei dir, Joline.«

Langsam und liebevoll schob er mich Schritt für Schritt vorwärts und plötzlich lag meine Hand auf dem Türblatt und ich schob sie auf. Es war auch das Haus, in dem mein geliebter Mann mich fand und wir uns ineinander verliebten. Es sollte mir nichts ausmachen, mich daran zu erinnern. Diese Liebe würde in jedem Fall das Böse, das zuvor passiert war, für immer tilgen. So war meine kühne Hoffnung und ich machte den ersten Schritt in und aus meiner Vergangenheit. Zusammen mit Robert, der mir spürbar folgte und mich nicht aus den Augen ließ, inspizierten wir das kleine Cottage und unwillkürlich griffen meine Hände nach den Gegenständen, die mir immer viel bedeutet hatten.

»Sieh nur, Rob, mein Jagdbogen«, eilte ich auf die kleine Waffe zu und hob sie auf.

»Ja, mein Lieb. Alles, was hier ist, ist dein. Bewahre, was du bewahren möchtest. Al hat gesagt, dass er den Koben gern als eine Art Krankenhaus für Sarah einrichten möchte. Er fände es schade, wenn diese Kate ungenutzt herumstehen würde. Wenn du also bereit bist, dann bringen wir alles, was du behalten möchtest, in den leeren Kellerraum im Haupthaus.«

»Oh, ja natürlich«, keuchte ich verstört. Hatte ich tatsächlich die ganze Zeit den Neuanfang behindert oder gar aufgehalten, weil ich Angst vor diesem Häuschen hatte? Selbst mein Vater hatte sich nicht getraut, mir das zu sagen? Auch Sarah nicht, die mir eine enge Freundin und Mutterersatz geworden war?

»Sie … sie haben nur auf mich Rücksicht genommen?«, flüsterte ich, denn mehr Kraft konnte ich für diese Frage nicht aufbringen.

»Aye … Aber ich denke, wir können nun weitermachen, oder? Du hast es geschafft, diese Grenze zu durchbrechen. Wir waren endlich hier drin und der Rest ist ein Kinderspiel, Jo. Du wirst sehen. Manche Erinnerungen bleiben, manche werden blasser und noch andere werden ganz verschwinden«, kam er auf mich zu, nahm mich fest in den Arm, sodass ich seinen warmen Atem an meinem Hals spürte, als er mir das sagte.

Was soll ich sagen, er hatte recht. Eines Tages war dieses Haus nur noch ein Haus in unserem kleinen Dörfchen. Das lag allerdings auch daran, dass es mitunter zuging wie auf einem Markt. Viele neue Menschen und vor allem viel Arbeit, die von Gedanken an die Vergangenheit ablenkten, machten es schließlich leicht, auch neue Wege zu gehen und den Blick in die Zukunft zu richten.

Es wurde Sommer und diese neu entstandene Gemeinschaft machte es sich zur Gewohnheit, sich des Abends um ein Lagerfeuer zu versammeln, und sei es nur, um sich zu unterhalten. Vater war zwar in einer Zeit aufgewachsen, in der es einen Laird gab, der das Schicksal lenkte, aber befand es für besser, wenn Entscheidungen in der Gemeinschaft besprochen und dann auch von dieser als Einheit getragen wurden. Duncan reiste zwischen Bulloch Castle und unserem kleinen Anwesen hin und her und gefiel sich in der Rolle des Botschafters. Als er eines Tages wieder zu uns kam, brachte er die Einladung von Großvater mit, dass seine engste Familie nach Kenmore kommen solle, um endlich die Pferde, die er zur Zucht ausgesucht hatte, abzuholen. Also wurden die Aufgaben, die inzwischen zu erledigen seien, verteilt und wir machten uns auf den Weg zum Loch Tay.

Die Kuppe des letzten Hügels, der uns noch die Sicht auf unseren Zielort genommen hatte, offenbarte uns nun einen atemberaubenden Blick auf das Tay-Tal. Grün in all seinen Schattierungen waberte uns entgegen. Dunkles Tann, saftgrünes Weideland, verschiedene Blattfarben der Bäume und Büsche und dann das helle Grau einer Schlossfassade. Das Anwesen schmiegte sich an der einen Seite an einen weiteren Hügel, der leicht bewaldet war, und ließ genügend Abstand zum Loch Tay, um einen gepflegten Park zuzulassen.

»Wunderschön«, kam es mir ehrfurchtsvoll über die Lippen und ich fühlte mich plötzlich fehl am Platz. Verstohlen sah ich mich um. Unsere Reitkleidung entsprach nicht der neuesten Mode und die Reise hierher hatte uns Nächte im Freien beschert. Insgesamt waren wir in einem desolaten Zustand – keine Gäste für ein Schloss, auf keinen Fall.

Doch Duncan, der selber nicht so sehr auf sein Äußeres achtete, hatte nicht das geringste Problem damit, uns genau dorthin zu lenken. Er hatte gemerkt, dass ich mich unwohl fühlte, dachte jedoch an meine Schwangerschaft und ließ sich zurückfallen, um mich zu fragen:

»Geht es dir nicht gut, Lass?«

»Gesundheitlich alles bestens, Duncan. Aber ich bezweifle, dass wir für einen Empfang in diesem hoheitlichen Haus gekleidet sind«, brachte ich meine Sorge auf den Punkt.

Duncan zog die Augenbrauen hoch und seine stahlgrauen Augen musterten mich.

»Ich nehme doch wirklich nicht an, dass das dein Problem ist, Mädchen. Schau mich an, schau alle anderen an. Nur weil wir nicht in diesem unbequemen Brokat herumlaufen, sind wir dennoch etwas wert. Dem Earl ist das ohnehin egal, sonst hätte er Kleidung geschickt«, ließ er mich wissen und vereitelte jeden Versuch, Einspruch zu erheben, indem er sich wieder vor die Reisegruppe setzte und unseren Anmarsch erhobenen Hauptes fortsetzte. Er sollte recht behalten.

»Schön, dass ihr endlich da seid«, begrüßte uns Großvater, nicht ohne Whitesocks einen bösen Blick zuzuwerfen, dem das allerdings ziemlich egal war.

»Kommt rein, kommt rein und erfrischt euch. Dann zeige

ich euch meine Auswahl und dann könnt ihr euch erst einmal ausru…«, ereiferte er sich, uns seine Pläne zu unterbreiten, wurde allerdings von der großen Pranke auf seiner Schulter von weiteren Ausführungen abgehalten. Also drehte er sich halb und erkannte die zu Schlitzen gewordenen Augen seines Cousins.

»Was? Warum unterbrichst du mich?«, fragte er ärgerlich.

»Vielleicht gönnst du den Damen ein Bad und lässt ihnen frische Kleidung bringen, damit sie sich hier auch wohl fühlen«, brummte Duncan.

»Oh … Ja, natürlich. Sarah und Joline, ihr sollt natürlich die Zeit bekommen, euch etwas aufzuhübschen, aye.« Er klatschte in die Hände und zwei junge Mägde eilten herbei, um uns in Empfang zu nehmen und in unsere Gemächer zu bringen. Wir konnten ein Bad nehmen und wurden mit wirklich schönen Kleidern versorgt. Die Mägde kümmerten sich um unsere Haare, flochten sie kunstvoll und steckten sie hoch. Kleine bunte Bänder entsprechend der Kleiderfarbe waren mit eingebracht und schmückten unser Haupt. Anschließend trafen wir wieder auf unsere angetrauten Herren, die uns mit offenen Mündern in Empfang nahmen. Selbst der Earl, der täglich elegante Damen zu sehen bekam, schaute ein zweites Mal hin, als Vater und Robert nur erstaunt raunten.

»Ja, also …«, stammelte er und wusste nicht mehr so ganz, was er vorher gesprochen hatte, sodass er spontan das Thema wechselte und großzügig anbot:

»… vielleicht solltet ihr beide einmal das Arsenal nach Kleidung durchsehen, die euch gefällt. Nehmt mit, was ihr mögt, nicht wahr«, stotterte er weiter, da auch ihm jetzt klar wurde, dass dieses Schloss schon seit Jahren keine solchen Schönheiten mehr erlebt hatte. Doch seine Aufmerksamkeit wurde abgelenkt, als ein weiterer Mann den Salon betrat. Er war ebenso groß wie Vater und der Earl, eine Spur blonder und etwa in den Dreißigern. Sein Gesicht war attraktiv, seine Augen braun und seine Kleidung erlesen.

»Ah, darf ich euch meinen Sohn John vorstellen?«, eilte der Earl auf John zu und zog ihn am Arm zu seinen Gästen.

»Das, mein lieber Sohn, ist der Rest unserer Familie. Darf ich dir vorstellen: dein Halbbruder Alistair, seine Frau Sarah und deine Nichte Joline und deren Ehemann Robert.«

Freundlich verbeugten sich alle voreinander und zollten sich Respekt, wobei John's Blick auf mir hängen blieb. Sein warmer Blick machte mich etwas verlegen. Auch hielt er meine Hand etwas länger, als nötig gewesen wäre, und so spürte ich, wie mir das Blut in die Wangen schoss. Taktvoll wandte er sich ab und sprach ein paar Worte mit Vater. Robert räusperte sich neben mir und beugte sich etwas mehr hinab:

»Muss ich mir Sorgen machen?«

»Natürlich nicht. Was denkst du? Er ist mein Onkel«, entrüstete ich mich flüsternd.

»Aye, das ist er … dennoch bin ich eifersüchtig, vergiss das nicht, *mó chride*«, knurrte er zurück, rückte etwas näher und umschlang meine Taille.

»Kommt alle mit«, winkte uns der Earl in einen kleinen Raum, in dem wir an einer kleinen Tafel Platz nahmen. Es wurden uns ein Imbiss und Getränke serviert, die nichts zu wünschen übrig ließen. Ich saß, flankiert von Robert und Duncan, meinem neuen Onkel gegenüber. Neben John saßen Vater und Sarah und am Kopfende, wie sollte es anders sein: John Campbell, der Earl of Breadalbane. Wir unterhielten uns und genossen die gute Verpflegung. Dann stand Großvater auf und fühlte sich erwogen, eine kleine Rede zu halten.

»Nun, da ihr alle da seid, möchte ich euch etwas mitteilen. Da aus meiner ersten Ehe mit Evelyn keine lebenden Nachkommen mehr da sind und mir von Jamima, meiner zweiten Frau, nur noch John geblieben ist, der mir als Earl nachfolgen wird, möchte ich mich dennoch gesegnet schätzen. Mit euch habe ich sozusagen noch einmal das späte Glück erleben dürfen, weitere Nachkommen entdeckt zu haben. John hat mir versprochen, dass er sich meinen Absprachen auch nach meinem Ableben beugen wird und euch ebenso als Familie akzeptiert, wie ich es bereits tue. Ich möchte mich jetzt schon dafür bedanken und hoffe, dass ihr ihm euerseits ebenfalls eine Familie sein werdet

… Nun, denn. Erheben wir das Glas auf die neue Familie.«

Ergriffen sah er seine beiden Söhne an und prostete ihnen zu. Auch Vater fand nun Worte.

»Es ist uns eine große Ehre, unter deinem Schutz stehen zu dürfen. Es ist uns ebenfalls eine große Ehre, die Akzeptanz von John zu erhalten. Ihr alle solltet mir glauben, dass dies keine Selbstverständlichkeit ist. Zu viel Neid und Argwohn hat schon manch eine Familie auseinandergetrieben …«, begann er mit kräftiger Stimme und wandte sich an seinen Halbbruder:

»Du, John, sollst Folgendes wissen: Ich werde dich als Bruder schätzen und niemals in Erwägung ziehen, dir die Nachfolge des derzeitigen Earl, unser beider Vater, zu neiden oder streitig zu machen. Ich freue mich über den väterlich gebotenen Schutz und hoffe, dass du ihn aufrechterhalten wirst. Im Gegenzug würde ich mich freuen, wenn wir dem Hause irgendwann zurückgeben können, was uns zurzeit Gutes getan wird.«

Anscheinend war es die Stunde der Beweihräucherung, denn nun fand sich auch John in der Pflicht, sich zu erheben. Er hielt sein Glas hoch vor sich, musterte jeden, der am Tisch saß, und sprach:

»Ich muss zugeben, als mein Vater mir eröffnete, dass ein Bruder, eine Nichte und deren Anhängsel herkämen, war ich nicht sicher, ob mir das recht wäre. Meine Position und mein Werdegang stehen fest, seitdem mein Bruder Alexander starb. Was, dachte ich also in-Gottes-Namen, sollte ich mit nicht legitimen Familienmitgliedern. Ich müsste sie nicht einmal empfangen …«

Als hätte ich es geahnt, dass dieser Mann uns nicht akzeptieren würde, wollten sich meine Augen gerade nach oben rollen, als er weitersprach:

»Doch über das Alter eines zweijährigen Trotzkindes bin ich wohl lange hinaus, sodass ich meinen glücklichen Vater – und ich habe ihn lange nicht so glücklich gesehen – befragte. Er erzählte mir eure Geschichte und ich muss sagen, dass ich meinen Hut ziehe. Ich ziehe ihn vor dem Mut, ich ziehe ihn vor dem Zusammenhalt, aber ganz besonders ziehe ich ihn vor der Liebe, mit der ihr augenscheinlich gesegnet seid«, dabei blieb sein Blick wieder an mir hängen, doch dann sprach er weiter und blickte auch Robert lange an. Zuletzt wandte er sich noch einmal an Da:

»Alistair, ich verspreche dir ebenfalls, als dein Bruder, dass ihr mich niemals fürchten müsst und ich entsprechend dem Wunsch meines Vaters schützend über euch wache, solange ich lebe. Wenn eure Pläne aufgehen, werden wir schon einen Weg finden, wie ihr euch erkenntlich zeigen könnt«, zwinkerte er Vater zu und begann ein wenig zu grinsen.

Als dieser verstand, entspannten sich alle Anwesenden, außer dem Earl selber, denn der hatte das Ganze ohnehin schon mit einem leichten Schmunzeln verfolgt. Doch nun hatte er genug von dem Formalitäten-Trara und stand auf.

»Ich denke, wir gehen jetzt zu den Ställen«, bestimmte er und winkte uns wieder, ihm zu folgen.

Schnell löste ich mich von Robert und eilte zu Großvater, wobei ich fast gestürzt wäre, hätte er mich nicht aufgefangen. Wieder spürte ich die Röte in meinem Gesicht, verdrängte aber meine Verlegenheit und sah ihn direkt an.

»Darf ich mit zu den Pferden?«

»Was für eine Frage, Mädchen. Du *musst* mit. Ich bin doch gespannt, was du von meiner Auswahl hältst«, grinste er mich an und wollte mich mit sich ziehen. Ich allerdings blieb stehen und als er sich ob des kleinen Widerstandes umdrehte, zog er seine Augenbrauen hoch und sein Blick verdunkelte sich.

»Was denn noch?«, fragte er leicht verschnupft, weil ich seine Euphorie etwas dämpfte.

Ich sah unverhohlen an mir hinab und da ging selbst ihm auf, dass ich für den Besuch in den Ställen und das Probieren der Pferde denkbar ungünstig gekleidet war.

»Meagan«, brüllte er eine der Mägde heran. »Sorg für angemessene Kleidung – Reitkleidung!«, wies er sie an und das Mädchen verbeugte sich mehrmals, was er aber gar nicht mehr mitbekam, weil er sich schon mir zuwandte:

»Mach schnell, Meagan wird dich zu uns bringen.«

Ich blieb immer noch stehen und hielt ihn in der Drehung auf.

»Was noch?«, fragte er genervt.

»Sarah?«

»Oh, Helen?«, brüllte er das andere Mädchen herbei und befahl ihr, Sarah herumzuführen oder in die Bibliothek zu bringen oder wo immer sie hinwollen würde.

»Zufrieden?«, bellte er mich an.

»Aye, bis gleich«, verabschiedete ich mich lächelnd von ihm und war mir sicher, dass auch er ein von rollenden Augen begleitetes Schmunzeln auf den Lippen trug, als er sich umdrehte und die Männer anführte.

John, der das Ganze mit einem ungewissen Lächeln beobachtet hatte, schloss zu den Herren auf und reihte sich bei Robert ein, der ihn abschätzig ansah.

»Ich mag sie«, raunte John zu Robert herüber, der nicht wusste, ob er John jetzt gerade ordentlich verdreschen oder lieber gleich umbringen wollte.

»Keine Angst, MacDonald. Ich will sie nicht. Aber ich mag sie. Sie lässt sich nichts sagen und ist kühn«, brummte er leise, damit es niemand hörte. So versuchte er Robert's feindliche Haltung, die sich für sein Gefühl aufzubauen schien, etwas einzudämmen.

»Aye, vielleicht. Sie ist vieles und kann vieles. Aber sie ist auch ein Wesen mit Ängsten und schlimmen Erinnerungen und ich werde sie schützen, Campbell. Auch vor euch, wenn es sein muss«, zischte Robert zurück. Er konnte nicht anders. Er musste einfach klarstellen, dass Joline ihm gehörte und nur er das Recht hatte, sie zu schützen und ihr Komplimente zu machen.

John's Nicken bedeutet ihm, dass der Mann verstanden hatte. Aber hatte er das tatsächlich?

»Sie ist auch schön und ein wahrer Augenschmaus.«

Das reichte. Robert blieb stehen und verzog seine Augen zu Schlitzen. In den Hüften ballten sich seine Hände zu Fäusten und sein Atem begann hörbar zu werden.

»Ah, da erwische ich dich ja noch, mein Liebster«, stürmte ich heran und grabschte schnell nach einem Arm, an dessen Ende ich eine Faust gesehen hatte. Ich zog ihn fort von John und quasselte in einer Tour auf ihn ein. John sollte gar nicht merken, dass ich nur verhindert hatte, dass Großvater möglicherweise an diesem Nachmittag auch seinen letzten Erben verloren hätte.

»Kann ich dich keinen Augenblick allein lassen!«, knurrte ich ihn allerdings an, als ich sicher war, außer Hörweite anderer zu sein.

»Er hat mich provoziert, und das nicht zum ersten Mal, das weißt du genau«, brummte Robert trotzig zurück, blieb stehen und griff an meine Schultern. »Wenn er dich nicht in Ruhe lässt, breche ich ihm seinen Hals.«

»Naye, das brauchst du nicht, Rob. Meagan hat mir gesagt, dass er mit Frauen nichts zu schaffen hat. Er mag sie. Aber er macht sich nichts aus ihnen, hast du verstanden?«

»Naye?«, sah er mich nun verwundert und mit einer steilen Falte über seiner Nase an.

»Naye! Vielleicht sollte ich lieber auf dich aufpassen, mein Lieber«, flüsterte ich ihm zu und gab ihm einen deutlichen Knuff in die Seite, der ihm bedeutete, dass wir den anderen nicht so hinterhertrödeln sollten.

»So, da wären wir. Hier auf der Koppel stehen schon die ausgesuchten Zuchtpferde. Schaut sie euch an. Sind sie nicht prächtig?«, fragte er und wies über die Koppel. Die Zahl war beträchtlich, auch sahen die Tiere gepflegt aus, aber … Ich stellte mich auf die unterste Zaunleiste der Koppel und lehnte mich auf meine Unterarme, die auf dem obersten Zaunbrett ruhten, und sah mir jedes Tier an. Dann sprang ich vom Koppelzaun hinunter und trat an meinen Großvater heran, dessen Blick immer noch stolz auf der Herde verweilte. Also steckte ich meinen Arm in seine Ellbeuge und zog ihn ein wenig am Zaun entlang von den anderen fort.

»Hattest du nicht eine Vision von einer neuen Züchtung?«, fragte ich ganz offen.

»Wieso? Natürlich, Mädchen«, klang er leicht entrüstet.

»Wie soll das neue Pferd denn aussehen?«, gab ich mich grüblerisch und hoffte, ihn ein wenig nachdenklich zu stimmen, anstatt gleich auf Konfrontation zu gehen.

»Na ja, ich würde mir die Figur von deinem Hengst vorstellen, allerdings als reine Braune. Ohne Zeichnung, aye. Vielleicht braun mit schwarzer Mähne und dunklen Fesseln … Ja, das wäre bestimmt ein prachtvolles Pferd. Es müsste auch eine ganze Menge folgsamer sein als dein Whitesocks«, sinnierte er.

»Und?«

»Und was?«

»Was siehst du da auf der Koppel?«, fragte ich nun meinerseits etwas genervt.

»Cleveland Bay … zehn Stuten und einen Hengst.«

»Und mit was sollen diese wunderschönen Tiere gekreuzt werden, um sie zu veredeln?«

Konsterniert schaute mich der Earl nun an. Dann ging auch ihm endlich das Licht auf und er stotterte:

»W…Was ist denn in Whitesocks eingekreuzt?«

»Ah, so langsam wird ein interessierter Züchter aus dir. Hat William dir das nie gesagt?«, lobte ich seine »eigene Überlegung« hinsichtlich der Entstehung einer Kreuzung und erkundigte mich nach seinem Wissenstand.

»Davon hat er nie geschrieben, aber ich hatte natürlich Nachricht über eine Anglo-Araber-Stute, die durch eine Kreuzung verdorben wurde … Lady *irgendwas*, meine ich mich erinnern zu können … War sie die Mutter von Whitesocks?«, kombinierte er so vor sich hin und ich wunderte mich über sein Gedächtnis.

»Aye, sie war seine Mutter, und ein nicht ganz so schöner Cleve war sein Vater.«

»Ach, also fehlt dir nun ein Vollblut, oder?«, fragte er grüblerisch und ich klatschte innerlich einen Riesenapplaus, dass er von ganz allein darauf gekommen war.

»Aye, genauso ist es. Es wäre schön, wenn du ein Tier hättest, braun oder schwarz, das du uns zur Verfügung stellen könntest.«

»Na, dann komm mal mit, Joline. Du wirst staunen«, prahlte

er selig.

Im Nachhinein musste ich zugeben, dass sein auserlesener Pferdebestand seinesgleichen suchen würde. Er hatte einfach alles, was man als Pferdeschönheit bezeichnen konnte, in seinem Stall. Andalusier, Anglo-Araber, Friesen und noch einige edle Tiere mehr standen dort in geräumigen Boxen. Großvater hatte sogar einen Berber. Na ja, der Berber war zwar recht ansehnlich, kam aber aufgrund seiner Größe überhaupt nicht in Frage. So ein kleines Pferd würde wohl kein gutes Kutschpferd erzeugen. Aber der Andalusier hatte es mir sofort angetan. Er unterschied sich von dem Araber allein durch seine lange Mähne und seinen enormen Schweif. Sein Körper war ebenso grazil, wenn auch eine Spur mächtiger als bei dem auch sehr schönen Anglo-Araber. Nun, der war weiß, also ein Schimmel. Ich konnte ihn für die Zucht also nicht gebrauchen. Das Gesicht des Andalusiers mutete einfach nur zum Verlieben an. Aber ausschlaggebend war sein Braun-Schwarz. Außerdem galt das Ibero-Vollblut als arbeitswillig, weniger spröde und eigensinnig. Ein weiterer Vorteil, der meine Entscheidung vorwiegend beeinflusste.

»Perfekt. Den möchte ich haben«, wählte ich mit einer Bestimmtheit, die dem Earl wenig Platz für ein ausweichendes »Naye, kannst du nicht ein anderes Pferd nehmen?« ließ. Seine anlaufende Röte im Gesicht signalisierte mir nämlich gerade, dass ihm dieser Einwand auf der Zunge lag.

»Woher willst du wissen, dass dieser Hengst der richtige ist? Woher weißt du überhaupt von all den Vorzügen?«, fragte er leicht aufgebracht. Noch traute er mir hinsichtlich der Zucht nicht wirklich, das spürte ich.

»Na ja, du warst derjenige, der mich darauf angesprochen hat. Ich habe dich nicht darum gebeten, das nur mal vorweg. Aber dein Sohn hat mich von Kindesbeinen mitgenommen und ich habe viel bei ihm gelernt. Außerdem konnte ich mir einiges Wissen über Rassen aneignen. Gerade letztens habe ich eine seiner Enzyklopädien gelesen. Vollblutrassen werden sehr gut beschrieben und so komme ich auf den etwas einfacher zu dirigierenden Iberer. Du willst sie doch gehorsam, oder?«, machte ich ihm meinen Standpunkt und auch meine Auswahl klar und hoffte auf seine Kombinationsgabe.

Sein Kopf wiegte hin und her. Er tat sich schwer mit dem Verzicht auf seinen hochgelobten Andalusier »Famos«, doch dann sprang er über seinen Schatten und es war abgemacht. Insgeheim beschloss ich eine zweite Linie mit Whitesocks. Ich hoffte, dass Vater und Robert mich diesen Versuch machen ließen und es ebenso geheim halten würden, bis ein gutes oder schlechtes Resultat die Sache spruchreif machte oder eben eindampfte. Möglicherweise konnte ich von Generation zu Generation die Zeichnung herauszüchten und würde eine ebenso schöne Variante herausbekommen wie aus den ohnehin schon braunen Pferden.

»Nun gut, wir sind fertig. Die kleine Herde könnt ihr unter Begleitschutz mitnehmen«, entschied Großvater standfest, als wir die wartenden Männer wieder erreichten.

John sah mich messend an und in seinem Blick konnte ich die Frage ablesen, die sich ganz offensichtlich in seinem Hirn gebildet hatte. Dennoch wartete ich ab, ob er sich traute, sie auch zu äußern. Außerdem war ich auf Robert gespannt. Mit der Nachricht, dass mein Onkel eher dem männlichen Geschlecht zugetan war, müsste er diese Unterhaltung doch einigermaßen entspannt ertragen. Aber es blieb ein Restrisiko, denn die Bekanntschaft der beiden hatte bisher nicht zu lebenslanger Freundschaft geführt. Ich musste unweigerlich den Kopf schütteln – Männer –, dabei war ich da nicht wirklich der Experte, schmunzelte ich vor mich hin. Doch unweigerlich kam mein Gedanke wieder zu dem Hauptthema, da ich in John's nussbraune Augen sah, die immer noch auf mich gerichtet waren.

Auch wenn sich John als Weiberheld darstellen wollte, müsste Robert das nun eher als Mittel zum Zweck der Geheimhaltung verstehen und schon allein um John's Willen hoffte ich, dass er das verstand. Die Zeit war noch nicht reif für gleichgeschlechtliche Liebesbeziehungen, das wusste ich von William. Der hatte mal erzählt, dass ein Bekannter dafür gehängt worden war. Doch um nicht John in Misskredit zu bringen, ging ich nun auf ihn zu und schenkte meinem Mann einen warnenden Blick. Sein leichtes Nicken versprach mir sein Einverständnis, sodass ich mich ganz ungeniert bei John einhakte.

»Du hast eine Frage, Onkel John?«, säuselte ich und sah ihn von der Seite an.

»Nun, meine liebe Nichte, ich bin gespannt, welches Pferd du Vater abgeschwatzt hast. Es muss sich um eine schwere Trennung handeln, denn so, wie er aussieht, trägt er irgendetwas zwischen Trauer und großem Unglück zur Schau«, gab er mit leicht amüsiertem Unterton zurück und bemühte sich um leichte Konversation. Doch sein kundschaftender Blick, den er in Robert's Richtung warf, entging mir nicht. Allein die leichte Anspannung, die nun von ihm wich, zeigte mir, dass die beiden augenscheinlich via Blickkontakt Waffenstillstand geschlossen hatten. Als er mir seine Aufmerksamkeit wieder widmete und in meine strahlenden Augen sah, hielt er ruckartig an.

»Naye!«, warf er mir fassungslos entgegen, als hätten ihm meine funkelnden Bernsteine das achte Weltwunder gezeigt.

»Wenn du ›Famos‹ meinst, dann aye!«, gurrte ich. Sein Blick veränderte sich und seine Augen wurden zu Schlitzen, sein Mund wurde schmal, jedoch vermochte er es nicht, seiner Mimik wirkliche Boshaftigkeit zu verleihen.

»Großer Gott! Ich glaube, Mädchen, du bist mit dem Bösen im Bunde. Nur durch Hexerei wäre so ein Frevel möglich. ›Famos‹, ich fasse es nicht«, zischte er und schuckelte seinen Kopf, doch dann gelang ihm keine Sekunde Ernsthaftigkeit mehr und er begann schallend zu lachen.

Diese zwei Tage auf Castle Bulloch waren heiter und die Campbells und MacDonalds schmiedeten die Familienbande eng zusammen.

Vater hatte Großvater noch wegen Gordon Fletscher gefragt, doch der Name sagte ihm nichts. Spontan konnte der Earl nichts Bestimmtes dazu sagen, versprach aber, herauszufinden, was möglich war. Vater allerdings hielt es für überflüssig, uns darüber zu unterrichten. Speziell meinetwegen erwähnte er nichts von seinen Bemühungen, diesen Widerling ausfindig zu machen, damit meine Schwangerschaft nicht unter Ängsten und Erinnerungen leiden musste.

Dann begaben wir uns zurück an den Loch Bruicheach und begannen mit einer neuen Zucht.

Im Winter 1747 kam unser kleines Mädchen Kyla Amber Sarah zu Welt. Sie wurde in Struy getauft und der stolze Paten-onkel Duncan ließ es sich nicht nehmen, die Kleine den ganzen Tag herumzutragen. Nur die Essensausgabe hatte er nicht bei sich. Wenigstens in den Momenten bekam ich das liebliche Kind zurück, um es zu stillen. Willie hatte zuerst leichte Anflüge von Eifersucht, doch wurde er von Robert und Vater viel abgelenkt und bekam von den Zuwendungen, die Kyla noch nötiger hatte als er selbst, nicht mehr so viel mit. Er war praktisch abgenabelt und ich wieder einmal angebunden. Aber nichtsdestotrotz. Ich liebte meine Kinder und Sarah half mir, damit ich mich auch hin und wieder mit den Pferden beschäftigen konnte. Sie hatte einfach ein Gespür dafür, wann ich unruhig wurde und frische Luft brauchte. Eine himmlische Frau, die ich gerne *Ma* nannte. Denn eine bessere Mutter gab es nicht. Nicht mehr.

Die ersten Fohlen kamen im Frühjahr 1748 zur Welt und waren gesund. Sie wuchsen und gediehen. Großvater und auch John kamen oft zu Besuch und sahen sich die Ergebnisse mit geschärftem Blick, aber sehr zufrieden an.

1749 meldete sich ein weiteres Baby an. Er würde wohl im März 1750 geboren. *Er*, weil ich wusste, dass es ein Junge wer-den würde. Die Hochzeitsbibel hatte es verraten und ich freute mich sehr.

Die nächste Generation Fohlen kam und auch die war recht ansehnlich. Meine geheime Züchtung mit Whitesocks war noch niemandem aufgefallen, außer natürlich Vater und Robert. Die zwei Fohlen gediehen prächtig, entwickelten sich allerdings wie ihr Vater. Die kleinen Hengste waren vorwiegend braun, hatten allerdings noch eine weiße Fessel.

Eine Generation noch, dachte ich. Vielleicht wären seine Enkelinder dann endlich reine Braune. Allerdings war ich mir

völlig unsicher, ob man auch Eigensinn und Sturheit herauszüchten konnte.

In der Nähe des Loch Bruicheach Highlands 1750

Finley's Fluch 2

1

Er sah die alte Frau auf dem Jahrmarkt. So viele Falten entstellten ihr Gesicht, dass man nicht einmal ahnen konnte, wie sie ausgesehen hatte, als sie noch jung war. Als sie ihn entdeckte, gab sie ihm mit ihrem krummen Zeigefinger ein Zeichen, dass er zu ihr kommen sollte. Ungewiss, ob er gemeint war, sah er sich um. Doch er stand allein in der Richtung, wohin die alte Vettel sah. Als er näher kam, konnte er das Blitzen in ihren grauen, klaren Augen sehen. Eine Klarheit, die er sich bisher nicht erklären konnte. Die Augen passten so gar nicht in dieses alte Antlitz. Aber heute war ihm dennoch klar, dass dieses Weib nicht einfach eine alte Frau war. Sie war … Ja, was war sie? Eine Fee? Eine Druidin?

»Du hast eine Aufgabe zu erfüllen, Söhnchen«, eröffnete sie ihm auf Gälisch.

Unsicher deutete er mit seinem Zeigefinger auf seine Brust, als wollte er fragen, ob sie tatsächlich ihn meinte.

»Ja, ich meine dich, Finley«, antwortete sie auf seine ungestellte Frage.

Konnte sie hellsehen? Nein, entschied er, da ihm klar war, dass seine Geste eine eindeutige Frage gestellt hatte.

»Mütterchen, woher weißt du meinen Namen? Ich glaube nicht, dass wir uns jemals getroffen haben, aye?«

»Naye, da magst du recht haben, aber ich bin auch nur ein Mittler. Ich soll dir sagen, was du zu tun hast, und mehr nicht«, stellte sie emotionslos fest.

Finley sah sie neugierig an. Wieder staunte er über ihre klare

Iris, die die Farbe von trübem Winterwetter in den Highlands hatte. Dennoch war dieses Grau lebendig.

»Setz dich zu mir, Lad. Es wird ein bisschen dauern, bis ich dir alles erzählt habe, und die Kundschaft an meinem Stand ist rar. So werden wir ungestört sein«, tippte sie auf die Bank neben sich und gebot ihm dort Platz zu nehmen.

»Du weißt um deine Familiengeschichte, nehme ich an?«, fragte sie ihn, als er saß und sie erwartungsvoll ansah. Sie erwartete keine Antwort, sondern begann mit ihrer Nachricht.

»Joline wird demnächst ihr drittes Kind bekommen. Sie und ihre Familie sind in großer Gefahr.

Ich kann nicht sagen, wann das Unheil über sie kommt, da mir der Widersacher noch nicht erschienen ist, aber es ist besser, wenn du ihr Kind holst, bevor es an die alte Zeit gewöhnt ist.«

Finley keuchte. Ungläubig sah er in das runzelige Gesicht.

»Ich soll ihr das Kind, das sie erwartet, wegnehmen? Sie sind nicht bei Trost, gute Frau«, erhob er sich und wollte davoneilen.

»Diah, Finley«, stoppte sie ihn und befahl ihm, sich schleunigst wieder zu setzen.

»Warum soll ich ihr Kind holen? Sie hat noch zwei weitere. Was ist mit den anderen Kindern? Sind die nicht auch in Gefahr?«, fragte er ungehalten.

»Natürlich sind sie das, Dummkopf. Aber das dritte Kind wird ihr Beschützer sein. Er wird sie nicht kennen, er wird sie nicht vermissen und er wird alles wissen, um sie vielleicht retten zu können. Alles, meine ich damit«, klärte sie ihn auf. »Sein Name wird Marven Finley John sein. Ihn wirst du mit in diese Zeit bringen und der Dinge harren, bis er gebraucht wird, aye. Ihn wirst du ausbilden lassen, in allen Kampftechniken. Alt und neu. Gälisch, Französisch, Deutsch, Latein. Das wird sehr wichtig für seinen Erfolg sein. Hörst du, Finley?«, vergewisserte sie sich, ob er begriffen hatte, was sie von ihm verlangte.

Nickend sah er sie an, doch sie sah nur Unverständnis.

»Finley, Marven ist der Einzige, der seine Mutter und seine Familie einst retten kann. Er ist im Moment ein Gefäß, das du holen wirst, um ihm das Können für seine Mission einzurichten. So schwer es dir auch fallen wird, genauso wie Joline oder Robert oder Al. Du musst es tun! … Benutze dafür diesen Becher«, damit hielt sie ihm einen ledernen Becher entgegen.

»Wofür soll der gut sein?«, fragte er und erklärte weiter:

»Wir haben den Becher, mit dem Jo gereist ist, gut versteckt. Den kann ich nutzen«, schob er ihre dargereichte Gabe zurück.

»Kannst du nicht! Ich habe auch keine Lust, dir alles hundert-mal zu erklären. Nimm diesen und lass ihn erst fallen, wenn du bereit bist. Dieser Becher ist nur für deine genaue Hin- und Rück-reise bestimmt und wird niemanden sonst transportieren«, stellte sie genervt fest.

»Aber wenn er niemanden sonst transportiert, wie soll ich dann den Jungen mit herbringen, gute Frau?«, atmete er auf und wollte ein weiteres Mal aufstehen, um dieser Charade ein Ende zu ma-chen.

Die alte Frau ergriff blitzschnell seinen Arm. Also blieb er sitzen.

»Aber was ist mit Jo? Wird sie mich kennen? Du weißt, dass sie schon einmal hier war und mich gesehen hat. Sie hat auch Marven gesehen. Sie hatte aber gar keine Ahnung, dass er in Wirklichkeit ihr eigener Sohn ist. Wie kann das alles wahr sein?«, schüttelte er seinen Kopf, als könne er sich damit dieser Aufgabe entledigen.

»Sie wird es nicht wissen, weil sie Marven noch nicht geboren hat. Folglich konnte sie nicht wissen, dass er ihr Sohn ist. Aber wenn du ihr eröffnet hast, was du von ihr willst, dann wird sie es wissen. Und ebenfalls, dass sie ihn wiedersehen wird. Dich wird sie auch wieder erkennen, da sei ganz sicher«, antwortete sie eindring-lich. Nach einer kurzen Pause fuhr sie fort:

»Du wirst ihn mit hierher bringen können. Er muss eng, Haut-an-Haut an deinen Leib gebunden werden. Du wirst dich auf den Rücken legen, das Kind auf deine Brust geschnallt, und den Becher kippen. Tu es nicht, auf gar keinen Fall, im Stehen, damit du nicht auf ihn fallen kannst. Die Zeiten weiß der Becher. Du musst es nur tun, Finley. Und zwar bald!«

»Wann?«

»Morgen!«

»Das geht nicht«, wollte Finley einwenden, doch die grauen Augen durchdrangen ihn wie ein Schwert, das man in weiche Butter sticht.

»Morgen, Finley. Dich wird es sonst niemals auf der Erde geben. Es muss sein. Du wirst einige Zeit bei Joline bleiben und hast die Möglichkeit, es ihr und den anderen schonend beizubringen. Dann wirst du wiederkommen und deine Aufgabe hier erledigen.« Damit schickte sie ihn fort und wandte sich ab.

Finley war einige Meter gegangen, den Becher in der Hand, der ihm Angst einjagte, aber den er genau deshalb wie ein rohes Ei transportierte. Als er sich noch einmal umsah, war sie verschwunden. Der ganze Stand war verschwunden.

Nun sah er auf den Becher, der so real war wie sein Herzschlag, der enorm gegen seine Rippen hämmerte. Wie auch immer, er hatte Joline erlebt und er wusste, dass es nun um seine Existenz ging.

Er eilte nach Hause und warf den Computer an. Er musste einfach wissen, ob er einen Hinweis auf die Familie MacDonald finden konnte, deren Urahn er war. Egal, was er eingab, alle Hinweise verschwanden im Freiheitskrieg 1746. Dann suchte er über John Campbell, was er bereits Jahre vorher schon oft getan hatte, und hoffte, dass jemand neue Erkenntnisse hinzugefügt hatte. Vergebens. Doch als er auf der Seite des Clans hinunterscrollte, entdeckte er eine Fußnote:

* Campbell-MacDonald Pferdezucht – Hoflieferant von Charles II.

Er öffnete die Seite, die sich eindeutig mit der Zucht von New Cleveland Bay beschäftigte und damit, wie diese Kreuzung, die so herrliche Tiere hervorgebracht hatte, auf den Weg gebracht wurde. Die Lage der Zucht wurde genannt und auch, dass es sich um einen eingegliederten Erwerbszweig von John Campbell handelte. Nach seinem Tod hatte sein Sohn John Campbell, 3. Earl of Breadalbane, ihn weitergeführt. Für Finley stand felsenfest fest, dass Joline auf seinen Rat gehört und sich an ihren »Großvater« gewandt hatte, um die Familie zu sichern. *Prima Mädchen*, dachte er lächelnd. Doch das Lächeln erstarb, als seine Gedanken zu dem auferlegten Vorhaben wanderten. Aber er konnte nichts daran ändern. Übelkeit überkam ihn bei dem Gedanken, Joline demnächst arg zu verletzen. Ihr Kind fortgeben zu müssen würde ihr sicherlich das Herz brechen. Die alte Frau hatte ihm eindringlich gesagt, dass es sich nicht um eine Kann-Bestimmung handelte, sondern diese Unternehmung ein existenzielles Muss war. Schon allein um Joline's Willen.

So tat er am folgenden Tag, was getan werden musste. Er suchte das Broch auf, welches in einem Seitental am Loch Bruicheach lag und schon recht verfallen daherkam. Finley suchte ein Versteck, in dem er den Becher, den er von der Frau erhalten hatte, bis zu seiner Rückreise sicher verwahren konnte. Fündig geworden, verstaute er ihn dort und legte sich auf den Boden. Auch für die Hinreise schien ihm das komfortabler, als möglicherweise zu stürzen. Joline hatte immerhin von *Fallen* geredet und er hatte nicht mehr den Schneid, sich auch noch Blessuren einzufangen. Allein der Sinn seines Auftrages reichte, um ihm das Blut in den Adern gefrieren zu lassen. Mit allerhöchster Überwindung stieß er den Becher um und fiel.

Aufwachen tat er fröstelig im Morgengrauen, wobei ihm aufging, dass er nicht einmal wusste, welcher Tag war. Die Frau hatte zwar irgendwas von März erzählt, aber keinen Tag genannt. Steif rappelte er sich auf und sah aus dem Broch. Es lag etwas versteckt im Buschwerk, doch er konnte eine ansteigende Wiesenfläche ausmachen, auf der Pferde weideten. Fohlen sprangen umher oder säugten bei ihren Muttertieren. Ein friedliches Bild bot sich ihm und er begriff, dass er nahe der Pferdezucht der MacDonalds aus der Vergangenheit gelandet sein musste. Wenn ihn sein Gedächtnis nicht täuschte, hatte Joline von einem Gehöft erzählt, das ganz in der Nähe, vielleicht eine Stunde Fußmarsch, entfernt liegen sollte. Stöhnend richtete er sich auf, nur um sich sogleich wieder gebückt aus dem Broch zu zwingen. Seine Beine fühlten sich bleischwer an und die ersten Schritte fielen ihm keineswegs leicht. Allerdings, so vermutete er, war das kein wirklich körperliches Problem. Immer noch bereitete es ihm starkes Ungemach, was er Joline antun sollte. Er hoffte nur, dass ihre Familie ihn nicht vierteilen würde. Einzig beruhigen tat ihn der Gedanke, dass er wohl niemals gelebt hätte, würden sie das schon im 18. Jahrhundert vereiteln. Also machte er sich auf den Weg.

Als er das Tal verließ, fiel ihm durchaus auf, dass es hinein keinerlei ausgetretene Pfade gab, die auf dieses versteckte Weidegelände hinwiesen. Das erschien ihm äußerst weitsichtig und genau deshalb brauchte es keine Wachleute, die hier auf die wertvollen Stuten achten mussten. Noch immer in Gedanken, nahm er wahr, wie sich Reiter näherten. Er konnte sie noch nicht sehen, aber immerhin hören. Das Herz begann ihm unruhig in der Brust zu schlagen und Angst vor seinen grimmigen Vorfahren schlich sich unweigerlich ein. Doch um den Argwohn nicht schon bei der ersten Begegnung zu forcieren, beeilte er sich auf den Hauptweg zu gelangen. Keinesfalls wollte er als Pferdedieb angesehen werden.

Ein wenig aus der Puste erreichte er die ausgetretene und mit Spurrillen gezeichnete »Straße«, auf der ein wenig später tatsächlich aus einer Biegung zwei Reiter auf ihn zukamen. Finley blieb wie angewurzelt stehen und erwartete die beiden, die ihren Ritt nicht einen einzigen Wimpernschlag verlangsamten, nachdem sie ihn gewahrt hatten. Sie hielten erst direkt vor Finley an, der gezwungenermaßen zu ihnen aufsehen musste. Ein braunes und ein stahlgraues Augenpaar musterten ihn, wobei den Mienen nicht eine Regung anzusehen war.

Also räusperte sich Finley.

»Finley MacDonald«, stammelte er, weil er sich in der Pflicht sah, sich als Erster vorzustellen.

Eine dunkle Wolke huschte durch den Blick des einen Reiters. Der andere sah jedoch mehr als unbeteiligt aus, ließ ihn aber auch nicht einen einzigen Moment aus den Augen.

»Dies hier ist Duncan Campbell und ich bin Alistair Mac-Donald«, stellte Al seinen Kameraden und sich vor und wies ungenau auf Duncan, der sich immer noch nicht regte. Doch schien er wenigstens zu überlegen, dachte Finley. Hoffentlich nichts, was übel enden würde.

»Ich möchte zu Joline, wenn es recht ist«, äußerte er nun mit etwas festerer Stimme. Al's Brauen schnellten in die Höhe. Auch ihm war eine vage Ähnlichkeit mit Robert aufgefallen und der Name Finley kämpfte sich gerade an die Oberfläche seines Gedächtnisses. War das nicht ein Mann aus der Zukunft, von dem Jo erzählt hatte? Unsicher, ob er seine Ahnung verbergen konnte, sodass Duncan nicht erkennen würde, dass da eine unheimliche Begegnung stattfand, fuhr er Finley an:

»Was wollen Sie von ihr? Joline ist daheim und kurz vor der Niederkunft. Ich denke nicht, dass sie jetzt noch Besuch haben möchte.«

»Kennst du den Mann, Al? Irgendwie sieht er Robert ähnlich, meinst du nicht?«, mischte sich Duncan ungefragt ein und verschaffte Finley einen Moment, in dem er Mut sammeln konnte.

Finley nahm sich also zusammen und konnte mit der eben erhaltenen Information über Jo's Schwangerschaft zumindest sicher sein, dass er nicht zu spät gekommen war. Er machte sich gerade und blickte Al mit seinen meerblauen Augen direkt an.

»Ich muss zu ihr. Es ist sehr wichtig und betrifft die Zukunft.«

Al rollte mit den Augen und hoffte inständig, dass Duncan nicht argwöhnisch wurde. Doch das wurde er nicht, da Al ihm schnell versicherte, den Mann zu kennen, und Finley den Weg wies, den er zum Gehöft zu nehmen hatte, und sich entschuldigte, ihm nicht sofort behilflich sein zu können, da Duncan und er erst bei den Stuten nachsehen wollten.

»Da ist alles in Ordnung«, warf Finley ein und zog sich nun doch einen dunkel umwölkten Blick von dem Riesen neben Al ein. In Gedanken verfluchte er sich selbst, dass er sich den Hinweis nicht verkniffen hatte, und zuckte mit den Schultern, begleitet von einem möglichst unschuldigen Gesicht.

»Na ja, ich bin seit gestern hierhin unterwegs und suchte einen sicheren Schlafplatz, deshalb habe ich mich bei der Dämmerung irgendwo in die Büsche geschlagen. Heute Morgen wachte ich also an einer Pferdeweide auf und sah mir die Tiere an. Stuten und Fohlen, aye. Es schien alles gut zu sein, als ich mich wieder auf den Weg machte.«

Al und Duncan nickten gleichzeitig, da es sich wirklich um die Zuchtstuten handeln musste.

»Na, dann können wir uns den Weg wohl wirklich sparen, was meinst du, Duncan?«, richtete sich Al an seinen Kameraden.

»Ich möchte dennoch gerade nachsehen … aber wenn du willst, kannst du mit … Finley, richtig?«, fiel ihm nach kurzem Überlegen ein, wobei er den fremden Mann noch einmal abschätzig musterte. Er wandte den Blick wieder Al zu und beendete seinen Satz: »… zu Jo reiten, dann braucht er nicht zu laufen.«

»Aye, gute Idee«, gab Al zurück und bot Finley an, den Weg auf seinem kräftigen Ross zu bewältigen. Finley nahm an und wurde von Al hinter sich auf das Pferd gezogen. Als Tierarzt hatte er keinerlei Bedenken, dieses mächtige Tier zu überfordern. Es schien ihm kräftig und gut genährt. Die beiden Freunde verabschiedeten sich und Al wendete sein Reittier und lenkte es zum Gehöft. Mit staunendem Blick nahm Finley wahr, dass es sich bei dem Gehöft mittlerweile um ein weitreichendes Gestüt mit Katen, Stallungen und Herrenhaus handelte. Sie fanden Joline in der Küche des Manors, wo sie Kyla, ihre kleine Tochter, auf dem Schoß hatte und Sarah beim Gemüseputzen half.

Da ich meinen Vater als Ersten in die Küche eintreten sah, wendete ich meinen Blick sofort wieder auf meine Arbeit, um auch meine kleine, allzu neugierige Tochter im Auge zu behalten. Immerhin hatte ich ein Messer in der Hand und wollte Kyla nicht aus Versehen oder aus Unachtsamkeit verletzen. Doch Vater sprach mich sofort an und ich sah noch einmal kurz zu ihm auf:

»Jo, hier ist jemand für dich.«

Vater trat einen Schritt zur Seite und mir eröffnete sich die Sicht auf den Mann, der ihm folgte. Ich starrte ihn an und es dauerte einen Augenblick, bis ich in meinem Gedächtnis sortiert hatte, woher ich ihn kennen konnte; doch als der Groschen fiel, fiel, glaube ich, auch mein Blutdruck. Die ängstlichen Augen meines Vaters, die mich erforschten, zeigten mir, dass ich keinen so souveränen Eindruck machte, aber immerhin hauchte ich meine Frage: »Finley? Finley, bist du das?«

»Aye, ich bin es, Finley MacDonald«, stammelte er, da er sich auch Sorgen zu machen schien, denn ich starrte immer noch und war wohl kreideweiß. Mir war einen Moment so, als würde Finley überlegen, ob er nicht besser die Flucht ergreifen sollte, denn Vater nahm ihn bedrohlich ins Visier. Als ich das bemerkte, besann ich mich und blickte zu Sarah, die immer noch besorgt auf mich niedersah. Ich griff Kyla unter die Achseln und hob sie hoch. Sofort eilte Sarah zu mir und nahm mir das strampelnde Kind ab. Mein schwangerer Leib machte es mir nicht eben leicht, mich in die Höhe zu hieven, doch als ich endlich aufrecht stand, ging ich auf den Besucher aus der Zukunft zu und umarmte ihn.

»Wie kommst du denn bloß hierher? Bist du durch den Becher, aus der Destille hergekommen? Ist etwas Schlimmes geschehen?«, fragte ich, als ich mich wieder von ihm gelöst hatte und nur noch meine Hände auf seinen Schultern liegen hatte.

»Naye, Kind. Bis jetzt ist nichts Schlimmes geschehen und naye, ich hatte einen anderen Becher, der nur für mich besprochen worden ist«, antwortete Finley fast wie ein Automat und wurde nun seinerseits sehr blass. Ich griff an seinen Arm und geleitete ihn zu einem Stuhl, wo er Platz nehmen konnte.

Al besorgte sofort einen Humpen warmes Ale und reichte ihn an Finley, damit der sich etwas stärken konnte. Mit hochgezogenen Brauen schien er jedoch eine Begründung für Finley's Erscheinen zu erwarten.

»Wie du sicher bemerkt hast, ist meine Erscheinung nicht die eines Greises, aye?«

Ich konnte nicht anders, als meinen Kopf zu schütteln. Tatsächlich sah er nicht wie der Mann aus, der mich in die Vergangenheit zurückgeschickt hatte. Dieser Mann war höchstens vierzig, fünfundvierzig, also so alt wie mein Vater, dachte ich. Seine Haare waren noch von einem satten Braun, allerdings ergrauten seine Schläfen langsam.

»Naye, du bist jünger als das letzte Mal, das wir uns sahen. Viel jünger, denke ich.«

»Ja, Joline. Viel jünger. Aber was ich zu sagen oder zu tun habe, sollte deine ganze Familie erfahren«, ließ er mich mit brüchiger Stimme wissen und ein trauriger Schleier legte sich über das Meeresblau seiner Augen. Er stöhnte kurz auf, als hätte er körperliche Schmerzen, und das machte mir Angst. Trotzdem nickte ich und wechselte das Thema.

»Hast du Hunger? Können wir dir etwas anbieten? Das warme Essen dauert noch, wir haben uns angewöhnt, am Abend gemeinsam zu speisen. Doch wenn du magst, können wir sicher …«

»Lass nur, Lassie. Ich nehme, was ihr erübrigen könnt. Es muss nicht extra etwas gerichtet werden«, lehnte er mein Angebot ab, wobei er sich noch immer sehr ergriffen anhörte. Doch dann sah er mich direkt an und er bat:

»Doch wenn ich mich etwas hinlegen könnte, wäre das wunderbar. Diese Reise hat mich sehr ermüdet, Joline.«

Das Gefühl kannte ich. Ich war stets krank gewesen, als ich mit dem Becher gereist war, und konnte nachempfinden, wie er sich fühlte. Allerdings sah er so aus, als hätte ihn die Reise tatsächlich nur ermüdet und nicht krank gemacht. Es schien einen Unterschied zu machen, ob Mann oder Frau reise, schlich sich ein Gedanke in meinen Kopf.

»Natürlich, ich zeige dir das Gästezimmer und bringe dir etwas zu essen hoch. Ruh dich aus. Ich wecke dich, wenn alle hier sind. Dann können wir reden, in Ordnung?«, schlug ich vor und zog ihn mit mir.

Obwohl ich mich mutig geben wollte, forderte es mir alles ab. Eine vage Ahnung, dass irgendetwas ganz und gar nicht in Ordnung war, sollte mich auch nicht täuschen; das offenbarte der Abend, als Finley den Grund für sein Erscheinen vorbrachte.

Er erzählte von der Frau, die ihn in diese Zeit geschickt hatte, um das Kind zu holen, das noch unter meinem Herzen und geschützt in meinem Bauch auf seine Geburt wartete. Als hätte der kleine Wicht gespürt, dass etwas Unglaubliches vor sich ging, begann er sich zu regen, wobei sein Platz in meinem Leib bereits arg eng für ihn geworden war. Vielleicht sorgten aber auch mein Magen, der sich augenblicklich wie ein riesengroßer Wackerstein anfühlte, und mein aussetzender Herzschlag für sein Ungemach.

Mit offenen Mündern begegneten wir Finley's Ansinnen. Robert und Vater wurden auf einmal gerade auf ihren Stühlen. Als wären sie Pfeile, die in einer gespannten Bogensehne warteten, um auf den offensichtlichen Feind, der eine unmögliche Forderung gestellt hatte, abgeschossen zu werden.

»Warum?«, hauchte ich schwach. »Wer kann so etwas auch nur ersinnen, Finley?«

»Glaubst du, dass ich auch nur im Entferntesten dazu bereit wäre, dich so zu verletzen, und dir freiwillig das Kind nehmen würde? Meinst du, ich bin glücklich darüber? Aber es ist dein Leben, das der Junge irgendwann beschützen wird, Joline«, krächzte er. Dabei zog er ein in Leinen eingeschlagenes Paket hervor, packte es aus, und was erschien, ließ alle aufkeuchen. Die Hochzeitsbibel. Er legte sie auf die Tischmitte und alle starrten sie an, als würde im nächsten Moment der Teufel persönlich daraus aufsteigen. Doch er wies auf das Buch und erklärte weiter:

»Du erinnerst dich an den Eintrag deines Mannes?«

Ich nickte und konnte nicht verhindern, dass sich meine Augen verwässerten. Irgendwie fand ich den Mut, das Buch an mich heranzuziehen und die Seite aufzuschlagen, auf der Robert seinen Wunsch festgehalten hatte. Ich schob ihm die Bibel hin und er stierte die Seite an, als wären die Buchstaben giftige Schlangen.

Ich bitte darum, dass der älteste Mann, der im Jahre des Herrn 2016 lebt und meiner Familie entspringt, nach Joline Keith, der Tochter der Amber Keith, Ausschau hält. Sollte dieser nicht mehr leben oder zu alt sein, möge er den nächsten Nachfahren einweihen und um Hilfe bitten.

Es ist wichtig, dass dieses Mädchen mit Leib und Seele beschützt wird und durch die Zeit zu mir zurückgeschickt wird. Sie wird wissen, was nötig ist, und die restlichen Informationen habe ich dort hinterlassen, wo Joline meine Welt einst verließ. Auch das wird der Hüter, den ich eben bestimmt habe, von meiner Frau erfahren.

Ja, du, mein Nachfahre, hast richtig gelesen. Joline Keith, meine Ehefrau, ist die Urmutter deiner Familie und wenn sie nicht zu mir zurückkommt, wirst du niemals geboren werden. Ich appelliere an deine Ehre. Und ich hoffe auf deinen Wunsch, jemals das Licht der Welt erblicken zu wollen. Ich verlasse mich auf dich.

Robert Niall Alistair MacDonald

Ungläubig starrte Robert Finley an, schob die Bibel weiter zu Vater, der ebenfalls las, was dort stand. Ihre irritierten Gesichter veranlassten Finley, sich wieder an mich zu richten, da er seine ganze Hoffnung darauf legte, dass ich verstand.

»Der Junge … dein drittes Kind … du bist ihm begegnet, Joline. Vielleicht hast du nicht gespürt, dass er dein Sohn war, aber das Band zwischen euch wirst du gefühlt haben und die Ähnlichkeit mit deinem Mann ist unübersehbar, aye«, sprach er mich ruhig an und wies mit dem Kopf auf Robert. Als ich begriff, was er mir damit sagen wollte, zog ich scharf die Luft ein und keuchte:

»D...du … willst damit sagen, der Marven aus der Zukunft ist unser Sohn?«

Finley nickte und lächelte lahm, denn ihm war klar, dass mich diese Vorstellung nur mäßig erfreuen würde und in keinem Verhältnis zu dem Schmerz stände, den er mir zunächst zufügen musste. Also machte er sich gerade und erklärte weiter, wie und wann die Reise zurück in die Zukunft vonstatten zu gehen hatte, und mir wurde übel. Doch hatte ich keine Zeit, mich darüber aufzuregen, denn Vater kam mir sichtlich erregt zuvor.

»Du willst damit sagen, dass meine Tochter das Kind nicht einmal im Arm halten oder stillen darf?«, schnauzte er Finley mit zornesrotem Gesicht an, der merklich zusammenzuckte, dennoch nicht automatisch seine Arme hochzog, um seinen Kopf vor einem Schlag zu schützen.

»Sag mir, was besser ist! Die Erinnerung an das kleine, zarte Gesicht eines Säuglings, das man fortgeben muss, oder der reine

Geburtsschmerz und keinerlei weitere Erinnerung?«, zischte er mutig zurück und man hörte ihm an, dass ihm selber nichts davon behagte.

Ein Schluchzen, das uns durch Mark und Bein ging, lenkte unsere Aufmerksamkeit auf Sarah, die bisher nur körperlich anwesend war. Doch nun brach sich ein lang gehüteter Schmerz Bahn und ich stellte fest, dass ich nicht alleine war mit dem Gefühl, innerlich zerreißen zu müssen. Sie hatte selber immer das Gefühl, dass ihr ein Säugling entrissen worden war. Nun, da sie hörte, dass mir dieses Schicksal wissentlich blühen sollte, brachte sie das völlig aus der Fassung. Mit einem gequälten Aufschrei eilte sie aus dem Raum. Vater warf Finley daraufhin einen sehr finsteren Blick zu und folgte seiner Frau.

Robert war still geworden und musterte mich, dann schwenkte sein Gesicht zu Finley und er holte tief Luft.

»Jo«, sprach er mich mit dunkler Stimme an, wobei er seine Augen wieder auf mich richtete. Ich versank beinahe in der blauen See, die mich fast hypnotisierte.

»Diese Bitte, die in dieser Bibel steht, die Finley mitgebracht hat, steht auch bereits in der Hochzeitsbibel, die in unserem Schlafgemach liegt. Ich ahnte nicht, wie teuer uns mein egoistischer Wunsch kommen würde, Joline. Es tut mir so ...«, würgte er sein Geständnis heraus und versuchte seine Tränen, die seine Augen zu einer Tiefsee werden lassen wollten, zurückzudrängen. Als er sich etwas gefasst hatte, redete er weiter:

»Du kannst dir nicht vorstellen, wie mich das alles, allein um deinetwillen, betrübt. Aber ... es ... ist immer noch mein Wunsch, dass du gerettet und zu mir zurückgeschickt wirst ... Wenn ich nun die Wahl habe, dich oder meinen Sohn zu opfern, dem du sogar begegnet bist, dann fällt mir das zwar nicht leicht, aber ich liebe dich. Ich könnte ohne dich nicht leben, *mó chride*«, sprach er müde, und mit jedem Satz wurde seine Stimme brüchiger. Meine Hand glitt unweigerlich zu seiner und ich drückte sie.

»Er ist ein wirklich feiner junger Mann geworden und ich bin froh, dass ich das weiß. Ich würde mir bei all dem wünschen, dass er irgendwann zu uns zurückkommt«, versuchte ich ihn zu trösten, doch mein Blick schnellte fragend zu Finley.

»Wenn ich es auch nur irgendwie in der Hand haben werde, dann werde ich ihn zu dir zurückschicken. Bis dahin werde ich ihm nicht sagen, dass du seine Mutter bist. Vielleicht ist das besser so«, versuchte er ergriffen zu versprechen, auch wenn uns klar war, dass die Entscheidung wohl auch von dieser seltsamen Frau abhinge, die unser aller Schicksalsfaden zu weben schien. Auch dass mindestens fünfundzwanzig Jahre vergehen würden, dröhnte es in meinem Hirn, sodass ich das Gefühl hatte, es würde gleich platzen. Dennoch nickte ich mühsam und schwor mir, Marven's Existenz niemals zu vergessen und die Erinnerung an ihn aufrecht zu erhalten.

Am nächsten Tag brachte ich meinen Sohn, den ich vierundzwanzig Jahre lang nicht einmal sehen würde, zur Welt.

Finley verschwand mit ihm durch die Zeit und für uns blieb ungewiss, ob er jemals seinen Vater würde kennen lernen oder ich ihn hier in meiner Welt Siebzehnhundertirgendwann in meine Arme würde schließen können. Die Hoffnung trieb mich an und so zelebrierte ich an jedem 20. März, der seinem Geburtstag folgte, seinen Jahrestag. Auch wenn die Männer es nach außen hin eines Tages zu belächeln schienen, Sarah schloss sich mir mit Herz und Seele an, denn für sie schien dieser Erinnerungstag ebenso heilend zu sein, wie er für mich wurde.

In der Nähe des Loch Bruicheach Highlands 1775

Die junge Garde

1

Caelan erwachte, weil er vor Kälte zitterte, obwohl Kyla neben ihm heiß war wie ein Backofen. Doch das Mädchen war nun an Marven vergeben, der sie, obwohl er noch nicht wieder bei Besinnung war, fest umklammert hielt. Also sah er sich kurz um, um sich zu orientieren, und griff an seine Wade, an die er zumindest sein Skian-dubh gebunden hatte, obwohl sie alle drei splitternackt reisen sollten. Er schnitt den Zauberschal durch und versuchte sich umständlich aufzurappeln.

»Verfluchte Kälte«, grummelte er vor sich hin.

»Kannst du wohl laut sagen«, gab Marven neben ihm von sich. Augenblicklich schnellte Cal's Kopf herum und er sah seinen Freund an, der nun auch erwacht war. Die Einzige, die noch im tiefsten Schlummer lag, war Kyla. Aber sicher nicht, weil sie es wollte. Sie fieberte.

»Ich glaube, Frauen werden übelst krank bei diesen Reisen. Finley hatte nur von enormer Müdigkeit gesprochen, aber ich kann mich erinnern, dass Mutter … ähm, Joline, ungefähr zwei Wochen von Fieberschüben und Schüttelfrost gepeinigt wurde«, klärte er Caelan auf, der mittlerweile einige Kleidungsstücke aus seinem Rucksack gefischt hatte und sich anzuziehen begann. Auch Marven setzte sich auf und nahm sein Gepäckstück vom Rücken und begann nach Anziehsachen zu wühlen.

»Ich habe Durst wie eine siamesische Bergziege«, stöhnte Cal, als er angekleidet Richtung Ausgang krabbelte und seinen strubbeligen Blondschopf durch die Öffnung des Brochs steckte, um die Lage zu sondieren.

»Hier, nimm 'nen Schluck«, bot Marven ihm an, während er eine Flasche stilles Mineralwasser in Cal's Richtung hielt. Der drehte sich auf Knien sitzend um und griff zu.

Er ließ die Flüssigkeit in sich hineinlaufen und schien seinen Schluckreflex dabei völlig zu ignorieren, sodass Marven ihm auf den Oberarm schlug, um ihn zu stoppen.

»Hey, Alter. Lass noch was für Kyla und mich übrig, verdammt. Du bist doch nicht allein«, regte er sich über seinen Freund auf. Als der die Flasche zurückreichte, war sie halb leer.

»Danke, Mann. Du bist voll das Ego«, feindete Marven weiter, weil ihm klar war, wie Kyla fieberte und dringend zu trinken brauchte. Er hoffte, dass er ihr zumindest ein wenig Wasser einflößen konnte. Er hob sie an und es gelang ihm, dass sie einige Schlucke bei sich behielt, und legte ihren Kopf wieder nieder. Ihre Hitze war schon alarmierend, sodass er Caelan bat:

»Jo hat von einem Bach in diesem Seitental gesprochen, such ihn bitte und dann komm zurück. Ich muss sie unbedingt kühlen.«

Marven war nun komplett angekleidet und räumte die Gepäckstücke der drei Reisenden etwas zur Seite, um Kyla, die immer noch ganz nackt war, trotz des Fiebers in das Plaid zu hüllen, um sie einigermaßen vor Cal's lüsternen Blicken zu schützen. Er nahm sie auf seine Arme und wartete auf seinen Kumpan, der kurze Zeit später wieder zum Broch kam.

»Komm«, forderte Caelan ihn auf, ihm zu folgen. Doch als er bemerkte, dass Marven nicht ohne seine Hilfe mit der bewusstlosen Frau aus dem verwitterten Heiligtum herauskommen konnte, drehte er sich um und bat seinen Freund, ihm das Mädchen zu reichen. Marven nahm die Hilfe zwar ungern, aber immerhin an, denn zum Bäumeausreißen war ihm noch nicht zumute. Artig gab Caelan die zierliche Kyla zurück, als Marven sich nun auch außerhalb des Broch zu seiner kompletten Größe aufgerichtet hatte. Sie stapften einige Meter das Tal hinauf und dann hörten sie das Wasser des Baches schon plätschern.

»Danke, Cal. Du kannst dich jetzt verdünnisieren«, bemerkte Marven leise, blickte jedoch scharf in die stahlgrauen Augen seines Freundes. Es gab an der Botschaft nichts misszuverstehen, so nickte Caelan und verschwand.

Also legte Marven seine fiebernde Fracht zur Seite, zog sich wieder aus und schlug auch das Plaid auf, um die nackte Frau mit in den Bach zu nehmen. Er konnte nicht verhindern, dass ihm bei der Kälte des Wassers ein saftiger Fluch entwich. Doch für Kyla tat er das gern. Besorgt schaute er auf sie hinab, während sie in seinem Schoß lag und von dem kühlen Nass umflutet wurde. Er fühlte ihre Stirn und ihre Gliedmaßen in regelmäßigen Abständen ab und als er es selber nicht mehr vor Kälte aushielt, stand er auf, hob sie aus dem Bach und wickelte sie ein. Dann kleidete er sich selber wieder an und trug das kranke Mädchen zurück zum Broch. Als er gerade Luft holte, um Caelan anzusprechen, bedeute der ihm eindringlich mit dem ausgestreckten Zeigefinger auf den Lippen, zu schweigen und winkte ihn mit der anderen Hand zur Seite in den Sichtschatten des Brochs.

»Ich höre Stimmen … Kerle … zwei bestimmt, vielleicht auch drei«, flüsterte Cal und zuckte mit den Schultern.

Marven legte das besinnungslose Mädchen sofort ab und begab sich auf leisen Sohlen zu Caelan. Dann lugte er vorsichtig um das Gemäuer, um einen Blick auf die Männer zu werfen. Er reckte seinen Hals vor und dann sah er sie und schluckte hart. Der eine sah aus wie er selbst, nur deutlich älter, der andere war ganz bestimmt noch viel älter, denn sein langes Haar, das er zurückgebunden trug, war grau-meliert.

»Ich glaube, der eine ist mein Vater«, keuchte er und Cal's Kopf schnellte aus der Beobachtung des Geländes hoch und er blickte Marven an.

»Dann geh hin«, forderte er seinen Freund auf.

»Bist du verrückt? Ich weiß es doch nicht sicher.«

»Aber wir müssen ohnehin hier weg und irgendwann treffen wir eh auf diese Leute. Außerdem braucht Kyla Hilfe«, echauffierte sich Caelan immer noch im Flüsterton. Dazu musste Marven ihm recht geben, denn ein Blick auf das Mädchen zeigte ihm ganz deutlich, dass sie nun von Schüttelfrost geplagt wurde.

Also machte er sich gerade und sammelte allen Mut zusammen. Er atmete tief ein, trat vor das Broch und rief laut: »Wer da?«

Die Stimmen verstummten augenblicklich und Marven ging einige Schritte vorwärts, damit er gesehen werden konnte. Die beiden Highlander, die er bereits gesehen hatte, richteten ihre Blicke auf ihn und kamen langsam auf ihn zu. Der leichte Grimm in ihren Gesichtern verhieß erst mal nichts Gutes, doch dann änderte sich die Mimik des einen. Unglaube trat in seinen Blick und dann Erkennen, zumindest bei dem Älteren. Doch der Jüngere sprach als Erster:

»Dies ist unser Land, was wollt ihr hier?«

»Rob! Hast du keine Augen im Kopf?«, hielt Al seinen Patensohn nun abrupt am Arm fest, als der seinen Schritt beschleunigen wollte, vermutlich um sich mit dem jungen Mann zu prügeln, falls der nicht unterwürfig sein würde. Sicherheitshalber wies er mit seinem Kopf auf den Eindringling. Begriffsstutzig sah Robert seinen Patenonkel, der ja nun gleichzeitig sein Schwiegervater war, an und sein Blick begann von Marven zu Al hin und her zu flippern. Doch Al half ihm auf die Sprünge:

»Hast du in letzter Zeit mal in den Spiegel gesehen? Der da ist dein Ebenbild in halb so alt«, witzelte Al und begann zu schmunzeln. Er hatte nie aufgegeben, für Joline zu hoffen, dass sie ihren Sohn eines Tages zurückbekäme. Heute sollte es wohl so sein. Er war sich sicher. Aber nun fiel auch der Groschen bei Robert und er starrte seinen verlorenen Sohn an, wobei er ungläubig hauchte: »Marven?«

Marven hatte die ganze Zeit, fast bis zur Schmerzgrenze angespannt, abgewartet, was geschehen würde, doch nun spürte er, wie seine Muskeln sich lockerten, als er nickte:

»Ja. Ich bin Marven. Ich nehme an, dass du mein Vater bist?«, schob er seine Frage nun laut und deutlich hinterher, da er zeigen wollte, dass er sich behaupten könnte, wenn nötig.

»Aye. Sieht so aus. Ich bin Robert MacDonald und das hier ist Alistair MacDonald, dein Großvater«, fand auch Robert nun seine feste, tiefe Stimme wieder. Marven sah einen Hauch des Glücks über azurblaue Seen, also die Augen seines Vaters, wandern. Dann setzte Robert sich in Bewegung und nahm seinen Sohn in den Arm. Al stand schmunzelnd dabei und auch seine blauen Augen wurden feucht. Als Vater und Sohn sich voneinander gelöst hatten, sah auch er seine Stunde gekommen und hieß seinen Enkel mit einer festen Umarmung willkommen. Marven freute sich über die familiäre Wärme, die in ihn strömte, aber dann besann er sich auf seine Gefährten.

»Ähm … ich bin nicht allein gekommen«, stotterte er und wies in Richtung Broch, wo Caelan sichtbar wurde, der die Szene beobachtet hatte. Augenscheinlich hatte er für sich entschieden, dass die Verhältnisse wohlwollend geklärt waren. Er schlenderte auf die drei zu.

»Das ist mein Freund Caelan«, stellte Marven seinen Reisebegleiter vor, doch noch immer wies er auf das Broch, um darauf hinzuweisen, dass es noch einen weiteren Gast aus der Zukunft gäbe, der aber dringend die Hilfe eines Heilers bräuchte.

Die beiden MacDonalds begrüßten also Caelan und folgten Marven dann zum Broch, um auch Kyla in Augenschein zu nehmen.

»Reisekrankheit«, beschied Robert und erklärte weiter: »Deine Mutter war auch krank, als sie wiederkam.«

»Dann bringen wir sie wohl besser zum Herrenhaus, aye«, schaltete sich Al nun ein.

»Naye!«, widersprach Robert seinem Schwiegervater. Von allen Umstehenden erntete er allgemeines Unverständnis. Die Blicke aus drei Augenpaaren, wobei jedes mit einer tiefen, senkrechten Furche über der Nasenwurzel gekennzeichnet war, unterstrichen, dass diese Entscheidung als inakzeptabel befunden wurde. Daher sah er sich genötigt, sich an Al zu wenden:

»Du weißt, was für ein Tag morgen ist, oder?«

»Der zwanzigste März, aye … oh!«, stieß Al aus, wobei sich seine Brauen gen Himmel zu heben schienen, als er begriff, worauf Robert ihn aufmerksam machen wollte. Dann fiel sein Blick wieder auf den noch immer fragend ausschauenden Marven und er beeilte sich zu erklären:

»Wir feiern morgen deinen Geburtstag, Marven. Seit 25 Jahren tuen wir das schon und ich denke, was dein Vater im Sinn hat, ist, seine geliebte Frau nun mit der Hauptperson dieses Ehrentages zu überraschen, aye?«

Marven erfasste den Sinn und konnte sich sogar für den Wunsch seines Vaters erwärmen, jedoch wäre Kyla nicht damit geholfen, deshalb wandte er sich an Robert:

»Ich verstehe dich, doch Kyla geht es sehr schlecht. Wir können sie nicht unversorgt lassen. Für Cal und mich wäre eine Nacht hier draußen kein Problem, aber sie braucht dringend Hilfe!«

Robert nickte verstehend, konnte sich jedoch mit dem Ansinnen seines Sohnes nicht recht anfreunden. Er wandte den Blick ab und sah auf das kranke Mädchen. Dann sah er Al an und schlug vor, Sarah herzuschaffen. Da mischte sich plötzlich Caelan in die Unterredung ein:

»Ähm … da gibt es noch ein Problem.«

Marven, der wusste, was Caelan umtrieb, blickte auf seine Füße. Er wollte, dass sein Freund es selber aussprach, während die beiden älteren MacDonalds den jungen Mann ansahen, als wäre der nicht bei Trost, hier Probleme zu schaffen, die gerade gelöst schienen.

»Moment«, brach es aus Cal heraus und er verschwand im Broch, um in seinem Rucksack zu wühlen. Nach ein paar Minuten kam er zurück und fragte: »Können sie lesen?«

»Natürlich können wir lesen«, antwortete Robert verschnupft, während Caelan Alistair musterte und ihm wie in Zeitlupe den Brief reichte, den er vor Kurzem selber noch nicht gekannt hatte.

Mein lieber Connor,
Mein geliebter Bruder, ich weiß, dass dich meine Entscheidung, einem Mann zu folgen, den ich über alle Maßen liebte, schwer erschüttert hat. Doch ich hoffe, dass du mir verziehen hast. Ich bin nun alt und werde glücklich sterben. Ich hatte eine sehr gute Ehe und bin nun seit einigen Jahren allein. Wir hatten leider keine Kinder. Nun aber, so kurz vor meinem eigenen Ende, ist etwas gesche-

hen und ich brauche deine Hilfe.

Hier schicke ich dir einen Jungen durch die Zeit, der in vielen Jahren zurückgehen muss, damit das Gleichgewicht wieder hergestellt werde. Der Junge ist der Sohn einer Highlanderin, die nichts von seiner Existenz weiß. Ihr Name ist Sarah MacCraven, so besagt es zumindest das Schmuckstück, das ich beilege. Sie war sehr krank und schwanger, als ich sie fand. Und ich denke, dass sie sich das Leben nehmen wollte, denn ich fand sie völlig unterkühlt am Strand von Islay. Ob sie in die See gestürzt oder allein hineingegangen war, kann ich leider nicht sagen. Auch nicht, ob ihr das von anderer Hand angetan wurde. Ich pflegte sie, bis sie das Kind gebar. Wenn sie wusste, dass sie ein Kind trug, dann hat sie zumindest nicht wissentlich miterlebt, dass es geboren wurde. Das geschah am 20. März. Es sah so aus, als würde sie die Tage nach der Geburt nicht überleben. Eine pilgernde Heilerin war gerade bei uns im Dorf, als sie niederkam und einen Tag später, gab ich das Kind schließlich fort, denn ich war zu alt, um den Jungen aufzuziehen. Gott möge mir verzeihen.

So bat ich also diese Weise Frau, das Kind mit sich zu nehmen. Die Frau versprach mir, dass sie einen Bruder im Geiste für den Jungen, den ich Caelan getauft habe, finden würde. Auch sagte sie mir zu, dass er in deine Hände käme. Die beiden Jungen kämen zu gegebener Zeit gemeinsam in ihre Zeit zurück. Darum brauchst du dich also nicht zu sorgen. Er ist dir und deiner Frau also nur geliehen. Ich hoffe, dass er euch Freude und ein wenig Glück schenkt und ihr ihn ohne Trauer gehen lassen könnt, wenn es so weit ist. Diese Stärke und Kraft wünsche ich euch. Vielleicht siehst du dich auch imstande und bringst ihm bei, was er wissen muss, damit er hier überlebt.

Ich danke dir von ganzem Herzen und aus tiefster Seelennot, das kannst du mir glauben.

Caren MacNabb, Islay 1732

Deine dich liebende Schwester

Robert war hinter seinen Patenonkel getreten, als der den Brief auffaltete, und las über dessen Schulter hinweg. Als sie fertig waren, keuchten sie bald zeitgleich auf und blickten den wilden Blondschopf erstaunt an.

»Ich muss mich einen Moment setzen«, stöhnte Al und sah sich nach einem adäquaten Stein um, den es aber in nächster Nähe nicht gab. Er taumelte an die Außenwand des Brochs und ließ sich an der Mauer hinab ins Gras sinken.

»Du wärst jetzt 43 Jahre alt, wenn du 1732 geboren wärest und man dem Brief glauben kann. Aber du siehst nicht älter aus als mein Enkel Marven«, stellte Al trocken fest, als er seinen Ziehsohn nun musterte.

»Nun ja, ich bin wohl erst vor 25 Jahren als Baby in der Zukunft gelandet. Und die Zauberfrau hat gesagt, dass wir in unserem aktuellen Alter in die Vergangenheit reisen würden … und wenn ich ehrlich bin, möchte ich jetzt nicht auf einmal 43 Jahre alt sein. Ich finde es gut so, wie es jetzt ist. Tatsächlich habe ich ja auch erst diese 25 Jahre erlebt«, erklärte er Al, der die Erklärung durchaus nachvollziehbar fand.

»Das wird sie ganz bestimmt umhauen, denn sie rechnet ohne Frage nicht mit einem Fünfundzwanzigjährigen … und auch du hättest morgen Geburtstag«, hauchte er und sah zu Cal hoch. Doch dann sprach er weiter:

»Wie auch immer … Junge, du hast ja keine Ahnung, wie sehr sie sich wünscht, dass du Wirklichkeit bist. Sie hat, seit ich sie kenne, eine Trauer in sich, die ich bis heute nicht von ihr nehmen konnte. Auch wenn es sich nur um eine Ahnung von ihr gehandelt hat, so trug sie in der Vergangenheit immer diese unbestimmte Leere mit sich herum. Nun stehst du vor mir und ich müsste vor Freude zerspringen, aber ich habe keine Ahnung, wie ich ihr schonend beibringen könnte, dass du tatsächlich existierst.«

»Nun, ich freue mich natürlich, dass meine Mutter an mich gedacht und an mich geglaubt hat … aber Sie dürfen mir glauben … da ich das auch erst seit ein paar Tagen weiß, hat es mich auch aus den Schuhen gehauen«, erklärte Caelan seinen eigenen Seelentango und erntete seltsame Blicke. Da räusperte sich Marven und stellte die Ausdrucksweise von Caelan so richtig, dass die beiden älteren Männer ihn auch verstehen konnten:

»*Aus den Schuhen hauen* bedeutet *überwältigt sein*, so in etwa«, bot er zur Erklärung an und blickte von Al zu Robert und zurück, bis diese verstehend nickten. Doch dann kam er wieder zu seiner eigentlichen Sorge:

»Dennoch, wir können nicht ewig die Zeit vertrödeln, während das Mädchen leidet.«

»Du hast recht, Sohn. Wir müssen Sarah holen oder wenigstens das Mädchen zu ihr schaffen«, sprach Robert nun Klartext, um seinem Sohn zu helfen, während Al und Caelan anscheinend im Tiefschlaf verharrten.

»Gut«, ließ Al nach einer gefühlten Ewigkeit deutlich verlauten, wobei er sich an der Brochmauer wieder emporschob, bis er stand.

»Du bleibst hier und kümmerst dich um die Pferde … ähm, vielleicht kann dir einer der Jungs helfen. Dann reite ich zurück und hole Sarah und einiges Zeug, was ihr brauchen werdet, damit ihr bis morgen hier bleiben könnt. Ist das eine Abmachung, die für euch geht?«, blickte Al in die Runde und sah die drei wohlwollend nicken. Er wollte sich gerade zum Gehen wenden, da griff Caelan seinen Arm, während er sich umständlich die Kette mit dem Medaillon von Sarah über den Kopf zog. Er reichte es dem wartenden Highlander und meinte schulterzuckend:

»Vielleicht … ich meine, wenn sie es sieht und erkennt …«

Doch Al reichte es ihm zurück und schüttelte langsam sein graues Haupt.

»Behalt das mal bei dir. Ich habe so das Gefühl, dass du ihr Sohn bist und sie dich mit verbundenen Augen erkennen würde … übertrieben«, grinste er den Jungen frech an.

»Caelan, ich mach ihr das schon irgendwie anders verständlich, aber behutsam. Wäre gut, wenn du dich erst mal versteckt hältst, wenn ich mit ihr komme. Ist das für dich in Ordnung?«, brummte er grübelnd und ging das Tal hinunter zu seinem Pferd.

Caelan stotterte ein »Na klar« für sich selbst, denn keiner

hörte ihm mehr zu und er stand da wie ein begossener Pudel. Doch Roberts tiefe Stimme holte ihn aus seiner Starre.

»Ach Al«, rief Robert dem Älteren hinterher, weil ihm siedend heiß einfiel, dass sie alle ja bald von hier fortkommen mussten, »wir brauchen zwei weitere gesattelte Pferde für morgen, aye?«

»Aye«, kam aus der Ferne zurück.

Dann machten sich Robert und Caelan an die Arbeit und schauten nach den Stuten mit ihren Fohlen, während Marven Kyla betreute. Er kam nicht umhin, noch einmal mit ihr in den eisigen Bach zu steigen, um sie anschließend vor dem Erfrierungstod zu retten.

2

Al hatte auf dem Rückweg zum Herrenhaus überlegt, wie er Sarah erklären konnte, dass sie in weniger als einer Stunde ihrem Sohn begegnen würde, den sie immer gespürt, aber nie hatte umarmen können. Dann sann er über den jungen Mann nach, dessen Gesicht ihm immer bekannter vorkam, je länger er es sich vor Augen hielt. Die Ähnlichkeit mit Brae Fergusson, dem er vor Jahren in einem Kampf begegnet war, schob sich an die Oberfläche seines Gedächtnisses. Das konnte doch nicht sein, oder?

Als er am Gestüt ankam, ritt er gleich zum Manor, rief aber unterwegs einem der Knechte zu, dass er Sarahs Pferd und noch ein weiteres starkes Ross satteln möge. Im Haus wandte er sich zur Küche, wo er seine Frau vermutete, doch sie war nicht da. Nach kurzer Überlegung lief er zum Kräutergarten und fand sie in gebückter Haltung bei der Aussaat von irgendwelchen Heilpflanzen.

»Wo ist Joline?«, fragte er, weil er seine Tochter nicht auch noch zufällig in sein Vorhaben rauschen lassen wollte. Sie sollte morgen ihre Überraschung bekommen. Ob er das für seine eigene Frau ebenfalls realisieren konnte, stand noch in den Sternen.

»Sie wollte irgendein Stück Wild erjagen. Morgen soll es was

Schönes zu essen geben.«

»Sarah, ich brauche dich an der Koppel«, hielt er seine Stimme sachlich, wie eigentlich immer, damit sie nicht argwöhnisch wurde.

»Ist etwas geschehen? Einer verletzt?«, fragte sie, als sie sich in dem Beet gerade aufrichtete und langsam zu ihrem Mann hinübersah.

»Na ja, es wäre gut, wenn du von dem Heiltrunk und ein oder zwei Decken mitnehmen könntest«, antwortete er, immer noch ruhig, wobei ihm aufging, dass sie spätestens über den Heiltrunk stolpern würde. So kam es auch, als sie mit erhobenen Brauen fragte:

»Heiltrunk, der hilft doch nur bei Fieber und Schwäche. Wofür …?«

»Frau, hast du noch was davon, dann pack ihn ein. Ich erkläre dir alles unterwegs … Ach, Essen und Trinken für drei bis morgen brauchen wir auch. Ich warte mit den Pferden vor dem Haus, aye?«, gab er kurz an, drehte auf dem Absatz um und suchte das Weite.

Sarah wunderte sich einen Moment über das Betragen, aber dann zuckte sie mit den Schultern, ging in die Küche, wusch sich Hände und Gesicht und packte ein, was verlangt war. Als sie aus dem Haus trat, wartete Al schon auf seinem Rappen und hielt Sarah's treue, kleine Grauschimmelstute Gwen am Zügel und ein weiteres kräftiges Reitpferd hatte er ebenfalls bei sich. Als Sarah fragend zu dem anderen Pferd blinzelte, beeilte sich Al zu sagen, dass er alles auf dem Wege erklären würde, hielt sie aber nun zur Eile an. Sarah stieg auf Gwen's Rücken, übernahm die Zügel und folgte ihrem Mann auf den breiten Pfad zum Stutental. Auf dem Weg angekommen, gab sie Gwen ein wenig die Fersen, damit sie sich neben Al's Rappen bringen konnte.

»So, mein Lieber, raus mit der Sprache!«, forderte sie ihren Mann auf, sich nun endlich zu erklären. Al sah Sarah lange an und er hatte genau überlegt, wie er die Geschichte anfangen sollte. Also begann er:

»Sarah, wir haben uns einmal geschworen, uns immer die

Wahrheit zu sagen. Wenn ich dir also jetzt eine Frage stelle, möchte ich eine ehrliche Antwort … Bitte«, mit keinem Wort erwähnte er, dass er eine ganz eigene Vorstellung hatte, die allerdings nicht den Sohn, sondern den Vater betraf. Nun würde er hinterrücks erfahren, was Sarah ihm jahrelang so dringend hatte verschweigen wollen.

»Frag!«

»Wenn dein Sohn aussähe wie sein Vater … wie würdest du ihn beschreiben? Ich meine, wie denkst du, dass er ausschauen würde?«, bat er Sarah um eine rein hypothetische Antwort und sah zu ihr hinab, da der Größenunterschied ihrer Reittiere doch recht auffällig war. Er sah, wie sie schluckte und überlegte. Kurz schloss sie ihre Augen, dann öffnete sie sie wieder und ihre grünen Augen funkelten zu Al hinüber.

»Mein Sohn wäre wohl ungefähr so groß wie Robert, vielleicht etwas größer. Aber die Statur passt ungefähr. Er hätte blondes, lockiges Haar und vermutlich hätte er graue Augen, so ein Grau, das warm wäre wie manche Metalle, mit einem Tick Dunkelblau … vielleicht … Zu seinem Wesen kann ich nichts sagen, aber ich hoffe inständig, er wäre seinem Vater in keinster Weise ähnlich. Warum fragst du?«

»Nun, wenn ich dir sage, dass ich einem jungen Mann begegnet bin, der auf deine Beschreibung passen würde, würdest du ihn als deinen Sohn erkennen oder wäre dann allein dein innigster Wunsch Vater der Entscheidung?«, maß er seine Frau und sah sie ein wenig zusammenzucken.

»Ich denke, ich würde es spüren. Bestimmt gibt es ein unsichtbares Band zwischen Müttern und Kindern. Ich würde es natürlich vermuten, wäre er seinem Vater oder mir extrem ähnlich … aber überwiegend würde ich es spüren …«, sinnierte sie und Al nickte. Das war die Antwort, die er von seiner Frau erwartet hatte.

»Würdest du ein Zusammentreffen überstehen oder würdest du zusammenbrechen?«, wollte Al abschließend herausfinden, ob er ihr ein morgiges Zusammentreffen zumuten konnte oder schon am heutigen Tage für eine Überraschung sorgen sollte.

»So, nun will ich aber wissen, was tatsächlich los ist«, wurde ihre Stimme höher und das bedeutete für Al, dass sie nicht weiter ausgefragt werden wollte. Also beschloss er, ihr wenigstens die erste Dosis Neuigkeiten zu gewähren, wie er es versprochen hatte.

»Marven ist hier«, raunte er ihr zu.

Sarah sog so laut die Luft ein, dass es zischte, und ihr Blick schnellte zu ihm hoch.

»Das ist ja ... unglaublich ... ist er verletzt?«, keuchte sie.

»Marven geht es gut, aber er hat Gefährten mitgebracht ... ein Mädchen ... sie ist krank, wie Joline damals, erinnerst du dich?«, erklärte Al, warum sie das ganze Zeug brauchten, um die Erstversorgung vornehmen zu können. Auch erzählte er von dem Vorhaben, Jo am nächsten Tag mit ihrem verloren geglaubten Sohn zu überraschen. Bei dieser Erwähnung behielt er seine Frau genau im Blick. Der traurige Flor, der sich über ihre glänzenden Smaragde legte, entging ihm nicht, aber auch die Arbeit ihrer Gehirnwindungen war auf ihrer Stirn sichtbar, als stände es in großen Lettern dort:

»Ja, natürlich erinnere ich mich. Du sprachst von Gefährten ... Mehrzahl ... Wer also noch?«

Auch Sarah hatte ein Gespür für ihren Mann entwickelt, und feinste Sensoren nahmen wahr, wie er sich innerlich zu winden schien. Sein Blick war geradeaus gewandt und mied sie. Doch am Ende entschied er sich für einen kleinen Aufschub. Sarah wusste nicht, dass Caelan auch morgen Geburtstag haben würde. So konnte er den als Priorität vernachlässigen.

»Ich verspreche dir eine Überraschung, Sarah. Doch zuerst muss das Mädchen versorgt werden, sie ist, glaube ich, Marven's Braut ... nehme ich jedenfalls an. Er ist so besorgt um sie wie Robert damals um Jo ... Also, ist diese Abmachung für dich in Ordnung?«

Sarah nickte und wurde von einer vagen Unruhe befallen. Marven. *Ach, wie wird Joline sich freuen, wenn sie ihn endlich wiederhat.* Ein kleiner Stich ins Herz folgte diesem glücklichen Gedanken. Wäre ihr das nur selber auch beschieden! Aber sofort schalt sie sich selber wegen dieses Eifersuchtsanfalles. Immerhin hatte sie in Jo eine liebevolle Tochter, die sie nicht missen wollte.

An diesem Tag band Al die Pferde nicht am Taleingang an, sondern saß ab und zog die Tiere hinter sich her, bis sie in die Nähe des Brochs kamen. Robert eilte auf sie zu und übernahm die Reittiere, damit Al seine Frau eiligst zu der Kranken schaffen konnte. Dabei raunte er Al noch zu:

»Ich glaube, er liebt sie.«

»Ich weiß!«, flüsterte Al seinem Patensohn zu und nahm Sarah den Proviant und die Decken ab, damit sie schneller vorwärts kamen.

Sie fanden Marven auf dem Boden kniend neben Kyla. Er kühlte ihre Stirn mit einem Tuch, das er immer wieder mit dem eisigen Wasser aus dem Bächlein benetzte. Seine Plastikflasche aus der Zukunft nutzte er nun in Ermangelung eines Kruges, damit er nicht ständig zum Bach laufen musste. Als Erstes fiel Sarah sein breites Kreuz ins Auge, das athletisch in schmale Hüften mündete. Dunkelblondes, fast braunes, welliges Haar floss auf seine Schultern und er murmelte seiner Patientin ständig zu. Damit sie ihn nicht aufschreckte, räusperte sich Sarah kurz und Marven's Kopf schnellte herum, um die Quelle des fremden Tons zu ermitteln. Das gleiche Blau, wie es Robert's Augen zu eigen war, starrte sie verwundert an, doch als er Al im Hintergrund erkannte, wich sein Staunen eher Dankbarkeit und er mühte sich fragend auf: »Sarah?«

Sarah nickte und überlegte kurz, wie sie den Enkel ihres Mannes gebührend begrüßen konnte, als der schon aufstand und sie nach zwei langen Schritten einfach in seine Arme schloss.

»Ich bin so froh, dich kennen zu lernen, ehrlich … Aber zuerst … Kyla geht es wirklich schlecht und ich weiß nicht mehr, was ich machen soll … bitte hilf ihr«, brachte er seine Verzweiflung halblaut zu Ausdruck und ließ seine »*Großmutter*« frei, wobei er sie an ihren Schultern hielt und betrachtete. Sie war eine Augenweide, obgleich sie um die sechzig Jahre alt sein musste. Besonders ihre Augen waren von einem so reinen, glänzenden

Grün, dass Kyla neidisch werden würde, wenn sie es sähe. Doch mit Caelan hatte sie keine Ähnlichkeit, außer … das kleine Muttermal oberhalb ihres linken Wangenknochen. Ein leichtes Stöhnen drang an sein Ohr und so beendete er seine Inspektion und bat Sarah nach seiner Liebsten zu sehen. Er spürte, wie es auch Sarah schwerfiel, sich von ihm zu lösen, aber sie schritt an ihm vorbei und kniete sich neben Kyla. Marven warf seinem Großvater einen dankbaren Blick zu und formte den Namen *Cal*.

»Später, lass sie erst einmal das Mädchen versorgen, aye«, gab Al tonlos zurück und fragte Sarah, ob sie irgendetwas benötigte. Als sie nur nach einer der Decken griff und ihn dann entließ, begab sich Al zu Robert. Marven wartete einen Augenblick, doch als Sarah seinen Blick wie eine Messerklinge in ihrem Rücken spürte, schickte sie ihn ebenso fort, damit sie sich in Ruhe um Kyla kümmern konnte. Als Erstes kramte sie den Heiltrunk aus ihrer Medizintasche und verabreicht ihr etwas davon. Dann betrachtete sie interessiert die Plastikflasche. Sie schraubte sie kopfschüttelnd auf und füllte etwas Wasser in einen kleinen Topf ab, den sie zum Sudherstellen nutzte. Da die Flasche nun bereits halb leer war und daher formbar, hob sie Kyla's Kopf ein wenig an, schob das kühle Gefäß unter ihren Hals und legte das nasse, kalte Tuch auf ihre Stirn. Sie brauchte Feuer, damit sie Weidenrindentee herstellen konnte, und rief nach ihrem Mann, der ihr Holz bringen sollte. In ihrem Bestreben, dem Mädchen zu helfen, hatte sie von dem konspirativen Treffen der Männer nichts mitbekommen. Völlig in ihre Vorbereitung vertieft, hörte sie Schritte nahen.

Ohne aufzusehen, wies sie den Mann an, ein Feuer zu machen. Doch nichts rührte sich, sodass sie doch aufschaute und sich in weniger als einer Sekunde auf ihrem Allerwertesten wiederfand.

Ein lautes Keuchen brach sich Bahn und ihr Mund öffnete sich wie zu einem Schrei, doch nichts Annäherndes entwich ihrer Kehle.

Caelan schaute in nahezu tellergroße Smaragde, in denen erst

Unglaube, dann Glaube an ein Wunder und später Erkenntnis stand, bevor sie sich verengten.

»Mam, ich bringe das Holz für das Feuer und … na ja, die anderen hielten es für eine gute Idee, wenn ich mich vorstellen würde«, druckste Caelan herum und wies in eine unbestimmte Richtung, wo sich die anderen vermutlich aufhielten. Sein ansonsten so starkes Selbstvertrauen war beim Anblick der Frau, die seine Mutter sein sollte, enorm ins Wanken geraten. Sie war immer noch sehr schön, dachte er und genoss den Anblick für einen Moment. Allerdings fasste er sich schnell und setzte ein wirklich freches Grinsen auf, wobei er seine ebenmäßigen, weißen Zähne entblößte. Dann zerrte er den Brief aus seiner Hosentasche hervor und reichte ihn seiner Mutter, die immer noch in einer Art von Schockstarre verharrte. Also räusperte er sich wieder und sprach:

»Du solltest das vielleicht lesen und dann … also … ich sehe vielleicht nicht so aus, aber darin steht, dass du …«, er kam nicht so weit, denn Sarah schnitt ihm das Wort ab und vervollständigte hauchend:

»… ich deine Mutter bin. Dich gibt es wirklich. Ich habe einen Sohn! Und er ist hier«, dabei wurde sie bei jeder Feststellung etwas lauter, bis sie es aus Leibeskräften hinausbrüllte.

Das war selbst für Cal ein Moment, den er sich niemals hatte träumen lassen, denn aus seinem spitzbübischen Lächeln wurde ein ernstes Gesicht. Aus seinen stahlgrauen Augen entstanden zwei tiefschwarze Seen. Sein Körper hatte bis dahin wie angenagelt an Ort und Stelle gestanden, nun aber zog es ihn magnetisch zu der Frau mit den grauen Strähnen in ihrem schwarzen Haarzopf. Er half ihr auf und umarmte sie mit so viel Herzlichkeit, dass er bald über sich selber staunte. Er wiegte seine Mutter hin und her und hätte sie am liebsten gar nicht mehr losgelassen. Sarah ging es scheinbar gar nicht anders, denn sie klammerte sich an ihm fest wie eine Ertrinkende.

»Brauchst du Beweise?«, hauchte er der zitternden Frau in seinen Armen ins Ohr. Er spürte nur, wie sie den Kopf an seiner Brust vehement schüttelte. Als sie dann zu ihm hochsah, waren ihre grünen Augen klar und der letzte Schluchzer verrauscht.

»Naye. Ich brauche keine Beweise. Ich fühle es in meinem Herzen … aber ich weiß überhaupt nicht, wie ich dich nennen kann, Sohn«, krächzte sie dennoch ergriffen. Auch wenn sie ihn ohne irgendein Erkennungsmal angenommen hatte, kam sich Cal irgendwie komisch vor. Da fiel ihm das Medaillon ein, das er achtlos in seine Hosentasche versenkt hatte, nachdem Al es nicht hatte mitnehmen wollen, und zog es heraus.

»Ich heiße Caelan, Ma. Freunde nennen mich auch Cal«, schmunzelte er ihr nun entgegen und drückte es ihr in die Hand.

»Mein Amulett«, keuchte Sarah und sah ihn ungläubig an.

»Aye, es ist wohl höchste Zeit, dass du es zurückbekommst, oder?«, witzelte Caelan. Dann fiel ihm ein, dass er ihr ja Geschenke mitgebracht hatte. Vorsichtig löste er die Umarmung, die ständiger Begleiter dieses ersten Kennenlernens wurde.

»Warte einen Moment, aye. Bin gleich zurück«, bat er mit leicht gehetzter Stimme und verschwand im Broch. Als er wieder zu Sarah kam, reichte er ihr zwei kleine, nett eingepackte Gaben.

»Das habe ich noch in Edinburgh besorgt, bevor wir herkamen. Ich hoffe, es gefällt dir ein bisschen … ich kannte dich ja nicht … und wusste nicht so recht, was du magst …«

Sarah sah auf die kreative Verpackung und blickte ihren Sohn liebevoll an.

»Egal, was auch immer du für mich gewählt hast, Caelan. Es wird das Richtige sein, denn mein Sohn hat es mir geschenkt.«

Ein wenig befangen trat Cal nun von einem Fuß auf den anderen. So viel Wertschätzung hatte er nicht erwartet. Fast bekam er ein schlechtes Gewissen, denn so sonderlich viel Ideenreichtum steckte nun nicht gerade hinter dem Geschenk. Dann dachte er darüber nach, dass es ihn beinahe übermenschliche Überwindung gekostet hatte, diesen Laden nicht fluchtartig zu verlassen, bevor das Geschäft abgewickelt war. Diese schreckliche Verkäuferin war kaum auszuhalten gewesen. Schon war er wieder mit sich im Reinen.

»Soll ich nun Feuer machen, Ma?«

»Ach ja … natürlich … bitte mach das für mich«, antwortete Sarah hastig und besann sich darauf, was sie hatte tun wollen, bevor Caelan zu ihr kam. Während sie wartete, dass das Wasser kochte, machte sie sich an den Päckchen zu schaffen. Sie wog die edlen Flacons in ihren Händen und wusste nicht recht, wie sie zu benutzen waren, sodass Cal ihr behilflich wurde und sie anwies, jeweils ein Handgelenk auszustrecken. Er sprühte eine kleine Menge darauf und pustete sie kurz trocken. Dann bedeutete er ihr, daran zu schnuppern.

»Himmlisch«, stöhnte sie mit einem erotisch anmutenden Laut, dass Cal fast rot geworden wäre, wenn dieses tiefe Gurren nicht von seiner Mutter gestammt hätte.

Als der Tee gerichtet war, zwinkerte sie ihrem Sohn zu, erhob sich und brüllte das Tal hinab:

»Alistair MacDonald, komm sofort her!« Völlig aus der Puste gelang ihr dennoch so etwas wie ein Kichern. Kurze Zeit später hörte sie, wie einige Leute im Laufschritt angerannt kamen. Sie bremsten abrupt vor der Heilerin, die plötzlich vor ihnen stand. Sarah war passend einen Schritt aus den Sichtschatten der Brochs hervorgetreten. Mit in die Hüften gepressten Händen stand sie nun drohend vor ihnen. Ein tiefdunkles Gewitterwolkengesicht wich einem Strahlen, das Al in den letzten achtundzwanzig Jahren noch nie gesehen hatte. Dann warf sich seine Frau eine Sekunde später an seine immer noch beeindruckende Kriegerbrust und rief überglücklich:

»Danke, danke … ich danke dir, *mó beatha* … eine größere Überraschung konntest du mir gar nicht machen. Ich liebe dich.«

Nachdem Sarah von Al schlussendlich genötigt worden war, den Brief zu lesen, den Caelan ihr gegeben hatte, war sie für einen Moment kreideweiß. Doch die Umarmung der zwei liebsten Menschen, die ihr das Leben geschenkt hatte, ließen die bösen Erinnerungen für immer verschwinden. Glück und eine Art von Seligkeit breiteten sich in ihrem Innersten aus und wärmten ihr Herz.

»Weißt du, Cal, ich bin froh, dass du nicht als Greis von 43

Jahren zu mir gekommen bist. Ich bin glücklich, dass du ein so hübscher Bengel bist und noch so … jung«, stieß sie ihrem Sohn in die Seite und lehnte ihren Kopf an seinen Oberarm. Auch Cal beschlich ein Glück, das er bis hierher noch nicht gekannt hatte, und fühlte das erste Mal im Leben Verbundenheit.

Gemeinsam besprachen alle das weitere Vorgehen und beschlossen, dass die drei MacDonalds zum Gestüt zurückkehren würden, schon allein um Joline in Sicherheit zu wiegen. Am nächsten Morgen würden Al und Robert zu ihnen kommen, um sie alle nach Hause zu bringen. Sarah instruierte Marven, wie er mit Kyla zu verfahren hatte, und dann verließen sie das Tal der Stuten und die junge Garde blieb als Überraschung für Joline zurück.

3

»Sarah, kannst du mir helfen, die Bannocks für heute Abend zu backen? Du kannst das besser als ich«, sprach ich meine Mutter an und erhielt ein lächelndes Nicken. Sarah kam mir sonderbar gelöst und glücklich vor, anders als in den vergangen Jahren, an denen sie mir eher gequält erschienen war. Doch ich freute mich darüber und dachte so bei mir: *Die Zeit heilt – tatsächlich*, obgleich es mir immer noch einen Stich ins Herz versetzte, dass der 20. März zu einem traurigen Erinnerungstag verkommen war. Vielleicht sollte auch ich endlich meinen Frieden mit der Vergangenheit machen. Sarah's Stimme drang fröhlich an mein Ohr und holte mich aus meinen Gedanken.

»Meinst du, dass wir genug haben? Ich habe irgendwie im Gefühl, dass vielleicht Duncan und seine Männer hierher kommen, außerdem ist unser Gehöft im letzten Jahr enorm angewachsen … vielleicht könnten wir noch …«, schweifte sie ab und ich unterbrach sie, weil sie mich neugierig machte:

»Weißt du oder denkst du?«

»Naye, ich denke nur, aber wenn wir zu wenig hätten, wäre ich völlig unglücklich, mein Mädchen«, beeilte sie sich zu sagen und sah mich mit einem grünäugigen Dackelblick an, dem ich nicht widerstehen konnte. Also zuckte ich mit den Schultern und gab nach.

»Wenn dir noch irgendetwas einfällt, mach es. Ich lasse mich überraschen, aye … Ach ja, ich hatte gestern Jagdglück und das Reh wird bereits aufgespießt, auch das geschlachtete Rind kommt gleich über das Feuer. Wenn alle Stunden lang sehen können, was es heute gibt, wird es diesmal bestimmt ein gelöster, netter Abend mit unseren Leuten, meinst du nicht?«

»Bestimmt wird er das«, gluckste sie und drehte sich um, um die Bannocks vorzubereiten.

»Wo sind eigentlich die Männer hin?«, fragte ich im Herausgehen und drehte mich noch einmal zu meiner Mutter um. Sie sah erschrocken zu mir auf, als hätte sie nicht mehr mit meiner Anwesenheit gerechnet, doch dann antwortete sie:

»Hat Robert nichts gesagt? Al und er wollten doch noch einmal zu den Stuten, aye?«

»Ach so? Na ja, gut. Muss ja auch gemacht werden. Hauptsache, sie kommen nicht so spät wie gestern zurück«, grübelte ich so vor mich hin und verließ die Küche, um den Grillplatz zu inspizieren.

Alle, die ich unterwegs auf dem Hof traf, waren äußerst freundlich und ich kam mir vor, als würden sie vor Mitleid triefen. Es störte mich plötzlich sehr, was ich augenscheinlich in den ganzen Jahren vorher massiv ignoriert hatte. Ein bisschen wollte die Freude, mit der ich diesen Tag beging, weichen, doch dann besann ich mich anders. Ich machte mich gerade und nahm die Freundlichkeit der anderen gefiltert, also ohne diese Nuance Wehmut, in mich auf und mein Gang wurde leicht. Alles war gut vorbereitet und am Nachmittag zog ein leckerer Geruch von gegrilltem Fleisch über das Gestüt, sodass einem das Wasser im Munde zusammenlaufen konnte. Drei lange, eingedeckte Tafeln warteten auf die Gäste und langsam wurde ich unruhig, denn Vater und Robert waren immer noch nicht da, während sich die anderen Bewohner des Hofes langsam einfanden.

»Wo bleiben die denn nur?«, fragte ich Sarah leicht aufbrausend, als sie die Treppe vom Manor herunterkam, und hob frustriert meine Arme gen Himmel.

»Dreh dich um«, rief sie mir zu und wies in die Richtung, aus der eine kleine Kolonne auf das Gestüt einritt. Ihr Blick war funkelnd und verschmitzt, sodass ich mich schnell umwandte, sodass mein langer Rock mit Schwung um meine Beine kreiste. Doch der Anblick, der sich mir bot, haute mich um. Wäre Sarah nicht sofort zu mir geeilt, hätte sie mich nicht mehr halten können und ich wäre rücklings lang hingeschlagen. Ungläubig schaute ich zu ihr auf und sagte tonlos:

»Marven … Finley hat tatsächlich Wort gehalten?«

Sarahs glückliche Augen tauchten in meine und funkelten mich selig an, als sie nickte und sprach:

»Auch mein Sohn ist zu mir gekommen, Jo … schau!«

Sie wies mit ihrem Kopf auf die Ankömmlinge und ich erkannte einen weiteren jungen Mann.

»Das ist dein …«, hauchte ich erstaunt.

»Ja, Joline. Das ist mein Sohn Caelan«, sagte Sarah stolz und zog mich nun hoch, damit ich meine Überraschung auch gebührend empfangen konnte. Robert lenkte, als Anführer der kleinen Gruppe, die Pferde zu den Haltestangen der Stallungen und stieg ab. Dann sah ich, wie er Marven ein großes Paket aus Decken abnahm, damit auch der absteigen konnte. Doch es war mir egal, was da nun noch hin und her gereicht werden musste, und ging los, wurde schneller und schneller.

»Marven«, brüllte ich über den ganzen Hof, sodass sich die bereits wartenden Gäste bald die Hälse verrenkten, als ich wie eine Furie auf den Neuankömmling zustürmte, der mit ausgebreiteten Armen auf mich zukam und mich auffing. Die Tränen und das Schluchzen vergingen, als er mich im Kreise drehte und ich die erstaunten, glücklichen oder tränenverhangenen Augen der umherstehenden Menschen wie aus einem Karussell wahrnahm. Dann stellte er mich wieder auf den Boden und sagte:

»Ma, hätte ich es damals schon gewusst, wäre ich wahrscheinlich schon eher zu dir gekommen … aber«, stotterte er.

»Hätte ich damals schon gewusst, dass du mein Sohn bist,

wäre ich vor Gram gestorben. Ich habe dich schließlich dort lassen müssen. Ich habe so gehofft …«, schluchzte ich jetzt doch schon wieder.

»Ich habe jemanden mitgebracht, Ma«, verriet mir mein Sohn, der mich aus Robert's Augen ansah, und ich riss mich zusammen. Als Robert mit seiner wollenen Fracht auf uns zukam, sah ich enorm lange, rote, wellige Haare, die aus der Decke wie aus einer offenen Tüte hervorquollen, und mir stockte der Atem, sodass ich nur noch hauchen konnte: »Kyla?«

»Ja, Kyla, Ma, und sie ist krank von der Reise«, flüsterte er, damit nicht Unwissende von der »*Reise*«, die er und seine Gefährten hinter sich hatten, hörten.

Ich begriff sofort und drehte mich zu Sarah um, um ihre Hilfe zu erbitten. Doch das erwies sich als überflüssig. Wie ich erkennen konnte, war sie eingeweiht und stand bereits in der Umarmung von Ehemann und Sohn, während sie neugierig meinen Gefühlstango beobachtete. Als sie gesehen hatte, was sie sehen wollte, kam sie auf mich zu und wies Robert, der Kyla immer noch trug, an, das Mädchen in eines der Gästezimmer zu bringen. Mit einem verschmitzten Lächeln, das er mir bei seinem Abgang schenkte, formte er ein tonloses »Ich liebe dich, *mó chride*« und warf mir einen Kuss zu.

Marven indes drehte mich zu sich um und stellte mir nun seinen Freund Caelan vor, von dem ich ja nun wusste, dass er Sarah's Sohn war. Ich konnte gar nicht anders, als auch ihn mit einer herzlichen Umarmung zu begrüßen, und genoss trotz der noch eine Weile anhaltenden ungläubigen Verwirrung, dass sich mein Leben anscheinend endgültig zum Guten wendete – wenn da nicht noch Finley's Damokles-Schwert hängen würde.

Doch ich schob meine düsteren Gedanken beiseite und wir feierten ein ausgelassenes Geburtstags-Wiedersehens-Fest mit all unseren Leuten auf dem Gestüt.

Neue Ängste

1

Gordon Fletscher war am Vortag in der Vergangenheit gelandet und fühlte sich genauso müde wie der alte Mann, der ihn aus dem fleckigen alten Spiegel in seinem Zimmer anschaute. Sein Haar war rot-grau-meliert und dunkle Schatten lagen unter seinen Augen. Das Gesicht war um Jahre gealtert, seit er es in seiner Zelle im Edinburgher Gefängnis zuletzt betrachtet hatte. Die Brandblasen, die noch vor einiger Zeit deutlich seine Visage zierten, waren verblasst und entstellten ihn fleckig. Sein Vollbart sah aus wie ein mottenzerfressener, grauer Lappen. Doch darüber konnte er sich jetzt nicht aufregen. Schlimmer waren seine Hände, die sich anfühlten, als hätte er viel zu kleine Handschuhe an. Dort hatten die Verbrennungen, die die kleine Hure ihm beigebracht hatte, mehr Schaden angerichtet.

Seine Seele war schwarz wie die Nacht und sein Herz war nur noch ein Klumpen Hass. Der einzige Gedanke, der in ihm vorherrschte, war Rache. Doch dieses Mal würde es ihm nicht reichen, diese verdammten Huren zu quälen, dieses Mal würde er sie auslöschen. Alle, die so aussahen wie die Metze, die ihn zu einem Krüppel gemacht hatte. Angeekelt sah er an sich hinunter. Sein Blick glitt über seinen immer noch flachen Bauch hinab zu seiner Männlichkeit, die er mit Abscheu betrachtete. Der verbliebene Stummel taugte gerade noch zum Wasserlassen und bestärkte seine Rachegedanken nur noch mehr. Denn dieses blonde kleine Flittchen hatte ihn betrogen. Sie hatte ihn um ein freies Männerleben und Sexorgien mit willigen Huren gebracht. Seit dem Tag, als sie ihm seinen Schwanz beinahe abgebissen hatte, sodass nur noch ein endgültiger Schnitt sein Leben retten konnte, fühlte er sich von Frauen verraten. Besonders von

Frauen, die mit bernsteinfarbenen Augen und langen, blonden Haaren in sein Leben traten. Er hatte kein Problem damit, ihnen Leid anzutun und sie zu quälen. Bisher. Aber das, was er bisher als milde bezeichnet hatte, hatte nun ein Ende. Nun würde er töten, um Genugtuung zu erfahren. Quälend langsam, wenn es sich einrichten ließe.

Als er von der Krankenstation ins Krankenhaus verlegt worden war, hatte er den Wachmann überlisten können und war geflohen. Leider hatten diese verdammten Biester sein Geheimversteck entdeckt und seine Diamanten mitgehen lassen, aber das letzte Versteck hatten sie nicht entdeckt, diese dummen Gänse. So konnte er sich wenigstens mit Geld versorgen. Zwar musste er vorsichtig vorgehen und in das Haus in Knockan einbrechen, da es bereits an andere Leute verkauft worden war, aber das war ein Kinderspiel. Das Bargeld tauschte er in Edelsteine um, weil ihn ein Münzhändler zu viel Zeit gekostet hätte. Seine Zeitreise stand kurz bevor, denn eine erneute Inhaftierung konnte er nicht riskieren.

Nun war er hier und musste nur noch finden, was er so dringend suchte. Ein erregender Schauer ging durch seinen Körper und das Gesicht, welches ihn aus diesem alten, matten Spiegel angrinste, machte ihm sein Ansinnen noch einmal viel schmackhafter. Er empfand dieses Trachten nicht als böse, sondern gerecht. In der Armee wurde Verrat mit dem Tode bestraft. Also überlegte er krampfhaft, wie er seinen Rachefeldzug beginnen konnte. Dem Wirt hatte er bereits genug Geld gegeben, dass er einige Tage ausruhen konnte und mit Essen versorgt worden war, das ihm eine Magd in sein Zimmer gebracht hatte. Bald müsste sie wiederkommen, dann könnte er zumindest in Erfahrung bringen, wo er war und in welcher Zeit er sich befand. Danach konnte er erst planen, wie er seine ihm heilige Aufgabe lösen würde.

2

Nachdem sich Marven und Caelan gut eingelebt hatten, übernahmen sie die Aufgaben, die sie von ihren Altvorderen beigebracht und aufgetragen bekamen. Robert und Al waren begeistert, wie schnell sie das Leben in der Vergangenheit begriffen. Das Einzige, wo die beiden Nachhilfe brauchten, waren die Pferde an sich. Grundkenntnisse waren vorhanden, aber das Auge für kleine Probleme musste noch geschult werden.

Kyla wurde von zwei liebevollen Frauen, nämlich Sarah und mir, gepflegt, sodass sie nach zwei Wochen wieder ganz gesund und bei Kräften war. Sie hatte sich verändert, wie ich feststellen musste. Nicht nur, dass sie erwachsener wirkte, es fehlte ihr auch an der mir vertrauten Offenheit, die sie in der Zukunft an den Tag gelegt und damit mein Herz im Sturm erobert hatte. Obgleich ich ihre Zurückhaltung auf ihre Landung in der Vergangenheit schob, um es mir leichter zu machen, gärte es dennoch in mir. Eines Morgens beim Frühstück, als die Männer ihren üblichen Ritt zu den Stuten planten, mischte ich mich ein.

»Heute möchte ich mit Marven dorthin reiten«, stellte ich in den Raum und wurde von Robert und Vater angesehen, als hätte ich nicht mehr alle Latten am Zaun. Diesen Ausspruch hatten sie von Cal gehört und ihn damals mit völlig irritierten Gesichtern angegafft. Genauso sahen sie mich jetzt auch gerade an.

»Ich muss mit ihm reden … dringend«, zuckte ich mit den Achseln und dem Unverständnis wich Toleranz, die aber nicht so weit ging, dass ich einen der älteren Männer einfach ersetzen oder abservieren konnte.

»Gut, dann komme ich mit«, meinte Robert und musterte Al, der seinem Patensohn mit einem Nicken bedeutete, dass es für ihn in Ordnung war. Dann schaute er mich an und fragte, ohne zu sprechen, ob er uns begleiten durfte. Ich lächelte ihn an und gab mein ebenso tonloses Einverständnis.

Also machten wir uns zu dritt auf den Weg. Marven ritt auf einem großen Rappen, so wie Conn einer war. Robert und ich flankierten ihn mit Whitesock's Nachkommen, Braune mit einer weißen Fessel, die Blesse hatten wir bereits herausgezüchtet. Aber auch sie hatten die Vorliebe, nur einen Reiter zu gestatten.

»Sind das Fohlen von deinem geliebten Whitesocks«, fragte Marven, der die Tiere bewunderte, die seinen Rappen flankierten. Obwohl er mir die Frage gestellt hatte, antwortete Robert stolz:

»Ja, sind sie, und sie haben das gleiche Temperament. Wir haben sie Pollux und Castor genannt«, erklärte er mit einem Schmunzeln.

»Ah, die bösen Zwillinge, aye«, meinte Marven und konnte sich ebenfalls sein aufkommendes Grinsen nicht verkneifen.

»Naye, nicht wirklich böse, aber recht eigenwillig, möchte ich meinen«, schaltete ich mich nun auch kichernd ein.

Als wir das Gehöft verlassen hatten, räusperte ich mich.

»Marven, ich habe ein Problem mit Kyla. Sie ist seltsam verschlossen … ist noch irgendetwas geschehen, das ich vielleicht wissen sollte?«

Mir entging nicht, wie Marven sich anspannte und Robert verstohlen zur anderen Seite blickte, damit ich sein Gesicht nicht sah. Ich kannte meinen Mann in- und auswendig und konnte mir ein ärgerliches »Argh« nicht verkneifen. Marven, der meine Verstimmung nicht missdeutete räusperte sich nun seinerseits und gab freimütig zu, dass Kyla's Zurückhaltung vermutlich damit zusammenhänge, dass er und Kyla ein Paar seien. Bei dieser ehrlichen Eröffnung fiel mir die Kinnlade herunter und ich zog vor Schreck meinem Hengst so sehr die Trense ins Maul, dass er abrupt stehen blieb. Sofort stoppten auch meine Begleiter ihre Pferde, die noch einige Schritte gemacht hatten, und drehten sich nun verstört in ihren Sätteln zu mir um.

»Das geht doch nicht, ihr seid …«, keuchte ich, doch Marven schüttelte vehement sein Haupt.

»Naye, wir sind nicht blutsverwandt, Ma. Du glaubst doch nicht wirklich, ich hätte etwas mit ihr angefangen, wenn sie tatsächlich Amber's Schwester wäre«, regte er sich auf, entschuldigte sich aber sogleich wieder, weil ich das ja nicht wissen konnte. Also begann er zu erzählen, was alles in den wenigen Monaten geschehen war, bis die drei herkamen.

Finley war gestorben und hatte ihn darüber aufgeklärt, wer er in Wirklichkeit war, und ihn beschworen, dass er zurückgehen möge. Helen hatte sich das Leben genommen, ihn aber vorher noch darüber informiert, dass Kyla nicht ihre leibliche Tochter war. Allerdings hatte sie gewusst, dass ich nicht Amber war. Somit hatte sie kein Problem damit, mich zu opfern, wenn es nötig gewesen wäre.

»Du meinst, sie hat gemerkt, dass ich jemand anderes war, und hat mich dennoch …«, stockte mir die Stimme geschockt, als hätten sich meine Stimmbänder in Luft aufgelöst. So viel Schauspieltalent konnte doch ein einziger Mensch gar nicht haben, dachte ich nur.

»Aye, sie hätte dich geopfert. Entgegen unserer Vermutung, dass sie Amber und Kyla nicht geliebt hatte, ergab sich genau das Gegenteil. Sie hasste sich für ihre Schwäche, euch nicht schützen zu können und auch – wenn ich länger darüber nachdenke – für den Irrglauben, Gordon Fletscher sei ihr Vergewaltigungssohn … Das allerdings ist nur meine eigene Vermutung. Ein verdammtes Wirrwarr, aber am Ende nahm sie lieber Tabletten und sich damit das Leben, um nicht mit dieser Schande in der Psychiatrie eingesperrt zu bleiben.«

Ich stöhnte und Robert sah besorgt zu mir herüber. Auch für ihn war das eine Geschichte, die nicht mit klarem Verstand nachvollziehbar war. Nachdem Marven sich vergewissert hatte, dass wir wieder aufnahmebereit waren, erzählte er, dass Gordon Fletscher im Gefängnis eine Auseinandersetzung hatte und in ein Krankenhaus verlegt worden war. Das Beste jedoch war, dass nicht er mein Vergewaltiger war, sondern nur der Anstifter, da Amber seine Männlichkeit so weit zerstört hatte, dass er seinen Schwanz in keine Frau mehr stecken konnte.

»Doch diese Tatsache ist wohl ursächlich dafür, dass er alle Frauen, die deiner Mutter Amber auch nur ähnelten, dafür büßen ließ. Er wird kommen, das spüre ich, Ma … das sagte auch die Frau, die mich … uns … durch die Zeit geschickt hat … und dieses Mal wird er töten«, endete er mit besorgter Stimme.

Wir waren am Tal angekommen und ließen uns von den Pferden gleiten, um sie in ihr Versteck zu bringen, wo sie auf dem Ritt nach Hause geschützt stehen konnten.

»Ich glaube es ja nicht. Als hätte ich geahnt, dass er genau der Bastard ist, der dich damals behelligt hat … Dieser Mann, wie sieht er aus?«, fragte Robert aufgebracht. Er würde mich vor ihm beschützen. Niemand würde mich töten, das glaubte ich sofort, als ich sein gerötetes Gesicht sah. In seinen blauen Augen blitzte Zorn.

Marven beschrieb ihn grob, merkte jedoch an, dass Fletscher nicht steuern konnte, in welche Zeit er reisen würde. Möglicherweise war auch sein Alter nicht fix. Vielleicht war er jünger, vielleicht genauso, aber es konnte auch sein, dass er älter war. Gute Verbindungen zu Nachbarn, die Augen und Ohren offen halten würden, und eigene Nachforschungen wären wohl das Einzige, was zurzeit sinnvoll wäre.

»Ma, nun … Kyla und ich … ich liebe sie, weißt du. Seit ich weiß, dass sie nicht irgendeine Tante, Oma, Cousine oder sonst was ist, ist bei mir ein Knoten geplatzt. Aber du musst nicht von mir glauben, dass ich mich ihr aufgedrängt habe … ganz im Gegenteil … ich habe sie in die Hölle geschickt und sie ist als … Lichtelfe daraus hervorgegangen«, verriet er träumerisch, als wir auf dem Pfad hinauf ins Stutental gingen. Selbst Robert blickte mich schulterzuckend an, als ich ihm einen verkniffenen Blick sandte.

»Wieso Hölle?«, fragte ich verdutzt.

»Na ja, du weißt selber, das Kyla schwierig sein konnte, oder? Sie war ein verzogenes Kind, das bereits bei dem ersten gescheiterten Versuch hinwarf. Doch Finley bat mich, mich darum zu kümmern, dass sie die Dinge lernte, die sie hier in dieser Zeit gebrauchen würde. Er selber kümmerte sich um Gälisch und historisches Grundwissen«, erklärte er und holte tief Luft.

»Sie nahm bis dahin alles eher halbherzig auf, manches gefiel ihr, manches nicht … eines Tages schleppte ich sie zu Cal, damit sie Bogenschießen lernte, und sie rastete völlig aus, beschimpfte Caelan und benahm sich eben … wie Kyla«, bebte er und ich konnte mir bildlich vorstellen, wie sie sich aufgeführt hatte.

»Also habe ich sie angeschnauzt und ihr angedroht, dass ich sie nicht auf die Reise zu dir mitnehmen würde. Von da an sah sie ihre Felle schwimmen. Das Mädchen, das du die letzten Tage gepflegt hast, ist eine andere Kyla. Ma, was sie in kürzester Zeit gelernt, überstanden und gemeistert hat, glaubst du erst, wenn du es siehst«, sagte er stolz.

Er erzählte uns von Trish, die ausgesehen haben musste wie unser Duncan in hässlich, kam es mir in den Sinn, doch ich konzentrierte mich wieder auf Marven, dem Robert fast an den Lippen hing. Als er meinen fragenden Blick auffing, räusperte er sich und sagte trocken:

»Na ja, es gibt da so manche Ausdrücke, die ich nicht verstanden habe und mir nur ungefähr erschließen konnte … wie *rastete aus, angeschnatzt, fix* oder *geplatzter Knoten*.«

»Oh, ich werde dran denken, mich so auszudrücken, dass du weniger Schwierigkeiten hast, tut mir leid … und es heißt *angeschnauzt* und meint so was wie ›einen ärgerlichen Vortrag halten‹. Sei froh, dass Cal dir die Geschichte nicht erzählt. Dann würdest du nicht einmal den Sinn erschließen können«, kicherte Marven leicht und rollte seine Augen nach oben, um die Unmöglichkeit zu bekräftigen.

»Wie auch immer, als sie mir nach einigen Wochen wieder begegnete, traf es mich wie ein Blitz und ich konnte nicht mehr gegen meine Gefühle ankämpfen. Kyla ging es genauso und so kam es, dass wir kurz vor der Abreise unsere erste Nacht …«, endete er und überließ es unserer Fantasie, den Satz selber zu beenden. Robert und ich schwiegen einen Moment und schienen gemeinsam im Gras vor uns eine Lösung zu finden. Aber wir fanden dort keine, so blickte ich in das abwartende Gesicht unseres Sohnes, der scheinbar auf Absolution hoffte. Robert's Miene verriet mir, dass er sie von ihm schon lange erhalten hatte. So sprang auch ich über meinen Schatten und stellte fest, dass mir das überhaupt nicht schwerfiel.

»Marven, wenn du Kyla wirklich liebst, sind Da und ich wohl die letzten Menschen auf dieser Welt, die etwas dagegen einwenden würden … wollt ihr heiraten?«

»Danke, Ma. Ich hatte gehofft, dass ihr damit einverstanden wärt. Allerdings muss ich Kyla noch fragen, ob sie mich ehelichen will«, stellte er ernst fest.

»Meinst du, sie will nicht?«, fragte ich entrüstet.

»Eigentlich denke ich schon, dass sie mich will … aber fragen muss ich wohl, oder?«

Doch damit schien er genug von dem Thema zu haben und drehte sich zu Robert, bei dem er sich für seine Verschwiegenheit bedankte. Robert klopfte ihm liebevoll die Schulter und meinte nur:

»Das alles habe ich lange hinter mir, aber glaub mir, es kann ein langer, schmerzhafter Weg sein, seine Liebste zu überreden.« Seine Stimme schien direkt zu hüpfen, da er das Gesagte mit einem Lachen begleitete, das dem Ganzen die Ernsthaftigkeit nahm.

»Mir war gar nicht klar, dass du so unter mir gelitten hast«, konterte ich nun auch gelassen und griemelte meinen Mann an.

»Hast du eine Ahnung«, brummte dieser grinsend zurück.

»Was ist eigentlich mit meinen Geschwistern? Ich habe doch noch welche, oder?«, fragte Marven uns, da er uns gerade allein für sich hatte, was selten genug der Fall war.

»Oh, Willie und Kyla sind bei John auf Bulloch Castle. Sie kommen einmal im Monat her, um uns zu besuchen. John sorgt dafür, dass sie angemessen ausgebildet werden«, klärte ich ihn auf, ließ aber keinen Zweifel daran, dass ich mich nur schwer von meinen Kindern trennen konnte. Von allen Kindern, wohlgemerkt.

»Aha. Und wie sehen sie aus? Würde ich sie erkennen?«

»Das will ich meinen, Sohn«, mischte sich Robert nun ein. »Schau deine Mutter an und dann die beiden anderen … wäre Willie ein Mädchen … aber Kyla sieht tatsächlich aus wie ihr Zwilling … früher …«, erklärte ihm sein Vater mit stolzer Brust.

Ich konnte mir ein Schmunzeln nicht verkneifen. Da er ja nun auch einen Klon zu bieten hatte, schien es ihn wirklich zu erfreuen, dass alle Kinder nicht zu verleugnen waren und entweder ihm oder mir ähnelten. Doch ein lautes Zischen, das von Marven kam, riss Robert und mich aus dem Schwelgen.

»Dann ist sie genauso in Gefahr wie du, Ma!«, spie er beinahe aus.

»Wie meinst du das, Marven?«, wollte Robert alarmiert wissen.

»Wenn Kyla, also meine Schwester, aussieht wie Mutter … und Fletscher jede Frau verfolgt, die ihr ähnelt …«

»Ich schicke sofort einen Mann zu John«, beeilte sich Robert zu sagen und rannte beinahe panisch zu seinem Pferd. Ohne weitere Erklärung, ohne Abschied, ließ er uns mit fragendem Blick in der Weide stehen. Gut, er liebte seine Tochter über alles. Er hatte sogar John mit Mord gedroht, sollte er sich nicht ehrenhaft und väterlich um Kyla kümmern und sie vor allen Gefahren beschützen. Dieser Abgang zeugte von purer Angst um sein Kind und ich konnte nicht verhindern, wie sie auch in mir hochkrabbelte, als stände ich direkt in einem Ameisenhaufen. Aber alles nacheinander, gebot ich mir und dachte zunächst an Marven's Problem.

Nachdem wir zurück auf dem Gestüt waren, nahm ich mir meine »Ex-Tante« Kyla vor und erklärte ihr, dass ich ihrer Liebe zu Marven, der sich mir ja offenbart hatte, nicht im Wege stehen würde, wenn sie es denn auch ernst meinen würde. Von da an war sie wie ausgewechselt. Die Mauer, die sie aus Angst, dass ich etwas dagegen haben könnte, aufgebaut hatte, brach ein und wir wurden wieder innig miteinander, wie früher eben.

3

Al, Caelan und Marven ritten die Grenzen regelmäßig ab und trafen eines Tages auf den ergrauten Duncan, der Willie und Kyla mit einigen Begleitern nach Hause eskortierte.

»Wer ist das denn?«, wies er mit seinem Kopf auf Marven, den er nicht aus den Augen ließ, wobei er eine unbestimmte Aggression in seine tiefe Stimme gelegt hatte, die einem die

Nackenhaare aufstellen konnte.

»Der sieht aus wie Robert … immer, wenn so einer auf-taucht, verschwindet anschließend ein Kind«, dröhnte er. Al, dem aufging, dass der Kurier wohl nicht davon berichtet hatte, dass Marven zurückgekommen war, rollte mit den Augen und fuhr den Campbell-Krieger an:

»Bei uns gibt es keine Säuglinge mehr zu holen, mein Freund, und im Übrigen ist das Kind zurück! Mach die Augen auf, Dun-can!«

Marven und Caelan hatten das Gespräch nur beiläufig ver-folgt, denn ihre Blicke waren auf die beiden jungen Leute abge-driftet, die unter schwerer Bewachung zu stehen schienen.

Seine Aufmerksamkeit wanderte allerdings augenblicklich zu seinem Großvater zurück, als sich Duncan von seinem Pferd rutschen ließ. Auch Al stieg ab und so tat Marven es ihm nach. Als nun dieser Riese auf ihn zugestampft kam, schien der Boden zu beben. Der Mann, der mit seinem alten Fellmantel und riesig wie ein Berg auf ihn zukam, erinnerte ihn kurzfristig an einen angriffslustigen Grizzly. Trotzdem blieb er stehen und zeigte keine Angst. Als der Mann dann seine Arme ausbreitete und ihn mit seinen massigen Pranken in eine Umarmung zog, die ihm bald die Luft nahm, wusste er, dass er gegen diesen Hünen verloren hätte, egal um wie viel älter der war. Doch es handelte sich eindeutig um ein Willkommen. Froh, nicht gegen dieses tierähnliche Wesen kämpfen zu müssen, keuchte er:

»Ich freue mich auch, dich kennen zu lernen.«

Dabei fiel sein Blick auf Caelan, der auf ihn hinabschaute, da er auf seinem Pferd sitzen geblieben war. Der Mistkerl grinste beinahe hämisch, während er in Duncan's freundlicher Zwangs-jacke steckte und nicht wusste, ob er lachen oder weinen sollte. Gott sei Dank räusperte sich Al:

»Lass den Jungen los, Duncan … du brauchst keine Angst zu haben … er bleibt jetzt hier. Aber vielleicht erlaubst du, dass er seine Geschwister kennen lernt, bevor du ihn vor ihren Augen erdrückt hast.«

Sofort löste Duncan die Umarmung und stellte Marven

seine wertvolle Fracht vor.

»Das Mädchen ist deine Schwester Kyla, meine Patentochter«, sagte er mit seiner tiefen Stimme, stolz wie Oskar, und wies auf die junge Frau auf einem edlen Schimmel.

»Der junge Mann ist William, dein Bruder, aye.«

Auch die beiden Geschwister beäugten Marven nun interessiert, aber er hatte nicht den Eindruck, dass er ihnen völlig fremd war. Allerdings schob er das auf seine Ähnlichkeit mit seinem Vater. Er sah schließlich gerade ganz deutlich Joline in Bruder und Schwester.

Als Al bemerkte, dass auch Caelan auf eine Bekanntmachung wartete, stellte er ihn als seinen Ziehsohn vor. Doch hatte er wenig Lust, hier weiter wie auf dem Präsentierteller zu verharren, und gebot allen, sich ihre Fragen und Beweihräucherungen für zu Hause aufzuheben und hier zu verschwinden, bevor noch jemand wegen dieses Fletscher-Bastards zu Schaden kam.

Marven lenkte sein Pferd neben Cal und raunte ihm zu:

»Ich habe deine Stielaugen gesehen, Alter. Wenn du Kyla schöne Augen machst und sie enthrst, bist du ein toter Mann.«

»Meinst du Kyla oder Kyla«, zog Caelan seinen Freund auf und grinste wieder mal frech zu ihm herüber; doch als er die dunklen Wolken sah, die Marven's Blick verdunkelten, schob er kleinlaut nach:

»Ich weiß, wie das hier läuft. Keine Angst … aber schauen darf man wohl noch, oder. Übrigens bin ich froh, dass der ›Conan‹ da vorn dir nicht alle Knochen gebrochen hat, Alter. Für einen Augenblick hatte ich eine scheiß Angst … echt«, wies er mit dem Kopf auf Duncan.

Ein Blick über die Schulter bewies Marven, dass sowohl Willie als auch Kyla rundum von Kriegern flankiert waren, die sie mit ihren Körpern schützten, sodass er beruhigt in der Kolonne neben Caelan ritt. Duncan und Al führten sie an, wobei von dort vorne immer nur dunkles Gemurmel zu ihnen in die zweite Reihe wehte. Verstehen konnte er sie nicht, doch das war wohl auch nicht weiter schlimm.

Auf dem Gestüt angekommen, herrschte erst einmal ein Will-kommenswirrwarr vor. Jeder fiel jedem in die Arme und die Luft flirrte förmlich vor Freude. Dann wurden wir Frauen von Sarah separiert und zum Küchendienst eingeteilt, damit man allen ein leckeres Essen anbieten konnte. Kyla stand etwas abseits, viel-leicht, weil sie so einen Menschenauflauf gar nicht gewohnt war. Also hakte ich mich bei meiner Tochter ein und lenkte sie zu ihr.

»Darf ich dir meine Tochter Kyla vorstellen?«, lächelte ich sie an.

»Ja natürlich, Jo. Aber ich denke, wer Augen im Kopf hat, hätte das wohl auch so erraten. Ich grüße dich, Kyla … ähm … ich bin Kyla Keith, aus …«, brach sie ab und sah mich fragend an.

»Deine Namensgeberin … mein Mädchen, aber ich sehe ein, dass wir mit der Namensgleichheit jetzt ein Problem haben«, erklärte ich meiner Tochter, sah aber auch ein, dass wir eine Lö-sung finden mussten, wenn nicht immer zwei Mädchen auftau-chen sollten, wenn sie gerufen würden.

»Naye, eigentlich nicht«, gab meine Tochter nun beschwich-tigend von sich und reichte Kyla ihre Hand.

»Auf Bulloch Castle nennen sie mich alle *Lady Amber* … also ich höre auch auf *Amber*«, erklärte sie und drehte sich zu mir:

»Ma, wenn wir das hier auch so machen, gibt es doch keine Verwechslung mehr, was meinst du? Ich fand *Amber* schon im-mer schöner«, sagte sie nun achselzuckend, wurde aber gleich-zeitig rot, da sie bemerkte, dass es womöglich einer Beleidigung für Kyla gleichkam. Diese zuckte aber auch nur mit den Achseln und meinte, dass man sich seinen Namen schließlich nicht aus-suchen konnte und die Auswahl fehlen würde, wenn man nur einen Vornamen hatte.

»Von mir aus. Ich habe nichts dagegen, wir geben es nachher allseits bekannt, aye?«, lächelte ich ihr zu und hakte mich auch bei Kyla ein. Zusammen folgten wir nun in Sarahs Reich und bekamen unsere Aufgaben zugeteilt.

Die Männer wurden von einer der Mägde mit Ale und klei-nen Imbissen versorgt und beredeten, was zu bereden war. Unter anderem schmiedeten sie Pläne, wie diesem Gordon Fletscher beizukommen wäre. Doch ohne zu wissen, wie der Mann aussah, stellte sich eine strukturierte Vorgehensweise, wie sie Marven vorschwebte, als schwierig dar.

»Warum hast du kein Foto von dem Kerl mitgenommen oder einen Zeitungsausschnitt?«, kam ein leiser Vorwurf von Cal, der mit dem Kopf schüttelte.

»Was ist ein Foto?«, wollte William wissen, der ganz in der Nähe saß und Caelan's Frage gehört hatte. Die Köpfe von Marven und Cal schnellten herum, als hätten sie vergessen, dass es Fotos ja noch gar nicht gab, und zogen tief Luft ein. Dann sah Marven seinem Bruder in die Augen und erklärte ihm, dass ein Foto ein originalgetreues Bild wäre mit scharfen Konturen, nicht so weichgezeichnet wie ein Gemälde. William nickte verstehend:

»Warum fragt ihr nicht Ma? Die kann wirklich gut malen und wenn ihr sagt, dass sie es nicht an die Wand hängen soll, sondern für die Suche nach diesem Fletscher, dann …«

»Meinst du, sie kann diesen Kerl aus dem Gedächtnis zeichnen, dass man ihn auch erkennen würde? Willst du das damit sagen, Will?«, keuchte Marven und verstand die Welt nicht mehr. Warum waren nicht schon sein Vater und Großvater auf diese Idee gekommen? Als Willie freudig nickte, musste er stolz anmerken:

»Ist dir das Bild von Whitesocks im Salon noch nicht aufgefallen? Das hat sie gemalt. Gut, nicht wahr?«

»Das hat sie gemalt?«

»Ja, das hat sie … und auch uns Kinder … dich auch! Darum warst du uns nicht wirklich fremd, als wir dich vor einigen Stunden das erste Mal in echt sahen.«

»*Mich* hat sie auch gemalt? Wie?«, fragte Marven erstaunt.

»Ja, dich auch. Die Bilder hängen in Ma's und Da's Schlafzimmer. Schau sie dir an! Du wirst begeistert sein«, meinte William euphorisch und erhob sich.

»Komm mit, ich zeige sie dir«, dann wandte er sich zu seinem Vater und ging die paar Schritte, um ihm Bescheid zu geben. Robert's Blick schnellte zu Willie auf. Auch er stand sofort auf, als er begriff, dass es doch eine Möglichkeit gab, Gordon Fletscher zu finden, wenigstens Hinweise zu erhalten, wenn er in der Nähe auftauchte.

Marven bedeutete auch Cal, ihnen zu folgen, und so machten sich die vier auf, um schnellstens ins Herrenhaus zu laufen. Dort scheuchte Robert die drei hoch ins Schlafgemach und wendete sich zur Küche, die voller gackernder Frauen war.

»Jo«, brüllte er in dieses Geschnatter, das augenblicklich verstummte. Als er mich sah, weil ich aufstand, befahl er schon fast:

»Komm schnell!«

Da ich nicht den Eindruck hatte, dass er trotz des harschen Tons vorhatte, mit mir zu streiten, eilte ich zu ihm und er zog mich in die kleine Diele. Er achtete darauf, dass die Küchentür wieder zugefallen war, bevor er mir aufgeregt kundtat, worum es ging. Wir beeilten uns also, nach oben zu gelangen, und fanden die Jungs in die Betrachtung der Gemälde vertieft.

»Krass … cool … eh, Alter, du bist gut getroffen«, konnte ich vernehmen und ordnete den Ausspruch Caelan zu, der sich seine visionären Worte aus der Zukunft noch nicht vollends abgewöhnen konnte.

Marven hörte uns sofort, als wir eintraten, und drehte sich um. Willie tat es ihm nach.

»Ma, das sind sehr schöne Bilder. Mich hast du …«

»Aye, dich habe ich ja nur aus dem Gedächtnis malen können«, lächelte ich ihn an.

Er nickte, da er wusste, dass auch Amber, meine Mutter, das vermochte, und sagte:

»Ma, dann kannst du auch Fletscher aus dem Gedächtnis malen, oder? Kyla – ich meine, *meine* Kyla – kann dir sogar helfen, da sie ihn ja auch kannte«, sagte er hoffnungsvoll.

Ich überlegte kurz und gab ihm recht. Einen Versuch war es wert.

»Wie lange braucht man denn für so ein Bild?«, mischte Caelan sich nun ein und schränkte gleichzeitig den Anspruch ein:

»Nur in Schwarz-Weiß, meine ich … nicht so schön bunt

wie diese hier«, zeigte er auf die drei Werke über unserem kleinen Kamin.

»Vielleicht ein oder zwei Stunden … für eine gute Studie«, mutmaßte ich.

»Gut«, kam es aus vier Mündern gleichzeitig, während mich acht Augenpaare musterten, als würden sie mich gleich an die Wand nageln. Doch Robert war derjenige, der eine Aufforderung formulierte und mit einer Dringlichkeit unterlegte, die keinen Aufschub zuließ.

»Ich denke, die Weibsbilder in der Küche kommen ohne dich und Kyla zurecht. Schnapp sie dir und fangt an, damit wir den anderen eine Zeichnung zeigen oder besser noch mitgeben können, aye.«

Ich nickte und schluckte meinen Ärger über den Ausdruck »Weibsbilder« hörbar hinunter, weil ich schlussendlich seine Aufgebrachtheit verstand. Er war über alle Maßen in Sorge, dass seiner geliebten Tochter und mir Böses geschehen würde. Da ihm mein Unmut nicht entgangen war, blinzelte er mich achselzuckend an und winkte die Jungs hinter sich her, als er ging.

Sofort suchte ich mir meine Malkohlestifte zusammen und auch das teure Papier, das John mir für meine Malerei geschenkt hatte, und fertigte eine grobe Skizze an, mit der ich zu Kyla eilte, die ich aus der Küchenarbeit auslöste und in den Salon bat. Schon allein bei einem Blick auf den Entwurf entwich ihr »Gordon« und sie sah mich fragend an.

»Aye. Wir müssen ihn so genau wie möglich zeichnen, damit ihn alle erkennen können … wie einen Steckbrief eben«, erklärte ich ihr.

»Du musst mir helfen. Ich habe ihn ja immer nur wütend oder drohend gesehen. Darum bin ich da vielleicht nicht ganz frei davon, ihm grimmige Züge zu verpassen, verstehst du?«

»Klar«, setzte sie sich neben mich und in einer gefühlten Ewigkeit, hatten wir ein Bild erschaffen, das wir vorzeigen konnten. Gerade als wir uns reckten, um die Anspannung aus unseren Körpern zu bekommen, kam Sarah herein und teilte uns mit, dass uns alle schon beim Essen erwarteten. Als hätten unsere Mägen nur auf dieses Wort »Essen« gewartet, knurrten sie laut und Sarah schmunzelte und winkte uns mit sich in den Hof.

Ich klemmte mir die Skizze unter den Arm und reichte sie Marven, als wir draußen ankamen. Er schaute kurz darauf und funkelte mich mit seinen immens blauen Augen an.

»Wow. Das ist er, wie kannst du ...«, schaute er mich durchdringend an, bevor er mich samt Zeichnung in den Arm nahm und mich wie wild im Kreis drehte. Er setzte mich wieder ab und gab mir einen dicken Kuss auf die Wange. Dann nahm er sich seine zierliche Braut vor, die er allerdings erst nach einem langen Kuss auf den Mund und mit hochroten Wangen entließ. Als er entsetzte Blicke auf sich spürte, wurde auch er leicht rot und zuckte mit den Achseln. Duncan's brummige Stimme wurde laut und ließ verlauten, dass sich der Junge einfach zu lange in Übersee aufgehalten hatte. So taten es auch die Leute vom Gestüt und Duncan's Begleiter mit einem Kopfschütteln ab und aßen genüsslich weiter.

Nur Robert und ich konnten uns ein liebevolles Schmunzeln nicht verkneifen und auch Sarah, Al und Caelan griemelten so vor sich hin.

Tanz auf dem Vulkan

1

Obwohl er sich furchtbar ärgerte, dass ihn sein Zauberbecher so weit in den Norden transportiert hatte, erfreute er sich an seiner Weitsicht, ein Fernglas eingepackt zu haben. Im Nachhinein war seine Reise auch nicht erfolglos, denn er konnte in Ruhe Ausschau halten, wo er die Hexen martern und töten konnte, ohne Gefahr zu laufen, entdeckt zu werden. Auf dem Blarnacuiflich-Moor war er fündig geworden. Es hatte dort einige Hügelgräber. Eines von denen würde für sein Vorhaben, die Frauen sichtgeschützt zu foltern, bis sie bereit für das reinigende Feuer waren, auf denen er ihnen den qualvollsten Tod verpassen wollte, sehr gut eignen.

Nun aber beobachtete er das Treiben auf dem Gestüt und hatte außer der Metze, die er seinen Männern nach Culloden überlassen hatte, eine viel jüngere Ausgabe dieser Frau ausgemacht. Ein freudiger Schauer durchfuhr ihn, weil seine Erwartungen schon jetzt voll erfüllt waren. Doch als er durch sein Fernglas auch noch die langen, roten Haare von Kyla ausmachte und sie auch als das Mädchen erkannte, das er noch vor einigen Monaten als Hure verkaufen konnte, entwich ihm ein aufgeregtes »Ha«. Das wäre doch zu schön, um wahr zu sein. Oder? Ach nein, tat er das erst einmal wieder ab. Schnell sah er sich um, um sicherzustellen, dass er sich nicht selber verraten hatte. Der einzige Wermutstropfen, den er feststellen konnte, war die massive Bewachung der Gänse, auf die er es abgesehen hatte. Das würde die Schwierigkeit sein, aber er hatte schon eine Idee. Wenn das Kaninchen sich nicht rührte, musste man halt die Möhre bewegen, damit man separierte. Er schmunzelte und leckte sich geifernd über seine schmale Unterlippe, als wären sie fett mit Honig bestrichen. Bevor er das alles angehen konnte, musste er noch einmal zurück auf das Hochmoor. Er hatte nun alle Zeit der Welt und konnte vorbereiten und besorgen, was nötig war, um seinen perfiden Plan in die Tat umzusetzen. Also hievte er sich auf sein Pferd, das ihm der Wirt in Wick verkauft hatte, und machte sich auf den Weg. In etwa einer Woche, so schwirrte es ihm durch sein krankes Hirn, könnte er zurück sein und den MacDonalds einen Schlag versetzen, den sie nie verkraften würden. Sein schallendes Lachen, das er sich nach einiger Entfernung gönnte, ließ Vögel verstummen und die Natur zum Stillstand bringen. Hätten es seine Opfer gehört, so wären sie gewarnt gewesen. Aber sie hörten es nicht.

2

Nachdem alle, die uns kannten, auf dem Gestüt ein und aus gingen, sogar eine Kopie der Zeichnung an John gegangen war, standen ich und meine Tochter unter schwerster Bewachung. Allein Kyla und Sarah konnten sich noch ein Stück weit frei bewegen.

Die zwei Neuankömmlinge waren von den Älteren, besonders von Duncan, auf Herz und Nieren geprüft worden, ob sie überhaupt für ihre Aufgabe, die man ihnen nun zugedacht hatte, taugten. Mir ging meine Wache, die sich zumeist aus Marven oder William rekrutierte, nicht wirklich auf die Nerven, da ich mich gern mit meinen Söhnen unterhielt. Und Kyla, die wir ja nun alle bei ihrem zweiten Vornamen *Amber* nannten, schien ihren Begleiter Caelan sehr zu genießen. Immer wieder hörte ich die beiden herzhaft lachen. Marven hatte augenscheinlich so seine Probleme damit, denn immer wenn er die beiden fröhlich sah, verdunkelte sich sein Blick.

»Was hast du nur gegen Cal? Er ist doch sehr nett«, hielt ich ihn einmal an, als er sich neben mir verkrampfte, da er die beiden wieder mal miteinander schäkern sah.

»Ma, Caelan ist mein Freund, aber er ist auch ein Schwerenöter … ich hoffe, dass er Amber nicht ent…«

»Marven«, unterbrach ich ihn, bevor er zuende sprechen konnte. Seine Angst belustigte mich etwas, obwohl er seinen Freund wohl besser kannte als jeder andere hier. Doch mindestens so gut kannte ich meine Tochter.

»Deine Schwester ist bereits alt genug. Mit ihren beinahe 27 Jahren ist sie schon eine alte Jungfer … Und glaub mir, sie hat schon ganz andere Kaliber in den Griff bekommen. Sie kann sich wehren. Wenn sie ihn nicht mögen würde oder er sich falsch verhalten hätte, dann wäre sie schon zu ihrem Vater gerannt. Meinst du, dass sie umsonst immer noch ungebunden ist?«, grinste ich ihn an.

»Aber Mädchen haben ihm auch noch nie etwas bedeutet … er hat sie bisher immer nur benutzt … du weißt, was ich meine. Wenn er am Ziel war, hat er alle fallen gelassen wie eine heiße Kartoffel«, wendete er ein.

»Ach Sohn, hast du dir deinen Freund in letzter Zeit mal genauer angesehen?«

Ich hatte diesen verräterischen Glanz schon lange entdeckt und er war nicht nur Caelan zu eigen, auch meine Tochter schien infiziert, lächelte ich in mich hinein.

»Naye«, gab er nahezu reumütig zu und dennoch hatte ich den Eindruck, ein bockiges Kind neben mir herlaufen zu haben.

»Also gut … wenn es dir damit besser geht, tauscht doch morgen mal euren Dienst, oder noch besser, bitte Willie darum, sich um seine Schwester zu kümmern. Nimm dir Zeit für Kyla. Sie vermisst dich, glaube ich, schon sehr. Du kannst es Cal ja so verkaufen, dass ich ein wenig Bogenschießen üben will und er der beste Lehrer sei, den es hier auf dem Gestüt gäbe. Ich rede dann mit ihm, aye?«, bot ich ihm an und er nickte bedächtig. Danach entspannte er sich ein bisschen und ich nahm mir vor, den Sohn meiner Ziehmutter Sarah vorzuwarnen.

Am nächsten Tag kam es allerdings so, dass Amber Willie irgendwie ausbootete und sich Caelan und mir anschloss. Sie war eine hervorragende Schützin und ich hatte sie gleich im Verdacht, dass sie das auch zeigen wollte. Nun gut, dachte ich mir, dann würde ich eben beiden erklären, dass eine Leidenschaft auch Konsequenzen haben könnte. Wenn sie also nicht bereit wären, diese zu tragen, sollten sie sich etwas zurücknehmen. Ansonsten wäre ich persönlich nicht so eifersüchtig-ignorant wie manch anderer aus der Familie.

Entgeistert sahen mich die beiden an, als hätte ich sie an dem verbotenen Marmeladentopf erwischt, doch es war Caelan, der sich als Erster fasste und mir sagte:

»Mam, ich weiß, dass in dieser Zeit hier ein Flirt mit einem Mädchen enger gesehen wird als in der Zeit, aus der ich komme. Aber ich habe nicht vor, deiner Tochter an die Wäsche zu gehen, wenn sie das nicht will. Ganz im Gegenteil. Ich habe zwar noch nie so viel Zeit mit ein und derselben Frau verbracht, aber ich habe mir vorgenommen, Rücksicht auf sie … Amber ist … sie ist besonders. Wenn ich ihr zu nahe getreten bin … klar, dann …«, erklärte er und sah immer wieder zu Amber hinüber, die uns mit tellergroßen Augen ansah und ihren Mund öffnete und schloss wie ein Fisch auf dem Trockenen. Als sie wieder einatmete, weil sie sich äußern wollte, gebot ich ihr Einhalt:

»Cal, ich habe nichts gegen dich – überhaupt nicht, ich mag dich sogar sehr. Du bist ein gutaussehender Bursche, mit so manchem Vorzug, den sich Männer in dieser Zeit noch nicht zu eigen gemacht haben … ein Freigeist und durchaus mit brauchbaren Ideen … Wenn Amber dich auch mag, ist doch alles gut. Aber sei dir gewiss, wenn du etwas tust, was den Männern, sei es Robert, Marven oder zu guter Letzt Duncan, nicht gefällt, dann kann dir niemand helfen … dann bist du Hackfleisch«, versicherte ich ihm.

»Ma, was fällt dir ein, so mit ihm …«, wollte Amber losbrüllen.

»Schon gut, sie meint es nicht so, wie du es verstanden hast, òmar. Sie hat um uns beide Angst, denkst du nicht?«, raunte Cal Amber zu und beschwichtigte sie. Da er das gälische Wort für *Bernstein* benutzte, um Amber anzusprechen, war für mich die Sache klar. Er hatte sie gekost und damit war sicher nur eins verbunden. Scheinbar hatte sich der Junge in mein Mädchen verliebt und sie hatte ihn verteidigen wollen. Das tat sie auch nicht für jeden. Innerlich hätte ich laut loslachen können, bekam meinen zuckenden Mundwinkel aber in den Griff, um mich nicht zu verraten. Als sie mich nun beide ansahen, der eine mit einem Hauch Verständnis, der andere mit Vorwurf im Blick, nickte ich und schlug vor, dass sie es entweder öffentlich machten oder aber voneinander abließen, damit niemand in Gefahr geraten konnte. Dabei wies ich Amber im Speziellen auf ihren Patenonkel hin, der noch weniger Spaß verstehen würde als ihr eigener Vater. Mit meinem Vorschlag ließ ich sie allein an unserem provisorischen Schießstand und machte mich auf den Weg zurück zum Gestüt.

Ich musste einen kleinen Hain durchqueren und dann über eine weite Wiese laufen und genoss meine kleine Freiheit.

Tief atmete ich ein und freute mich meines Lebens, nein, ich freundete mich gerade mit dem Gedanken an, dass wir möglicherweise bald eine Doppelhochzeit feiern würden.

Ich hatte das kleine Buschwerk betreten, das mich danach auf das offene Gelände und so wieder in Sichtweite des Gehöftes gebracht hätte, und der Schatten des Blattwerkes machte die Luft augenblicklich kühler. Doch meine Gedanken, die ich träumerisch verfolgte, verhinderten, dass mein Körper mir dies offenbarte. Ich fühlte mich glücklich. Mir wollte gerade ein stilles, freudiges Lächeln ins Gesicht ziehen, als mir plötzlich ein Schlag auf den Kopf die Sinne nahm. Es gab einen furchtbar hellen Blitz und dann war Dunkelheit und Stille.

Wie in einem Traum bekam ich ein Schaukeln mit. Aber das nahm mir auch die Luft und meine Gedärme wurden zusammengepresst, sodass ich mich nicht einmal übergeben konnte, obwohl mir das womöglich Erleichterung verschafft hätte. Ich roch Pferd und ein eigenartiges Summen wurde mein Begleiter. Meine Augen waren wie zugeklebt. Zwischendurch dachte ich immer wieder, diese Melodie, die meine Ohren quälte, wäre menschlich, doch dann holte mich auch schon wieder die Dunkelheit. Irgendwann erschien es mir, als hätte sich meine Seele von meinem Körper getrennt. Gefühlte Stunden später wurde mein Körper achtlos aus einer Höhe auf den Boden geschupst und wieder schlug mein Kopf auf, sodass die Finsternis blieb, sich aber meine Lungen wieder mit Atem füllen ließen.

Kurze Zeit später spürte ich, wie jemand mir unter die Achseln griff und mich in eine Höhle oder so etwas in der Art schleifte. Schwer atmend mühte sich mein Entführer ab und hielt immer wieder inne, als würde es ihm Schmerzen bereiten. Doch was mich endlich aus meinem Dämmerzustand rief, war sein fürchterlicher Mundgeruch. Sofort gingen bei mir alle Alarmglocken an. Meine Gedanken strömten in Windeseile durch ein Labyrinth von Erinnerungen, die mitnichten Gutes verhießen. Gordon Fletscher!

Ich stöhnte innerlich auf und hätte am liebsten geschrien, aber mir schien es besser zu sein, erst einmal so zu tun, als wäre ich noch besinnungslos. Dieses Versteckspiel hatte mir schon in der Zukunft eine Weile Luft und Zeit verschafft und ich musste nachdenken, wie ich dieses Mal aus meiner Notlage herauskommen konnte.

Von Hoffnungslosigkeit war allerdings keine Spur in meinen angsterfüllten Gefühlen zu finden. Ich hatte fünfundzwanzig Jahre auf meinen Sohn gewartet, der mich irgendwie retten würde, und ich vertraute auf diese vage Gewissheit. Auch Robert würde nicht tatenlos herumsitzen, aber ich hoffte aus irgendeinem Grund, dass er dieses eine Mal auf seinen Sohn vertrauen und nicht kopflos angreifen würde. Marven war immerhin schon einmal aufgetaucht, als ich ihn am nötigsten brauchte. Dabei hatte er mich vielleicht nicht direkt vor Gefahr beschützt, sodass ich ohne Blessuren davongekommen wäre. Aber er hatte in der Gesamtheit Erfolg gehabt. Er würde es schaffen. Ich war bereit, meinen Beitrag zu leisten und auch Schmerzen auf mich zu nehmen. Meine Aufgabe bestand wohl jetzt nur darin, so lange wie möglich zu überleben. Ich vertraute in diesem Moment so sehr auf ihn, dass er mir gottähnlich vorkam. An den glaubte ich seit der Geschichte nach Culloden ohnehin nicht mehr wirklich. Es gab wohl eine Macht, aber Gott? Würde es ihn tatsächlich geben, hätte er mir all die Pein und Schmerzen, die ich in meinem Leben bereits ertragen musste, tatsächlich auferlegt. War mein Glück mit Robert, Großvater, Vater, Sarah und den Kindern die Vergütung für erlittenes Leid? Warum musste denn diese Prüfung jetzt wieder her? Hatte ich mich schuldig gemacht?

Mir fiel nichts ein. Nein, Gott gab es nicht. Vielleicht Schicksal – aber es gab Marven. Das war mal gewiss und das reichte mir voll und ganz.

»Wo ist Jo? Ich könnte sie in der Küche gebrauchen«, fragte Sarah, die sich verwundert umschaute, dachte sie doch, dass sie in Amber's und Caelan's Begleitung wäre.

»Wieso? Ist sie noch nicht hier? Sie ist doch lange vor uns hierher zurückgegangen«, meinte Amber, doch ihre Eingeweide zogen sich merklich zusammen. Cal und sie hatten völlig die Zeit vergessen und niemand sollte sie und ihre Mutter unbewacht lassen.

»Oh nein«, stöhnte sie und hielt Caelan an, ihr noch einmal zu dem Schießstand zu folgen, irgendwo müsste ihre Mutter doch sein oder zumindest Spuren hinterlassen haben.

»Was?«, stoppte Sarah ihren Sohn, der gerade im Begriff war, Amber zu folgen.

»Sagt bloß noch, ihr habt sie allein …«, bellte es aus ihr heraus und sie schlug sich die Hand vor den Mund, als sie merkte, dass ihr selbst diese unwirkliche Stimme entwichen war. Dann fasste sie sich und krächzte:

»Ihr sucht sie dort, wo sie euch verlassen hat, ich laufe und hole die anderen.«

Sarah eilte über den Hof und schrie, als würde ihr jemand die Glieder aus dem Körper reißen. Als Al sie hörte und alarmiert auf sie zustürzte, stolperte sie und fiel ihrem Mann bald mit solcher Wucht in die Arme, dass auch er beinahe ins Wanken geriet. Sogleich hob sie ihren verängstigten Blick und keuchte atemlos: »Jo ist verschwunden.«

Dröhnend donnerte Al's Stimme über den Hof, während er immer noch seine Frau festhielt, die zitternd an ihm lehnte. In kürzester Zeit waren zumindest Marven, Kyla und Duncan bei ihnen.

»Jo ist weg … Ky… ähm, Amber und Caelan suchen sie in Richtung Schießstand, wo sie Jo zuletzt gesehen haben«, klärte Al die Umstehenden auf. Duncan ließ sich nur schwer überreden, die Ruhe zu bewahren und nicht loszutrampeln wie ein wild gewordener Stier. Marven stöhnte gequält auf, weil er sich schuldig fühlte und einen wunderbaren Tag mit Kyla verlebt hatte, während sein Freund wohl nicht in der Lage war, zwei Frauen zu bewachen.

Kyla sah betreten auf den Boden, damit niemand ihre aufsteigenden Tränen sehen konnte. Auch sie fühlte sich schuldig, denn sie wusste genau, wem sie die Zeit mit Marven zu verdanken hatte. Dieser Preis erschien ihr nun um ein Vielfaches zu hoch, sollte Joline etwas zugestoßen sein. Allein Al bewahrte die Nerven und schickte zunächst Duncan los, um Robert herzuschaffen.

»Du sagst nichts«, drohte er dem Hünen mit erhobenem Zeigefinger. Der nickte.

»Alles klar, Al. Ich weiß, dass er genauso unbesonnen losstürmen würde wie ich, wenn es um seine Frau geht«, knurrte er, drehte sich um und begann zu laufen. Dann hievte er sich auf sein mächtiges Ross und stob los.

»Ich bin schuld«, keuchte Marven.

»Wieso? Hast du sie entführt? Denn von einer Entführung können wir wohl ausgehen, oder?«, donnerte sein Großvater, sodass er unweigerlich zusammenzuckte.

»Sarah, nimm das Mädchen und geht rein – bitte«, wandte sich Al nun an seine Frau und dann wieder an Marven, den er anwies, ihm zu folgen. Gemeinsam begaben auch sie sich auf den Weg zum Schießstand, allerdings gingen sie in einem Abstand von 30 Fuß, damit ihnen kein Hufabdruck oder die kleinste Kleinigkeit entging, die einen Hinweis bringen konnte. Marven's kriminalistischer Geist war erwacht und sein Blick geschärft. Am Rande des kleinen Hains wurde er fündig und rief Al zu sich.

316

»Hier, sieh hin. Hier hat ein Pferd gestanden, oder … es wirkt unscharf, findest du nicht?«

»Aye, und dort hat es einige Blätter vom Busch gezupft«, flüsterte Al, wobei er nach oben wies und Marven die Richtung zeigte, die er meinte.

»Das Pferd hatte die Hufe umwickelt«, klärte er Marven grübelnd auf, da er nur die Standspuren sehen konnte, aber nicht die Richtung, in die das Pferd gelenkt wurde, denn dieses Ross war nun definitiv fort. Marven nickte. Dann hörten die beiden Stimmen und sahen auf. Caelan und Amber kamen auf sie zu und hatten sich ebenfalls mit einigem Abstand auf sie zubewegt. Als Cal die beiden sah, winkte er sie zu sich und sie liefen zu Marven und Al hinüber.

»Nichts … verfluchte Axt«, stöhnte Cal und blickte entschuldigend zu Marven auf. »Es tut mir echt leid. Sie hat uns einen Vortrag gehalten und mich darauf hingewiesen, dass …«, wollte er erklären, aber er wurde von seinem Freund harsch unterbrochen.

»Ich weiß, Cal. Ich hab sie selber darum gebeten. Aber warum habt ihr sie alleine gehen lassen? Du weißt, was für ein Schwein das ist«, grunzte Marven fast vorwurfsvoll, doch Caelan hörte auch Schuldgefühle mitschwingen.

»Was machen wir jetzt?«, fragte er mehr an Al gewandt, da Marven momentan kein richtungsweisender Gesprächspartner zu sein schien.

»Wir gehen zurück. Inzwischen werden Robert und Duncan auch am Gestüt sein und dann sehen wir weiter. Wir müssen besonnen vorgehen«, meinte Al müde und ging den anderen voraus. Als sie ihn stöhnen hörten, blickten alle auf und sahen den Grund für seinen Gefühlsausbruch. Sein Schwiegersohn rannte mit zornesgerötetem Gesicht auf ihn zu, Duncan im Schlepptau, und wie er dann unschwer sehen konnte, folgten Aidan und Collin.

»Habt ihr sie?«, brüllte Robert schon von weither über die Wiese.

»Naye. Wir haben sie nicht. Aber oben am Hain sind Spuren. Wir brauchen Lachlan … Ich wüsste keinen besseren Fährtenleser, aber für heute ist es zu dämmrig. Wenn wir Hunde hätten …«

»Haben wir aber nicht, Al. Ich bitte dich. Lass es uns mit Lachlan versuchen … jetzt«, spie Robert, sodass ihm winzige Speicheltropfen aus dem Mund flogen. Al griff seinem Patensohn auf die Schulter und sah ihm eindringlich in die Augen.

»Robbie, jetzt nicht. Sie ist auch mir lieb. Sie ist meine Tochter, aber für heute hat das keinen Zweck mehr.«

Als er die Tränen in Robert's Augen sah, die dieser mühevoll zu bekämpfen versuchte, drehte er seinen Patensohn zu sich ein und klopfte ihm liebevoll den Rücken. Die sieben machten sich betreten auf den Weg zum Herrenhaus.

Marven rauchte der Schädel, als sie heimgingen. Er dachte an Finley, der ihm gesagt hatte, dass er die Familie retten müsse und den letzten Würfel in der Hand hielte. Wenn er doch nur wüsste, was er damit gemeint hatte. Wie sollte er alle hier beschützen? Hatte er bei seiner Mutter bereits versagt? Lebte sie noch?

Ja, gestand er sich ein, denn so, wie er Gordon Fletscher einschätzte, wäre der erst zufrieden, wenn er auch Amber, seine Schwester, hätte.

Als sie am Manor ankamen, verabschiedete er sich von den anderen, denn er wollte in Ruhe nachdenken. Vielleicht fiele ihm doch etwas ein. Kurz entschlossen ging er zum Pferdestall, sattelte sich den Rappen, den man ihm überlassen hatte, und ritt los. Es war ein zielloser Ritt, doch als er aus seinen Gedanken erwachte, befand er sich in Struy. Das Gasthaus war noch nicht geschlossen und er war durstig, also trat er ein. Einige Männer saßen an einem Ecktisch, tranken und würfelten. Andere saßen nur beisammen und hatten bereits leere Krüge auf dem Tisch vor sich stehen. Als er von dem Tisch angesprochen wurde, sah er auf und bemerkte den alten Schmied, der ab und an auf das Gestüt kam, um die Pferde zu besohlen.

»MacDonald«, winkte der Mann ihn zu sich und wies dem

Jüngeren einen Platz auf der Bank neben sich zu. Marven, der ohnehin keinen besonderen Beweggrund hatte, hierher zu kommen, und einzig seinen Durst stillen wollte, setzte sich einen Moment zu dem Schmied und bestellte einen Krug Ale.

»Angus, wie schön, dich zu sehen«, stöhnte er allerdings gequält, sodass der alte Mann ihn genau musterte.

»Ärger?«, fragte er, da er die Verzweiflung seines Banknachbarn fast körperlich spüren konnte.

»Kann man so sagen. Mutter ist fort … entführt«, gestand er betroffen, aber so leise, dass es niemand anderes hören konnte.

»Der Bastard, den sie gezeichnet hat?«

»Aye, vermutlich. Habt ihr ihn gesehen?«, fragte Marven und ein klein wenig Hoffnung keimte auf.

»Naye. Aber ich habe gerade den da«, flüsterte er und wies mit seinem Blick in die Richtung Ecktisch auf einen verwegen aussehenden Mann, der augenscheinlich keinen Wert auf Körperpflege legte, »was von einem Irren erzählen hören, der auf dem Moor um einen heiligen Stein herumtanzt, als wäre er ein Kobold aus alter Zeit … und er legt immer mehr Gehölz drum herum. Na ja, wie die Leute hier so sind, hat er Reißaus genommen und ist hierher geritten wie vom Teufel gejagt«, klärte er Marven noch auf, doch der hatte schon kein Ohr mehr für den alten Schmied, schnappte sich seinen Krug und ging zum Ecktisch.

Der Mann, der aussah wie ein Landstreicher und stank wie ein Fuchsbau, hatte gerade seinen Würfelbecher umgedreht. Er hob ihn an, sodass nur er daruntersehen konnte. Ein mieser Wurf, das konnte Marven gleich erkennen, denn das Gesicht des Mannes verzog sich. Der sollte lieber nicht spielen, dachte Marv, denn jeder konnte in seiner schmutzigen Visage ablesen, wenn er nichts zu gewinnen hatte. So griff er in seine Hosentasche, warf eine Münze auf den Tisch und löste den Mann für dieses Spiel aus.

»Ich möchte mit dir reden … draußen«, sprach er das stinkende Individuum an und legte eine Ernsthaftigkeit in diese Aufforderung, die keinen Widerspruch duldete. Er musste gegen seine aufkommende Übelkeit ob des bestialischen Geruchs des Mannes ankämpfen. Doch auch in der Zukunft hatte er bereits solchen Menschen gegenübergestanden oder sie in kleinen Räumen lange verhört. Vielleicht war das Übermaß an frischer Luft, die es im 18. Jahrhundert gab, verantwortlich für seine plötzliche Empfindlichkeit.

Der Mann sah zu ihm hoch und ein dankbarer Hauch schien über seinen Blick zu huschen. Umständlich stand er auf und humpelte hinter Marven her, der es kaum abwarten konnte, aus diesem Mief zu verschwinden. Draußen angekommen, wartete er kurz, bis er die Tür klappen hörte und das ungleiche Tack-Tock seines Verfolgers endete. Dann drehte er sich um und fragte ohne Umschweife:

»Wer bist du und woher kommst du?«

»Ich bin Seamus Innes, Ziegenhirte, und komme aus der Nähe von Kirkhill, wieso?«

»Auf welchem Moor hast du diesen Kobold gesehen und wie sah er aus?«, wollte Marven, der nun verstand, warum der Mann so stank, wissen.

»Blarnacuiflich-Moor – er sieht nicht aus wie ein Kobold, er ist ein normaler Mann mit rot-grauen Haaren und Bart. Doch er benimmt sich nicht normal. Er reibt sich ständig die Hände, lacht laut los wie ein Verrückter und baut da irgendwas zwischen den Hügelgräbern … an einem heiligen Stein, sieht aus, als wollte er dort ein riesiges Feuer entfachen. Mann, er macht einem direkt Angst«, rückte der Mann ohne mit der Wimper zu zucken raus und sah Marven erwartungsvoll an.

»Wenn ich dir ein Bild zeige, würdest du ihn wiedererkennen?«

»Vielleicht«, meinte der mit einem verschmitzten Grinsen, wobei Marven nicht entging, dass er gierig auf seine Hosentasche gesehen hatte.

»Warte hier!«, befahl er dem Hirten und eilte zurück in das Gasthaus. Vom Wirt ließ er sich die Zeichnung von Joline geben, die sie überall verteilt hatten, damit Bescheid gegeben werden konnte, so der Gesuchte aufgetaucht wäre. Dann ging er schnellen Schrittes wieder nach draußen und zeigte sie Seamus. Der Schäfer sah auf die Zeichnung und dann wieder zu Marven, sagte aber nichts. Doch auch hier konnte sein Gesicht nicht verheimlichen, was er entdeckt hatte.

»Du solltest nicht spielen, Seamus«, würgte Marven beinahe heraus, da zu dem Gestank nun auch noch ehrlose Gier hinzukam. Damit er fortkonnte, griff er in seine Hosentasche, zog eine weitere Münze hervor und gab sie dem Stinker, mit dem Hinweis, ein Bad davon zu bezahlen, denn beim Spielen würde er es ohnehin verlieren.

So schnell der Rappe ihn tragen konnte und das Dämmerlicht es zuließ, eilte er zurück zum Gestüt. Nun konnte er mit den anderen planen und wusste, wo seine Mutter war.

3

Als Marven mit seinen neuen Erkenntnissen auf dem Gestüt ankam, fand er seine Familie sehr bedrückt in der Küche des Herrenhauses vor. Obgleich dieser Raum nicht klein war, schien er vor Menschen fast aus den Nähten zu platzten. Auch Duncan, Lachlan, Aiden und Colin waren da. Die Betroffenheit, gepaart mit einer immensen Anspannung und einer Nuance Trauer, zog wie ein kalter Hauch an Marven vorbei, als er die Tür zur Küche geöffnet hatte und alle Augen plötzlich auf ihm ruhten. Sofort schien die Luft zu knistern. Kyla durchbrach dieses Flirren, als sie von der Kochstelle durch die ganze Küche hastete und sich, wie er sehen konnte, mit Tränen in den Augen an seine Brust warf.

»Ich habe Schuld an all dem«, schluchzte sie hemmungslos und ein Zittern ging durch ihren zierlichen Körper, was Marven zunächst gebot, seine Liebste zu beruhigen.

»Naye, Kleines. Wenn überhaupt, ist es meine Schuld«, raunte er Kyla zu und hauchte einen Kuss auf ihren Scheitel. Dann sah er sich um und gewahrte Amber in Caelan's Armen, Willie und Al, die Robert flankierten, der wie ein Häufchen Elend auf der langen Bank saß, Duncan und seine Männer, die mit verschränkten Armen an der Fensterbank lehnten und ihn musterten, genauso wie Sarah, die scheinbar um Jahre gealtert war.

»Ich denke, ich weiß, wo Ma ist«, sagte er nun mit fester Stimme und hatte sofort die Aufmerksamkeit aller.

»Wo ist sie? Ich muss zu ihr!«, erwachte sein gebrochener Vater aus seiner Lethargie. Doch als er seinen Sohn den Kopf schütteln sah, brannten ihm die Sicherungen durch und er kam in Sekundenschnelle in den Stand, wobei er mit seinem Oberkörper fast den Tisch umgeworfen hätte.

»Wo ist sie, Marven? Sag es!«, befahl er aufgebracht, während Al's Arm ihn festhielt, damit er seinem Sohn, der seine kleine Kyla schon hinter sich geschoben hatte, nicht an die Gurgel gehen konnte.

»Da, ich würde es dir sagen, aber du musst jetzt erst einmal zur Vernunft kommen«, sprach er seinen Vater, dessen Augen ein finsteres Blau angenommen hatten, nun ruhig an. Sie verhießen ein schweres Orkantief über einem großen Meer von Seelennöten. Sein Vater befand sich definitiv in einem Albtraum und war nicht in der Lage, aufzuwachen. Es war nun Al, der seinen Griff an Robert's Oberarm erhärtete und ihn ebenfalls beruhigend ansprach:

»Robbie, lass uns mit Marven in den Salon gehen, wo nur wir drei darüber sprechen. Die anderen werden dafür Verständnis haben.«

Robert blickte auf seinen Patenonkel hinab und nickte beschwichtigt. Al's drohender Blick in die Runde hatte dafür gesorgt, dass auch alle anderen diese Entscheidung ohne Murren mittrugen, und so verließen die drei den Raum.

Im Salon wies er die zwei Jüngeren an, Platz zu nehmen, und dann setzte Al allen einen ordentlichen Whisky vor, damit sich die Gemüter beruhigten.

»Nun, Marven, was hast du herausgefunden?«, sprach er seinen Enkel dann sachlich an.

»Zuerst möchte ich euch noch einmal vor Augen halten, mit wem wir es zu tun haben«, begann Marven und erörterte, dass sie es keineswegs mit einem Dummkopf zu tun hatten. Aber mit einem Irren, der nicht zu unterschätzen sei, und dann erzählte er von dieser zufälligen Begegnung in Struy. Mit einem leichten Anflug von Übelkeit ob der Erinnerung an dieses Stinktier Seamus Innes gab er sein Wissen kriminalistisch preis.

Als Robert schon wieder wie ein gespannter Flitzebogen losschwirren wollte, fuhr Al ihn laut an:

»Mann, reiß dich jetzt zusammen, Robert! Du hast Marven doch gehört. Wir haben es hier nicht mit einem dummen Stutzer zu tun, sondern mit einem durchtriebenen Verrückten. Da müssen wir schlauer sein als der, kapierst du das jetzt endlich mal!«

Wütend nahm Robert wieder Platz und starrte seinen Sohn beinahe hasserfüllt an, so als würde Marven Schuld an dessen eigenen Schuldgefühlen sein. Das war Al keineswegs entgangen, doch der Junge konnte schließlich nicht wissen, was sich Jahrzehntelang in seinem Patenkind aufgestaut hatte. Das müsste jetzt unverzüglich aus der Welt geschafft werden, wenn die neue Mission gelingen sollte. Darum griff er auch hier ein, obgleich er sowohl seinem Patensohn als auch seinem Enkel damit wehtun musste:

»Du selbst hast Jo gesagt, dass sie den Jungen weggeben muss, wenn er unser aller Leben irgendwann retten würde. Du hast *sie* gewählt und nicht ihn. Nun füge dich auch deiner eigenen Entscheidung, mag sie noch so weit zurückliegen.«

Marven dachte, dass er sich verhört hatte, und schaute seinen Vater mit geweiteten, fragenden Augen an. Doch als der seinen gequälten Blick stöhnend senkte, wusste er, dass seine Ohren völlig in Ordnung waren. Als Robert seinen Sohn etwas später mit Tränen in den Augen ansah und stumm nickte, sah er dennoch verschwommen die Frage nach dem Warum.

Nun war es an ihm, seinen Sohn aufzuklären, wie es sich damals vor fünfundzwanzig Jahren verhalten hatte. Nicht zuletzt, damit eine schwelende Wut auf sich selber, die seitdem auf ihm lastete, endlich ausgetreten werden konnte wie der glimmende Rest eines sterbenden Feuers. Marven hörte seinem Vater in aller

Ruhe zu und ihm wurde klar, dass nicht nur seine Mutter schwer darunter gelitten hatte, ihn fortgegeben zu haben, sondern auch sein Vater. Nur hatte der eine das offensiv ausgelebt, während der andere seinen Schmerz tief in sich begraben hatte. Er stand auf und kniete sich vor Robert hin, zog ihn in eine feste Umarmung und raunte seinem traurigen Vater zu:

»Da, es gibt nichts zu verzeihen und es gibt nichts, was ich einem von euch vorwerfen müsste. Mir hat es an nichts gemangelt und ich freue mich so, nun bei euch zu sein. Finley hat mir gesagt, dass die Würfel für unser Schicksal schon vor langer Zeit gefallen sind, und vermutlich hat er damit recht. Ich liebe dich.«

Damit rückte er ein wenig fort, um seinem Vater in die Augen sehen zu können, in denen er nun auch die väterliche Liebe entdeckte, die er schon einmal im Stutental gesehen hatte.

»Alles gut zwischen uns?«, fragte er dennoch unsicher nach.

»Ja, Junge. Alles gut zwischen uns«, gab Robert nun, begleitet von zwei schnellen Nasenhochziehern, kund. Nun, da alles aus der Welt war, was ungeklärt gebrodelt hatte, konnten Rettungspläne geschmiedet werden.

»Ich möchte jedoch, und das sollten wir auf keinen Fall aus den Augen verlieren, diesen Mann ein für alle Mal ausschalten. Er soll nie mehr zur Bedrohung werden. Sind wir uns da einig?«, fragte Marven in die Runde, nachdem er seinen vagen Plan kundgetan hatte.

Alle drei schlossen einen Pakt, besiegelt mit dem alten Highlandergriff um den Unterarm des jeweils anderen.

»Ach, noch etwas, Marven«, hielt Robert seinen Sohn auf, bevor der sich zur Tür wenden konnte.

»Aye, was?«

»Caelan hat um Amber's Hand angehalten. Sie möchte ihn und ich weiß, dass Joline ihn auch als Schwiegersohn mag. Ich habe also vor, ihm zuzustimmen. Bitte akzeptier das, aye. Deine Mutter hat mir von deinen Einwänden erzählt und ich habe ihn darauf angesprochen. Er meint es ehrlich mit unserem Mädchen. Gönn deiner Schwester, was du selber mit Kyla für dich in Anspruch nimmst, in Ordnung?«, klärte er Marven nun auf und bat ihn darum, seine brüderliche Eifersucht zu begraben.

Marven senkte bedächtig sein Haupt und schalt sich. Jo hatte ihm doch schon gesagt, dass er sich seinen Freund mal genauer ansehen sollte. War er blinder als Caelan, der es sofort durchschaut hatte, als er sich in Kyla verliebt hatte? War seinem beziehungsuntauglichem Freund nun etwas Ähnliches geschehen? Vielleicht war es tatsächlich Cal's Schicksal, dass er erst in diese Zeit kommen musste, um sesshaft zu werden. In der Zukunft hatte schließlich auch er nichts verloren. Ein klitzekleines Fünkchen Freude stieg in ihm auf und er konnte nicht umhin, seinen Vater nun zustimmend anzugrienen.

Es wurde bereits Morgen und dämmerte, so begaben sie sich zurück in die Küche, auch um etwas zu essen, denn das hatten sie schon seit Stunden nicht mehr. Niemand hatte bisher Appetit gehabt ob der Entführung von Jo, nicht einmal der immer hungrige Collin.

Dort herrschte helle Aufregung, denn ein Knecht, der früh ins Stutental geritten war, hatte vermeldet, dass zwei Fohlen tot seien und ein Muttertier schwer mit einem Messer verletzt worden sei. Aidan und Collin waren bereits eilig dorthin geritten, sie würden nachsehen und gegebenenfalls Sarah holen, wenn das Tier genäht werden müsste und überleben könnte.

Willie hatte sich jedoch allein nach Kenmore aufgemacht, um ein paar Krieger von John zu erbitten und herzubringen. Daran, dass der Junge ebenfalls in Lebensgefahr schweben könnte, weil er seiner Mutter so sehr ähnelte, hatte niemand gedacht.

Duncan wollte mit Lachlan warten, um zu hören, was besprochen worden war, immerhin sollte Lachlan beim Fährtenlesen helfen. Auch sie saßen bereits auf heißen Kohlen.

Die Frauen hatten sich in Caelan's Nähe verzogen und waren durchweg von einer Blässe gezeichnet, dass man hätte denken können, sie wären krank. Waren sie schlussendlich auch. Sie waren krank vor Sorge um Joline.

Marven wand sich unverzüglich an Robert:

»Wie lange braucht man auf das Moor und zurück?«

»Du meinst, Fletscher ... hat ... die Pferde ...«, verschluckte sich Robert fast bei der Frage, die sogleich eine Antwort für seinen Sohn verdrängte: »Es sind etwa vier, fünf Stunden, denke ich … Meinst du wirklich, er …«, flüsterte er.

»Kann sein. Er ist irre, schon vergessen? Er ist von Hass getrieben. Das macht einen Mann mitunter stark, aber auch unvernünftig, aye. Wir sollten also mit Bedacht arbeiten«, raunte Marven zurück.

Al, der die Unterhaltung der beiden mitbekommen hatte, klopfte ihnen befürwortend auf die Schultern und lockerte die allgemeine Stimmung damit auf, dass man essen müsse, wenn die Arbeit rufen würde, wobei er Sarah einen vielsagenden Blick zuwarf, die die jungen Frauen sofort aufscheuchte, um beim Frühstückmachen zu helfen.

Gerade hatten sich die Männer gestärkt, als Aidan durch die Küchentür rauschte, auf den gedeckten Tisch zustürmte und sich etwas Brot und Käse in die Tasche stopfte.

»Wir brauchen Sarah, schnell! Nimm alles mit, das Tier lebt und muss genäht werden, betäuben müssen wir die Stute auch«, damit eilte er hinaus und kümmerte sich darum, dass Sarah's Pferd Gwen bereitstehen würde.

»Wir kommen mit«, bot Caelan an und Amber stürmte zu ihm und hakte sich bei ihm ein.

Nun war es Marven, der beinahe kopflos aufstand und den beiden entgegentrat, sodass Al und Robert laut den Atem einsogen und gespannt beobachteten, was geschah.

»Wenn ihr irgendwas passiert, Cal, dann …«

»Hey Mann, beruhige dich, okay? Ich liebe sie und würde sie mit meinem Leben beschützen. Reg dich ab«, pflaumte Caelan seinen Freund an, wobei er Amber etwas zur Seite geschoben hatte und dem Kampfhahn Marven Paroli bot. Die beiden standen so nah voreinander, dass sie die Körperwärme des anderen spüren konnten. Sogar Duncan, der eifersüchtig über Amber wachte, seitdem sie das Licht der Welt erblickt hatte, sah die Aufrichtigkeit, mit der Cal seine kleine Patentochter verteidigte.

»War nur ein Test«, grinste Marven seinen Kumpel nun an, der sich augenblicklich entspannte.

»Pass auf meine Schwester auf, Cal. Um mehr bitte ich dich nicht. Enttäusch sie nicht«, schob er flüsternd hinterher, damit die anderen es nicht hören konnten, auch Amber nicht, die immer noch ganz in der Nähe stand.

»Versprochen«, raunte Caelan zurück und wurde bereits in Marven's Arme gezogen und fing sich einige freundschaftlich gemeinte Rückenklopfer ein. Wenn er seinem Freund eines nicht nachsagen konnte, dann war es, dass der seine Versprechen nicht hielt.

Robert und Al hatten gar nicht gemerkt, dass sie die Luft angehalten hatten, bis sich die beiden Freunde wieder getrennt hatten, doch nun ließen sie ihren Atem zischend entweichen. Während Marven wieder bei ihnen Platz nahm, halfen Cal und Amber der Heilerin Sarah beim Zusammenpacken, wobei auch an Proviant gedacht wurde.

»Nimm reichlich für Collin mit, sonst habt ihr anderen das Nachsehen«, witzelte Duncan und wandte sich dann wieder ernst an die MacDonald-Männer.

»Was machen wir nun?«, richtete er seine brummige Stimme an Al, der immerhin das Sagen hatte. Doch der gab die Eröffnung der Planung an Marven weiter, dem er hiermit sein vollstes Vertrauen bezeugte, was dieser ganz sicher nicht enttäuschen wollte.

4

Gordon hatte Joline in dieses Hügelgrab geschafft, einen wassergefüllten Kübel hingestellt, den sie soeben erreichen konnten; schließlich musste diese Metze noch am Leben bleiben und war wieder zum Loch Bruicheach aufgebrochen, um all seine Opfer einzusammeln. Er hatte zwei von den Fohlen getötet und so hoffte er auch das eine Muttertier so schwer verletzt zu haben, dass es verenden würde. In der Hoffnung, die Leute auf dem Gestüt würden sich wie gehetzt um die Tiere kümmern, hatte er sich wieder zu seinem Beobachtungsposten begeben. Doch es verließen nur zwei Reiter das Gehöft in Richtung Stutental. Ein anderer sattelte sein Pferd und als er sein Gesicht endlich genau sah, da ging es ihm auf, als hätte jemand Licht in seinem Hirn angeschaltet. Die kleine Hure war ja schwanger, als sie in die Zukunft kam. Das war ja wohl das Kind … ha, so viel Glück konnte er doch nicht haben, oder? *Und der Bengel scheint sich seiner so sicher, dass er ohne Begleitung losreiten will. Da muss man eben flexibel sein*, entschied er und machte sich auf zu seinem Pferd.

Dieses Weib hatte ihn beinahe umgebracht und er hatte heute noch Schmerzen an den Händen, die sich beinahe nutzlos anfühlten. Das kam dem, was ihre verfluchte Mutter ihm angetan hatte, schon recht nahe. Nur dass er nun sehr viel konsequenter wäre, freute er sich hämisch. Er würde sie töten, ihr ganze Brut.

Als William das Gestüt verließ, ahnte er nicht, dass er einen Verfolger hatte. Zwar war er zügig unterwegs, aber als Pferdeliebhaber, so wie es alle aus seiner Familie waren, wollte er sein Reittier auch nicht quälen. An einer Fuhrt machte er also Halt und ließ sein Tier trinken, während auch er sich, in der Hocke sitzend, von dem erfrischenden Wasser nahm. Den leise anschleichenden Feind hörte er erst im letzten Augenblick, doch als er sich umsah, nahm er nur noch einen sehr dicken Ast wahr, der auf seinen Kopf niederschmetterte. Ab da war Finsternis.

Gordon fluchte, als er den kräftigen jungen Mann auf sein Pferd bugsierte und fesselte, damit er sich einerseits nicht rühren und andererseits nicht herunterstürzen konnte. Noch einmal wollte er dieses Gewicht nicht stemmen. Da war seine Mutter ja direkt ein Leichtgewicht, grollte er immer noch, als er sich mit dem anderen Pferd im Schlepptau auf den Weg zurück zum Blarnacuiflich-Moor machte.

Wie lange ich schon in diesem muffigen Verlies gelegen hatte, konnte ich nicht sagen, als ich mit einer pelzigen Zunge erwachte und Durst mich quälte. Blinzelnd schaute ich mich um und gewahrte den Kübel mit Wasser. Meine Rettung, dachte ich im ersten Moment, doch dann wusste ich auch sofort: Berechnung. Dieser Mistkerl wollte mich am Leben halten! Gut! Ich wollte schließlich auch am Leben bleiben, machte ich mir Mut und robbte zu dem kühlen Nass. Trinken konnte ich nur wie ein Hund und sogleich taten mir alle Kreaturen leid, die sich so mit Wasser versorgen mussten. Mühsam in winzigen Portionen bekam ich irgendwann genug, um erst einmal wieder zu entspannen. In meiner gefesselten Situation war alles irgendwie mühselig. Also übergab ich mich wieder dem Schlaf, denn dort konnte ich gedankenlos verharren, ohne mich mit Ängsten zu quälen.

Robert saß mit Vater und Marven an dem Tisch im Salon. Sein Gesicht war aufgebracht und wandelte sich dann zunehmend zu einem Ausdruck von Trauer, als er von Vater angesprochen wurde. Dann sprachen die drei lange miteinander und nachdem sie anscheinend allerhand geklärt hatten und Marven seinen Vater umarmt hatte, kam wieder Zuversicht in das geliebte Gesicht. Dann diskutierten sie weiter und anschließend griffen sich die drei MacDonalds an die Unterarme, was auf einen tiefen Pakt schließen ließ. Mein Vater, mein Sohn und mein geliebter Ehemann standen auf und verließen mit eisernen Mienen den Raum, in dem sie Stunden gemeinsam verbracht hatten.

Ich erwachte aus einem Traum und gestand mir ein, dass ich solch eine Vision schon ewig nicht gehabt hatte. Wenn ich mich richtig erinnerte, waren mir solch reale Bilder zuletzt am Loch Alish erschienen. Froh darüber, dass die Verbindung zu Robert anscheinend für Notlagen Bestand hatte, hoffte ich, dass auch er Bilder von mir empfangen würde, so wie in alten Zeiten. Glücklich blickte ich zur Decke, zumindest hielt ich sie für eine solche und vertraute auf meine Männer. Vater – Sohn – Ehemann. Sie würden kommen, da war ich mir sicher.

Das Zeitgefühl ging mir allerdings komplett ab, da ich immer in dieser vagen Dunkelheit lag und nur ein winziger Spalt, von unendlich weit weg, Licht spendete. Doch da ich nun wach war, hörte ich auch Pferdehufe, dann Stille, dann wieder ein

Stöhnen, als ein Körper zu Boden ging. Das war nicht Gordon, das hörte sich an wie … NEIN!, wollte alles in mir schreien, aber ich schwor mir, still zu sein. Das Stöhnen ging wieder los, diesmal stammte es allerdings von meinem, ich berichtigte mich: *unserem* Peiniger. Er schleifte jemanden, und wenn ich ehrlich zu mir war, wusste ich längst, wen er anschleppte in diese Gruft. Keine Ahnung, wie ich auf diese Bezeichnung kam, aber dieses dunkle, modrige Gehäuse verdiente diesen Namen. Kaum hatte ich zuende gedacht und meine Augen fest verschlossen, damit Fletscher mich nicht wach sah, landete ein großer Körper stöhnend neben mir.

»Da staunst du blöde Hure, was? Deine Teufelsbrut wird mit dir sterben. Es fehlt nur noch diese andere kleine Metze. Die rothaarige Teufelin kann am Leben bleiben, schließlich habe ich jetzt was Besseres, außerdem ist sie es vielleicht auch nicht, sie ist viel dicker als die kleine Kyla aus Knockan«, grunzte er hämisch.

»Du bist ein Scheusal, Gordon Fletscher. Wenn du mit mir ein Problem hast, lös es auch mit mir und zieh keine Unschuldigen mit in diese verdammte Geschichte«, keifte ich, da ich mich gerade umentschieden hatte. Der Irre hatte mich herausgefordert und ich musste einfach reagieren.

»Keiner von euch ist unschuldig, du Schlampe. Ich werde euch schinden. Die Haare werden von euren Schädeln geschabt und ein eingeritztes *F* wie *Fletscher* wird in eure Stirn geritzt. Wenn das Blut dann in eure Augen läuft, sieht man auch dieses widerliche Bernstein nicht mehr darin. Mit ausgeschlagenen Zähnen werdet ihr ausgepeitscht auf dem Scheiterhaufen draußen eurem Gott begegnen können … So ungefähr habe ich mir eure Strafe vorgestellt«, geiferte er und mich trafen Speicheltropfen im Gesicht. Bevor mir schlecht wurde, wandte er sich von uns ab und ging nach draußen, denn der Lichtspalt wurde größer und dann plötzlich wieder schmal wie ein Strich.

Zuerst flüsterte ich:

»Willie, kannst du mich hören?«

Nichts.

»Willie«, versuchte ich es noch einmal, doch außer einem

weiteren Stöhnen kam nichts Brauchbares. Ich hatte ja schon mindestens eine Information, die mir mehr Hoffnung machte, als sich dieser Fiesling mit seinem elenden Krötenhirn denken konnte.

Er wusste nicht, dass auch Marven mein Sohn war. Er hatte nur noch von meiner Tochter gefaselt und es war mir, als wäre die Prophezeiung, die Finley mir gemacht hatte, als er Marven holte, schon erfüllt. Einer von uns würde auf alle Fälle überdauern. Selig gab ich mich weiteren Überlegungen hin, nicht ohne näher an meinen Sohn heranzurücken, damit ich wahrnehmen konnte, wann er erwachte. Da ich kein Pferdegetrappel mehr gehört hatte, nahm ich nicht an, dass dieser gemeine Schuft fort war. Sicherlich wartete er draußen und horchte auf Lebenszeichen von uns. Diesen Triumph musste ich gleich im Keim ersticken. Ich musste auf meinen Sohn achten und ihm zu verstehen geben, nicht laut zu werden, wenn er zu sich kam. Aber es dauerte und dauerte und diese Dunkelheit war ermüdend, also dämmerte auch ich wieder weg.

John Campbell ritt auf das Gestüt ein und eilte, sobald er von seinem Pferd gerutscht war, zum Herrenhaus. Er traf auf die Männer, die am Küchentisch versammelt saßen und sich besprachen. Alle sahen zu ihm auf, als der die Tür aufgerissen hatte und sich die drei Stufen nach unten begeben hatte. Mein Vater stand auf, um ihn freudig zu begrüßen, doch sein Lächeln erstarb nach wenigen Minuten. Betroffen ließ sich John auf einen freien Platz fallen und auch Vater setzte sich wieder mit düsterer Miene. Allgemeines Kopfschütteln und bedröppelte Gesichter wurden allerdings von einem markerschütternden Faustschlag auf den Küchentisch von Duncan in erschreckte Visagen umgewandelt. Er war sogleich aufgestanden und brüllte. Dann stand Robert auf, fuchtelte mit den Armen herum und brüllte zurück. Also erhob sich auch Marven, der beschwichtigend auf die anderen einwirkte wie ein Pfarrer, der seine Gemeinde segnete. John musterte den jungen Mann und als Vater sich besann, dass er den vermissten Sohn ja nicht kennen konnte, wurde er seinem Großonkel vorgestellt. Die Männer setzten sich alle wieder und eine vage körperliche Entspannung hielt Einzug, allerdings entbrannte wieder ein hitziges Gespräch.

Meine Vision nahm ein abruptes Ende, als Gordon Fletscher mich und meinen Sohn mit dem Kübel Wasser übergoss. Ich prustete gegen die Wassermassen an, die mich zu ersticken drohten, weil ich just in dem Moment eingeatmet hatte, als sie mich eiskalt im Gesicht trafen. Auch Willie regte sich und kam zur Besinnung, doch allein dass wir nun nass wie die Fische in dieser kalten Behausung liegen mussten, schien Fletscher bereits fürs Erste zu befriedigen.

»Nicht, dass ihr euch noch anfangt wohlzufühlen«, wieherte er nahezu belustigt, sodass ich ihm am liebsten eine reingehauen hätte.

»Ich habe noch was vor, wenn ihr Durst habt, lutscht es aus euern Klamotten. Ansonsten wünsche ich euch eine schöne, nasse und besonders kalte Nachtruhe«, setzte er noch einen drauf und mir drehte sich beinahe der Magen um, da mir schwante, was er vorhatte. Als er endlich fort war, sprach ich William noch einmal an:

»Willie, wie geht es dir?«

»Kopfschmerzen!«, kam es gequält von meiner Seite, allerdings versuchte auch der große Körper neben mir eine andere Lage anzunehmen.

»Wo hat er dich erwischt?«, wollte ich nun endlich wissen, da ich schon eine Unendlichkeit auf Informationen gewartet hatte.

»Ich wollte zu Onkel John …«, hörte sich seine Stimme immer noch sehr gedehnt und müde an.

»Allein?«

»Aye, habe doch nicht geahnt … ihr habt immer nur von Amber gespr…«, brach er ab und wimmerte.

»Alles gut, mein Schatz. Wie hat er dich überwältigt? Auf den Kopf geschlagen, wegen der Kopfschmerzen?«, fragte ich, weil ich ihn bei Besinnung halten wollte. Eigenartigerweise kam mir nicht der Gedanke, dass auch er ein wenig Ruhe benötigen könnte. Ich wollte einfach nicht allein sein. Obwohl er hier ge-

nauso wenig verschwinden konnte wie ich, hatte ich den un-
bändigen Wunsch, mit jemandem zu sprechen. Die Dunkelheit
verpasste mir allem Anschein nach Platzangst. Doch was mir
dann herausrutschte, war nicht einmal annähernd mütterlich,
eher hysterisch ob der Voraussagen dieses Verrückten:

»Das ist erst der Anfang, wenn er Amber hat, wird er uns
sehr, sehr wehtun und am Ende töten.«

»Ma, meinst du, das wissen wir nicht? Marven … er wird
schon kommen«, beschwichtigte er mich und seine ruhige,
müde Stimme ließ mich wieder zur Besinnung kommen. Ich
musste die sein, die ihre Kinder schützte, ärgerte ich mich. Dabei vergaß ich, dass das Kind, das neben mir lag, bereits achtundzwanzig Jahre alt war.

»Du hast recht, Willie. Nur eins: Schrei nicht, egal was er mit
dir macht. Gönn ihm nicht den Triumpf … versprich es, Sohn«,
bat ich ihn eindringlich, bevor ich ihn nach einem gestöhnten
»Hmpf« seinerseits in Ruhe ließ.

Robert konnte einfach nicht einschlafen. Joline fehlte ihm
so sehr und er war beinahe krank vor Sorge. Doch irgendwann
hatte das ewige Hin-und-hergewerfe auf dem bequemen Bett
ein Ende und er nickte ein.

*Er konnte Joline kaum erkennen. Etwas regte sich in einer un-
heimlichen Dunkelheit und er gewahrte, dass jemand über einen
Holztrog gebeugt war und … trank wie ein Tier. Dann erst sah er,
dass es seine Frau war, deren Arme auf den Rücken gefesselt waren
– Daingead.*

*Dann legte sie sich wieder der Länge nach hin und starrte ins
Dunkle; doch so, als würde sie mit jemandem sprechen, formte sie
die Worte: Vertrau Marven, mó chride – ich liebe dich.*

Schweißgebadet schreckte Robert auf. Jo hatte ihn in seinen
Träumen besucht. Lange, sehr lange war das her, dass sie das getan hatte. Jedoch waren sie, seitdem sie aus der Zukunft zurück
war, auch nicht mehr getrennt wie jetzt. Sie war am Leben und
es bestand jede Chance, sie wieder in die Arme zu schließen.

Ihre Botschaft, er solle Marven vertrauen, musste er sacken lassen. Natürlich war ihm klar, dass der Junge bestimmt fähig war, aber er selber stand so dermaßen unter Strom, dass er sich nicht zügeln konnte. Doch nun hatte ihn seine süße, kleine Frau in diesem Traum darum gebeten, die Ruhe zu bewahren. Sie liebte ihn, hatte sie ihm mitgeteilt. Gut, er würde sich um ihretwillen zusammenreißen. Er würde es … um Joline zu retten.

Letzter Würfel

1

Al traute seinen Augen nicht, als John Campbell höchstpersönlich in seiner Küchentür erschien. Sofort stand er auf, um seinen Halbbruder zu begrüßen.

»Das ging aber schnell oder hat Willie euch bereits unterwegs getroffen?«, fragte er strahlend, da es eine wirklich gute Idee war, die kriegstauglichen Männer hier einstweilen aufzustocken.

»William ist uns nicht begegnet. Wollte er zu mir?«, antwortete John seinem Bruder mit einer Gegenfrage, wobei sich seine Brauen bedenklich gen Haaransatz hoben.

»Aye, er wollte zu dir und dich um Hilfe bitten, aber … daingead«, ätzte er, als ihm aufging, was da passiert sein konnte. Auch Willie, stöhnte alles in ihm, und nun sah er auch bei den Anderen Erkenntnis dämmern. Sowohl Al als auch John setzten sich perplex nieder. Alle schüttelten ihre Häupter, da man gegen diesen Bastard anscheinend nicht anzukämpfen vermochte. Duncan hatte noch nie etwas für die Kopf-in-den-Sand-steck-Mentalität übrig gehabt und hieb mit seiner Faust donnernd auf den Tisch, um alle wieder wach zu rütteln. Grollend hallte seine tiefe Stimme durch die Küche und in den Köpfen dieser Trauergemeinde wider, als er rief:

»Wir holen uns diesen Bastard jetzt und dann vierteilen wir ihn, wie es sich für einen widerlichen Sassanach gehört!«

Robert stand ebenfalls auf und visierte sein riesiges Gegenüber eiskalt an.

»Wenn es deine Frau und deine Kinder wären, stände es dir frei, aber es ist meine Familie und wir haben einen Plan, schon vergessen?«, brüllte er, begleitet von wedelnden Armen, zurück. Sekundenlang maßen sich die beiden mit wütenden Blicken, bis

Marven eingriff und die beiden Kontrahenten zu beruhigen versuchte.

»Es hat doch jetzt keinen Sinn, die Nerven zu verlieren. Er hat Willie anstatt Amber. Das Ziel, alle wohlbehalten nach Hause zu bringen, bleibt wohl dasselbe, oder?«

Al, der zufällig an John vorbeisah, als er seinen Blick auf seinen Enkel richten wollte, bemerkte, dass dieser den Jungen ansah und sich wunderte, dass der sich überhaupt einmischen durfte. John hatte Marven ja noch gar nicht gesehen und keine Ahnung, warum dem Jüngling nicht Einhalt geboten wurde. Also räumte Al dieses Versäumnis augenblicklich aus der Welt.

»John, darf ich dir meinen Enkel Marven vorstellen, das Kind, welches fünfundzwanzig Jahre vermisst war? Das ist er …«, sprach er seinen Halbruder stolz an und strahlte, auch wenn es im Moment nicht viel zu lachen gab.

»Oh«, stand John auf und reichte Marven die Hand, wobei die andere seine Schulter tätschelte.

»Ganz famos, ganz famos. Willkommen, junger MacDonald. Dass mir nicht schon eher aufgefallen ist, dass du deinem Vater wie aus dem Gesicht geschnitten bist.«

Alle beruhigten sich nun wieder und setzten sich. Doch die Ruhe hielt nicht lange an, denn als nun auch John in die Probleme eingeweiht war, brach eine hitzige Diskussion aus. Marven, der sich gedanklich zurückgezogen hatte, schnappte das ein oder andere auf, tat es aber erst einmal als belanglos ab. Doch dann kam ihm eine Idee.

»Wir wissen nun, dass er Ma und Willie hat und vermutlich Amber noch entführen will, aye? Sie alle sehen sich ähnlich. Wie mir scheint, hat er mich überhaupt nicht auf der Rechnung, gebt ihr mir recht?«, fragte er in die Runde und sah jedem in die Augen. Das allgemeine Nicken beflügelten, ihn fortzufahren.

»Also, was ich mir überlegt habe, ist, dass wir wissen, wo Ma und Willie sind. Ich kenne das Moor aus der Z…«, hielt er kurz inne, um sich nicht vor John zu verquatschen, da dieser nicht wusste, dass er aus der Zukunft zurückgekommen war. »Ihr kennt es auch, und wo die alte Stehle stet, wisst ihr. Nun, wenn einige schon dorthin aufbrechen und sich verstecken, sodass sie eingreifen können, wenn ich das Zeichen gebe, dann braucht es nur noch ein Ablenkungsmanöver, aye«, fuhr er sachlich fort und ignorierte damit John's fragenden Blick.

»Aye, das könnte gehen«, meinte Robert, der sich gleich für diese Gruppe meldete, denn er wollte seine Familie unbedingt aus dieser Hölle retten. Marven sah ihn eindringlich an und nickte dann.

»Da, du wartest auf mein Zeichen und gefährdest den Plan nicht, nur weil dir Ma und Willie wichtig sind. Das sind sie mir auch. Aber …«, setzte Marven an, doch Robert unterbrach ihn:

»Keine Angst, Junge, Jo hat mir eine Botschaft gesendet, ich bin die Ruhe selbst, glaub mir«, flüsterte er seinem Sohn zu.

Marven schwante, dass sein Vater ihm gerade den verschlüsselten Hinweis gab, dass auch die beiden über Träume verbunden waren, so wie er augenscheinlich mit Kyla. Also nickte er seinem Vater wissend zu.

»Nun sag schon, wie wir den Bastard herauslocken«, brummte Duncan, der nicht mehr warten konnte, sich endlich wieder in einen ordentlichen Kampf zu stürzen. Den gab es schließlich seit Culloden nicht mehr.

»Also, ich dachte mir, dass ich mit Kyla wie zufällig daherkomme, als hätte ich sie gestohlen, um sie mal so richtig und in Ruhe …«

»Nein!«, zischte es von der offenen Tür zur Küche herein, in der Kyla und Sarah standen. Marven, der sie nicht rechtzeitig gesehen hatte, weil er mit dem Rücken zur Tür stand, drehte sich auf der Stelle um und starrte sie an, bevor ihm ein einfaches »Wie, *nein?*« herausrutschte.

»Ich helfe gern, das bin ich Jo schuldig, aber du bleibst aus der Schusslinie, Marven«, unterstrich sie ihre hintergründige Warnung mit dem erhobenen Zeigefinger. John fiel die Kinnlade herunter. Nun konnten auch schon die Weibsbilder Befehle erteilen. Robert bemerkte zuerst, dass der gerade seinen Unmut äußern wollte, und kam ihm zuvor:

»Darf ich vorstellen: Kyla meine Schwiegertochter, Marven's

Braut.«

»Oh«, stand John das zweite Mal an diesem Morgen auf und begrüßte nun Kyla. Als ihre kleine Hand in seiner lag, verneigte er sich und gab ihr einen formvollendeten Kuss auf ihre schmalen Finger.

»Euer Diener, Madame«, lächelte er sie an, doch dann drehte er sich wieder zu den anderen um und fragte:

»Sind das jetzt alle, die hier neu sind, oder fällt euch vielleicht ein, mich vollends aufzuklären, damit ich mich nicht komplett zum Narren mache?«

»Aye, einen haben wir noch. Sarah's Sohn ist auch zu uns gekommen. Er wird Amber heiraten«, konfrontierte Al seinen Halbbruder, dem schon wieder das Wechselgeld zu fehlen schien, als er hörte, dass seine Lieblingsnichte nun auch noch heiraten würde. Noch bevor er sich einkriegte und beschweren konnte, vervollständigte Al die Information, damit er gar nicht erst anfing zu mosern:

»John, sie ist sechsundzwanzig … und es wird Zeit.«

Mit zusammengekniffenen Lippen nickte der Earl und Al wusste genau, was für ein Kampf in seinen Gehirnwindungen stattfand. John brauchte unbedingt eine Frau als Aushängeschild, um seine Neigungen zu verstecken, doch dafür hatten die MacDonalds nun lange genug hergehalten, stellte er für sich fest. Nun musste der Earl entweder selber heiraten oder eine andere Dame von Stand auftun, die sich als Hausherrin ausgeben würde. Doch er brauchte ja noch einen Erben, sodass es auf Heirat hinauslaufen würde. *Armer John*, ging es ihm durch den Kopf.

Inzwischen hatte Marven sich mit Kyla verständigt und hoffte auf ein offenes Ohr in der Runde.

»Also, wenn beispielsweise Duncan meine kleine Kyla stehlen würde und so zufällig wie möglich diesem Fletscher begegnete, um ihn von dem Hügelgrab abzulenken, damit wir Ma und Willie befreien könnten, dann …«

»Gute Idee. Ich glaube, das würde mir Freude machen«, lachte der Riese schallend, schlug sich seine Pranke auf die Brust und verneigte sich vor der zierlichen Kyla, deren Wangen anfingen zu glühen. Dennoch brachte sie den Mut auf, zu knicksen und Duncan keck zuzuzwinkern:

»Ich freue mich von dir entführt zu werden.«

»Das geht nicht!«, jaulte nun Sarah aus dem Hintergrund, die sich wie immer still verhalten hatte, sodass sich alle Augen entsetzt auf sie richteten. Man konnte direkt sehen, wie sie sich zu winden schien wie ein Aal. Doch dann brach es aus ihr heraus, laut und deutlich:

»Sie erwartet ein Kind!«

Nachdem die Männer zuerst Sarah angestarrt hatten, wandten sie nun ihren fassungslosen Blick Kyla zu, die genauso überrascht zu sein schien wie alle Übrigen. Doch dann machte sie sich gerade und bemerkte:

»Selbst wenn es so ist, so ist Schwangerschaft keine Krankheit. Jo hat viel mehr erlebt und überstanden, als sie guter Hoffnung war … Ich bin mir sicher, dass Duncan gut auf mich achten wird, oder?«, warf sie dem Hünen nun ihren bittenden Blick zu, der zu schmunzeln begann und laut kundtat:

»Das kleine Mädchen wird von mir beschützt, als wäre sie aus dünnem Glas. Mit meinem Körper und meinem Leben, ich schwöre.«

Marven, dessen Seelentango gerade einen Ausklang zu finden schien, rang um Fassung und Ernsthaftigkeit. Er würde Vater, und seine kleine Frau wollte in den Krieg ziehen, verdammte Tat. Damit nicht genug, nun kämpfte er gegen seine Eifersucht an, die aufwallen wollte, als Duncan nahezu einen vollständigen Hochzeitsspruch aufgesagt hatte. Doch war ihm völlig klar, dass er seiner dickköpfigen Kyla ihre Mithilfe nicht würde ausreden können und Duncan der beste Schutz war, den er sich vorstellen konnte.

Er wurde Vater. Nun begann ihm zu dämmern, wie sein eigener Vater sich derzeit fühlte und sein Blick wurde weich, als sich ihre Blicke nicht nur zufällig trafen und eine stumme Unterhaltung pflegten. Ein kaum merklicher Lidschlag beendete das gegenseitige Verstehen. Dann erhob Marven wieder seine Stimme:

»Die erste Gruppe sollte sich nun auf den Weg machen und in einem großen Bogen zum Moor reiten. Wer ist dabei?«

Robert, Al, Aidan, Collin und Lachlan sowie drei Krieger von John standen auf und machten sich bereit.

»Ähm … ich will mich ja nicht einmischen, aber meint ihr nicht, dass wir so tun sollten, als würden wir nach Kenmore zurückreisen? Das würde doch weniger auffallen, außerdem: Sollten sich Al und Robert tarnen? Der Kerl wird sie doch erkennen, wenn er diese Besitzung beobachtet, oder?«, meinte John.

»Gute Idee, John. Dann nimm deine anderen Recken, außer denen, die uns helfen wollen, mit und sieh zu, dass du eskortiert nach Hause kommst. Du wirst ja in einigen Wochen, so Gott will, hier wieder zur Hochzeit erwartet«, ließ Al nun seinen Bruder wissen, der plötzlich eine saure Miene zu Schau stellte, sodass Al gleich noch einmal nachfragte: »Was?«

»Das meinte ich doch gar nicht. Du tust gerade so, als wollte ich feige davonlaufen. Ich will doch nur helfen«, beschwerte sich John aufgebracht.

»Aber das tust du doch. Du gibst uns Deckung, bis wir nach Norden reiten, und du hilfst uns mehr, als du denkst, John, wenn du am Leben und in Sicherheit bist. Bitte«, erklärte Al nun deutlich, wie sein geäußerter Wunsch zu verstehen sei. Daraufhin reichte er seinem Bruder den Unterarm, der zufasste und ihm mit einem zufriedenen Gesicht nach draußen folgte.

2

Gordon Fletscher hatte dieses Gestüt nun lange genug beobachtet und wusste mit Gewissheit, wie Amber's Tagesablauf war. Das Flittchen schien völlig dumm zu sein oder ein blödes Gewohnheitstier ohne Ideen. Jeden Morgen, also auch heute, ritt sie aus. Nun, sie tat das nicht alleine, aber der eine Kerl sollte wohl auszuschalten sein. Neben der Genugtuung, bald seine Opfer vollzählig zu haben, überlegte er, wie viel er wohl für dieses edle Reittier bekommen könnte, das diese Hexe so arrogant durch die Gegend scheuchte.

»Bis gleich, warte es nur ab, dumme Gans. Immer schön auf dem gewohnten Weg bleiben … nur noch ein paar Meter … komm, komm«, raunte er sich selbst zu, als Amber ihrer Falle entgegenpreschte.

Und da war es geschehen. Das Pferd war zwischen den beiden Bäumen, die sie immer durchritten hatte, wegen eines gespannten Seiles gestürzt und seine Reiterin lag nun am Boden. Das Pferd stand sofort wieder auf und schien nur etwas verstört, dachte Gordon, als er sich zu Opfer Nummer drei auf den Weg machte.

Caelan, der hinter Amber hergeritten war, hockte nun neben dem Mädchen und tätschelte ihre Wange. Er wollte sie wach machen und nicht bewegen. Bevor sie nicht ansprechbar war und er nicht wusste, dass ihre Wirbelsäule in Ordnung wäre, würde er sie nicht anheben. Man konnte schließlich größten Schaden anrichten, wenn man solche Verletzungen missachtete. Also sprach er sie unaufhörlich an und streichelte ihr die Haare aus der Stirn. Doch er war wachsam und hörte, dass sich jemand anschlich. Er zog sein Sgian-dubh aus dem Strumpfband, stand auf, baute sich zu seiner ganzen Größe auf und drehte sich langsam um. Doch erst da sah er, dass Gordon Fletscher eine Schusswaffe auf ihn richtete, und noch bevor er sein Messer werfen konnte, traf ihn das abgefeuerte Geschoss und er sank zu Boden. Nur noch in einer Art von Trance bekam er mit, dass Fletscher in Windeseile sein Opfer einsammelte und verschwand.

Der Schuss war weit zu hören gewesen und schreckte Marven und Duncan sofort auf, die noch mal zum Manor gehen wollten, sodass sie abrupt stehen blieben.

»Walther PPK«, hauchte Marven.

»Was?«, fragte Duncan irritiert, schaute aber in die Richtung, woher der Schall gekommen war.

»Vergiss es, wo sind Amber und Caelan?«, schrie Marven, und ohne eine Antwort abzuwarten, sprintete er zum Pferdestall, wies Duncan an, ihm zu folgen und Lachlan mitzubringen. In wenigen Sekunden hatte er sich auf seinen ungesattelten Rappen gehievt und preschte in die Richtung los, aus der er den Schuss gehört hatte. Bald sah er auf einem freien Feld mit vereinzelten Bäumen ein Pferd und ganz in der Nähe den Körper seines Freundes. Von Amber sah er nichts. Pferdegetrappel zeigte ihm an, dass auch die anderen bald aufschließen würden, sodass er nun nicht auf sie warten musste. Kurz vor dem leblosen Caelan stoppte er sein Tier und sprang ab. Zuerst sah er das Blut, das Cal's helles Leinenhemd rot färbte. Vorsichtig hob er den Kopf seines Gefährten an und automatisch legte er zwei ausgestreckte Finger auf dessen Halsschlagader. Er spürte Puls und sprach seinen Freund laut an. Duncan und Lachlan waren mittlerweile angekommen und standen mit offenen Mündern umher, sodass Marven sich gezwungen sah, wieder mal die Initiative zu ergreifen, obwohl er sich jetzt lieber um Cal gekümmert hätte.

»Duncan, auf dein Pferd, sofort. Ich gebe dir Cal in die Arme und du bringst ihn zu Sarah. Nimm Caelan's Pferd mit. Dann schnappst du dir Kyla und ihr macht euch auf den Weg zum Moor. Lachlan, du kommst mit mir, schnell.«

Duncan stieg auf und Lachlan half Marven, den Verwundeten in die Arme des Riesen zu legen, dann drückte er ihm die Zügel des Tieres in die Hand. Sobald er den Jungen sicher im Griff hatte, machte er sich umgehend auf den Weg zum Gestüt.

Sodann begaben sich Marven und Lachlan auf den Weg und folgten den Spuren, die Gordon hinterließ. Die Spuren von Tessa, der Schimmelstute, waren gut zu sehen. Gordon hatte keine Zeit mehr gehabt, die Hufe des Pferdes mit Sackleinen zu umwickeln, denn er hatte mit seinem Schuss auf sich aufmerksam gemacht.

»Der Mistkerl begeht Fehler – er ist sich seiner so sicher«, murmelte Marven zu Lachlan herüber.

»Genau, vielleicht sollten wir uns dann die Zeit nehmen und sie vermeiden«, flüsterte der alternde Krieger zurück.

»Du hast recht«, zügelte Marven seinen Rappen, rutschte von seinem Rücken und zog rasch sein Hemd aus, als Lachlan ihn ansprach:

»Was denkst du, was du da machst?«

»Ich will das Hemd in Streifen reißen und die Hufe umwickeln, was sonst?«

»So was hab ich immer dabei, junger Krieger. Aber du bist ganz ansehnlich. Hier, nimm das und bemal dich! Ich kümmere mich um dein Pferd«, grinste ihn Lachlan an, wobei er Marven einen rostigen Kasten zuwarf. Als Marven den fest zugeklemmten Deckel endlich aufhatte, blitzte ihm die blaue Farbe der Schotten entgegen. Kriegsbemalung?

Lachlan, der mit den Hufen der Pferde fertig war und wieder in den Stand kam, sah dem jungen Krieger an, dass der überhaupt nichts mit dem Pulver anfangen konnte, und riss Marven das Kästchen aus der Hand. Dann spuckte er in den Deckel, vermischte das Pulver mit dem Speichel und fuhr Marven mit gespreizten, eingefärbten Fingern über die definierte Brust. Dann hielt er ihm alles wieder entgegen und wies den Neuling an, das Gleiche mit seinem Gesicht zu machen. *Na klasse*, dachte Marven, *wenigstens schmiert er mir seinen Rotz nicht noch in die Visage.* Als er fertig war, nickte der Schottlandveteran anerkennend.

»Was meinst du? Wie viel Vorsprung hat er nun, während wir mit diesem Kram unsere Zeit verbummeln?«

»Ruhig Blut, junger MacDonald. Er zieht ein Pferd hinter sich her und versucht so wenig Spuren wie möglich zu hinterlassen. Vielleicht hat er eine halbe Stunde Vorsprung. Nicht so schlimm. Die anderen werden da sein, Duncan wird da sein und du wirst auch da sein. Keine Angst. Heute ist sein letzter Tag auf dieser Welt«, beschwichtigte er Marven und nötigte ihm sogar ein Schmunzeln ab. Immerhin hatte der Mann recht damit, dass man den Tod nicht unbedingt überstürzen musste.

Doch gleich dachte er wehmütig an Cal und hoffte inständig, dass Sarah ihn wieder hinbekam. Tatsächlich hatte er seine Schwester mit seinem Körper und vielleicht sogar mit seinem Leben zu beschützen versucht. Doch fürs Erste musste er dieses bange Gefühl verdrängen, dass sich breitmachen wollte. Nein. Sein Freund würde leben, beschloss er, und seine Familie auch.

Sie sahen Gordon, als er das Heideland auf dem Moor überquerte, und ließen ihre Pferde im Schutz des umgebenen Waldes. Lachlan begab sich auf alle Viere und wies Marven an, es ihm gleichzutun. Sie robbten zu einer ausgetrockneten Wasserrinne und verschwanden darin. Immer wenn Gordon nach vorne sah, machten sie geduckt einige Meter gut und verschwanden wieder im Schutz der Tiefen, die das Moor gewährleistete, bis sie den aufgerichteten Monolithen sehen konnten. Es war also nicht mehr weit.

Gordon hielt die Tiere an einem Hügelgrab an und schwang sich umständlich von seinem Ross. Dann schubste er sein Opfer, das er bäuchlings über den Rücken der Stute gebunden hatte, vom Schimmel. Amber schien jedoch nicht besinnungslos, sondern wütend, denn sie fauchte ihren Schinder an, der ihr augenblicklich eine heftige Ohrfeige verpasste.

Marven musste sich zusammenreißen, um nicht sofort aus seiner Deckung hervorzupreschen und diesem Unhold eins überzuziehen.

Doch dann zog Fletscher Amber schon an den Haaren und nötigte sie in Richtung Hügelgrab. Als beide verschwunden waren, löste sich ein bärenartiges Wesen aus dem Wäldchen nördlich der Gruft und zog einen armseligen Zelter hinter sich her, darauf ein Mädchen mit langen roten Haaren … Knebel und Augenbinde?

»Na, da hat er aber das hässlichste Geschöpf des Gestütes für deine Braut ausgesucht«, gluckste es neben Marven, dessen Kopf schnell zu seinem Kampfgefährten drehte, und in diesem Moment verstand er, dass die Schotten immer schon mit dieser Art Schabernack in den Krieg gezogen sein mochten. Vermutlich, um ihre Anspannung und Angst in Angriffslust und Kampfgeist umzuwandeln. Also lächelte er zurück und wandte sich wieder den gegenwärtigen Geschehnissen zu.

Gordon trat aus dem Grab und bemerkte Duncan, der bereits ganz in der Nähe herumtaperte. So legte er ein wenig Abstand zwischen sich und das Verlies, in dem die Satansbrut, die er nun endlich beisammen hatte, ihrer letzten Stunden harrte.

In der Nähe der Stele hielt Duncan den Zelter an und redete mit dem Mann, den er bereits jetzt abgrundtief hasste.

»Was sammelst du denn da, kleiner Mann?«, sprach er den englischen Bastard an und wies auf die Reisigbündel, die in Massen an den heiligen Stein angelehnt waren. Dabei änderte er seine Position so, dass Gordon den Eingang des Hügelgrabes im Rücken hatte.

Als Marven dann mit seinem Messer Blinksignale an die wartenden Krieger sandte und sah, dass sie sich anschlichen, robbte er weiter in die Richtung des heiligen Steins vor. Er wollte so nah bei Kyla sein, wie es eben ging.

»Na ja, ich verkaufe sie. Anzündholz für große Kamine. Geht schneller und der Verkauf lohnt sich bei den Städtern«, antwortete Gordon freimütig und gab sich sorglos, doch wies er mit dem Kopf auf die weibliche Fracht, die der Hüne samt Pferd hinter sich herzog, als sei das Ensemble ein Wackeldackel. Jedoch war ihm dieser lächerliche Anblick ziemlich egal, wo ihm doch augenscheinlich noch ein Schmankerl in die Fänge geriet, ohne etwas dafür tun zu müssen.

»Hab sie gestohlen. Hat mir gefallen, die Kleine. Ich lebe mal hier, mal da, aber keiner wärmt mein Bett«, grunzte er.

»Scheint mir ein bisschen klein, um so einen riesigen Kerl wie dich zu wärmen, oder? Überlass sie doch mir. Nimm dir was Fülligeres mit großen Titten«, flachste Gordon und hob mit einer eindeutigen Geste imaginäre Brüste an.

»Naye … ich denke, das muss reichen. Immerhin ist sie blutjung … wahrscheinlich noch unberührt … naye, ich behalte sie«, quengelte Duncan herum, nicht ohne ein wenig Unsicherheit in seine Stimme zu legen; immerhin wollte er so tun, als ob er keine Skrupel hatte, dem Mann Kyla zu überlassen. Natürlich nur, wenn das Geld stimmte.

»Sag, Mann, was ist sie dir wert? Ich bezahle gut – übrigens denke ich, dass sie gebraucht ist. Das ist keine Jungfrau mehr«, konterte Gordon sofort und Duncan grinste ihn an, weil sein Plan aufgehen würde. Da Kyla schwanger war, war er sich sogar zum Schmunzeln sicher, dass sie keine Jungfer mehr war. Dieser

Blödmann wollte doch nur am Preis drehen.

»Och, zuerst fragen wir die Lady mal, ob sie was dagegen hat, den Mann zu wechseln, aye?«, grummelte er und hob das Mädchen vom Pferd, als wäre es federleicht. Dann stellte er Kyla zwei Meter vor sich ab, nahm ihr die Augenbinde ab und ging die zwei Meter zurück.

Als Kyla Gordon's Fratze erblickte, schaute sie ihn erschrocken an und wich zurück. Zunächst nur einen Meter, so war es abgesprochen. Da sie durch den Knebel nicht sprechen konnte, kam es wie ein gedämpfter Schrei bei den Männern an. Doch Gordon's Grinsen wurde breiter und breiter, je mehr Angst er in den teichfarbenen Augen der kleinen Kyla sah.

»Wo hast du sie her«, fragte er Duncan wie beiläufig.

»Kirkhill. Aber sie hat 'ne Schwester, hol dir doch die«, versuchte ihn Duncan zu locken.

»Naye, ich glaube, ich will diese.«

Dabei griff er in seine Hosentasche und warf dem riesigen Schotten einen Edelstein zu, den der argwöhnisch beäugte.

»Was meinst du, Moira, willst du zu dem, oder willst du bei mir bleiben?«, fragte Duncan in Kyla's Richtung. Diese wich den letzten Meter zurück und krachte beinahe an Duncan's Brust, was sich für sie anfühlte, als stände dort eine Wand.

»Ho, ho, ho … das sieht ja wohl so aus, als hätte sich das Mädel entschieden, Sassanach«, brummte der Krieger und warf Gordon den Edelstein wieder zu. Da dieser nun einen Moment abgelenkt war, um den Stein zu fangen, drückte er Kyla ein Wurfmesser in die Hand, da sie immer noch einen Arm hinter ihrem Rücken hielt.

Inzwischen waren die Entführten befreit und standen ganz in der Nähe, um das Schauspiel, das Duncan bot, zu betrachten. Robert hatte Jo sein Messer in die Hand gedrückt und Amber den Jagdbogen gegeben, sodass auch die beiden bewaffnet waren.

Willie saß an einen Baum in der Nähe gelehnt, war als Einziger schwerer verletzt als die beiden Frauen. Er klagte, wenn auch stumm, über starke Kopfschmerzen.

Gordon hatte den Stein mit seiner verbrannten Klaue gefangen, besah ihn sich verwundert einen Moment. Stolz, dass es ihm überhaupt gelungen war, ihn zu fangen, hob er den Blick und musterte Duncan. Dann steckte er den Stein zurück in die Hosentasche. Quälend langsam bewegte er nun seine Hand unterhalb seiner Jacke in Richtung Rücken, wo er die Pistole in seinem Hosenbund wusste. Doch das entpuppte sich als kapitalen Fehler. Seine Hand hatte gerade den Kolben ergriffen, da wurde sie mit einem Pfeil, der sich stechend in seinen Rücken bohrte, fixiert, wo sie war, nahezu gleichzeitig traf ihn ein Messer von vorn, welches Kyla geworfen hatte, als sie Marven in blauer Bemalung mit Lachlan's Bogen im Anschlag gesehen hatte. Doch noch stand der Widerling mit ungläubigen Schweinsaugen da und sah Duncan wie in Zeitlupe auf sich zukommen. Sowohl Amber als auch Joline, die gerade ihre Waffen benutzen wollten, hielten inne, um den treuen Duncan nicht zu gefährden. Mit offenen Mündern sahen nun alle zu, wie der Berserker in ihm erwacht war. Seine Pranken seitlich an den Kopf des englischen Bastards gelegt, drehte er dessen Kopf in einem schnellen Ruck. Der unüberhörbare Knack-Laut ging allen durch Mark und Bein, als die Halswirbelsäule brach. Erst als der riesige Highlander seine Hände angeekelt wieder fortnahm, sackte der Unhold zusammen, obwohl er auch an Kyla's Messerwurf in Kürze verschieden wäre.

»Aidan, Collin – räumt diesen Unrat fort in die Gruft und reißt die Wände ein, damit den keiner mehr sehen muss«, bölkte Duncan den immer noch erstaunten Zuschauern zu.

Marven mit seiner blauen Kriegsbemalung und freiem Oberkörper stürmte an ihm vorbei, wo er Kyla wusste. Da er dachte, die Kleine sei in seinem Rücken in Sicherheit, hatte Duncan nicht gehört, dass auch sie besinnungslos zusammengebrochen war. Mit einem maßlos schlechten Gewissen drehte er sich zu Marven um, der seine Kyla in den Armen hielt.

»Entschuldige, Mann, ich dachte, sie wäre in Sicherheit«, brummte er verdrossen zu Marven rüber. Doch da schlug Kyla schon wieder die Augen auf und mit geweitetem Blick flüsterte sie:

»Ist das dort das Hügelgrab vom Biwak? Hat der Drecksack etwa tot hinter uns in dem Geröll gelegen?«

Marven, der Kyla's geistigen Irrwege bereits kannte, grinste und nickte sie aus seinem blauen Gesicht mit noch viel blaueren Augen an.

»Guter Wurf, mein Herz, und ja, wie es ausschaut, lag der Bastard hinter uns im Hügelgrab, aber er war da bereits über 270 Jahre tot.«

Dann schaute er zu Duncan hoch und gab dem Hünen zu verstehen, dass er überhaupt keine Schuld an Kyla's Zusammenbruch trug, und schmunzelte den Campbell-Krieger frech an:

»Sei froh, dass dir so manches erspart geblieben ist … Duncan.«

Doch da bellte der Recke schon wieder über die Prärie:

»Lachlan, Hamish – folgt ihr, wehe, es geschieht ihr was, dann dreh ich euch den Hals um.«

Marven, der dem Blick des Riesen gefolgt war, sah nur noch den Schweif von Amber's Schimmelstute. Vermutlich hatte jemand seine Schwester darüber aufgeklärt, dass Cal angeschossen worden war, als Gordon sie entführte. Nun schien sie nichts mehr zu halten, um an die Seite ihres Geliebten zu eilen.

»Du hast ja keine Ahnung, Söhnchen, was für einen Ärger man mit seiner Patentochter so haben kann, meinst du wirklich, da braucht man noch ein zänkisches Weib?«, knurrte Duncan und drehte ab, um zu den anderen zu gehen.

Es war also vorbei. Joline konnte nicht anders, als tief einzuatmen. Sie lehnte sich selig an Robert und flüsterte ihm zu, dass sich scheinbar alles im Leben wiederholte. Damit meinte sie die gemeinschaftliche Tötung eines Sassanachs. Nun allerdings waren Kyla und ihr Sohn durch diese Tat verbunden, und das ohne Reue, so wie sie und Robert es ebenfalls nie bereut hatten, sich selber zu schützen.

Ende

Danksagung

Zuerst bedanke ich mich bei meiner wunderbaren Helferin Elke Fischer, die ich ständig zum Korrekturlesen genötigt habe. Sie hat es verstanden, Fehler auszumerzen und aufzuspüren, die ich im x-ten Durchgang übersehen habe, sodass diesmal die Quote für das endgültige Korrektorat bereits gesunken war.

Vielen Dank auch an meine Schwiegermutter Gisela, der die Geschichte an sich gefallen hat und die mich daher immer wieder zur Weiterarbeit motiviert hat, da sie weiterlesen wollte.

Auch mein lieber Ehemann Olaf musste gewiss in den sauren Apfel beißen, wieder mal ein Frauenbuch zu lesen. Aber da er mittlerweile routiniert ist und es ihm sogar gefallen hat, fiel es ihm diesmal nicht allzu schwer.

Ich danke euch allen, auch denen, die hier nicht ausdrücklich erwähnt wurden. Auch meiner Mutter, die erst nach Erscheinen den ersten Teil gelesen hatte und mir vorwarf, dass ihr eine Botschaft fehlen würde. Nun, dazu kann ich nur sagen, dass ich das Rad nicht neu erfinden will und niemanden zu belehren versuche. Deshalb schreibe ich nicht. Ich schreibe Geschichten, um zu unterhalten. Alles andere ist nicht mein Anspruch, damit können sich gelehrte Menschen mit Doktortiteln beschäftigen. Nichtsdestotrotz gibt es auch in meinen Büchern kleine Botschaften. Wer zwischen den Zeilen lesen kann, dem fallen sie auch auf. Wer nicht, ist hoffentlich dennoch gut unterhalten worden, gern mit mir in diese Traumwelt der Joline eingetaucht und hat sich eine Weile forttragen lassen.

Zum Schluss bedanke ich mich natürlich wieder einmal bei meiner allergrößten Helferin, Andrea Stangl, die mein Geschreibe korrigiert hat. Auch hat sie ihm freiwillig noch etwas Feinschliff verpasst, wo er dringend nötig war, und hat mit kleinen Veränderungen Großes bewirkt. Das Cover geht natürlich auch auf ihre Kappe und ich muss sagen, wie schon beim Cover zu *Joline. Nichts ist, wie es scheint* hat sie hier wieder all ihre Kreativität bewiesen und mich wirklich glücklich gemacht. Vielen Dank also, liebe Andrea Stangl.

So, und am Ende verpasse ich mir selber einen kleinen Schulterklopfer dafür, dass ich mich dazu zwinge dabeizubleiben und meinen eigenen Schweinehund oft überwinde, mich mit dem Rechner anzulegen. Nicht, dass mir das Entwickeln von Geschichten schwerfiele, nein, es ist eher das Zu-Papier-Bringen, was mir Schwierigkeiten bereitet, aber ich sehe es mittlerweile als Motoriktraining und damit geht es mir dann richtig gut.

Danke also allen, die mein kleines Buch gelesen und sich ein wenig unterhalten gefühlt haben.

Von Tina Sieweke ist bereits erschienen:

Joline
Nichts ist, wie es scheint. *Roman*
Paperback, 400 Seiten | 12.99 €
ISBN 978-3-7460-6012-5
E-Book: 8.99 €

Joline Keith, beschützt, behütet und isoliert in den Highlands aufgewachsen, gerät mit gerade mal sechzehn Jahren in die Kriegswirren des letzten Jakobiten-Aufstandes. Von marodierenden englischen Soldaten geschändet und gemartert, wird sie zum Sterben zurückgelassen.

Doch Robert MacDonald, mit seinen Männern selbst auf der Flucht, findet sie und bietet ihr Schutz an. Mit neu erwachendem Lebensmut beginnt für Joline eine Flucht, die sie erwachsen werden lässt.

Nachdem sie sich von den Kriegern getrennt hat, schlägt sie sich allein durch und dankt ihrem toten Vater für die vorausschauende Ausbildung, die er ihr ermöglicht hat.

Doch die Verbindung zu Robert reißt nicht ab. In Träumen begegnen sie sich immer wieder, und beide hoffen auf ein Wiedersehen.

Auf dieser Flucht erfährt Joline auch, dass ihr Vater gar nicht ihr leiblicher Vater war – und eine weitere fantastische Reise offenbart ihr einiges über ihre Mutter ...

Der erste Band der Joline-Reihe

God assists
Roman
Paperback, 176 Seiten | 9.90 €
ISBN 978-3-8370-3569-8
E-Book: 3.99 €

Katrina Bruis, gerade sechzig Jahre alt geworden, blickt nach dem Unfalltod ihres zweiten Ehemannes bereits häufiger in die Vergangenheit als in die Zukunft. Eine unheilbare Krankheit, die immer wieder zu Sturzanfällen führt, drängt sie in die Frührente.

Zudem wird sie nachts von sonderbaren Träumen heimgesucht, in denen jemand sie von einer Klippe stößt.

Auf einer Reise nach Schottland möchte Katrina zur Ruhe kommen und mietet sich in der kleinen Pension von Mary Finnegan in Stonehaven ein. Am Tag ihrer Ankunft begibt sie sich im Rollstuhl auf einen Ausflug an die Steilküste, denn etwas drängt sie zur alten Burgruine des Castle. Als sie auf der Klippe steht und einen Schwächeanfall erleidet, droht der Sturz aus ihrem wiederkehrenden Traum Wirklichkeit zu werden – doch im letzten Moment kommt ihr jemand zur Hilfe.

Ihr Retter ist der schottische Schäfer William Duff. Katrina fühlt sich auf magische Weise zu dem raubeinigen Highlander hingezogen. Sein merkwürdiges Verhalten warnt sie jedoch, sich auf ihn einzulassen. Was sie nicht weiß: William Duff hütet ein Geheimnis, das mit einem dramatischen Ereignis aus einem früheren Leben zu tun hat – und in dem Katrina eine nicht unbedeutende Rolle spielt …